Du même auteur, chez d'autres éditeurs :

Manitou (1978)
Le Faiseur d'épouvantes (1978)
Le Djinn (1979)
La Maison de chair (1980)
La Vengeance du Manitou (1985)
Les Puits de l'enfer (1985)
Le Démon des morts (1986)
Le Portrait du mal (1987)
Le Jour J du jugement (1987)
Rituel de chair (1989)
Le Miroir de Satan (1989)
Transe de mort (1990)
La Nuit des salamandres (1991)
Démences (1991)
Apparition (1992)
Le Trône de Satan (1993)
L'Ombre du Manitou (1993)
Tengu (1994)
Sang impur (1995)
Les Guerriers de la nuit (1995)
Walhalla (1996)
Les Rivages de la nuit (1996)
Le Fléau de la nuit (1996)
Le Maître des mensonges (1997)
Hel (1997)
Les Visages du cauchemar (1998)
La Mort Noire (1998)
Le Sphinx (1999)
Magie vaudou (1999)
Magie maya (1999)
Magie indienne (1999)
Les Gardiens de la porte (2000)
Famine - (tome 1 & 2) (2003)
Les Escales du cauchemar (2000)
L'Enfant de la nuit (2000)
Magie des neiges (2001)
Magie des eaux (2001)
Les Papillons du mal (2002)
Katie Maguire (2003)
Condor (2003)
Corbeau (2004)
Le Complot Sweetman (2004)
The Devil in Gray (2005)
Manitou Blood (2005)
Le Glaive de Dieu (2005)
Magie des flammes (2006)

www.bragelonne.fr

GRAHAM MASTERTON

LE DIABLE EN GRIS

Traduit de l'anglais (Grande-Bretagne) par François Truchaud

L'Ombre de Bragelonne

Collection *L'Ombre* de Bragelonne dirigée par Stéphane Marsan et Alain Névant

Titre original : *The Devil in Gray*

Illustration de couverture :
© David Oghia & Fabrice Borio

ISBN : 2-35294-006-0
ISBN : 978-2-35294-006-7

Bragelonne
35, rue de la Bienfaisance – 75008 Paris

E-mail : info@bragelonne.fr
Site Internet : http://www.bragelonne.fr

1

Au rez-de-chaussée, l'horloge de parquet sonna trois coups. *Un*, silence, *deux*, silence, *trois*, comme si elle comptait tristement combien de vies se termineraient avant qu'elle sonne à nouveau.

Jerry finit d'enduire de colle l'avant-dernier rouleau de papier peint à motif de bleuets et commença à grimper sur l'escabeau, le rouleau plié en deux sur son bras. Encore trois longueurs et la chambre d'enfant serait prête pour bébé – dès que bébé serait prêt pour la chambre d'enfant, en tout cas.

Il peignait et tapissait la chambre d'enfant depuis plus d'une semaine. Il l'avait arrangée à partir du petit débarras sombre et en mauvais état qu'ils avaient trouvé lorsqu'ils avaient emménagé. À présent, la peinture blanche laquée brillait, la porte en pin avait été poncée et cirée, le bouton de porte poli. Une fois qu'il aurait fini de coller le papier peint, il ne resterait plus qu'à accrocher les rideaux au motif à fleurs assorti, à poser la moquette bleu clair et à installer le berceau et la commode.

Jerry ne s'était jamais senti aussi optimiste de sa vie. Moins de quatre mois auparavant, il avait été promu associé à part entière à l'agence immobilière Shockoe, avec une augmentation de salaire de 17 500 dollars. Alison et lui avaient enfin été en mesure de quitter leur appartement exigu au premier étage de la maison des parents d'Alison, située au sud de la rivière, et d'acheter cette haute et étroite maison victorienne dans le quartier historique de Church Hill – une occasion à saisir rarissime qui ne s'était pas présentée sur le marché depuis plus de quarante-cinq ans. D'accord, une « occasion à saisir » était un euphémisme, parce que le couple âgé qui avait habité là depuis 1959 avait laissé la pluie s'infiltrer dans le côté gauche de l'avant-toit depuis la fin de l'administration Nixon, et ils n'avaient pas changé l'équipement de la cuisine depuis que Buddy Holly était mort. Mais Jerry était un mordu des travaux d'intérieur. Il était dans son élément lorsqu'il s'agissait de scier, de peindre, de poser une installation électrique et de monter des étagères. Alison disait souvent qu'il était atteint de « bricolite aiguë ».

Jerry était un jeune homme robuste de trente et un ans, avec des cheveux blonds coupés court, un nez retroussé et un visage affable – quasiment un agent immobilier né. À part les travaux d'aménagement, il aimait le football, le hockey sur glace, pratiquer le rafting sur les rapides de la James River, et les barbecues. Il avait un penchant pour les Dockers kaki et les chemises en coton à carreaux rouges.

Tandis qu'il montait sur l'escabeau, il chantonna *Have I Told You Lately That I Love You?* C'était la chanson préférée d'Alison. Il était tombé amoureux d'elle dès qu'il l'avait vue cet été-là, voilà trois ans et demi, à l'heure du déjeuner. Assise seule sur un banc près du canal Kanawha, elle mangeait un sandwich ciabatta à la salade et lisait un livre. Il lui avait trouvé un air tellement *innocent.* Elle avait des cheveux blonds bouclés, de grands yeux bleus à la Doris Day, et elle portait des corsages sans manches à col relevé et des jeans bleus moulants, si bien qu'elle ressemblait à la jeune fille d'à côté d'une série télévisée des années soixante.

Mais elle n'était pas stupide. Le livre qu'elle lisait près du canal était *Ulysse*, de James Joyce. Jerry s'était assis à côté d'elle et avait penché la tête de côté afin de lire le titre. *« Hé,* Ulysse*! J'ai vu le film, avec Kirk Douglas. »* Elle avait ri, et ils avaient commencé à parler. Elle ne s'était jamais rendu compte qu'il ne s'agissait pas d'une plaisanterie. Il avait trouvé le livre au début de l'année dernière et l'avait ouvert, avait lu les mots « L'histoire, dit Stephen, est un cauchemar dont j'essaie de me réveiller », et avait secoué la tête en un aveu silencieux de désarroi.

Alison appela, depuis le bas de l'escalier :

— Jerry, trésor, ton sandwich au poulet est prêt. Tu veux une bière avec ?

— Bien sûr. Je descends dans une minute, d'accord ? Je suis en train de…

Juché en équilibre en haut de l'escabeau, il appliqua le papier peint sur le mur et raccorda le bord avec la bande précédente. Il plissa le haut de la bande contre le plafond avec le manche de son couteau de menuisier et entreprit de le découper.

À ce moment-là, du sang suinta de sous sa main gauche et commença à couler au bas du mur.

— *Merde!* s'exclama-t-il.

La coupure n'était pas douloureuse mais il ne voulait pas salir le papier peint. Il tint le couteau entre ses dents et prit le chiffon humide qui pendait de la poche arrière de son jean.

Lorsqu'il écarta sa main du mur pour essuyer le sang, il vit qu'il s'était fait d'une façon ou d'une autre une estafilade qui allait à la verticale de son poignet jusqu'au coude – et qu'elle était profonde. Il y avait une empreinte de main sanglante sur le papier peint, et du sang commençait à couler le long de son bras et à dégoutter rapidement de son coude. Au lieu de tenter d'essuyer le gâchis sur le mur, il enroula le chiffon autour de son bras et cria :

— Alison ! *Alison !*

Il y eut un silence, puis :

— Qu'y a-t-il ? Tu veux un coup de main pour le papier peint ?

— Je me suis coupé. Tu peux m'apporter une serviette ?

Il descendit prudemment de l'escabeau, en gardant son bras levé afin de diminuer l'afflux du sang. Néanmoins le chiffon était déjà imbibé d'un écarlate foncé et des gouttes de sang crépitaient sur le plancher nu. La bande de papier peint glissa brusquement de côté puis tomba près de ses pieds.

— *Alison !*

— J'arrive ! répondit-elle d'une voix essoufflée.

Elle arriva en haut de l'escalier et traversa le palier. Elle apportait une serviette de table à carreaux et un paquet de sparadraps.

— Seigneur ! s'exclama-t-elle en voyant le chiffon rougi et le sang qui avait éclaboussé le plancher. Jerry, mais comment as-tu fait ça ?

— Je ne sais pas... J'égalisais le bord en haut. Je n'ai absolument rien senti !

— Mon Dieu, laisse-moi regarder !

Elle prit sa main et déroula le chiffon. L'entaille sur son bras était bien plus qu'une petite coupure accidentelle – c'était le genre de blessure qu'un candidat au suicide se ferait, et du sang continuait de s'en écouler. Alison la tamponna, mais elle saignait de plus en plus vite. En moins d'une minute, la serviette qu'elle avait apportée était trempée de rouge. Elle ôta son tablier et le roula pour en faire un tampon.

—Ma ceinture, dit Jerry en la débouclant. Fais-moi un garrot. (Il commençait déjà à déglutir, commotionné.) Serre-la très fort.

Alison dégagea sa ceinture en cuir marron des passants de son jean et la noua autour de son bras juste en dessous du biceps. Elle la serra si fort que le cuir couina.

—Allons au rez-de-chaussée, vite! dit-elle. Je vais appeler le 911.

Elle l'aida à marcher jusqu'à la porte et à descendre l'escalier. Il s'appuya sur le mur tandis qu'il descendait les marches, laissant une tache ensanglantée sur la peinture couleur primevère. Lorsqu'il atteignit les trois dernières marches, il trébucha et bascula en avant. Alison fut obligée de l'agripper par sa chemise pour l'empêcher de tomber.

—Bon, dit-elle comme ils arrivaient dans la cuisine. Assieds-toi. Garde ton bras bien levé. Je vais appeler une ambulance.

Jerry n'arrêtait pas de déglutir et de déglutir comme s'il avait soif. Le tablier roulé en boule était déjà trempé, du sang ruisselait sur la table de cuisine et s'écoulait le long du fil de pin fraîchement décapé.

Alison saisit le téléphone.

—Oui, une ambulance, s'il vous plaît. C'est très urgent. Mon mari s'est blessé au bras et il saigne beaucoup. Maitland, Alison Maitland. 4140 Davis Street, Church Hill. Faites vite, je vous en prie.

Jerry était assis, son bras toujours levé, mais il avait fermé les yeux.

—Jerry! dit Alison. Jerry! Ça va?

Il ouvrit les yeux en battant des paupières puis hocha la tête.

—Je me sens un peu dans les vapes, c'est tout.

—Je vous en prie, dites-leur de se dépêcher, dit Alison à la standardiste. Je crois qu'il va s'évanouir. Oui, il a son bras levé. J'ai fait un garrot avec sa ceinture pour essayer de stopper l'hémorragie. Son avant-bras, du poignet jusqu'au coude. Je ne sais pas. Il posait du papier peint, c'est tout. Je suppose que le couteau a sans doute glissé.

Tandis qu'elle parlait, Jerry s'affaissa en avant, jusqu'à ce que son front soit appuyé sur le dessus ensanglanté de la table. Alison lâcha le combiné et accourut pour le redresser.

— Jerry, il faut que tu restes éveillé, je t'en prie ! L'ambulance arrive, ils seront là dans un instant !

Jerry la regarda. Ses yeux n'accommodaient pas.

— J'ai froid, Alison. Pourquoi ai-je si *froid* ?

Elle se pencha vers lui et le serra dans ses bras.

— C'est le choc, mon chéri. Tu dois t'accrocher. Pense à notre bébé. Pense à tous les moments de bonheur que nous allons avoir ensemble.

— Les moments de bonheur ? répéta-t-il faiblement, comme s'il ne comprenait pas de quoi elle parlait.

Alison entendit une toute petite voix, diminuée. Elle venait du téléphone qui pendillait du mur.

— Alison ! Alison ! Répondez-moi, Alison ! Comment va votre mari maintenant ?

Elle se redressa et alla reprendre le téléphone.

— Il va très mal. Il frissonne et il est très pâle. Les ambulanciers seront là dans combien de temps ?

— Ils devraient être chez vous dans moins de deux minutes. Veillez à ce que votre mari ne baisse pas son bras.

— Je m'en occupe.

— Bravo ! Plus qu'une minute maintenant. Je pense que vous entendez déjà la sirène.

Alison se tourna vers Jerry.

— Ils seront là dans un instant, mon chéri. Tiens bon, je t'en prie.

Elle alla vers l'armoire pour prendre des serviettes propres. À ce moment-là, elle entendit Jerry dire « Ah ! » comme si quelque chose l'avait surpris. Alison se retourna et vit, horrifiée, qu'il avait une profonde entaille horizontale sur le visage. Elle commençait à un centimètre sous son œil gauche, lui traversait la joue, et continuait dans son oreille, si bien que le lobe pendillait, retenu par un petit lambeau de peau.

Du sang coulait de son menton et éclaboussait le col de sa chemise.

— Jerry ! Oh, mon Dieu, que s'est-il passé ?

Il était tellement stupéfié qu'il était seulement capable de secouer la tête d'un côté et de l'autre. Des gouttelettes de sang volèrent sur le dessus de la table.

Alison replia l'une des serviettes et la pressa sur le visage de Jerry.

— Le couteau, Jerry... Où est le couteau ? Qu'est-ce que tu t'es fait ?

Elle desserra les doigts de sa main gauche, poissés de sang, mais sa main était vide, et il ne tenait rien dans sa main droite, non plus. Elle regarda par terre, mais elle n'aperçut le couteau nulle part. Comment avait-il pu se blesser ainsi, sans un couteau ? Elle écarta la serviette du visage de Jerry un moment et vit que l'entaille sous son œil était si profonde qu'elle avait mis à nu la graisse jaune de sa joue et de sa pommette.

— Oh, chéri, qu'est-ce que tu as fait ? sanglota-t-elle.

Il y avait tellement de sang dans la cuisine que cela donnait l'impression qu'ils s'étaient battus avec de la peinture. Mais elle entendait à présent le *yip-yip-yip* de la sirène de l'ambulance, à seulement deux ou trois blocs de distance.

— Tu entends, Jerry ? C'est l'ambulance. Tiens bon, mon chéri, je t'en prie, tiens bon.

Jerry leva les yeux et la regarda. Il frissonnait, et il avait l'expression engourdie, désespérée, de quelqu'un qui sait que sa mort est imminente.

— Jerry, tu vas t'en sortir. Tout va bien se passer, mon chéri. L'ambulance vient de se garer devant la maison.

Jerry n'avait jamais eu aussi froid de sa vie – un froid mortel, terrifiant, qui se répandait partout, qui pénétrait son esprit et son corps et glaçait son âme petit à petit. Quelques minutes auparavant, la cuisine avait été inondée de la lumière du soleil de l'après-midi, mais elle semblait s'obscurcir à présent, et toutes les couleurs devenaient grises.

— Il fait tellement *sombre*, dit-il d'une voix étouffée, en état de choc.

Le carillon de la porte d'entrée retentit.

— Tiens bon, chéri, dit Alison. Les ambulanciers sont là.

Elle se leva et commença à se diriger vers le vestibule. Jerry pensa : *Je vous en prie, mon Dieu, faites que je survive. Il* faut *que je survive, pour Alison, pour le bébé.* Ils savaient déjà que ce serait une fille, et ils avaient déjà choisi son prénom : Jemima-Anne.

Alison arriva dans le vestibule, mais à ce moment-là elle fit halte de manière inattendue. Jerry la regarda fixement, pour l'obliger à bouger, à aller ouvrir la porte, mais elle n'en fit rien. Elle resta où elle était, dans la pénombre sans couleurs, et elle vacilla, comme une femme qui vient brusquement de se souvenir de quelque chose d'épouvantable.

—Alison ? cria-t-il d'une voix rauque. *Alison ?*

Elle chancela… puis, en une succession de mouvements à la chorégraphie grotesque, tel un ballet démentiel, agitant les bras, pliant les genoux, elle commença à s'affaisser vers le sol. Elle fit une pirouette sur un talon, de telle sorte qu'elle se retourna pour lui faire face. Ses yeux le regardèrent avec une expression de stupeur.

Durant un moment, Jerry ne comprit pas ce qui lui était arrivé. Puis la tête d'Alison se renversa en arrière comme si elle était retenue à son corps uniquement par une charnière. Sa gorge avait été tranchée si profondément qu'elle avait été quasiment décapitée. Du sang gicla brusquement de sa carotide et aspergea le plafond.

Une minute plus tard, lorsque les ambulanciers enfoncèrent la porte d'entrée à coups de pied, ils trouvèrent Alison étendue sur le dos et baignant dans une mare de sang couleur de mélasse. Jerry, accroupi à côté d'elle, gémissait, chuchotait, et essayait de ses mains poissées de sang de remettre en place la tête de sa femme sur son cou.

2

Decker se redressa sur le lit et scruta sa montre de son regard de myope.

— Bordel de merde ! Déjà deux heures trente ! Je devrais être parti depuis longtemps !

Maggie lui sourit de dessous une tente de draps.

— Tu ne peux pas rester pour le dessert, mon chou ?

Elle avait une voix rauque, voilée, comme si elle avait fumé trop de havanes.

— Excul-cuse-moi ? C'était *quoi*… ce que nous venons de faire ? Ce n'était pas le dessert ?

— Ça ? C'était juste un petit quelque chose pour te titiller le palais.

— Mon palais ? Tu voulais me titiller le palais ? Laisse-moi te dire une chose, ma belle. Tu as de sérieuses lacunes en anatomie ! (Decker s'extirpa du lit et récupéra ses lunettes sur la moquette.) Écoute, je devrais être au commissariat central depuis quarante minutes déjà. Qu'est-ce que tu as fait de mon caleçon ?

— Tu n'as plus d'appétit, Decker, voilà ton problème. Tu commences à te lasser de moi.

Il se pencha sur le lit et déposa un petit baiser sur son front. Il n'était pas du tout lassé d'elle, mais, bon sang, elle était quasi infatigable. Maggie était une belle femme dans sa maturité, avec des seins énormes et une peau couleur aubergines brunies. Ses yeux avaient une lueur démoniaque et ses lèvres rouges pulpeuses donnaient toujours l'impression de s'apprêter à dire quelque chose d'obscène – et c'était le cas, la plupart du temps. Elle écarta les draps d'un mouvement brusque pour lui laisser entrevoir durant une fraction de seconde ces minuscules perles en or et en argent qui ornaient les dreadlocks de son pubis. Puis elle rabattit les draps immédiatement et lui adressa un rire salace.

— Hé! protesta Decker en se tapotant le front. Je ne suis pas lassé ici, mais je suis épuisé plus bas. Laisse-moi souffler un peu, d'accord?

— Je te montrais juste la carte du jour, mon chou. Si tu n'en veux pas... ma foi, c'est ton choix.

— Écoute, il faut que je file, sinon Cab va me tuer.

— Il aurait encore plus de raisons de te tuer s'il savait où tu es.

Decker rebrancha son téléphone cellulaire. Puis il trouva son caleçon sous le lit et l'enfila en sautillant comme un danseur de la pluie unijambiste. Il prit sa cravate rouge foncé et sa chemise blanche à manches courtes chiffonnée sur le dossier de la chaise, et récupéra son pantalon noir de l'autre côté de la chambre. Maggie s'allongea de nouveau, la tête posée sur l'oreiller, et l'observa s'habiller.

— Je te revois quand? Et ne me sers pas ton « quand tu veux ».

— Je ne sais pas. Quand tu veux. Tu sais que j'ai un emploi du temps très chargé.

— Oh, tu veux parler de Sandie au standard?

— Sandie et moi, c'est terminé depuis des mois.

— Et Sheena?

— Fini. *Kaput*. Je n'ai pas vu Sheena depuis une éternité.

— Naomi?

— Hé, qu'est-ce que c'est, un interrogatoire en règle?

— Plus vraisemblablement toutes les femmes qui figurent sur l'annuaire du téléphone de Richmond, mon chou.

Decker alla dans la salle de bains pour se donner un coup de peigne et arranger sa cravate. Il aurait été le premier à reconnaître qu'il n'avait rien d'un Apollon. Mais il était mince et svelte, avait d'épais cheveux noirs coiffés en crinière, des yeux vert cendré et un air famélique, buriné, qui semblait attirer quasiment toutes les femmes qu'il rencontrait. Il aimait bien son nez, également. Étroit. Pointu. Très Clint Eastwood.

Son téléphone cellulaire joua les premières mesures de la Cinquième de Beethoven. D'un air espiègle, Maggie tendit le bras et voulut le prendre sur la table de nuit, mais Decker fut plus rapide qu'elle.

— McKenna, dit-il et il porta son index à ses lèvres pour dire à Maggie d'arrêter de glousser.

— *McKenna, où étiez-vous, bon sang?*

— Oh, salut, Cab. (À Maggie : *« C'est Cab, bordel de merde ! »*) Ouais, désolé, je suis à la bourre, Cab. J'ai été obligé de faire un détour par Oshen Street pour parler à Freddie Wills. Bon, il a dit qu'il avait un tuyau sur cette affaire dans St James Street. Écoutez, je suis au bureau dans cinq minutes.

— *Inutile de revenir au commissariat. Quelqu'un a été poignardé dans Davis Street. Je veux que vous ameniez votre cul ici immédiatement.*

— Ce quelqu'un est mort ?

— *À moins que vous connaissiez un remède pour une tête tranchée, oui.*

— Merde. Donnez-moi un quart d'heure. Je prendrai Hicks en passant.

— *Hicks est déjà là. Magnez-vous le cul et venez le plus rapidement possible !*

Decker s'assit au pied du lit pour mettre ses mocassins. Maggie se dressa hors des draps blancs derrière lui, telle une Vénus noire luisante sortant de l'écume, et lui passa ses bras autour du cou en le serrant si fort qu'elle faillit l'étrangler.

— Cab va *pêcher* ce week-end, dit-elle. (Son souffle chaud gronda dans les oreilles de Decker. Elle exhalait une odeur de cannelle, de miel, de sécrétions sexuelles et de sueur.) Tu pourrais peut-être être un officier de police plein d'égards et venir dîner samedi soir, afin de me tenir compagnie ?

— Un dîner avec un dessert ?

— Bien sûr, un dîner avec un dessert. Un dîner avec *trois* desserts.

Decker ôta les bras de Maggie de son cou et se leva. Il passa son étui d'épaule avec son colt Anaconda calibre 45 nickelé d'une grosseur absurde. Il sortit le pistolet de l'étui et éjecta toutes les cartouches. Puis il embrassa la pointe des cartouches, une par une, et les remit dans la chambre.

— Tu ne m'as jamais dit pourquoi tu faisais ça, déclara Maggie.

— Hein ? Oh... une superstition, c'est tout.

Dans un hurlement de pneus théâtral, Decker s'arrêta devant le 4140 Davis Street et descendit de sa Mercury Grand Marquis noire et luisante. C'était un quartier très chic pour gens friqués, avec des trottoirs en brique rouge, des arbres donnant de l'ombre, et des maisons du XIXe siècle avec des porches aux colonnes blanches. Habituellement, à cette heure de la journée, le quartier était léthargique et presque complètement désert, sans aucun signe de vie à part des chats qui somnolaient et des drapeaux américains qui s'agitaient paresseusement au gré du léger vent. Mais cet après-midi-là, il y avait quatre voitures de patrouille garées en diagonale sur la chaussée, leurs gyrophares allumés, une ambulance, une fourgonnette des services du coroner de Richmond, deux équipes télé, une foultitude de policiers en uniforme, d'enquêteurs scientifiques, de journalistes, et de tous ces gens qui sont présents sur des scènes de crime, qui crient dans des téléphones cellulaires et qui ont l'air tracassé, même si Decker ne savait jamais ce que la plupart d'entre eux faisaient au juste. Il aperçut même Honey Blackwell, du bureau du maire, ses 105 kg engoncés dans un tailleur jonquille avec un ruban assorti dans les cheveux.

— Bonjour, Mme Blackwell.

— Bonjour, lieutenant. Une affaire tragique.

— Ça l'est certainement, si elle vous a obligée à quitter le *Ma-Musu*.

Il faisait allusion à son restaurant préféré, spécialisé en cuisine d'Afrique de l'Ouest, sur Broad Street.

— Vous avez une langue acérée, lieutenant. Un de ces jours, vous allez vous trancher la gorge avec.

— Ce n'est pas une remarque de très bon goût à faire, Mme Blackwell, vu les circonstances.

Le capitaine Cab Jackson descendit les marches du perron du 4140, suivi de près par le sergent Tim Hicks.

— Vous êtes venu par la route touristique, Decker ? demanda Cab d'un ton brusque en jetant un regard à sa montre.

Cab était immense, plus de deux mètres cinq, avec un crâne chauve bosselé qui ressemblait à l'une des bites d'amarrage où les bateaux à aubes sont amarrés sur la James River. Toutefois, il avait un visage potelé et une voix grêle, aussi se laissait-il pousser une petite moustache à la Little Richard dans l'espoir d'acquérir une maturité supplémentaire. Il portait une chemise à rayures rouges et jaunes avec des rangées de stylos et de crayons accrochés dans la poche, et ses fesses gonflaient tellement le fond de son pantalon que l'inspecteur Rudisill les avait appelées avec beaucoup d'esprit le « mont Postérieur ».

Hicks, pour sa part, était de petite taille, très beau, jeune, en forme et dynamique, semblable à un ballon de basket humain. Il avait été muté au département de police de Richmond seulement trois mois auparavant. Il venait de Fredericksburg, à l'intérieur de l'État, et travailler dans la capitale continuait de le surexciter. *« Nous sommes* l'élite », répétait-il continuellement lorsqu'ils parcouraient la ville, en tapant de la main sur la portière de leur voiture. Decker n'avait pas eu le cœur de lui dire que sa mutation était probablement attribuable à la nécessité urgente pour le chef par intérim d'avoir son quota d'inspecteurs de couleur et beaucoup moins à ses états de service, au demeurant excellents.

— Bon, quel est le topo ? demanda Decker. Un quartier plutôt chic, pour un meurtre à coups de couteau.

— Vous feriez mieux d'entrer et de voir par vous-même.

Decker suivit le postérieur de Cab en haut des marches du perron et franchit la porte d'entrée à la peinture noire lustrée. Il nota que le chambranle était brisé, là où les ambulanciers avaient enfoncé la porte à coups de pied.

— Je n'ai jamais vu un truc pareil, fit Hicks d'une voix surexcitée. Je veux dire, le *sang*, lieutenant. On dirait qu'il y en a partout !

— Eh bien, souvenez-vous que l'on peut repeindre tout un séjour avec le sang du système circulatoire d'une seule personne. Deux couches, si on utilise un rouleau.

Alison gisait toujours dans le vestibule, une chaussure à un pied, l'autre à côté d'elle. Elle regardait fixement la plinthe du mur, ses yeux bleus grands ouverts. Elle semblait déconcertée plus qu'horrifiée, bien que sa tête se trouvât à dix centimètres de son cou. Hicks avait raison pour le sang. Il y en avait partout sur le parquet en chêne ciré, des éclaboussures, des taches et des empreintes de main. Il y en avait sur les murs, sur les portes, sur le store en toile de lin crème. Il y avait même un jet de sang en forme d'éventail sur le plafond.

Decker savait par expérience que le sang avait une façon bien à lui de se répandre partout. Vous pouviez tuer par balles quelqu'un dans une chambre au premier étage, et on retrouverait de minuscules taches de sang sur les murs dans le vestibule.

Un photographe de la police au visage grêlé et au teint olivâtre, Dave Martinez, s'affairait, et la lueur des flashs donnait l'impression optique qu'Alison continuait de bouger. Decker se mit à croupetons à côté d'elle et scruta ses grands yeux bleus à la Doris Day. Elle soutint son regard, son expression implorant : *Que m'est-il arrivé ?*

Decker jeta un coup d'œil à son sarrau imbibé de sang.

— Elle devait accoucher dans combien de temps ? demanda-t-il à Cab.

— Le 21, d'après sa mère. Mais elle a été poignardée au ventre au moins six fois. Le bébé n'avait pas l'ombre d'une chance.

— Ça donne la chair de poule, non ? dit Hicks en soufflant sur la nuque de Decker. Elle donne l'impression de s'apprêter à dire quelque chose.

— Vraiment ? Vous feriez dans votre froc si elle parlait.

Decker se remit debout brusquement, et Hicks fut obligé de s'écarter. Il heurta l'une des chaises de cuisine et faillit perdre l'équilibre.

Cab renifla et déclara :

— La victime s'appelait Alison Maitland, vingt-huit ans, épouse de Gerald Maitland, trente-trois ans, lequel est associé à part entière à l'agence immobilière Shockoe, 1818 Cary Street Est.

— Où est Maitland maintenant ?

— Toujours dehors dans l'ambulance. En état d'arrestation. On lui a lu ses droits. Ils lui ont donné les premiers soins pour de graves lacérations aux bras et au visage. Ne vous inquiétez pas… Wekelo et Saxman sont avec lui.

— Vous lui avez parlé ?

Cab secoua la tête.

— J'ai essayé, mais il est salement secoué. Il a dit : *« Ça nous a tailladés continuellement. »* Je lui ai demandé ce qu'il voulait dire, *qu'est-ce* qui les avait tailladés continuellement, mais il n'a pas répondu. Enfin, rien qui ait un putain de sens.

— Je l'ai également entendu dire : *« Il n'y avait personne là-bas »*, intervint Hicks. Il l'a dit cinq ou six fois, *« Il n'y avait personne là-bas, il n'y avait personne là-bas* ». Il murmurait et marmonnait, on ne l'entendait pas très bien.

Hicks hésita, puis il ajouta :

— Le truc bizarre, c'est que cela ne donnait pas l'impression qu'il essayait de *me* convaincre qu'il n'y avait eu personne là-bas. C'était plutôt comme s'il essayait de se convaincre *lui-même*.

— Je n'irais pas trop dans ce sens, dit Cab. Ce type a complètement disjoncté, pour une raison ou pour une autre. Le stress, des problèmes à son travail, une dispute avec sa femme, qui sait ? Tout mariage est un mystère. Le mien, en tout cas.

— Qui a appelé les flics ? demanda Decker.

Hicks ôta d'un coup sec l'élastique qui entourait son calepin.

— Alison Maitland a fait le 911 à 13 h 56 pour demander une assistance médicale urgente. Elle a dit à la standardiste que son mari s'était fait une entaille et qu'il saignait beaucoup. Les ambulanciers sont arrivés ici à 14 h 14, mais personne n'est venu leur ouvrir et cela leur a pris deux autres minutes pour enfoncer la porte. Lorsqu'ils sont entrés, ils ont trouvé la victime étendue ici dans le vestibule et son mari agenouillé à côté d'elle. Apparemment, il essayait de remettre sa tête en place.

— Dans ce cas, nous avons affaire à un optimiste de premier ordre, fit Decker.

— Gerald Maitland lui-même présentait des entailles très graves, particulièrement aux bras et au visage. En fait, ses blessures auraient pu mettre sa vie en danger.

— Mutilation volontaire ?

— C'est certainement le cas. Lorsque les ambulanciers ont enfoncé la porte, la chaîne de sûreté était toujours mise, à l'intérieur. Les officiers de police Wekelo et Saxman sont arrivés quelques minutes plus tard, à 14 h 28, et ils ont constaté que toutes les portes à l'arrière de la maison étaient verrouillées et que les seules fenêtres qui étaient ouvertes étaient trop petites pour qu'on puisse entrer par là.

— Compris, dit Decker en jetant un regard à la ronde. Et l'arme ?

— Nous ne l'avons pas encore trouvée, répondit Cab.

— Vous ne l'avez pas trouvée ? Il a eu besoin d'une putain d'*épée* pour lui trancher la tête de cette façon.

— Absolument, admit Cab. Qui plus est, au moins trois des blessures portées à l'abdomen ont complètement transpercé le corps de la victime, du devant jusqu'au dos, ce qui indique que l'arme faisait au moins soixante-dix centimètres de long. Mais – quoi qu'ait été cette arme – nous ne l'avons pas trouvée à proximité du corps.

— Vous avez inspecté toute la maison ?

— J'ai organisé une fouille rapide des pièces. Mais Gerald Maitland était couvert de sang, de la tête aux pieds – le sang de sa femme et son propre sang – et il n'aurait pas pu cacher l'arme quelque part dans la maison sans laisser des empreintes de pas ou des empreintes de main.

» Il y a des traces de sang sur les murs de l'escalier, mais Maitland posait du papier peint quelques instants avant le meurtre, et il s'était peut-être blessé avec son couteau de menuisier. Nous avons trouvé le couteau par terre dans la chambre d'enfant, mais la lame fait seulement cinq centimètres de long, et bien qu'il y ait quelques gouttes de sang dessus, ce n'était manifestement pas l'arme du crime.

— Les couteaux de cuisine ?

— Tous étaient propres, excepté un petit couteau qui avait été utilisé pour confectionner un sandwich au poulet.

— Hicks, dit Decker, nous devons procéder à une nouvelle fouille et nous devons le faire maintenant. Je veux que cette maison soit passée au peigne fin. Examinez le jardin. Déclouez les lattes des parquets. Regardez dans le réservoir des W.-C. et dans les citernes. Et merde, une arme de cette taille... elle est nécessairement quelque part !

Hicks haussa les sourcils à l'adresse de Cab en une question muette, mais celui-ci acquiesça de la tête.

— Trouvez cette putain d'arme, d'accord ?

Tandis que Hicks entreprenait une nouvelle fouille avec cinq policiers en uniforme, Decker et Cab sortirent et se tinrent sur le perron. Il y régnait une chaleur étouffante, mais au moins il n'y avait pas l'odeur âcre du sang. Un ou deux journalistes crièrent des questions à Cab, mais celui-ci agita la main et cria en retour :

— Cinq minutes ! Okay ? Accordez-moi cinq minutes !

Il sortit de sa poche un énorme mouchoir blanc et se moucha bruyamment.

— Putain d'allergie ! C'est le myrte. Je suis allergique au myrte.

— Maitland a été fouillé, j'espère ? dit Decker. Et s'il avait sorti l'arme de la maison en la dissimulant dans la jambe de son pantalon ?

— Impossible. Wekelo l'a soumis à une fouille du corps complète avant que les ambulanciers le transportent hors de la maison.

Decker coiffa en arrière ses cheveux ébouriffés par le vent.

— Je ne sais pas... Je commence à subodorer qu'il y a quelque chose qui cloche dans cette histoire.

— Bon, nous n'avons pas localisé l'arme du crime. Nous la trouverons probablement, mais même dans le cas contraire, nous pouvons obtenir une condamnation. Qui d'autre aurait pu faire ça ?

— Vous avez probablement raison. Mais cela me fait penser à l'affaire Behrens. Vous vous souvenez : Jim Behrens avait manifestement étranglé toute sa famille, mais il n'avait aucun mobile apparent, nous n'avons jamais trouvé la corde, et Behrens affirmait qu'une force invisible était entrée dans sa maison et avait tué les siens. Cette histoire était tellement dingue que le jury ne l'a pas déclaré coupable. (Il mit ses lunettes de soleil Police.) Les jurés regardent trop *X-Files*.

Cab éternua et se moucha à nouveau.

— Je suis sûr que ça passera, une fois que vous serez sur le lac, le rassura Decker.

Cab le regarda en fronçant les sourcils.

— Le lac ? De quoi parlez-vous ?

— Vous allez bien pêcher ce week-end, non ?

— Qui vous l'a dit ?

— Euh... *vous* me l'avez dit.

— *Quand* vous l'ai-je dit ?

— Je ne sais pas... il y a deux ou trois jours.

— J'ai décidé d'aller pêcher hier soir.

— Vous avez dû me dire que vous aviez l'intention d'aller pêcher, c'est tout.

Cab plissa les yeux d'un air méfiant.

— Je vais pêcher avec Bill et Alfredick, si vous tenez à le savoir, sur le bassin de retenue de Falling Creek.

— C'est formidable, Cab. Vous méritez de souffler un peu.

— Vous le pensez ? (Puis, encore plus méfiant :) Depuis quand cela vous intéresse-t-il ?

Decker fut tenté de répondre « chaque fois que vous êtes de service », mais il se contenta de hausser les épaules et de dire :

— Je me soucie du bien-être de mes collègues de travail, Cab.

Cab continua d'avoir l'air peu convaincu, et il se moucha à nouveau.

3

À neuf heures, ce soir-là, Decker reçut un appel du Medical College Hospital l'informant que Gerald Maitland était suffisamment rétabli pour qu'on puisse l'interroger. Il appela Hicks pour voir si celui-ci pouvait l'accompagner, mais Hicks continuait de mettre le 4140 Davis Street en morceaux dans ses efforts pour trouver l'arme du crime.

Il semblait épuisé.

— *Je me demandais s'il fallait éventrer le canapé ? C'est du cuir véritable, et il a probablement coûté la peau des fesses.*

— C'est une enquête criminelle, Hicks, pas une vente de meubles. Vous avez vérifié les cheminées ?

— *J'ai fait venir Vacu-Stack. Ils ont nettoyé les cinq cheminées, mais ils n'ont trouvé que des oiseaux morts.*

— Vous avez vérifié la literie ? Un jour, j'ai trouvé un fusil à canon scié dans un matelas.

— *Nous avons éventré les matelas, les couettes, les oreillers. Nous avons décroché les rideaux… vous savez, au cas où l'arme du crime aurait été dissimulée dans l'ourlet. Nous avons même déchiqueté leurs vêtements.*

— Vous avez regardé dans la cuisine ? Les boîtes de céréales, les paquets de spaghetti, les rouleaux de feuilles d'aluminium ?

— *Pas de problème, lieutenant, nous avons regardé partout.*

— Bon, continuez. Je vous rappelle lorsque j'aurai terminé à l'hôpital.

Il traversait le hall brillant tout neuf lorsqu'une voix féminine appela :

— *Decker !*

À contrecœur, il fit halte et se retourna. C'était l'agent Mayzie Shifflett, de la circulation. Elle avait un visage enjoué, avec des fossettes qui la faisaient paraître cinq ans plus jeune que son âge réel, un petit nez en trompette, des taches de rousseur et de grands yeux marron. Sa chemise kaki était tendue à craquer sur ses petits seins ronds, et sa jupe était tendue à craquer sur son derrière ferme et rebondi. Ses cheveux blonds étaient coiffés en un sévère chignon banane.

— Est-ce que tu m'*évites*, Decker ?

— Bien sûr que non. Je suis surchargé de boulot, c'est tout.

— Tu ne travaillais pas, mardi soir, n'est-ce pas ?

— Mardi ? Euh, c'était quand, mardi ?

— Mardi, c'était le jour avant hier et mardi, c'était le jour où tu étais censé m'emmener dîner chez *Awful Arthur*.

Il se frappa le côté de la tête avec sa paume.

— Merde... tu as raison. Oh, Mayzie, je suis vraiment désolé. Mardi, mon Dieu. Tu sais ce qui s'est passé ?

— Bien sûr que je sais ce qui s'est passé. J'ai mis mon corsage qui tue, je me suis fait un brushing, je me suis aspergée de *Giorgio*, et ensuite j'ai attendu pendant deux heures et demie en regardant *Star Trek* jusqu'à ce que je décide finalement que tu ne viendrais pas.

— Ma mère a fait une chute. Sa hanche, tu sais ? J'ai été obligé d'aller la voir. J'étais tellement inquiet à son sujet que j'ai complètement oublié que nous devions sortir ensemble.

— Ta mère a fait une chute. Decker... tu n'es même pas capable de me mentir sans mêler ta mère à tout ça ?

— Je te dis la vérité, Mayzie. Tu crois que j'oublierais un rendez-vous avec toi si quelque chose de très, très grave ne s'était pas produit ? Écoute... je te revaudrai ça.

— Quand ?

— Je ne sais pas trop. Tu as appris, pour ce meurtre dans Davis Street – la jeune femme qui a été décapitée. C'est une affaire très importante... Je suis en plein dedans.

— Decker, il faut que je te parle.

Il la prit par les épaules et déposa un baiser sur son front.

— Dans ce cas, disons mardi prochain. Même heure, même endroit.

— Decker, il faut que je te parle plus tôt que ça. Je n'ai pas eu mes règles.

Il renifla.

— Tu n'es même pas capable de me mentir sans mêler mes enfants à tout ça ?

— Je parle sérieusement, Decker. Je crois que je suis enceinte.

— Ah. Enceinte. (Il marqua un temps, puis il plissa les yeux.) Tu ne me fais pas marcher, hein ?

Elle le regarda sans ciller durant un long, très long moment. Petit à petit, il comprit qu'elle ne le faisait peut-être pas marcher. Il se pencha vers elle et dit d'une voix sifflante :

— Comment peux-tu être *enceinte* ? Tu prends la pilule, non ?

— J'ai été obligée d'arrêter de la prendre à cause de mes antibiotiques. C'était juste pendant deux semaines. Je ne pensais pas que...

— Tu n'as pas pensé que, si tu faisais l'amour sans avoir pris la pilule, il pouvait y avoir un risque de maternité ? Ou, pis encore, de *paternité* ? Je suis flic, Mayzie, je ne suis pas un papa.

Les cils de Mayzie brillèrent de larmes.

— Je suis désolée, Decker. Je n'avais pas l'intention que cela arrive. Mais il faut que nous parlions.

— Parler avancera à quoi ?

— Je porte peut-être ton enfant, Decker. Il ne partira pas tout seul.

Decker prit une profonde inspiration. L'inspecteur George Rudisill se tenait à l'autre bout du hall. Il parlait à une vieille femme énervée qui avait un bras en écharpe, et il adressa à Decker un sourire entendu. *Merde, il ne manquait plus que ça,* se dit Decker.

— Entendu, Mayzie, dit-il. Pour le moment, il faut que j'aille parler à mon principal suspect. Mais je te retrouve au bar *Tobacco Company* à, disons... Quelle heure est-il maintenant ? À huit heures, d'accord ?

— Tu viendras, hein ? Tu ne me laisses pas tomber ?

— Je le jure sur la hanche de ma mère.

Seigneur, pensa Decker. D'accord, Mayzie était une jolie nana. Mais quand ils faisaient l'amour, elle poussait des cris flûtés, comme une oie sauvage qui s'envole vers le sud pendant l'hiver, et quand ils ne faisaient pas l'amour et qu'elle ne poussait pas des cris flûtés, elle parlait uniquement de *soap operas*, de vernis à ongles, et de la fois où elle avait fait partie du public dans *Oprah!* (Elle avait la cassette vidéo, si on voulait la voir, la cinquième rangée à partir du fond, dans cette robe à pois mauve.)

Decker l'avait invitée chez *Awful Arthur* pour un dernier dîner et pour lui dire: « Désolé, Mayzie, mais je ne pense pas que cela puisse marcher entre nous. » Cela marchait si mal qu'il avait complètement oublié leur rendez-vous.

— À huit heures, insista-t-elle.

Puis elle s'éloigna pour retourner au département de la circulation.

Decker resta seul un moment, à se frictionner lentement les muscles de la nuque. Rudisill le rejoignit et arbora un large sourire.

— Bonjour, lieutenant. Tout va bien?

— Bien sûr. Pourquoi cela irait-il mal?

— Shifflett n'avait pas l'air très heureuse.

— Les femmes sont *toujours* heureuses, George. Surtout lorsqu'elles sont tristes.

Jerry Maitland était adossé à un oreiller sur son lit. Le côté gauche de son visage et ses deux bras étaient recouverts de pansements, si bien qu'il ressemblait à un bonhomme de neige. Ses pupilles étaient dilatées et il sentait toujours la salle d'opération.

— Dix minutes, pas plus, s'il vous plaît, lieutenant, dit l'infirmière rousse.

— Vous aimez la cuisine mexicaine? lui demanda Decker.

— Je suis mariée.

— Le fait d'être mariée affecte vos papilles gustatives?

— Neuf minutes, répondit l'infirmière, et elle referma la porte derrière elle.

Decker s'approcha du lit. Jerry tourna la tête avec raideur pour le regarder. Decker ne parla pas tout de suite. Il alla jusqu'à la fenêtre et écarta les lames du store avec deux doigts. En contrebas, il apercevait les trottoirs brillamment éclairés de Marshall Street, et l'intersection avec la 14e Rue. Au bout d'un moment, il se retourna et dit:

— Comment allez-vous, Gerald?

Jerry secoua la tête, mais demeura silencieux.

Decker approcha une chaise et s'assit à califourchon dessus. Il déplaça le goutte-à-goutte de plasma de Jerry afin de s'asseoir un peu plus près.

— C'est bien Gerald ou est-ce que je peux vous appeler Jerry ?

— Jerry, pas de problème, marmonna Jerry.

— D'accord, Jerry. Moi, c'est Decker. Je ne sais pas ce qui a pris à mes parents de me donner un prénom à la noix comme celui-là. Cela avait quelque chose à voir avec mon trisaïeul. Il a combattu dans l'armée de la Virginie du Nord, pendant la guerre de Sécession.

Jerry voulut tousser, mais cela tirait manifestement sur les points de suture de son visage, et il fut obligé de réprimer sa toux.

— C'est douloureux, hein ? dit Decker.

Jerry acquiesça. Decker acquiesça également, comme s'il compatissait.

— Vous pouvez demander que votre avocat soit présent. Vous le savez, n'est-ce pas ?

— Je n'ai pas besoin d'un avocat. Je n'ai rien fait.

— Vous en êtes sûr ? Cela pourrait être dans votre intérêt.

Jerry secoua la tête.

— Très bien, dit Decker. (Puis, d'un ton désinvolte :) Qu'avez-vous fait du couteau ?

— Je posais du papier peint et je me suis fait une entaille. Je ne sais pas comment. J'ai laissé tomber le couteau par terre.

— Non, non. Ce n'est pas ce que je voulais dire, Jerry. Celui-là était un couteau de menuisier ridiculement petit. Je parle de l'*autre* couteau.

— L'autre couteau ?

— C'est exact. Je parle du gros couteau long de soixante-dix centimètres que vous avez utilisé pour couper la tête à Alison.

— Vous ne croyez pas sérieusement que je l'ai tuée ? Comment pouvez-vous penser... Je l'*aimais*. Alison était ma femme. Pour quelle raison aurais-je voulu la tuer ?

— Ma foi, c'est ce que j'essaie de découvrir, Jerry, et cela faciliterait énormément les choses si vous me disiez ce que vous avez fait du couteau.

— Il n'y *avait pas* de couteau. Vous ne comprenez donc pas ? Il n'y *avait pas* de couteau.

— Alors, avec quoi lui avez-vous tranché la tête ? Avec des ciseaux à ongles ? Allons, Jerry, vous étiez seul avec Alison dans la maison, et Alison n'a pas été simplement décapitée... Elle a reçu plus de dix-sept coups de couteau très profonds et a subi de graves lacérations.

Les yeux de Jerry se remplirent de larmes.

—Je ne l'ai pas touchée. Je l'aimais. Nous allions avoir une petite fille.

Decker demeura silencieux un moment. Puis il tapota le bras de Jerry d'une manière rassurante.

—Entendu, Jerry. Vous ne l'avez pas touchée. Mais si vous me disiez où est le couteau, je pourrais faire relever les empreintes sur le manche, et si ce n'est pas vous qui avez fait ça, alors nous en aurons la certitude, d'accord?

—Il n'y *avait pas* de couteau. J'ai été blessé aux bras, puis au visage, mais à aucun moment je n'ai vu un couteau.

—Pourtant, vous étiez seuls? Il n'y avait personne d'autre qu'Alison et vous? C'est bien ce que vous me dites?

Jerry hocha la tête d'un air pitoyable.

Decker réfléchit pendant une minute ou deux, la main plaquée sur sa bouche. Puis:

—D'accord, supposons que cela se soit passé ainsi. Quelle est votre explication?

—Je ne sais pas. Il y avait du sang partout dans la cuisine. J'étais certain que j'allais mourir. Puis Alison est allée ouvrir la porte aux ambulanciers et brusquement elle...

—Continuez. Prenez votre temps.

—Je n'étais pas à côté d'elle. Elle s'est écroulée. Elle a fait une sorte de pirouette, et... elle est tombée par terre et... sa *tête*...

Il détourna son visage et frappa ses bras enveloppés de pansements sur les couvertures. Il était seulement à même d'émettre des sanglots étranglés.

—Okay, dit Decker au bout d'un moment. Je n'insiste pas, je reviendrai vous voir plus tard.

Il se leva et remit la chaise à sa place contre le mur. Cela ne faisait aucun doute pour lui que Jerry avait assassiné sa femme, tout simplement parce qu'il n'y avait pas d'autre explication rationnelle. Mais cela ne servirait pas à grand-chose d'essayer de l'interroger tant qu'il serait toujours en état de choc. Decker avait vu cela tellement de fois auparavant: des mères qui étaient incapables d'admettre qu'elles avaient étouffé leur bébé, des maris qui croyaient sincèrement que quelqu'un d'autre avait tué leur épouse, alors qu'ils se tenaient près du corps avec un pistolet déchargé à la main. On appelait cela de la dissociation.

Il sortit de la chambre. Un policier en uniforme était assis dans le couloir, occupé à lire la rubrique sportive. Il posa son journal et voulut se lever, mais Decker l'arrêta :

— Restez assis, Greeley. Vous avez un tuyau pour Colonial Downs ?

— Mister Invisible dans la 345, à 25 contre 1.

— Mister Invisible, hein ?

Il se retourna et jeta un regard à Jerry Maitland allongé dans son lit. *« Il n'y avait pas de couteau. Il n'y avait personne là-bas. »*

Il se dirigea vers le bureau de l'infirmière.

— Ce fut rapide, fit-elle remarquer.

— Je suis connu pour ça. Vous êtes vraiment sûre pour cette invitation à dîner ? Je connais un endroit où ils font les *tamales* les plus aphrodisiaques du monde.

— Je regrette, lieutenant. J'ai consulté une voyante récemment, et elle m'a fait bien comprendre que mon avenir ne comportait pas de repas mexicain avec un officier de police.

— C'est parce qu'elle a prédit la mauvaise ligne. Elle a prédit votre ligne de *tête* au lieu de votre ligne de *cœur*.

— Pas du tout. Elle a prédit votre ligne de drague minable.

4

Decker retourna chez les Maitland. Hicks se tenait devant la maison sous une batterie de projecteurs, avec trois policiers en uniforme et deux autres inspecteurs, John Banks et Newton Fry. Les cars de reportage télé étaient toujours là, ainsi qu'une foule de badauds. La soirée était poisseuse et chaude et sentait les chênes verts et les gaz d'échappement.

Decker se glissa sous le ruban POLICE – NE PAS FRANCHIR.

—Alors… toujours pas d'arme ?

Hicks essuya sur le bout de son nez une tache blanche de poussière de plâtre.

—Cela me dépasse. Nous avons quasiment démoli toute la maison, et je veux bien être pendu si je comprends comment Maitland a fait pour s'en débarrasser.

—Je continue de penser qu'une tierce personne était nécessairement sur les lieux, déclara Banks. (Il était courtaud et trapu, avec un torse de bull-terrier.) Je sais que Maitland affirme qu'il n'y avait personne d'autre, mais dans quel état mental était-il ? Ou bien il couvre peut-être quelqu'un.

Hicks secoua la tête.

—Nous n'avons pas trouvé d'empreintes de pas ou de main, à part celles de M. et Mme Maitland. S'il y *avait* une tierce personne, comment diable a-t-il ou elle fait pour sortir de la maison sans laisser la moindre trace ?

—Il est peut-être sorti avant que le sang commence à gicler partout. Un couteau de soixante-dix centimètres de long ne se volatilise pas dans la nature comme ça, d'accord ?

Decker consulta sa montre. Il était déjà 19 h 46 et il était censé voir Mayzie à vingt heures.

— Écoutez, dit-il, on arrête pour aujourd'hui et on reprend demain matin. Nous avons besoin d'interroger Maitland à nouveau avant de poursuivre, et pour le moment il n'est pas exactement *compos mentis*.

Il s'apprêtait à s'en aller lorsqu'un policier en uniforme s'approcha :

— Excusez-moi, lieutenant. Il y a une dame qui veut vous parler.

— Ah oui ?

— Elle dit qu'elle passait ici juste après deux heures de l'après-midi et que sa fille a vu quelqu'un sortir de la maison.

— Vraiment ? (Decker scruta la foule de son regard de myope.) Faites-la venir, vous voulez bien ?

Le policier souleva les rubans pour laisser passer une femme entre deux âges portant une robe verte à fleurs. Elle avait des cheveux grisonnants effilés que même une dizaine de pinces à cheveux éperdument entrecroisées ne parvenaient pas à maintenir en chignon. Elle était accompagnée d'une adolescente grassouillette trisomique. L'adolescente portait un cardigan beige et une jupe plissée marron. Elle s'agrippait au bras de sa mère.

— Bonjour, dit Decker. Je suis le lieutenant McKenna. L'un de mes hommes me dit que votre fille a peut-être vu quelqu'un sortir de cette maison cet après-midi.

La femme hocha la tête avec véhémence.

— Nous n'y pensions plus et puis nous avons vu le reportage aux informations, n'est-ce pas, Sandra ?

L'adolescente se couvrit le visage de la main, si bien que seuls ses yeux d'un bleu laiteux étaient visibles.

— Sandra est très timide par moments, expliqua la femme.

— À quelle heure exactement avez-vous vu cette personne ?

— Juste après deux heures. J'étais allée chercher Sandra à son cours d'arts plastiques à deux heures, et nous passons toujours par ici pour rentrer à la maison.

— Pouvez-vous le décrire ?

— Euh, non. *Moi*, je ne l'ai pas vu. C'est Sandra. Elle a tiré sur ma manche et elle a dit : « *Regarde cet homme, maman, tu ne trouves pas qu'il est très effrayant ?* »

Decker fronça les sourcils.

— Sandra l'a vu mais vous ne l'avez pas vu ? Comment cela se fait-il ?

— Pas *je ne l'ai pas vu*, lieutenant. Je *n'ai pas pu le voir.*

— Excusez-moi, madame... ?

— Plummer, Eunice Plummer. Et c'est mademoiselle.

— Entendu, désolé, mademoiselle Plummer. Je crois que je ne vous suis pas très bien. Sandra a dit : « Regarde cet homme effrayant », mais vous ne pouviez pas le voir ?

— Je ne peux pas toujours voir les gens que Sandra voit. Je n'ai pas son don.

O*h, merde,* se dit Decker. *Encore un médium.* Il était d'avis que l'on devrait interdire aux gens impressionnables de voir des films comme *Les Autres* et *Le Sixième sens.*

Il ôta ses lunettes et, du dos de la main, essuya la sueur sur son front.

— Est-ce que Sandra voit des gens très fréquemment, mademoiselle Plummer ? Je veux dire, des gens que vous ne pouvez pas voir ?

— Pas souvent, non. Un jour, elle a vu un prédicateur, devant St John's Church, dans le cimetière. Et une autre fois, elle a vu une femme, une Noire avec un drôle de chapeau, près de Mason's Hall.

— Je vois. Elle en a parlé à son docteur ?

Eunice Plummer parut déconcertée.

— Pourquoi devrait-elle en parler à son docteur ?

— Eh bien... ce doit être un genre de symptôme, non ?

— Excusez-moi, lieutenant. Un symptôme de quoi, exactement ?

Decker s'efforça de faire preuve de tact.

— Voir des choses, vous savez, avoir des hallucinations...

— Lieutenant, Sandra n'a pas d'hallucinations. Elle voit des gens que d'autres personnes ne peuvent pas voir, c'est tout. C'est un avantage, pas une déficience. C'est comme les chiens qui entendent des notes très hautes qui sont parfaitement inaudibles pour l'oreille humaine. Non que je comparerais jamais Sandra à un chien !

— Naturellement. Eh bien... j'aimerais vous remercier, vous et Sandra, pour cet acte de civisme.

— Vous ne voulez pas savoir à quoi il ressemblait ?

— Pardon ?

— L'*homme*, insista Eunice Plummer. Vous ne voulez pas savoir à quoi il ressemblait ?

— Je... euh... Je ne pense pas qu'une description soit nécessaire pour le moment. Je vous remercie tout de même.

Sandra abaissa lentement la main qui avait caché son visage. Ses joues étaient empourprées et il y avait une grosse empreinte de pouce sur l'un des verres de ses lunettes.

— Il était habillé tout en *gris*, lâcha-t-elle brusquement.

Decker ne sut pas quoi dire, mais Eunice Plummer l'encouragea :

— Continue, Sandra, dis exactement au lieutenant McKenna ce que l'homme portait.

— Il portait un chapeau gris, comme un chapeau de cow-boy, et un manteau gris avec des ailes dessus. Et il avait une grosse barbe noire.

— Je vois, fit Decker avec un sourire crispé, embarrassé. Cela nous sera très utile, Sandra.

— Et il avait des bottes.

— Des bottes. Formidable.

— Vous ne notez pas cela ? demanda Eunice Plummer. Elle l'a vu, vous savez. Elle l'a vu, clair comme le jour.

— Oh, bien sûr, dit Decker.

Il sortit son calepin et un stylo-bille qu'il avait taxé au *Berkeley Hotel*. Tandis que Eunice Plummer l'observait, il griffonna rapidement : « Gris. Chapeau. Manteau. Ailes ?? Bottes. »

— Une grosse barbe noire, ajouta-t-elle.

— Une grosse barbe noire, acquiesça Decker.

— Et une épée, intervint Sandra.

Decker leva les yeux.

— Une *épée* ?

— Il avait une épée. Il ne la portait pas. Elle était accrochée.

Elle indiqua d'un petit geste de la main que l'épée était suspendue à la ceinture de l'homme.

Decker referma son calepin. Sandra le regardait et son expression était tellement passionnée et confiante qu'il était à deux doigts de la croire.

— Lorsque tu as aperçu cet homme, où était-il ? demanda-t-il.

Sandra montra le perron du doigt.

— Il passait à travers la porte.

— Donc la porte était ouverte ?

Elle secoua la tête énergiquement.

— Sandra... comment a-t-il pu franchir la porte si elle n'était pas ouverte ?

— Il est passé *à travers* la porte, répéta-t-elle d'un ton catégorique.

— D'accord... Il est passé à travers la porte, et ensuite ?

— Il a descendu les marches et ensuite il est parti dans cette direction.

Elle pointa son doigt vers l'ouest, vers la 26e Rue Nord.

— Elle ne ment jamais, lieutenant, déclara Eunice Plummer. Elle est incapable de dire quelque chose qui ne soit pas vrai, même si elle sait qu'elle sera punie.

— Tu suis des cours d'arts plastiques, Sandra ? dit Decker. Tu aimes bien dessiner ?

Sandra acquiesça.

— J'aime bien dessiner et peindre et j'aime bien faire de la poterie.

— C'est parfait, parce que c'est précisément ce que j'aimerais que tu fasses. J'aimerais que tu me fasses un dessin de cet homme que tu as vu passer à travers la porte. Lorsque tu auras terminé ton dessin, je veux que tu appelles à ce numéro et j'enverrai un officier de police chez toi demain matin pour le prendre. Tu crois que tu peux faire ça pour moi ?

— Elle peut le faire, intervint Eunice Plummer. Elle est douée pour le dessin.

— Oh, j'en suis sûr !

L'officier de police raccompagna Eunice Plummer et Sandra jusqu'au cordon de police. Avant de se faufiler sous le ruban, Sandra se retourna et fit à Decker un petit geste timide de la main. Decker lui fit un signe de la main en retour.

— Qui est votre nouvelle petite amie ? demanda Hicks.

— Une jeune personne très gentille, c'est tout ce que je peux dire.

— Elle a réellement vu quelqu'un ?

— Non, je ne le pense pas. Sa mère dit qu'elle a une sorte de perception extrasensorielle... Elle voit des gens qui se promènent et que personne d'autre ne peut voir. Il s'agit certainement d'une fonction cérébrale endommagée.

— Et qu'avez-vous décidé ?

— Je lui ai demandé de dessiner l'homme qu'elle avait vu, c'est tout. À tout le moins, cela pourrait agir comme une sorte de thérapie.

— Depuis quand êtes-vous devenu Bruce Willis ?

5

Il était minuit dix lorsque Decker regagna son loft sur Main Street, referma la porte derrière lui et mit la chaîne de sûreté. Il avait été bloqué pendant plus d'un quart d'heure par un camion garé en travers de la rue, dans lequel des ouvriers chargeaient l'amiante qui avait été gratté sur les murs de la gare de Main Street. On rénovait la gare et les trains avaient été ramenés dans le centre-ville, mais les services de santé de l'État de Virginie avaient toujours des bureaux dans ce qui avait été autrefois la remise des locomotives. C'est pourquoi les travaux de désamiantage ne pouvaient être effectués que la nuit.

Decker jeta sa veste en toile noire chiffonnée sur le canapé et ôta son étui d'épaule pesant, qu'il suspendit sur le porte-chapeaux ancien style. Il n'avait rien mangé depuis onze heures du matin, et il avait acheté deux blancs de poulet dans l'intention de se faire une fricassée à la mexicaine. Mais il avait dépassé le stade de la faim… et il était bien trop fatigué pour cuisiner quelque chose maintenant. Il mit les blancs de poulet au frigo et retourna dans le séjour.

Il alluma la télévision, mais laissa le son coupé. Sur l'écran, une sorcière mourait sur le bûcher en silence. Il alla jusqu'au bar à la porte vitrée, sortit un petit verre à alcool *caballitos* et se versa une goutte de tequila Herradura Silver. Il but le verre d'un trait et se tint immobile un moment, les yeux larmoyants, avant de s'en servir un autre. Elle était fabriquée avec 100 % d'agave bleu, l'une des tequilas les plus coûteuses que l'on puisse acheter.

Il vit que le signal rouge de son répondeur clignotait et devina qui c'était, mais il n'avait pas envie d'écouter le message. Il emporta son verre jusqu'à la fenêtre et contempla Canal Walk et la James River. L'eau luisait, aussi noire que du mazout, où dansaient un millier de lumières, jaunes, rouges et vertes.

Il avait emménagé aux Canal Walk Lofts plus d'un an auparavant. Pourtant, malgré tous les tableaux et les affaires personnelles qu'il avait apportés avec lui, il continuait d'avoir l'impression d'être un étranger, de vivre sans aucune autorisation dans l'appartement de quelqu'un d'autre. En fait, il continuait d'avoir l'impression de vivre sans aucune autorisation dans la vie de quelqu'un d'autre.

Les murs étaient peints d'un gris acier foncé et le parquet était en bois dur rouge et luisant, bien qu'il fût rayé devant le fauteuil qui faisait face au téléviseur. Le canapé et les fauteuils étaient en cuir noir souple, et il y avait une table basse en verre et acier chromé maculée de dizaines de ronds qui se recouvraient partiellement, là où avaient été posés des verres et des mugs de café. Au milieu des ronds, il y avait la statuette en bronze d'une danseuse nue à l'expression extatique, ses longs cheveux flottant derrière elle, ainsi qu'une plaque vernissée du département de police de Richmond récompensant les tireurs d'élite, des piles de *TV Guides*, de *Guns & Ammo*, de *Playboy*, et autres journaux, un cendrier du *Jefferson Hotel*, et un exemplaire aux pages cornées de *Votre avenir dans les étoiles : le Capricorne.*

Le long d'un des murs s'étendait une longue bibliothèque en acajou noir, où s'entassaient pêle-mêle des romans de John Grisham, des manuels techniques pour démonter des armes et rafistoler des automobiles, ainsi que des livres de cuisine pour débutants pour préparer des plats mexicains et du Sud. Tout au bout, il y avait une dizaine d'ouvrages sur le mysticisme et la vie après la mort, dont la biographie d'Edgar Cayce, le célèbre médium, et celle de Zora Hurston, l'anthropologue qui avait étudié le culte vaudou en Haïti.

Sur le mur au-dessus de la bibliothèque était accrochée une immense lithographie aux couleurs vives représentant une jeune Hollandaise assise dans un champ de tulipes écarlates, coiffée d'un bonnet blanc comme la neige et chaussée de sabots jaune vif. Sa jupe à rayures était relevée et ses jambes très écartées, et sa vulve était aussi écarlate que les tulipes. À côté du tableau, il y avait d'autres nus, plus sombres et plus mélancoliques, et trois eaux-fortes d'un couple entrelacé. Mais de l'autre côté du séjour, près de la fenêtre, se trouvait une série de plus de vingt photographies dans des cadres noirs, certaines en couleur et d'autres en noir et blanc. Toutes montraient la même jeune femme blonde à l'air rêveur, aux yeux marron et aux longs cheveux très fins.

Decker, comme il le faisait toujours, leva son verre vers elle.

—À un jour de plus au paradis, trésor.

Il tira les rideaux aux larges mailles, puis alla dans la chambre, où son lit pour deux personnes était exactement dans l'état où il l'avait laissé ce matin, les draps tire-bouchonnés comme une corde de prestidigitateur hindou et les oreillers complètement déformés. Il avait toujours eu un sommeil agité et était porté à faire des cauchemars. Le lit était un témoignage silencieux mais éloquent de ses voyages de la nuit précédente dans la contrée des ombres – une contrée où des gens sans visage lui murmuraient à l'oreille et où d'étranges formes blanches s'enfuyaient devant lui et disparaissaient à travers des arcades sans fin.

À côté du lit étaient placées d'autres photographies de la jeune femme à l'air rêveur. L'une d'elles la montrait bras dessus bras dessous avec Decker dans la voie piétonne sous le pont Robert E. Lee, la main droite levée pour s'abriter les yeux du soleil.

Decker ôta ses vêtements et les jeta sur le lit, puis il alla dans la salle de bains carrelée de blanc. Il entra dans la cabine de douche et ouvrit les robinets en grand. Pour quelque raison, l'affaire Maitland le faisait se sentir très fatigué et découragé. Tous les homicides étaient sales et répugnants, et il y avait toujours des interrogations, des impasses et des preuves déconcertantes. De fait, la disparition de l'arme du crime n'aurait pas dû le préoccuper outre mesure. Les preuves indirectes à l'encontre de Jerry Maitland étaient accablantes. Mais c'était difficile de concevoir *pourquoi* il avait agressé sa femme avec une telle frénésie, et tué leur bébé à naître. Il avait un job super, une maison idyllique, et tout à attendre de la vie. À moins qu'il n'ait eu de violentes tendances schizophréniques que personne ne soupçonnait, il n'y avait aucun motif apparent expliquant son acte.

Et puis il y avait l'Homme Très Effrayant en gris de Sandra. Un chapeau gris, un manteau gris, et des *ailes*, quoi que cela signifiât. Decker ne croyait pas aux fantômes et il ne croyait pas à la réincarnation. Après la mort de Cathy, il avait eu envie d'y croire, éperdument, quasiment au point de friser la démence. Il avait consulté des dizaines de médiums et d'extralucides, lu tout ce qu'il pouvait trouver sur les « phénomènes psychiques ». N'importe quoi pour toucher Cathy à nouveau, n'importe quoi pour lui parler, sentir son odeur, et se réveiller le matin pour apercevoir ses cheveux étalés sur l'oreiller. N'importe quoi pour lui dire combien il était désolé.

Mais après trois mois de congé de maladie et presque un millier de dollars de ses économies dépensés inutilement en séances de spiritisme et « séances d'empathie avec les esprits », il avait fini par accepter le fait que Cathy était partie définitivement. Il ne savait pas très bien comment cela s'était produit. Un après-midi, il se promenait dans le cimetière de Hollywood, où étaient enterrés le président Jefferson Davis ainsi que 18 000 soldats de la Confédération, et il avait réalisé à quel point le cimetière était silencieux – à l'exception de la circulation sur la Route 1 et du grondement incessant des rapides de la James River. Il n'y avait personne, ici. Pas d'esprits, pas de chuchotements. Les morts étaient morts et ils ne revenaient jamais.

Néanmoins, il avait appris une chose à la suite de ses recherches sur la voyance : certaines personnes étaient capables de simuler des phénomènes occultes. Elles pouvaient changer leur voix, se rendre temporairement invisibles aux gens qui étaient présents ou, à tout le moins, passer *inaperçues*. Cela n'avait rien de surnaturel, c'était simplement un tour d'adresse, comme la magie ou l'hypnotisme sur la scène d'un music-hall, ou une illusion d'optique. En raison de sa déficience mentale, il était concevable que Sandra n'ait pas été affectée par le « truc », quel qu'il fût, que l'homme en gris avait utilisé pour détourner l'attention des passants. C'était pour cette raison que plus Decker y réfléchissait et plus cela l'intéressait de voir le personnage que Sandra dessinerait.

Il se lava les cheveux avec du shampooing Fix et sentit la mousse lui dégouliner dans le dos. Il commençait à se détendre. Un dernier petit verre de tequila et il pourrait se coucher et dormir et, cette nuit, avec un peu de chance, il ferait moins de cauchemars. Il prit sa serviette et sortit de la cabine de douche.

À ce moment-là, il lui sembla entendre un claquement venant du séjour. Il fit halte et tendit l'oreille. Rien. Ce devait être la climatisation. Il se sécha et retourna dans la chambre. Il ouvrait le tiroir de sa commode pour prendre un caleçon propre lorsqu'il entendit à nouveau le claquement. *Clic. Clic. Clic.*

Il enfila son caleçon, puis il demeura parfaitement immobile et écouta. Presque dix secondes s'écoulèrent. Puis *clic – clic – clic.* Et ensuite un tapotis.

Apparemment, il y avait quelqu'un dans la cuisine, plutôt que dans le séjour. Decker ouvrit la porte de la penderie et prit sa batte de base-ball. Il espérait que, si c'était effectivement un intrus, celui-ci n'avait pas remarqué qu'un colt Anaconda avec son chargeur plein était suspendu au porte-chapeaux juste à côté de l'entrée de la cuisine.

Clic. Clic. Decker poussa un peu plus le battant de la porte, puis il s'avança dans le séjour, en gardant son dos près du mur. Son étui d'épaule était toujours à l'endroit où il l'avait suspendu, Dieu merci ! Mais chose étrange, la porte d'entrée était toujours verrouillée, et la chaîne de sûreté toujours mise.

Il progressa sur le parquet en s'efforçant de ne pas faire de bruits poisseux avec ses pieds humides. Il atteignit le mur opposé, se plaqua contre lui, et respira profondément pour se calmer.

Le tapotis continuait par intermittence. Puis il entendit autre chose, et son dos lui donna des picotements comme si des blattes le parcouraient. *Quelqu'un chantait. Une voix aiguë, haletante.* Il n'y avait pas de mélodie, et les paroles étaient à peine perceptibles. Mais quelqu'un chantait et c'était Cathy. Elle avait toujours chanté de cette façon.

« *Toute mon hmmm d'expression...*
J'ai pensé que c'était tellement hmmmm-mm...
Ne pourrais jamais te rendre justice...
Sans rime ni raison... »

Decker eut l'impression que le monde entier basculait sous ses pieds. Cathy était morte. Il avait vu Cathy morte. Il s'était lui-même persuadé que les fantômes n'existaient pas et que l'on ne pouvait pas évoquer les esprits, et pourtant elle était ici, chantonnant dans sa cuisine en pleine nuit. Cela lui procurait un sentiment de terreur infiniment plus grand que ce qu'un intrus aurait pu lui inspirer. Il leva la batte de base-ball, mais ses mains tremblaient tellement qu'il fut obligé de la baisser à nouveau. Qui plus est, que ferait-il si c'était *vraiment* elle ? Il la frapperait ?

« *La seule erreur... que j'aie commise...*
A été de rester dans hmm-hmm-hmmm
Un jour de trop. »

Decker prit une inspiration frémissante et franchit l'entrée de la cuisine. Le chant s'arrêta brusquement et il n'y avait personne dans la cuisine. Il se tint immobile un moment, ne sachant pas quoi faire. Il s'éclaircit la gorge et dit :

— Cathy ? Tu es ici, Cathy ?

Mais il n'y eut pas de réponse, bien sûr. Il fit un autre pas en avant et huma l'air, dans l'espoir d'être peut-être à même de sentir son odeur, ce parfum fleuri caractéristique qu'elle portait toujours, mais il ne sentit absolument rien.

Il risqua un coup d'œil au-delà du coin de la cuisine, vers le plan de travail brillamment éclairé à côté de l'évier. Posé sur la planche à découper en bois de chêne, il y avait un amas pâle et luisant. Decker ne comprit pas tout de suite ce qu'il regardait, puis, avec un sentiment grandissant de désarroi, il réalisa que c'était un *visage*, aux yeux grands ouverts et aux dents inégales. Ce n'était pas un vrai visage, mais un visage qui avait été confectionné avec des tranches de poulet cru, un bréchet pointu en guise de nez, deux rondelles de banane pour les yeux, et des dents faites avec une pomme coupée en cubes.

Le visage avait une apparence de vie troublante, et la façon dont il le regardait donnait l'impression qu'il allait parler. Mais qui avait créé ce visage, et pourquoi, et *comment* ? Un petit couteau affilé était posé à côté de la planche à découper, mais celui qui l'avait utilisé avait complètement disparu.

Decker arpenta lentement la cuisine, en agitant sa batte de base-ball d'un côté et de l'autre, comme si elle pouvait toucher quelqu'un d'invisible. À nouveau, il chuchota :

— Cathy ? Tu es ici, ma chérie ? Parle-moi, Cathy.

Mais il n'y eut toujours pas de réponse, seulement la sirène lugubre d'un bateau sur la rivière.

Il retourna dans le séjour et jeta un coup d'œil derrière les rideaux. Les fenêtres étaient fermées et verrouillées, donc personne n'avait pu prendre la fuite en sortant par là. Qui plus est, il y avait un à-pic de vingt mètres jusqu'à la rue. Il alla dans la chambre et ouvrit toutes les portes de la penderie. Personne. Il regarda en fronçant les sourcils la photo de Cathy à côté du lit.

— C'était toi ? Ou bien est-ce que je perds la raison ?

Il retourna dans la cuisine. Il considéra pendant un moment le visage façonné avec des blancs de poulet, mais il n'avait aucune idée de sa signification. Il pensa à Jerry Maitland déclarant : *« Il n'y avait personne là-bas... Ça nous a tailladés continuellement, mais il n'y avait personne là-bas. »*

Il se demanda s'il devait appeler Hicks pour qu'il vienne jeter un coup d'œil, mais décida de n'en rien faire. Hicks avait besoin de dormir et, de surcroît, Decker ne voulait pas donner l'impression qu'il perdait la boule. Il avait vu cela se produire trop souvent, des policiers qui s'effondraient petit à petit. La plupart du temps, leur dépression nerveuse était causée par l'érosion persistante d'un chagrin refoulé, après que l'un de leurs coéquipiers avait été tué, ou après que leur mariage était parti à vau-l'eau et qu'ils n'avaient pas obtenu la garde de leurs enfants, ou après qu'ils avaient été appelés une fois de trop pour examiner un corps horriblement mutilé. Ils *pensaient* toujours qu'ils contrôlaient parfaitement leurs émotions, alors que tous leurs collègues se rendaient compte qu'ils étaient aussi fragiles qu'une automobile dont la carrosserie est rouillée jusqu'à la peinture.

Decker prit son Polaroid sur l'une des étagères de la bibliothèque, mit un film, et prit six ou sept clichés du plan de travail. Puis il mit les morceaux de poulet et les fruits dans l'évier, et les poussa dans le broyeur. Quant au couteau, il le saisit par la pointe et le fit tomber dans un sachet en plastique.

Il parcourut la cuisine du regard une fois encore. Il s'éclaircit la gorge.

— Cathy, mon amour, si ce que j'ai entendu était réellement toi, pourquoi ne me donnes-tu pas un signe ? Pourquoi ne me dis-tu pas pour quelle raison tu étais ici ? Pourquoi ne me laisses-tu pas te voir, juste une minute ? Pourquoi ne me laisses-tu pas te toucher ?

Il attendit mais il n'y eut pas de réponse ni de signe. Peut-être *devenait*-il fou. Peut-être était-il simplement surmené.

Finalement, il éteignit les lumières et alla se coucher.

Dès qu'il s'endormit, les cauchemars commencèrent. Des cauchemars encore plus terrifiants que tous ceux qu'il avait faits auparavant.

Il rêva qu'il avançait péniblement à travers un sous-bois touffu qui le lacérait. Il commençait à faire nuit et il savait qu'il devait se dépêcher. Au loin sur sa gauche, il apercevait des feux qui flamboyaient et il entendait des hommes s'appeler entre eux.

Les branches accrochaient ses vêtements et lui cinglaient le visage. Il ne portait pas de chaussures et ses pieds étaient égratignés par des ronces à chaque pas. Les feux commencèrent à s'élever plus haut, il sentait l'odeur de la fumée apportée par le vent, et il entendait le crépitement des buissons qui s'embrasaient.

Il tremblait d'épuisement, mais il savait que, s'il s'arrêtait ne serait-ce qu'une minute, il se retrouverait cerné par les flammes, et il savait également que quelqu'un le poursuivait, quelqu'un qui voulait le tuer. Il jeta un regard par-dessus son épaule. Il ne vit personne, mais il était certain que cette personne était tout près derrière lui.

Quelque part devant lui, au sein de la nuit grandissante, une voix rauque lança :

— Regroupez-vous sur le chemin, les gars ! Regroupez-vous sur le chemin, sinon nous sommes fichus !

Il entendit des claquements qui ressemblaient à des coups de feu, et un homme cria. Comment pouvait-il rejoindre le chemin alors qu'il ne savait même pas où celui-ci se trouvait ? Il voyait seulement le sous-bois touffu et enchevêtré et des épineux.

Il essaya d'aller plus vite en franchissant les taillis en de petits bonds maladroits, mais son visage fut fouetté par les branches et il fut terrifié à l'idée d'avoir un œil arraché. Il leva un bras devant son visage pour se protéger. Ses mitaines se prirent dans des ronces, et ses doigts furent écorchés, mais cela valait mieux que de perdre la vue.

Les flammes se rapprochaient, et il sentait des bourrasques de chaleur semblables à un four. Un autre homme cria, puis un troisième. Puis il entendit autre chose : un bruissement épais, tout près derrière lui, tout près. Quelqu'un le rattrapait rapidement.

Il se retourna, et une silhouette immense dans un manteau foncé l'avait presque rejoint. Elle fondit sur lui et ne s'arrêta pas, si bien qu'elle le heurta violemment. Il se retrouva en train de se débattre dans une cage d'os, pris au piège, incapable de se dégager. Le manteau le recouvrit et il fut emprisonné dans une obscurité sans air, essayant éperdument de se défaire de côtes, d'omoplates et de vertèbres noueuses.

— *Peux pas respirer !* cria-t-il. *Peux pas respirer !*

Il se contorsionna et s'aperçut qu'il était dans son lit, le drap ramené sur son visage, et qu'il se débattait des mains et des pieds.

Haletant, couvert de sueur, il s'assit sur son lit. Il alluma la veilleuse et il se vit dans le miroir qui faisait face au pied du lit, le visage blême, ses cheveux ébouriffés comme un jeune coq. Sa gorge était sèche – presque aussi sèche que s'il avait *réellement* couru pour échapper à un incendie de forêt. Il tendit la main pour prendre le verre d'eau qu'il laissait habituellement sur la table de nuit, mais ce soir il avait oublié de le faire.

— Merde !

Et il s'extirpa du lit. Ce fut à ce moment-là qu'il réalisa que ses pieds étaient lacérés. Ils étaient couverts de dizaines de petites égratignures, jusqu'au mollet, et les draps étaient mouchetés de sang.

Bien plus, plusieurs ronces étaient toujours plantées dans ses chevilles.

Waouh ! se dit-il. *Cela se rapproche dangereusement de la folie !* Des ronces ne s'accrochent pas aux pieds lorsqu'on court à travers un sous-bois dans un cauchemar, même si ce cauchemar est très prenant.

Il mit ses lunettes et alla dans la salle de bains en boitillant légèrement. Il alluma la lumière au-dessus du miroir du lavabo. Son visage était également égratigné. Il avait une vilaine petite coupure sur le côté du nez, et la peau de sa joue droite avait été arrachée en trois lambeaux en diagonale.

Il prit un Kleenex et tamponna doucement les égratignures sur son visage. Puis il s'assit sur le siège des W.-C. et retira les ronces plantées dans ses pieds. Il aspergea les blessures d'eau de toilette – il n'avait pas d'antiseptique. La douleur cuisante le fit suffoquer.

Il resta dans la salle de bains pendant presque cinq minutes, se demandant s'il devait retourner se coucher. Et si jamais il refaisait le même cauchemar, et que les flammes le rattrapaient ? Il pouvait mourir brûlé vif dans son propre lit ! Il avait lu des articles sur des fanatiques religieux qui s'identifiaient avec une telle force aux souffrances du Christ que des stigmates étaient apparus sur leurs pieds et la paume de leurs mains, et que leur front semblait avoir été écorché par une couronne d'épines. Peut-être était-ce un phénomène similaire.

Finalement, il se leva et retourna dans la chambre. Il devait absolument contrôler cette situation. Il avait besoin de dormir, et il ne pouvait pas laisser les peurs de son subconscient commencer à gouverner sa vie.

— Je ne deviens pas fou, déclara-t-il. Je souffre probablement d'un chagrin à retardement et de stress lié à mon travail, mais en aucun cas je ne deviens fou. (Il marqua un temps, puis :) Et merde, je parle tout seul. Est-ce que cela prouve que je suis dingue ?

Il se recoucha avec précaution, mais cette fois il laissa la veilleuse allumée. Cela lui donna l'impression d'être redevenu un enfant, terrifié par ce qui se cache peut-être dans le noir. Lorsqu'il avait cinq ou six ans, il était persuadé que la bordure couleur parchemin des rideaux de sa chambre était la peau d'un homme momifié, grand et mince, et que, dès que la lumière serait éteinte, la momie allait sortir des rideaux et traverser la chambre d'un pas raide pour lui arracher les yeux.

Vers 3 h 30, il se rendormit. Il rêva que Cathy et lui parcouraient le cimetière de Hollywood. C'était tard le soir et le ciel était d'une couleur rouge foncé granulée. Les croix, les urnes et les pierres tombales ressemblaient aux pièces d'un échiquier compliqué, et Decker avait la certitude que, lorsqu'il avait le dos tourné, elles changeaient continuellement de place. Il s'efforçait de regarder Cathy, mais, pour quelque raison, son visage était toujours flou et estompé.

— Que faisais-tu dans la cuisine ? lui demanda-t-il d'une voix étrangement étouffée.

— *Je te protégeais*, répondit-elle.

— Tu me protégeais ? Tu me protégeais de quoi ?

— *De sainte Barbara. Sainte Barbara veut assouvir sa vengeance.*

— Sainte Barbara ? Mais qu'est-ce que tu racontes ? Qu'ai-je donc fait pour indisposer sainte Barbara ?

— *Je ne veux pas que tu le saches. Je ne veux pas que tu le découvres.*

— Cathy, écoute-moi. Dis-moi que je ne deviens pas fou.

Elle demeura silencieuse et commença à s'éloigner. Il tendit la main pour la retenir par l'épaule, mais elle s'affaissa, tel un drap de lit vide, et lorsqu'il ouvrit les yeux, c'était tout ce qu'il tenait dans sa main.

6

Le lendemain matin, il régnait une chaleur étouffante et le ciel à l'est était de la couleur du cuivre foncé, comme si un orage couvait, au-dessus du champ de bataille de Richmond. Decker alla chez *Sausalito*, sur Grace Street Est, commanda un café et des œufs brouillés, s'assit à une table devant la baie vitrée et observa les passants. Pour quelque raison qu'il était incapable d'expliquer, le monde semblait avoir changé, comme si les rues du centre-ville avaient été démontées et reconstruites à la hâte durant la nuit, et que certains détails n'avaient pas été remis tout à fait à l'endroit qui était le leur. Il avait toujours pensé que la boîte aux lettres se trouvait sur le trottoir d'en face, et pourtant elle était ici, juste devant la baie vitrée. Même les passants ne semblaient pas normaux, ils marchaient d'un pas pressé, affecté, tels des figurants sur un plateau de cinéma. Decker aurait presque pu croire qu'il se trouvait toujours dans un cauchemar.

— Je vous ressers du café, Decker ? appela Amy, de derrière le comptoir.

À ce moment-là, une jeune femme coiffée d'un béret noir à la forme étrange le regarda depuis la rue à travers la baie vitrée et lui adressa un sourire complice. Il lui lança un regard interrogateur et forma avec ses lèvres « *Quoi ?* » mais elle se détourna et disparut au sein de la foule, aussi rapidement et aussi complètement que si elle avait été faite uniquement de pièces d'un puzzle.

Et merde, Decker, tu disjonctes complètement, pas de doute !

Mayzie l'attendait au commissariat.

— Espèce de salaud, tu n'es pas venu ! gémit-elle en s'engouffrant après lui dans la cabine de l'ascenseur. Je t'ai attendu pendant plus d'une demi-heure et tu n'es pas venu. Ah ! Comme si je croyais que tu viendrais !

— Je te l'ai dit, trésor. Je suis très occupé avec l'affaire Maitland. Nous avions des témoins à interroger, des indices à chercher. Les choses ont pris beaucoup plus de temps que je ne le pensais.

— Tu aurais pu au moins me téléphoner.

— Je suis désolé. Je suis vraiment désolé.

— Oh, tu es désolé. Tu as vu ton visage, toutes ces égratignures ? Qui t'a fait ça ?

— J'ai trébuché. Je suis tombé dans un buisson.

— Vraiment ? Le buisson de *qui*, j'aimerais bien le savoir !

— Mayzie, je suis désolé-désolé-désolé. On déjeune ensemble ? Je te retrouve ici dans le hall à midi.

— Tu es un enfoiré de première, tu le sais ? Je ne sais même pas si j'ai envie d'avoir un enfant, si tu dois en être le père.

— Eh bien, c'est également mon cas.

— Enfoiré.

— Je te retrouve ici à midi, okay ? Ne sois pas en retard, d'accord ?

Il la laissa dans l'ascenseur et remonta le couloir vers son bureau. Hicks était déjà arrivé et parlait au téléphone. Il montra du doigt la salle d'attente. À travers la cloison vitrée, Decker aperçut Eunice Plummer et Sandra assises côte à côte. Eunice lisait un vieux numéro du *Carytown Guide* pendant que Sandra jouait à une sorte de jeu avec ses doigts.

Decker retira sa veste roux pâle et la laissa tomber sur le dossier de son fauteuil. Son bureau était encombré de papiers, de dossiers et de notes griffonnées, ainsi que de serviettes en papier chiffonnées et de trois gobelets en plastique contenant du café froid. Mais il y avait également une photographie de Cathy dans un cadre en cuivre. Il avait pris cette photo la veille du jour où elle avait été tuée, dans un champ de maïs au bord de la Route 5, dans le comté de Charles. Elle portait un chapeau de paille frangé qui projetait une ombre inégale sur son visage, et elle mâchonnait un brin d'herbe. *Ma magnifique petite paysanne.*

— Que faisais-tu dans mes cauchemars la nuit dernière ? lui demanda-t-il à voix haute.

Hicks raccrocha et dit :

— Tout va bien, lieutenant ?

— Bien sûr, je suis en pleine forme. Je n'ai pas très bien dormi, c'est tout.

— Votre visage est tout égratigné.

Decker toucha délicatement la croûte sur son nez.

— Ouais… J'ai eu une altercation avec le chat du voisin.

— Vous devriez vous faire faire une piqûre antitétanique. Vous pourriez attraper – comment appelle-t-on ça ? – la rage.

Decker ne répondit pas. Il n'avait pas envie d'être obligé de dire à Hicks que ce n'avait pas été un chat, mais une ronce, et qui plus est, une ronce *imaginaire*.

— Je viens de parler avec le médecin légiste, reprit Hicks. Elle est quasiment certaine que les blessures de Mme Maitland ont été causées par une arme à deux tranchants, comme une épée, longue de soixante-dix centimètres approximativement. Elle a suggéré une baïonnette, quelque chose de ce genre.

— Une baïonnette ? Nom de Dieu !

— J'avais l'intention de dresser une liste de tous les endroits à Richmond qui vendent des baïonnettes. Vous savez, les armureries et les boutiques de souvenirs militaires. Les magasins d'antiquités, également. Si nous parvenons à établir que Maitland *possédait* une baïonnette, alors cela n'aura plus tellement d'importance si nous ne réussissons pas à la retrouver.

— Excellente idée, Hicks. Vous pourriez commencer par Billy-Joe Bennett au Rebel Yell sur Cary Street Ouest. Croyez-moi… si Robert E. Lee avait eu ne serait-ce que la moitié du stock d'armes que possède Billy-Joe Bennett, il aurait gagné la guerre en une semaine.

— Entendu, lieutenant. Je m'y mets tout de suite.

Hicks prit sa veste sur la patère près de son bureau et mit son calepin dans sa poche.

— Hé, hé, doucement, mon vieux ! fit Decker. Vous n'avez pas besoin de prendre aussi à cœur cette histoire d'arme. Vous avez effectué des recherches approfondies, vous n'avez pas réussi à la trouver, *donc* elle n'était pas dans la maison. À l'évidence, cela nous aiderait beaucoup si nous étions en mesure de produire l'arme au tribunal et de prouver que Maitland l'a utilisée pour tuer sa femme, mais ce n'est pas la fin du monde si nous en sommes incapables.

— J'aime bien que tout soit bouclé comme il faut, reconnut Hicks. Enfin, comment une baïonnette de soixante-dix centimètres de long a-t-elle pu disparaître ? Ce n'est pas logique.

— D'accord, monsieur Spock, fit Decker.

Mais alors qu'il disait cela, il pensa au visage confectionné avec des blancs de poulet et des bananes, posé sur sa planche à découper. Et qu'est-ce que cela avait de logique, voire de sensé ?

Il se passa la main dans les cheveux d'un geste las.

— Je suppose que je ferais mieux d'aller voir ce que veulent mes deux visiteuses. Au fait, votre femme se plaît, ici, dans la capitale ?

— Oh, tout à fait. Elle est très contente.

— Fredericksburg ne lui manque pas ?

— Un peu. Je pense que ce sont surtout ses amies qui lui manquent.

— Ma foi, c'est bien normal. On devrait sortir ensemble un soir… Je connais deux ou trois jeunes femmes avec qui elle s'entendrait très bien. Elle aime la cuisine mexicaine ? Nous pourrions aller à *La Siesta*.

Hicks haussa les épaules.

— Je lui poserai la question. Elle n'aime pas beaucoup rencontrer des gens.

— Dans ce cas, j'insiste pour qu'elle vienne. Je ne veux pas que la femme de mon coéquipier se sente perdue et abandonnée dans la grande ville.

Hicks lui adressa un sourire crispé, hésitant.

— Oui, bien sûr. Merci. Je lui en parlerai.

Il frappa doucement à la porte de la salle d'attente. Eunice Plummer leva les yeux et eut un sourire radieux en l'apercevant. Sandra fit de même.

— Désolé de vous avoir fait attendre si longtemps.

— Je vous en prie. Sandra a terminé son dessin hier soir à sept heures et, depuis, elle brûle d'envie de vous le montrer. Elle était debout à six heures, avait mis sa plus belle robe, et était prête à venir ici.

— J'aurais pu envoyer quelqu'un chercher le dessin. Cela vous aurait évité le déplacement.

— Je voulais vous le montrer moi-même, intervint Sandra.

— Eh bien, je t'en suis très reconnaissant, Sandra. Ce sont

des personnes comme toi qui rendent notre travail infiniment plus gratifiant.

— Je veux vous aider à trouver cet Homme Très Effrayant. Il ressemblait à ça.

Sur ce, Sandra abaissa son menton et fronça les sourcils, puis elle fit se révulser ses yeux, de telle sorte que seul le blanc était visible.

— Sandra ! s'insurgea Eunice Plummer. Tu ne dois pas faire des grimaces ! Si le vent tourne, tu resteras comme ça !

Sandra battit des mains avec excitation.

— Il ressemblait exactement à ça ! Regardez mon dessin... Regardez !

Elle tendit à Decker une feuille de papier à dessin roulée en tube. Decker s'assit à côté d'elle et déroula la feuille de papier. Il s'était attendu à voir un bonhomme composé de bâtonnets et coiffé d'un chapeau. Ce que Sandra avait dessiné était une restitution minutieuse de la façade du 4140 Davis Street, avec ses grilles en fer forgé et son porche aux colonnes doriques. Il y avait même la lanterne de fiacre. Elle avait dessiné toutes les briques, et les avait ombrées. Elle avait même dessiné les rideaux de tulle derrière la fenêtre du petit salon donnant sur la rue

— Sandra a une mémoire incroyable, déclara Eunice Plummer avec fierté.

Decker secoua la tête d'un air admiratif.

— Qui plus est, elle est très douée ! Je connais des dessinateurs professionnels qui sont incapables de faire un dessin aussi réussi.

Sandra montra du doigt la haute silhouette qui se tenait sur le perron.

— C'est lui. C'est l'homme effrayant.

Son imitation du visage de l'Homme Très Effrayant avait été semblable de façon inquiétante au visage qu'elle avait dessiné. L'homme était très grand. Il était coiffé de ce qui ressemblait à un chapeau à large bord, orné de plumes noires éparses, et sa barbe était noire et hirsute. Mais c'étaient ses yeux qui lui donnaient un air aussi terrifiant. Ils n'avaient pas de pupilles ; il y avait seulement le blanc, comme les yeux d'une morue cuite à l'eau. Pourtant, ils avaient une expression de fureur intense, comme si l'homme jetait toutes les malédictions possibles et imaginables sur quiconque le regardait.

— Tu as raison, acquiesça Decker. Il *est* sacrément effrayant, hein ?

L'Homme Très Effrayant portait un long manteau gris avec une cape, et Decker comprenait maintenant ce que Sandra avait voulu dire par « ailes ». Le manteau militaire était déboutonné sur le devant et laissait apparaître un long fourreau attaché au ceinturon de l'homme. Il portait un pantalon foncé et des bottes en cuir montant à hauteur du genou.

Decker examina le dessin un long moment. Puis il demanda à Sandra :

— Tu as vu l'Homme Très Effrayant... Mais est-ce que tu penses qu'il t'a vue, *toi* ?

Sandra réfléchit un instant, puis elle répondit :

— Oui, je le crois. Il regardait dans ma direction.

— Est-ce que ce pourrait être dangereux ? demanda Eunice Plummer, comprenant le sens de la question de Decker.

— Je ne sais pas. C'est une situation très bizarre. Ce dessin... Cette ressemblance... C'est tout à fait étonnant. J'aimerais bien que tous nos témoins oculaires soient capables de dessiner de cette façon. Nous n'aurions plus besoin de portraits-robots réalisés par ordinateur ! Toujours est-il que Sandra est la seule personne à avoir vu cet individu. Nous avons interrogé plus de trente personnes qui se trouvaient dans Davis Street au même moment que vous, et pas une seule n'a déclaré avoir vu quelqu'un qui ressemblait à ceci... et, disons les choses clairement, il sort plutôt du commun, non ?

Eunice Plummer prit la main de Sandra et la serra d'un geste protecteur.

— Qu'avez-vous l'intention de faire ? demanda-t-elle d'un air inquiet.

— Pour le moment, je vais tenir comme établi qu'il *était* réel. Je dois dire qu'il est fort improbable que quelqu'un ait pu sortir de la maison des Maitland sans être aperçu par un autre passant, mais ce n'est pas impossible à 100 %. Je vais charger un policier de veiller sur Sandra pendant quelques jours, juste pour plus de sûreté.

— Vous ne pensez pas que cet homme chercherait à lui faire du mal ?

— Je ne pense pas qu'elle coure le moindre danger, Mlle Plummer, pour vous dire la vérité. Mais je vais communiquer ce dessin aux médias cet après-midi. De cette façon, si cet homme existe bien, il saura très vite qu'il fait figure de suspect. S'il est innocent, il se fera connaître très probablement, afin que nous puissions le rayer de nos investigations. S'il est coupable de quoi que ce soit dans le meurtre de Mme Maitland, il y a de grandes chances pour qu'il rase sa barbe et prenne la fuite, s'il ne l'a pas déjà fait. Mais s'il découvre que Sandra est la seule personne à l'avoir vu... Ma foi, comme je l'ai dit, autant faire preuve de prudence.

Il se tourna vers Sandra et lui dit :

— Allume la télévision, ce soir, Sandra, et tu verras ton dessin aux informations.

Sandra sourit et, de manière inattendue, lui serra la main.

Decker les raccompagna jusqu'au hall d'entrée.

— Je tiens à te remercier à nouveau, Sandra. Je vais demander qu'on te donne un insigne de la police pour ce que tu as fait.

— Je vous remercie, dit Sandra. J'espère que vous attraperez l'Homme Très Effrayant.

— Bien sûr. Ma foi, moi aussi.

Au-dehors, il y eut un coup de tonnerre assourdissant. Sandra redressa la tête et dit :

— Quelque chose ne va pas, hein ?

— Non, non. C'est juste un orage. Tu n'as pas à avoir peur.

Sandra secoua la tête.

— Je ne parlais pas de l'orage. Quelque chose ne va pas.

— Je ne comprends pas ce que tu veux dire. Qu'est-ce qui ne va pas ?

— Je ne sais pas. Pour le moment.

— Elle a parfois des impressions, expliqua Eunice Plummer. Je suppose que l'on pourrait appeler cela des prémonitions. Elle a eu un très mauvais pressentiment la nuit précédant la mort de son père.

Decker passa son bras autour des épaules potelées de Sandra.

— Ne t'inquiète pas, Sandra. Tout se passera très bien. Allons au garage, je vais demander qu'une voiture de patrouille vous reconduise à la maison, ta maman et toi.

7

Alors qu'il joggait dans la rue, ses Nike neuves claquant sur le trottoir, George Drewry vit un éclair scintiller au loin, au-dessus du centre-ville. Il s'engagea dans son allée et se pencha en avant, les mains posées sur les genoux, haletant. Il était toujours dans cette position lorsque le coup de tonnerre parvint jusqu'à lui, et il pensa que cela ressemblait à un coup de canon lointain. Cela avait probablement fait le même bruit ici, à Highland Springs, en 1864, lorsque l'armée de Sherman progressait depuis Williamsburg.

La porte d'entrée s'ouvrit et Jean sortit, en survêtement vert vif, ses cheveux blancs pris dans des bigoudis.

— George ? Ça va ?

George se redressa lentement. C'était un homme massif, deux mètres trois, et, depuis sa retraite de l'armée en août l'année précédente, il avait pris au moins dix kilos. Un bandana rouge était noué autour de sa tête brûlée par le soleil et aux cheveux rares, et il portait un tee-shirt kaki ainsi qu'un pantalon de jogging gris, tous deux trempés de sueur. Il claudiqua vers la maison en s'essuyant le front avec son avant-bras poilu.

— Tout cet exercice sera ma mort, tu le sais ?

— Le Dr Gassman a dit que tu devais te maintenir en forme.

— Je sais, mais il n'a pas précisé *quelle* forme. Après tout, en forme de poire, c'est une forme, non ?

George entra lentement dans le vestibule, suivi de Jean. Âgé de soixante-deux ans, il avait une figure allongée, des bajoues tremblotantes, et de très grosses oreilles, tel un chien mélancolique. Il alla dans la cuisine, ouvrit le réfrigérateur et sortit une grande bouteille d'eau minérale.

— Je prépare une salade César ? demanda Jean en l'observant boire à grandes gorgées.

— Et si tu faisais du poulet frit avec de la sauce au jus de viande ?

— Tu sais ce que le Dr Gassman a dit pour tes artères.

— Le Dr Gassman est un salopard qui fait tout son possible pour me rendre aussi malheureux que lui. Pourquoi ne puis-je pas profiter de la vie de temps en temps ?

— À quoi bon profiter de la vie si tu es mort ?

George reposa la bouteille d'eau et s'essuya la bouche du dos de la main.

— Entendu, une salade César, mais ne sois pas pingre avec le jambon.

Il remonta le couloir vers la salle de bains. Les murs étaient couverts de souvenirs militaires – des photographies encadrées de la brigade de Wofford pendant la guerre de Sécession, des gravures de Stonewall Jackson et Robert E. Lee, ainsi que trois fusils, des fanions et des écussons du Tradoc – le centre de formation et de documentation historique à Fort Monroe. Militaire dès l'âge de dix-neuf ans, George avait terminé sa carrière avec le grade de major aux services historiques de l'armée, lesquels conservaient des archives qui remontaient jusqu'aux milices de l'époque coloniale. Lui-même avait écrit un précis d'histoire – *Les Garçons en gris* – sur les réguliers qui avaient combattu les Anglais à Chippewa et à Lundy's Lane.

Dans la salle de bains, il ôta son bandana, son tee-shirt, son pantalon de jogging et son volumineux caleçon Bugs Bunny. Bon Dieu, toutes ces galopades dans le quartier ne servaient qu'à le faire ressembler à un connard de première ! Il était toujours dans un état lamentable lorsqu'il rentrait après son jogging, et il n'avait même pas le droit de se taper une bière. Il se regarda dans le miroir et son visage était écarlate.

— Non, mais tu t'es vu ! dit-il. Tu ne vaux plus rien pour personne. Même pour toi.

Il entra dans la cabine de douche et ouvrit les robinets. Il savait que Jean s'efforçait simplement de veiller sur lui, mais ses petites attentions sans fin lui donnaient de l'urticaire ! C'était déjà moche de ne plus avoir un bureau où se rendre tous les matins, et de ne plus avoir une équipe à qui donner des ordres. Il avait toujours pensé qu'il savourerait sa retraite. Il lirait, irait pêcher, donnerait de temps en temps des conférences sur des campagnes militaires à une assistance attentive. Mais lorsqu'il avait ouvert les yeux ce tout premier matin et avait réalisé qu'il ne mettrait plus jamais son uniforme, et qu'il ne serait plus salué par ceux qu'il croisait, il avait eu l'impression d'être devenu impuissant durant la nuit.

Maintenant il passait ses journées à broyer du noir dans la maison, tandis que Jean le poursuivait d'une pièce à l'autre avec l'aspirateur.

— Tu devrais te mettre au golf.

— Le golf, c'est pour les gens qui n'ont rien d'autre à faire.

— Mais tu n'as rien d'autre à faire !

— Je sais, mais je vais pas le crier sur les toits, bon Dieu !

Loin de lui apporter paix et accomplissement de soi, la retraite lui avait pris la seule chose qui avait fait sa fierté. Parfois, il se sentait tellement inutile que cela le faisait suffoquer, comme s'il allait se mettre à pleurer.

Il se savonnait la poitrine lorsqu'il sentit quelque chose de chaud couler sur la face interne de sa jambe gauche. Il baissa les yeux et vit qu'il saignait d'une longue et fine entaille qui s'étendait depuis ses testicules jusqu'au côté de son genou. Du sang dégouttait déjà de son mollet, se mélangeant avec la mousse et l'eau, et tourbillonnait au fond de la cuvette.

Merde, comment... ?

George tendit la main hors de la cabine de douche pour prendre sa serviette. Il savait que l'entaille devait également être profonde, parce que le sang avait la couleur rouge vif d'une artère, et qu'il s'écoulait en des jets épais et chauds.

— Jean ! cria-t-il. Jean, j'ai besoin de ton aide !

Il saisit sa serviette et l'enroula autour de sa cuisse en la serrant de toutes ses forces. Néanmoins, la serviette fut imbibée d'écarlate en quelques secondes.

— Jean ! appela-t-il. Jean, je me suis coupé !

Il leva sa main droite vers les robinets pour les fermer, mais à ce moment-là il ressentit un coup violent sur ses doigts, et une autre entaille apparut, si profonde qu'elle sectionna presque son auriculaire. Il poussa un cri de stupeur plus que de douleur, et enfonça sa main dans sa bouche, laquelle fut remplie de la saveur métallique du sang frais.

Puis, avec une rapidité terrifiante, sa main gauche fut entaillée à son tour, et il laissa tomber la serviette qu'il pressait sur sa cuisse. La serviette boucha le tuyau d'écoulement. En quelques secondes, la cuvette de la douche déborda de sang et d'eau.

George fit une embardée de côté. La tête lui tournait déjà, comme s'il venait de descendre d'un manège dans une fête foraine. L'intérieur de la cabine de douche s'assombrit brusquement, avec des piqûres d'épingles de lumière qui fourmillaient.

—*Jean, j'ai besoin de toi*! cria-t-il, mais sa voix donna l'impression de venir du fond d'un très long tuyau.

Il sentit une entaille sur l'arête de son nez, puis trois autres sur ses épaules. Il s'affaissa le long de la paroi jusqu'à ce qu'il soit agenouillé, laissant une longue traînée de sang sur les carreaux vert pâle. L'eau lui cinglait le visage et il était presque aveuglé.

Son dos fut tailladé en une série de coups portés en diagonale qui traversèrent ses omoplates et ses côtes. Il sentit la lame glisser sur ses os. Il agita ses mains ensanglantées autour de lui pour essayer d'empêcher son agresseur invisible de continuer de le frapper, mais il n'y avait personne, et il réussit seulement à décorer la cabine de douche d'une horrible parodie écarlate d'une peinture gestuelle.

—*Jean*, chuchota-t-il.

Avec un léger « pop ! », la pointe d'une lame fendit sa peau juste au-dessus de ses poils pubiens. Il y eut un instant d'hésitation, puis la lame elle-même fut enfoncée profondément à travers les couches de graisse sous-cutanée et dans les muscles de son ventre. Il cria : « *Non-non-non-non-non* ! » parce que la lame était si froide et la douleur au-delà de ce qu'il pouvait supporter. Il essaya de se mettre debout, ses mains ensanglantées glissant éperdument sur les carreaux, et il y parvint presque. Puis il dérapa et tomba de nouveau à genoux. À ce moment-là, la lame l'éventra et remonta jusqu'au sternum, où elle resta bloquée pendant une seconde avant d'être dégagée.

Ses intestins se déversèrent de la cavité de son estomac et s'amoncelèrent en un tas flasque dans la cuvette qui débordait. Il les regarda – ils étaient jaunâtres, luisants et striés de sang – et se demanda s'il devait essayer de les ramasser et de les enfoncer dans son estomac. Il avait vu un Marine tenter de le faire à Dong Ha.

Mais son gros intestin avait été coupé en deux, et peut-être que cela n'en valait pas la peine.

Il appuya son épaule contre la paroi de la cabine. La meilleure chose à faire, c'était de dormir un moment, et *ensuite*, d'essayer. Tout ce jogging autour du pâté de maisons l'avait épuisé. Ce satané Dr Gassman le ferait mourir. Il ferma les yeux un moment, tandis que l'eau chaude de la douche se déversait sur son visage et remplissait son ventre béant avec un gargouillis sourd. Cela le fit penser à la pluie en été qui gargouille en s'écoulant dans les gouttières.

8

Une autre infirmière était de service lorsque Decker et Hicks arrivèrent à l'hôpital pour interroger Jerry Maitland – une femme d'une quarantaine d'années à la mine sévère, avec des cheveux gris fer qui formaient comme un casque de la Seconde Guerre mondiale.

— Je ne veux pas que mon patient soit bouleversé, les prévint-elle. Il est très déprimé, et il faut éviter d'aggraver son état, d'accord ?

Decker posa une main sur son épaule et sourit.

— Vous aimez la cuisine mexicaine ? lui demanda-t-il.

Jerry était assis dans son lit et regardait la chaîne des informations. Un plateau-repas auquel il n'avait pas touché était posé devant lui – une salade de poulet blême avec des tomates aqueuses et de la gelée vert citron. Decker s'assit au pied du lit et prit l'un des Saltines de Jerry.

— Comment allez-vous, Jerry ? demanda-t-il en brisant le cracker en deux. J'ai amené avec moi mon coéquipier, le sergent Hicks.

Jerry leur lança un regard mais demeura silencieux. Ses yeux étaient injectés de sang et gonflés, et il était évident qu'il avait pleuré.

— Vous avez réfléchi, pour le couteau, Jerry ? demanda Decker.

— Je vous l'ai dit. Il n'y *avait pas* de couteau.

— Bon, d'accord. Dites-moi, est-ce que vous aviez vu un type avec une barbe rôder à proximité de chez vous ?

— Une barbe ?

— Exactement. Un type très grand, portant un chapeau à large bord et l'un de ces manteaux avec une cape sur les épaules ? Jamais vu quelqu'un qui ressemblait à ça ?

Jerry secoua la tête.

— Montrez-lui le dessin, Hicks, dit Decker.

Hicks sortit de sa poche une photocopie pliée du dessin de Sandra et la tint devant le visage de Jerry.

— Ce n'est pas le genre d'individu que l'on oublie facilement, hein ? lui demanda Decker.

— C'est la façade de notre maison, dit Jerry d'un air intrigué.

— Tout à fait. Et la personne qui a fait ce dessin dit qu'elle a vu cet individu sortir de votre porte d'entrée à peu près au moment où votre femme a été tuée.

— Je ne l'ai jamais vu de ma vie.

— Il n'aurait pas pu se cacher dans votre maison à votre insu ?

— Comment aurait-il fait ? Enfin, regardez-le. Qui plus est, Alison a été tuée sous mes yeux et il n'y avait absolument personne.

— Vous en êtes tout à fait sûr ? demanda Hicks. Vous n'auriez pas pu vous évanouir ou quelque chose de ce genre ?

— Je perdais beaucoup de sang, et je me sentais très faible. Mais je suis certain de ne pas avoir perdu connaissance. J'ai vu Alison tomber, mais je jure devant Dieu qu'il n'y avait personne.

— Vous vous rendez compte que cela n'aide pas exactement votre défense ?

— Je n'ai pas besoin de me défendre. Je sais que j'étais la seule autre personne dans la maison mais je ne l'ai pas fait ! On aurait dit qu'elle était attaquée par quelqu'un d'invisible.

Hicks sortit son calepin.

— Est-ce que vous vous intéressez aux souvenirs militaires, M. Maitland ?

— Que voulez-vous dire ?

— Vous savez... Armes à feu, poignards, drapeaux, ce genre de choses.

Jerry secoua la tête.

— Vous n'avez jamais possédé, disons, une épée, ou une baïonnette ?

— Non, bien sûr que non. Mais cet homme sur ce dessin, il porte une sorte d'épée, non ?

— C'est exact, répondit Decker. C'est une baïonnette, en fait, et notre médecin légiste est d'avis que votre Alison a été tuée avec une arme très similaire.

Jerry le regarda fixement.

— Alors ce serait possible qu'*il* ait fait cela ? Bien que je ne l'aie pas vu ?

— C'est ce que nous nous efforçons d'établir. Le seul problème, c'est qu'il y avait plus de quarante personnes à proximité de votre maison lorsque ce type est sorti par la porte d'entrée, et qu'une seule d'entre elles l'a vu.

— Peut-être ne l'ont-elles pas remarqué.

— Habillé de cette façon ? En plein jour ?

— Oui, bien sûr, admit Jerry. Mais cela semble plutôt absurde, non ?

Decker se leva.

— Vous avez raison. Cela semble plutôt absurde. C'est pourquoi nous nous retrouvons avec les preuves indirectes indiquant que *vous* avez tué Alison. Est-ce que vous réalisez que, si vous reconnaissez l'avoir tuée, le district attorney se montrera plus clément à votre égard ?

— Surtout si vous vous rappelez ce que vous avez fait de l'arme, ajouta Hicks.

Jerry secoua la tête encore plus énergiquement.

— Je ne peux pas reconnaître que je l'ai tuée, parce que je ne l'ai pas tuée. Je n'ai jamais eu une baïonnette en ma possession et je n'ai pas touché à un seul cheveu de la tête d'Alison.

— Très bien, dit Decker. Les docteurs disent que vous serez suffisamment rétabli pour comparaître devant le juge mardi. Entre-temps, vous savez comment me joindre si vous avez brusquement une illumination.

— Mais vous allez rechercher cet homme ?

— Oh, bien sûr. Nous le devons. Faire le tri des suspects, même si cela semble improbable.

Jerry regarda à nouveau le dessin en fronçant les sourcils.

— Il me rappelle quelqu'un. Mais qui, je suis incapable de le dire.

— Vous pensez que vous l'avez peut-être déjà vu ?

— Je ne sais pas… mais il y a quelque chose de familier à son propos. Je suis incapable de dire ce que c'est.

— Ma foi, si cela vous revient…

— Bien sûr, dit Jerry.

Ils sortirent de la chambre.

— Qu'en pensez-vous ? demanda Decker à Hicks.

— Je pense qu'il l'a tuée. Je suis sûr qu'il l'a tuée !

— Et l'Homme Très Effrayant ?

— Il n'a jamais existé. Allons, lieutenant, Sandra est une handicapée mentale. Je sais qu'elle dessine très bien, mais un dessin, même très réussi, n'est pas une preuve, d'accord ?

— Ouais, vous avez raison, reconnut Decker. C'est juste que… Bon sang, pourquoi Jerry a-t-il fait ça ?

Comme ils s'éloignaient dans le couloir, l'infirmière à la coiffure en forme de casque appela :

— Lieutenant !

— Oui ? Oh, excusez-moi, infirmière. Nous avons terminé avec M. Maitland pour le moment.

— Oh, parfait. Je voulais juste vous dire que j'aime la cuisine mexicaine. En fait, j'en raffole !

Decker lança un regard désespéré à Hicks, mais celui-ci fut seulement à même d'arborer un large sourire.

— Comment vous appelez-vous ? demanda Decker à l'infirmière.

— Marion.

— D'accord, Marion. La prochaine fois que je viendrai voir M. Maitland, je vous apporterai ma recette pour des *empenadas* au fromage.

9

Ils repartaient vers le commissariat central lorsque le téléphone cellulaire de Decker joua Beethoven.

— McKenna.

— Decker ? C'est Rudisill. Le capitaine veut que vous vous rendiez au 2024 Laburnum Street, à proximité de Nine Mile Road. Et, vous savez, immédiatement.

— Vous voulez bien me dire pourquoi ?

— Apparemment, votre Homme Invisible a encore frappé. Un vieux type a été vidé comme un saumon.

— C'est parti, dit Decker.

Et il mit en marche sa sirène et son gyrophare.

— Waouh ! fit Hicks en tapant sur son accoudoir.

Decker effectua dans un crissement de pneus un demi-tour au milieu de Broad Street, et se dirigea vers l'est.

— Je vous ai dit que j'allais être papa ? demanda-t-il à Hicks.

Ils entrèrent prudemment dans la salle de bains où les gars du labo étaient toujours au travail. Revêtus de combinaisons blanches en Tyvek, ils se déplaçaient lentement, effectuaient des prélèvements de tissus, relevaient des empreintes de pas et mesuraient les taches de sang sur les parois de la cabine de douche de George Drewry.

Decker jeta un long regard à l'intérieur de la cabine. Les yeux de George Drewry étaient à moitié ouverts, comme s'il était sur le point de s'endormir. Une mouche se posa sur ses intestins entassés et l'un des gars du labo la chassa de la main.

Decker se retourna vers Hicks. Celui-ci avait plaqué sa main sur son nez et sa bouche. Rien de tel pour rendre votre petit déjeuner que l'odeur douceâtre des viscères d'un être humain.

Decker parcourut du regard le sol carrelé de blanc, qui était décoré de sang, telles des roses cramoisies boursouflées.

— Combien de séries d'empreintes de pas ? demanda-t-il au lieutenant Bryce.

Celle-ci était agenouillée sur le carrelage à côté de la cuvette des W.-C. et trempait délicatement des cotons-tiges dans l'un des pétales qui se figeaient peu à peu.

— Une seule, autant que je puisse en juger, répondit-elle. La femme du major Drewry.

— Le *major* Drewry ?

— C'est exact. Fort Monroe, Tradoc, à la retraite.

Ils sortirent de la salle de bains et retournèrent dans le séjour, où Cab parlait avec le médecin légiste, Erin Malkman. C'était une jolie blonde au menton énergique et aux yeux enfoncés, et avec des lèvres qui étaient tellement pulpeuses et luisantes qu'elles donnaient toujours l'impression à Decker que Malkman était en train de manger un abricot trop mûr. La fermeture à glissière de sa combinaison en Tyvek était à moitié ouverte et elle retirait ses gants de protection.

— Bonjour, Erin. Comment se porte le marché de la viande froide, ces derniers temps ?

— Salut, McKenna. Ça fait un bail depuis la dernière fois que je t'ai vu.

— Oh, j'étais ici et là.

— Ça ne m'étonne pas !

Il lui adressa un sourire pincé, dénué d'humour.

— Bon, quel est le topo ?

— Je disais justement au capitaine Jackson que les blessures du major Drewry sont très différentes de celles qui ont été infligées à Alison Maitland. Elles sont triangulaires, et ont probablement été causées par une large lame qui était tranchante d'un côté et dentée en scie de l'autre.

— Un couteau de chasse ?

— Quelque chose de ce genre. J'ai préparé des profils des plaies d'Alison Maitland et, bien sûr, je ferai la même chose pour le major Drewry.

— Bryce a dit qu'il n'y avait qu'une seule série d'empreintes de pas dans la salle de bains – celles de Mme Drewry.

— C'est exact, dit Cab. Le major Drewry venait de faire son jogging… Il est rentré et est allé directement dans la salle de bains pour prendre une douche. Comme il ne réapparaissait pas au bout de dix minutes, Mme Drewry est allée voir pourquoi il mettait autant de temps, et c'est à ce moment-là qu'elle l'a trouvé.

— Elle n'a vu personne ?

— Non. Nous avons ici quelques similitudes avec le meurtre Maitland… Aucune preuve matérielle de la présence d'un intrus, pas d'arme du crime, pas de témoins. Mais, je ne sais pas… Gerald Maitland étant en détention préventive, je pense que nous recherchons probablement un imitateur.

— Et Mme Drewry ? Fait-elle figure de suspect ?

— Vous vous fichez de moi ? Vous devriez la voir ! Elle avait du sang sur les mains et les pieds mais cela n'avait rien d'anormal, puisqu'elle est entrée dans la salle de bains et a découvert le corps du major Drewry.

— Où est-elle à présent ?

— Dans la maison d'à côté, avec sa voisine.

— Alors nous ferions mieux d'aller lui parler.

— Je commencerai l'autopsie dès que l'on aura apporté le corps au labo, dit Erin. Je devrais être en mesure de vous faire parvenir un rapport préliminaire demain en milieu de journée.

— Merci beaucoup, gentille médecin légiste.

Erin ne répondit pas, mais ce n'était pas nécessaire, parce que Decker et elle ne se comprenaient que trop bien. Dix-huit mois auparavant, ils s'étaient servis l'un de l'autre – Decker pour surmonter le choc de la mort de Cathy, et Erin pour se remettre d'une liaison prolongée et houleuse avec un employé municipal, Simon, qui la battait. Après deux mois et demi de liaison, Decker était arrivé à l'improviste chez elle un après-midi et l'avait trouvée avec deux yeux pochés. Elle avait passé la nuit précédente avec son employé municipal, et celui-ci avait fait en sorte que Decker le sache.

— Cette affaire me donne de la dyspepsie, dit Cab, alors qu'ils sortaient de la maison des Drewry.

— Détendez-vous, capitaine, il y a nécessairement une explication. Quelqu'un a tué le major Drewry, que ce quelqu'un ait été vu ou non par une autre personne.

— Néanmoins, cela me donne des aigreurs d'estomac. Écoutez, je dois donner une conférence de presse à quatre heures et je veux que vous soyez rentré au commissariat à deux heures et demie pour m'informer des derniers éléments de l'enquête. Nous devons contrôler la situation, sinon ce sera un désastre pour notre image de marque. Vous avez vu cette manchette pour le meurtre Maitland ? *La brigade criminelle court après son ombre.* Je ne veux plus de vannes de ce genre !

Ils traversèrent la pelouse vers la maison d'à côté. Il y eut une clameur de questions criées par la meute de journalistes et un blizzard de flashs, mais Cab se contenta de leur faire un geste désinvolte de la main.

— Ces satanés médias. Ils me tapent sur le système.

— Est-ce que nous avons diffusé le dessin ?

— Non. J'ai eu une conversation avec le major Greaves et nous avons décidé de ne pas le diffuser.

— Hein ? Comment ça, vous avez décidé de ne pas le diffuser ?

Cab sortit son mouchoir de sa poche et se moucha.

— Réfléchissez un instant, Decker. La seule personne qui a vu ce personnage est une handicapée mentale. Personne d'autre ne l'a vu, même pas sa propre mère qui se tenait à côté d'elle, et à qui elle a montré du doigt ce personnage imaginaire. Même si nous *réussissions* à trouver un type qui ressemble à son dessin, le témoignage de Sandra serait irrecevable.

» Le major Greaves a été de mon avis pour reconnaître que, dans l'intérêt général, il est préférable d'oublier cette histoire. Dans notre intérêt, et dans celui de Sandra.

— Alors nous n'allons même pas rechercher ce type ?

— Il a franchi la porte sans l'ouvrir ? Une porte qui était fermée à clé de l'intérieur, avec la chaîne de sûreté mise, et que les ambulanciers ont été obligés d'enfoncer à coups de pied ? La maison était un vrai carnage et pourtant ce type n'a pas laissé une seule empreinte de pas ni une seule empreinte digitale ? Allons, Decker !

— Que s'est-il passé alors ici, dans la maison des Drewry ? Ne me dites pas que le major Drewry s'est suicidé ! Avec quoi ? Un couteau de chasse que nous sommes incapables de trouver, pas plus que nous n'avons réussi à trouver la baïonnette qui a tué Alison Maitland ?

— Et merde, Decker, je n'en sais rien ! Ne m'exaspérez pas !

Comme vous l'avez dit, il y a nécessairement une explication, et c'est votre boulot de la trouver.

— Je veux que ce dessin soit communiqué aux médias.

— Non, Decker. Nous avons un dossier en béton prouvant la culpabilité de Gerald Maitland et je ne tiens pas à le bousiller en donnant l'impression que nous recherchons un autre suspect. Nous ne sommes pas dans *Le Fugitif*.

Ils trouvèrent Jean Drewry sous la véranda ombragée à l'arrière de la maison, assise avec sa voisine dans un canapé avec des coussins à motif de fleurs. L'orage était passé maintenant, même s'il continuait de gronder et de se plaindre au loin, au-dessus du comté de Powhatan. Malgré la chaleur, Jean Drewry était emmitouflée dans un épais châle rouge foncé. Sa voisine était une femme boulotte en pantalon fuseau rose. Elle leva vivement les yeux lorsque Decker et Hicks arrivèrent sous la véranda.

— Cela ne peut pas attendre ? fit-elle d'un ton sec.

— Je suis désolé, m'dame. Mais il faut que je pose à Mme Drewry une ou deux questions pour nous aider à comprendre ce qui s'est passé.

Jean Drewry était très blanche, comme si son visage avait été saupoudré de farine.

— Est-ce que George est encore là ? demanda-t-elle. Ou bien est-ce qu'on l'a emporté ?

— Les gars du labo ont besoin d'une ou deux heures encore. Mais ils l'emmèneront dès que possible.

— Il s'agit de sa *fierté*, vous comprenez, dit Jean Drewry. Il n'aimerait pas que des gens le voient comme ça.

— Mme Drewry, je peux vous certifier que votre George sera traité avec le plus grand respect, lui affirma Decker.

Tout en pensant à Erin Malkman prenant sa scie circulaire et découpant le sommet du crâne du major Drewry, afin de peser son cerveau.

Il s'assit dans un fauteuil en rotin à côté d'elle, tandis que Hicks se perchait sur la rambarde de la véranda, derrière lui. Au fond du jardin, il y avait une rangée de ruches et l'après-midi était empli du bourdonnement des abeilles et de la chaleur moite.

— Vous étiez dans la maison lorsque George est rentré de son jogging ?

— Oui. Je préparais une salade. Il était censé manger de la salade, à cause de ses artères.

— Vous étiez dans la maison durant tout le temps où il a fait son jogging ?

— Oui, excepté lorsque je suis sortie dans le jardin pour décrocher mon linge qui était sec.

— La porte de derrière n'était pas fermée à clé, n'est-ce pas ?

— Non, en effet. Mais j'étais dans la cuisine tout le temps, et je peux voir jusqu'au fond du couloir. Personne n'aurait pu entrer dans la salle de bains. C'est parfaitement impossible.

— Lorsque George est arrivé, est-ce que vous lui avez ouvert la porte ?

— Bien sûr.

— Dans ce cas, durant un très court moment, vous ne *pouviez pas* voir dans le couloir ?

— Seulement pendant une ou deux minutes.

Hicks nota cela dans son calepin.

— Une ou deux minutes, c'est très long, m'dame.

— Oui, mais vous comprenez, personne n'est *sorti* de la salle de bains.

Cet après-midi-là, Hicks, Banks et six autres policiers en uniforme firent du porte-à-porte à proximité de la maison des Drewry, demandant à leurs voisins s'ils avaient vu quelqu'un ou quelque chose de louche. À chaque fois, ils obtinrent des « je regrette, monsieur l'agent, non » et des hochements de tête négatifs. Decker rentra au commissariat et envoya par e-mail le dessin de Sandra à tous les postes de police de la ville, ainsi qu'à la police de l'État à Chesterfield. Il demanda également à la secrétaire de service de tirer deux cents photocopies du dessin.

Il croisa l'inspecteur Wekelo dans le couloir.

— Montrez ce dessin un peu partout. Pour toute personne ayant vu un individu ressemblant à ce dessin, il y a une récompense de cinquante dollars à la clé.

— C'est quoi, ces yeux en balles de ping-pong ? demanda Wekelo.

— Comment le saurais-je, gros malin ? Trouvez-moi ce type.

Il écarta le fouillis qui encombrait son bureau et entreprit de dresser des notes comparatives sur la tuerie Maitland et le meurtre

Drewry. Dans les deux cas, l'agresseur avait été complètement invisible. Il était entré dans les maisons de ses victimes sans être vu par quiconque et, dans le cas des Maitland, sans même ouvrir une porte verrouillée ou une fenêtre verrouillée. Il avait tué sans l'aide d'une arme visible et était parti sans laisser la moindre trace matérielle de sa présence sur les lieux. Cab avait beau être impatient de faire passer Jerry Maitland en jugement, Decker estimait qu'il était plus que probable qu'il n'y avait eu qu'un seul agresseur, et que celui-ci avait commis les deux meurtres, et que ce n'était pas Jerry Maitland. Peut-être avait-il utilisé une baïonnette pour le premier meurtre, et un couteau de chasse pour le second, mais la plupart des fanatiques d'armes à feu et de poignards possèdent tout un assortiment d'armes. Un jour, il avait arrêté un vétéran du Viêt-nam qui avait braqué une supérette avec un couteau à cran d'arrêt dans une main et un cimeterre dans l'autre. L'homme ne parvenait pas à décider s'il était James Dean ou Sinbad le Marin.

Non… Contrairement à Cab, cela intéressait beaucoup plus Decker de découvrir ce qu'il y avait de similaire entre Maitland et Drewry, plutôt que ce qu'il y avait de différent. Pour le moment, il n'y avait aucun mobile apparent dans les deux meurtres, et aucun lien apparent entre les deux victimes. Mais Decker était dans la partie depuis suffisamment de temps pour savoir qu'un meurtre commis au hasard, cela n'existait pas. « Un meurtre commis au hasard » était une phrase que les policiers d'un certain âge utilisaient lorsqu'ils pensaient en réalité : « Nous avons déjà un suspect très probable en détention préventive et je n'ai pas envie de consacrer davantage d'heures supplémentaires à rechercher quelqu'un d'autre. »

Il dessinait un plan sommaire de la maison de George Drewry lorsque Cab entra.

— Où en sommes-nous ? voulut-il savoir. J'ai cette putain de conférence de presse dans dix minutes.

Decker se gratta l'oreille avec son crayon.

— Nous sommes dans les choux, voilà où nous en sommes. Mais je suppose que vous pourriez dire aux médias que nous suivons activement plusieurs pistes très prometteuses et que nous sommes certains de procéder à une arrestation dans les heures qui viennent.

— Vraiment ? Quelles sont ces pistes très prometteuses ?

— Vous êtes le capitaine, à vous de me le dire.

Cab brandit brusquement une feuille de papier froissée qu'il serrait dans sa main.

— À propos, c'est quoi ça, sacré bon sang ? Je croyais avoir fait bien comprendre que nous n'allions pas diffuser ce dessin. Il y en a partout dans le commissariat. Il y a en même qui ont été punaisés sur les tableaux d'affichage. Ce type est le produit de l'imagination d'une adolescente arriérée et, officiellement, nous ne le recherchons pas.

— J'ai juste pensé que la brigade devait savoir qui nous ne recherchions pas officiellement. Vous savez… au cas où ils le verraient et essaieraient de l'arrêter.

— Vous et le myrte ! J'ai le nez qui coule à cause de vous deux.

— Demain, vous pêcherez sur le lac.

— J'aimerais bien. Les congés pour le week-end sont annulés, à cause de cette affaire.

— Oh ? dit Decker. Oh !

Pas de dessert, alors. Pas ce week-end, en tout cas.

10

Il se dirigeait vers les toilettes pour hommes lorsque Mayzie remonta rapidement le couloir dans sa direction.

— « *Ne sois pas en retard* » ? cria-t-elle. « *Ne sois pas en* retard » ? Il est bientôt quatre heures et tu étais censé me rejoindre à midi !

— Mayzie, bon sang, j'ai deux homicides très compliqués sur les bras.

— Je sais. Je sais que tu es occupé. Mais je te demande cinq minutes, c'est tout. Il s'agit de la vie de ton enfant.

— Mayzie... Je sais que je t'ai fait faux bond mais je n'ai vraiment pas le temps de parler de ça.

— Eh bien, trouve le temps d'en parler.

— Cela ne te dérange pas que je me soulage d'abord ?

Il poussa la porte des toilettes pour hommes mais Mayzie le suivit.

— Hé, ce sont les toilettes pour hommes !

— Ne sois pas sexiste. Je veux juste savoir où j'en suis avec toi, si tu es sérieux ou non.

— Si je suis sérieux ? À quel propos ?

— À propos de nous. À propos de toi et moi. Allons, Decker, nous nous voyons depuis trois mois et demi maintenant. Je porte peut-être ton enfant. Je pense que j'ai le droit de savoir où j'en suis, non ?

Decker leva les mains en signe de reddition.

— Mayzie, je ne peux pas te mentir. Tu me plais, je trouve que tu es une fille super. Mais tu me connais. Je suis très instable concernant les relations affectives. Je ne recherche pas quoi que ce soit à long terme. Et je ne cherche certainement pas à être père.

Mayzie lui passa ses bras autour du cou et le plaqua contre la porte de l'une des cabines.

— C'est ton mécanisme de défense qui parle, c'est tout. Tu as perdu Cathy, tu as peur de t'engager avec une autre personne au cas où tu la perdrais également. Eh bien, je vais te dire une chose, Decker. Je t'aime et tu ne me perdras pas, jamais. Je te le promets.

Decker tenta de se dégager, mais Mayzie le poussa à l'intérieur de la cabine. Il trébucha et se retrouva assis sur le siège des W.-C.

— Voyons, Mayzie, et merde !

Elle le saisit par les épaules et le regarda dans les yeux.

— Dis-moi que tu ne m'aimes pas, allez ! Dis-moi que tu ne trouves pas que je suis la fille la plus sexy que tu aies jamais connue. Tu te rappelles cet après-midi au *Brandermill Inn* ? Tu te rappelles ce que je t'ai fait ?

— Mayzie…

Elle lui embrassa le front. Puis elle lui embrassa le nez, les joues, les yeux et les lèvres. Il essaya de se lever mais elle l'obligea à se rasseoir, lui embrassant les oreilles et le cou, et tirant sur les boutons de sa chemise.

— Mayzie…

À ce moment-là, ils entendirent la porte des toilettes s'ouvrir, et des voix. Mayzie referma la porte derrière elle et mit le loquet. Decker essaya à nouveau de se lever mais elle appuya son index sur ses lèvres.

— Chut !

Decker s'apprêtait à protester lorsqu'il entendit le major Bruscow dire :

— Je regrette, je ne suis pas du tout d'accord avec cette étude opérationnelle. Nous ne disposons pas des effectifs suffisants pour mettre tous ces endroits sous surveillance en même temps.

— Entendu… J'en parlerai au patron. Mais je dois vous avertir qu'elle est décidée à procéder à des changements.

C'était le chef adjoint Prescott.

Merde, pensa Decker. Avec deux gradés se tenant devant les urinoirs la braguette ouverte, il était hors de question qu'il sorte brusquement de la cabine avec Mayzie Shifflett à sa suite.

Mayzie l'embrassa à plusieurs reprises et il essaya de la repousser, mais ses mains semblaient être partout. Elle saisit la fermeture Éclair de son pantalon et la tira en trois coups secs, puis elle glissa sa main à l'intérieur de son pantalon.

— Non, chuchota-t-il. Je te verrai plus tard, c'est promis. Nous parlerons. Nous irons au lit. Nous ferons l'amour.

— Je ne te crois pas, chuchota-t-elle en retour.

Elle sortit son pénis de son caleçon et, malgré la contrariété de Decker, son membre commença à se raidir. Elle le caressa en un lent mouvement de va-et-vient, en enfonçant ses faux ongles à bout carré, et elle continua de lui embrasser le nez, les yeux et les lèvres.

— Tu ne peux pas *faire* ça, dit-il d'une voix sifflante, mais elle ne s'arrêta pas.

Le chef adjoint Prescott poussa un grognement, comme s'il se secouait.

— Notre véritable problème, c'est le recrutement. Nous avons toujours énormément de postulants, mais nous ne pouvons pas accepter 65 % d'entre eux. Certains savent à peine lire, et ils n'ont aucune idée de ce qu'est le service public. La semaine dernière, j'ai vu un candidat qui a déclaré : *« Je veux être flic parce que je n'ai pas les moyens de m'acheter une voiture. »*

Decker entendit les robinets couler. Mayzie se mit lentement à genoux, bien qu'il se démène pour l'en empêcher. Elle mit son gland couleur prune dans sa bouche et se mit à le lécher. Puis elle baissa la tête et enfonça son pénis profondément dans sa gorge. Il l'agrippa par les épaules et il lui fallut toute sa maîtrise de soi pour ne pas gémir.

Mayzie suçait et suçait. En même temps, elle tendit une main vers sa nuque et ôta la barrette en écaille qui maintenait en place son chignon banane. Elle secoua la tête et ses cheveux blonds tombèrent autour de ses épaules. Elle se mit à sucer encore plus vigoureusement, et à le mordre à chaque succion.

— *Mayzie*, dit-il d'une voix sifflante.

Mais elle était résolue à prouver qu'il avait envie d'elle. Résolue.

Le major Bruscow commença à se laver les mains à son tour.

— J'ai besoin de revoir le planning pour les congés. Apparemment, nous allons être obligés de jongler, avec ces deux derniers homicides.

— Qui avez-vous mis dessus ?

— McKenna.

— Il travaille trop à l'instinct et n'examine pas suffisamment les dossiers, c'est ce que j'ai toujours pensé de lui.

— Je ne sais pas… McKenna est un penseur latéral, et c'est ce qu'il nous faut pour des affaires comme celles-là.

— Latéral ? Ha ! Plutôt à l'horizontale !

Mayzie glissa une main à l'intérieur du caleçon de Decker et entreprit de lui griffer le scrotum. Une ou deux fois, elle le fit tressaillir, et il fut obligé de se mordre la lèvre. Combien de temps encore Bruscow et Prescott allaient-ils passer à se faire beaux ? Mayzie explorait le méat de son pénis avec le bout de sa langue durcie et il était tout près d'un orgasme.

— Mayzie, *je t'en prie…*

Mayzie redressa la tête et écarta ses cheveux de son visage.

Seulement ce n'était pas Mayzie. C'était Cathy, les yeux fermés.

Decker se rejeta en arrière de saisissement, et il se cogna l'omoplate contre la poignée du réservoir de la chasse d'eau.

Cathy ouvrit les yeux et lui adressa lentement un large sourire, le même sourire alangui qu'elle lui adressait toujours lorsqu'elle ouvrait les yeux le matin. Elle continua de caresser son pénis luisant, mais celui-ci se recroquevillait déjà. Decker ouvrit et referma la bouche, incapable de dire quoi que ce soit de cohérent, et son cœur battait si fort que c'était douloureux.

— Tu n'es pas… Non, non… Dis-moi que ce n'est pas toi.

Cathy continua de sourire et de le caresser. Elle était exactement comme autrefois, mais sa peau était de la couleur d'un ciel couvert, et ses iris étaient jaune pâle, comme ceux d'un serpent. Ses doigts semblaient aussi froids que de la glace, ce qui fit se ratatiner encore plus son pénis.

— Écoute, il faut que je…, bredouilla Decker.

Et il essaya maladroitement de se mettre debout.

— Hé, tout va bien là-dedans ? lança le major Bruscow.

Decker saisit les poignets de Cathy et essaya de l'obliger à se relever, afin d'être à même de se lever également. À cet instant, le sommet de la tête de Cathy explosa et la cabine fut tapissée de cervelle, de sang et de fragments d'os. Une seconde explosion suivit immédiatement, qui souleva ses cheveux blonds ensanglantés, emporta son œil gauche et la moitié de sa joue.

— *Non! Non!* hurla Decker en se contorsionnant sur le siège des W.-C.

Le devant de sa chemise était trempé de sang et un gros morceau gélatineux du cerveau de Cathy glissait lentement au bas des verres de ses lunettes.

— *Cathy!* Pour l'amour du ciel! Il faut que nous...!

Mais Cathy agrippait violemment ses mains et ne le lâchait pas. Bien que la plus grande partie du sommet de sa tête ait disparu, elle continuait de sourire, et son œil droit jaune continuait de le regarder, sans ciller, comme si elle lui faisait toujours confiance pour qu'il la sauve.

Il y eut une troisième explosion et toute sa tête éclata. Un blizzard d'os et de chair frappa le visage de Decker, fit tomber ses lunettes et l'aveugla. Il dégagea ses mains de la prise de Cathy et se jeta de côté, basculant du siège des W.-C. et tombant par terre.

— Attendez! Attendez! cria le major Bruscow. Je vais enfoncer la porte! Écartez-vous!

— Non! cria Mayzie en retour. Ça va. Je peux l'ouvrir! Tout va bien!

Decker récupéra ses lunettes et les chaussa. Lorsqu'il leva les yeux, il vit que *c'était* Mayzie, pas Cathy, et qu'il n'y avait de sang nulle part, ni de morceaux de chair. Il agrippa le porte-rouleau de papier hygiénique et se remit debout péniblement. Le major Bruscow et le chef adjoint Prescott se tenaient devant la cabine. Tous deux semblaient déconcertés et furieux.

— Bon sang, que signifiaient tous ces hurlements, McKenna? Et que faites-*vous* ici, agent Shifflett? Ces toilettes sont réservées aux hommes!

Mayzie rejeta ses cheveux en arrière d'un mouvement brusque de la tête et décocha à Decker un regard de totale exaspération.

— Je, euh... Je ne me sentais pas très bien, dit Decker. Quelque chose que j'ai mangé. L'agent Shifflett m'a vu dans le couloir et elle... euh... a proposé de me donner un coup de main.

Le commandant Bruscow baissa les yeux vers la braguette ouverte de Decker.

— Elle vous a donné un coup de main, hein? J'espère que vous réalisez que c'est une affaire disciplinaire très grave.

— J'ai mangé des sashimi au *Yamamoto*. Je suppose que le thon n'était plus très frais.

— Très bien. Mais je ne veux pas que quelque chose de ce genre se reproduise, et *vous*, Shifflett, restez à l'écart des toilettes pour hommes, à l'avenir !

— Oui, *monsieur*, répondit Mayzie avant de s'en aller.

Decker alla jusqu'au lavabo et s'aspergea la figure d'eau froide. Puis il se donna un coup de peigne et arrangea sa cravate rouge vif. Il se sentait aussi bouleversé que si Mayzie s'était *réellement* changée en Cathy, et que sa tête avait *réellement* explosé.

Le chef adjoint Prescott sortit des toilettes pour hommes, mais le major Bruscow resta.

— Tout va bien, McKenna ? Vous n'avez pas à nouveau l'un de ces épisodes liés au stress dont vous avez souffert l'année dernière ?

— Je vais très bien. Je vous assure.

— Parfait. J'accepte votre explication. Mais nous ne pouvons pas nous permettre d'avoir un seul policier dans cette division qui ne puisse pas fournir un rendement à 110 %.

— Je le sais, major. Je vais très bien. Je ne mangerai plus de sashimi, c'est tout.

11

Hicks revint juste après cinq heures. Son front était couvert de gouttes de sueur, sa veste était jetée sur son épaule, et il tenait à la main une canette de 7-Up sans sucre.

— Du nouveau ? demanda Decker.

— Personne n'a rien *vu*. Personne n'a rien *entendu*. Personne ne *sait* rien.

Hicks fit sauter l'opercule de la canette et but quatre gorgées assoiffées, puis il s'essuya la bouche du dos de la main.

Decker ôta ses pieds du bureau.

— On ne peut pas blâmer des gens de n'avoir rien vu s'il n'y avait rien à voir.

— Je ne sais pas, lieutenant. Je ne comprends vraiment pas. C'est l'absence d'empreintes de pas, d'empreintes digitales et de fibres, qui me turlupine.

— L'auteur de ces meurtres est un être humain, Hicks. Aucun être humain ne peut s'avancer dans la vie sans laisser un genre de piste derrière lui. Nous le pincerons, croyez-moi.

Hicks consulta sa montre.

— Il faut que je file.

— Et pour cette liste de boutiques de souvenirs militaires ?

— Sept, jusqu'ici, et dix-sept en ligne, mais une seule de ces boutiques sur Internet se trouve dans la région de Richmond.

— Parfait ! Cela ne sert à rien de rester assis sans rien faire. On se bouge le cul !

Hicks sembla mal à l'aise.

— Euh, j'espérais arrêter pour aujourd'hui. C'est le goûter d'anniversaire de ma petite fille, cet après-midi.

— Vraiment ? Quel âge a-t-elle ?

— Trois ans.

— Tout va bien, alors. Elle ne se souviendra pas que vous n'étiez pas là.

Ils se garèrent devant le Rebel Yell dans Cary Street Ouest et descendirent de la voiture. Une devanture démodée peinte en rouge était ornée de drapeaux de la Confédération. Les vitrines étaient encombrées de photographies sépia d'officiers confédérés à la barbe fournie, de boutons d'uniforme ternis, de copies de revolvers colt, et de sabres de cavalerie.

Une sonnette tinta lorsqu'ils ouvrirent la porte. À l'intérieur, il y avait un plancher en chêne nettoyé à la brosse et des rangées de vitrines contenant des fusils, des mousquetons, des poignards et tout l'attirail de la guerre, depuis des marmites cabossées jusqu'à de grands encriers et des étuis à cartouches. La boutique sentait le bois, les vieux vêtements moisis et la cire.

Billy-Joe Bennett se tenait derrière le comptoir – un homme énorme, ventru, avec une barbe roussâtre et des lunettes rondes, affublé d'une capote d'artilleur grise comportant des épaulettes et des boutons d'origine ornés d'un aigle. Il parlait avec un client entre deux âges aux épaules arrondies, coiffé de l'un de ces chapeaux mous à la Woody Allen qui ressemblent à un chou-fleur flétri. Billy-Joe s'empara brusquement d'un gros sabre et frappa à droite et à gauche dans l'air, le faisant siffler.

— Mince alors ! s'exclama le client en reculant prudemment.

— Vous savez comment ils appelaient ce sabre ? dit Billy-Joe d'une voix aussi riche qu'un cake aux fruits. Le briseur de poignets. Mais il pouvait faire sauter la tête d'un type d'un seul coup.

— Un très bel objet, dit le client. Vous en demandez combien ?

— Trois cent cinquante, c'est mon dernier prix.

— Je peux essayer ?

— Pas de problème… Mais faites attention. Ne vous blessez pas, d'accord ?

Le client prit le sabre et donna de petits coups dans l'air plusieurs fois. Puis il le leva au-dessus de sa tête et le fit tournoyer comme le rotor d'un hélicoptère. Il poussa un cri de joie et un « ouiiihaaa » avant de lâcher d'un coup le sabre, qui heurta le plancher bruyamment.

— Merde ! Qu'essayez-vous de faire, vous trancher votre putain de pied ?

Billy-Joe contourna rapidement le comptoir et ramassa le sabre aussi tendrement que si c'était un nouveau-né.

Le client se frotta le poignet et dit d'un air penaud :

— Je suppose que je ne m'étais pas rendu compte qu'il était aussi lourd.

— Je vais vous dire une chose. Ce sabre a été porté à la bataille de Manassas par le capitaine Tom Hartley du premier régiment de cavalerie de Virginie, l'un des officiers du Sud les plus courageux qui aient jamais existé. Une balle Minié a emporté son bras gauche juste au-dessous du coude, pourtant il n'a pas lâché son sabre, à aucun moment.

— Vraiment ? Cela indique sa provenance, non ? Il va faire un effet sensationnel, accroché au-dessus de ma cheminée à Madison. Vous acceptez MasterCard ?

Billy-Joe reposa précautionneusement le sabre sur le comptoir et astiqua la lame avec un chiffon à épousseter jaune. Il réfléchit un moment, puis il répondit :

— MasterCard ? Hon-hon.

— American Express ?

— Je peux pas vraiment dire que nous l'acceptons, non plus. Et de surcroît, ce sabre n'est plus à vendre.

Le client battit des paupières.

— Comment ça, il n'est plus à vendre ?

— C'est ce que je viens de dire.

— Bon, et cette épée là-bas ?

— Elle n'est pas à vendre, non plus.

— Il n'y a pas d'étiquette « vendu » dessus.

— Je sais. Mais rien n'est à vendre. En fait, je viens brusquement de me rappeler que nous sommes fermés. Au revoir.

Le client hésita un moment, mais lorsque Billy-Joe lui tourna le dos résolument et entreprit de déplacer bruyamment des boîtes remplies de boutons militaires, il jeta un regard à Decker et à Hicks et déclara :

— C'est la boutique la plus dingue que j'aie jamais connue, où rien n'est à vendre.

Il hésita un instant encore, puis il s'en alla. Billy-Joe continua de compter ses boutons, mais au bout d'un moment, le dos toujours tourné, il demanda :

— Que puis-je faire pour vous, aujourd'hui, lieutenant ?

— Je ne sais pas. Vous êtes fermé, non ?

Billy-Joe se retourna pour leur faire face et prit le sabre à nouveau.

— Ce n'est pas simplement un sabre, lieutenant. C'est la gloire du Sud. Et que le diable m'emporte si j'accepte de le vendre à un connard maigrichon qui est incapable de le traiter avec le respect qui convient.

— C'est une façon plutôt sélective de faire des affaires.

— Ben, peut-être que c'était juste ce type en particulier. Son chapeau ne me plaisait pas du tout.

Decker examina l'une des vitrines.

— Je m'intéresse aux baïonnettes et aux couteaux de chasse.

— Des baïonnettes ? Je n'en ai pas beaucoup. Mais j'ai un superbe couteau de chasse du Kentucky, avec un manche en ivoire, daté de 1863.

— Je ne veux rien acheter. Je veux savoir si vous avez vendu récemment des baïonnettes et des couteaux de chasse, et à qui.

Billy-Joe gratta son menton barbu.

— La dernière baïonnette que j'aie vendue, c'était une baïonnette à fusil fabriquée par Cook & Brother, Nouvelle-Orléans, en 1861 ou 1862. En très bon état, deux tranchants, vingt-cinq centimètres de long. Le dernier couteau de chasse, je saurais pas vous dire.

Hicks lui montra une photographie de Jerry Maitland.

— Vous avez déjà vu cet homme ? Est-ce que vous lui avez vendu une baïonnette ?

Billy-Joe releva ses lunettes afin d'accommoder.

— Non… désolé.

Hicks lui tendit une photocopie du dessin de Sandra représentant l'Homme Très Effrayant.

— Et cet individu ? Vous l'avez déjà vu ?

Billy-Joe examina le dessin attentivement, puis il demanda :

— Ce dessin a été fait quand ?

— Quelle différence cela fait-il ?

— On ne voit pas très souvent des images de ces types, c'est tout.

— Ces types ? Qu'entendez-vous par là ?

Billy-Joe montra du doigt le chapeau de l'homme.

— Vous voyez ces plumes, glissées dans le ruban de son chapeau ? Ce sont des plumes de corbeau.

— Je n'avais pas vraiment fait attention à ces plumes, pour vous dire la vérité.

— Ben, vous devriez, parce qu'elles vous racontent une histoire. Et l'histoire, c'est que ce type faisait partie de ce qu'on a appelé la « Brigade du diable ».

— La Brigade du diable ? De quoi s'agit-il ?

— C'est l'une de ces légendes de la guerre de Sécession, vous savez. Moitié vérité, moitié légende. On dit qu'il y avait treize hommes en tout, douze Blancs et un Noir, et qu'ils ont été spécialement recrutés par le général de corps d'armée James Longstreet en avril 1864, juste avant la bataille du Wilderness.

— Jamais entendu parler.

Billy-Joe lui rendit le dessin.

— Vous n'en avez jamais entendu parler parce qu'ils formaient une unité spéciale, vous comprenez, l'équivalent durant la guerre de Sécession de la Delta Force, et toute l'opération a été tenue soigneusement secrète. Personne ne sait qui étaient ces hommes, ou quelle était leur mission exacte, mais on dit qu'ils étaient chargés de créer toutes sortes d'enfer sans se soucier des règles habituelles de la guerre.

Il glissa prudemment le sabre dans son fourreau et le suspendit dans l'une des vitrines.

— L'un d'eux était un Noir ? dit Hicks. C'était plutôt inhabituel, non, pour l'armée de la Confédération ? Je ne pensais pas qu'ils avaient des soldats de couleur.

— Et ils n'en avaient pas. Les seuls Noirs à avoir été impliqués dans la guerre étaient des serviteurs que certains officiers emmenaient au front avec eux. J'ignore pourquoi ils ont fait une exception dans ce cas particulier.

— Vous avez une idée de ce que cette Brigade du diable a fait au juste ? demanda Decker.

— Seulement des histoires et des rumeurs. À ce moment de la guerre, les Confédérés étaient talonnés par les Fédéraux près de la Rapidan River. Les Fédéraux avaient davantage d'hommes et davantage de matériel. Grant était sur le point de percer les lignes des Confédérés, et je suppose que Longstreet a estimé qu'il avait besoin de quelque chose pour rétablir l'équilibre en sa faveur. Je ne sais pas s'il a créé la Brigade du diable avec l'accord de Lee ou non, mais, même si les histoires et les rumeurs ne sont qu'à moitié exactes, ces treize types ont fait de terribles dégâts là-bas, dans le Wilderness. Selon certains récits, des hommes ont été retournés comme un gant, des hommes ont pris feu spontanément, et des hommes ont été découpés en tellement de morceaux que personne ne pouvait dire quel morceau appartenait à qui.

» Dans la nuit du 7 au 8 mai, ces abominations sont devenues tellement épouvantables qu'un vent de panique a soufflé sur les troupes nordistes, et Grant a été obligé d'ordonner leur retrait immédiat, afin d'éviter que cela se transforme en une déroute complète. Les deux armées ont quitté le Wilderness et se sont finalement affrontées à la bataille de Spotsylvania.

—Qu'est devenue la Brigade du diable ? Ces hommes ne sont pas allés à Spotsylvania ?

—La bataille du Wilderness a été la première et la dernière fois où on a entendu parler d'eux. Selon les histoires et les rumeurs, Longstreet lui-même fut tellement épouvanté par ce que ces hommes avaient fait qu'il ordonna la dissolution de la Brigade du diable et donna des ordres spéciaux pour qu'on n'en parle plus jamais. C'est pourquoi les seuls témoignages que nous possédions sont ceux de témoins oculaires des deux camps, et comme vous le savez probablement, le Wilderness n'était pas un endroit où le simple soldat pouvait voir grand-chose de ce qui se passait, parce que les bois étaient très denses, et il était quasiment impossible de progresser dans le sous-bois.

Il regarda à nouveau le dessin de Sandra.

—Je n'ai vu qu'une seule fois un autre dessin de la Brigade du diable, et il a été exécuté par un lieutenant, un peintre, de la division Kershaw. Celui-ci les a dessinés tous les treize lorsqu'ils étaient réunis au Parker's Store, juste avant la bataille. C'est pourquoi j'aimerais beaucoup savoir qui a fait ce dessin-là, et où cette personne a trouvé tous ces renseignements, et surtout si elle a l'uniforme en sa possession. Il doit valoir des milliers de dollars, et je suis prêt à lui faire une offre.

Hicks consulta son calepin.

—Vous dites que la bataille du Wilderness a eu lieu en mai ?

— C'est exact.

— Il devait faire sacrément chaud, en mai. Alors pourquoi les hommes de la Brigade du diable portaient-ils des manteaux de cavalerie ?

— Bonne question, fit Billy-Joe. À ce stade de la guerre, vous n'auriez pas reconnu ce que la plupart des soldats sudistes portaient comme uniforme. Ils jetaient tout ce qui gênait leur marche – leurs capotes, leurs chapeaux, leurs couvertures de rechange, même leurs bottes, parfois. Ils ne se servaient pas beaucoup de leurs baïonnettes, non plus, alors ils les plantaient dans le sol pour que les fourriers de l'intendance les récupèrent ensuite.

» Tout ce que je peux dire, c'est que la Brigade du diable a certainement eu le privilège de ne pas marcher avec les troupes, mais pourquoi ils portaient des manteaux de cavalerie, je suis incapable de l'imaginer. J'ai deux manteaux de cavalerie là-bas... Vous devriez en essayer un, vous verrez qu'il est foutrement lourd.

Tandis qu'ils se dirigeaient vers l'est et regagnaient le centre-ville, Decker déclara :

— Cette affaire devient de plus en plus bizarre. Même en supposant que Sandra *n'ait pas vu* l'Homme Très Effrayant, même si elle l'a seulement imaginé, comment a-t-elle réussi à faire un dessin aussi précis ? Si Billy-Joe n'a vu qu'un seul autre dessin représentant la Brigade du diable, et c'est un expert pour tout ce qui concerne les souvenirs de la guerre de Sécession, où Sandra en a-t-elle vu un, bon sang ?

— Vous devriez peut-être lui poser la question, suggéra Hicks.

— Je ne sais pas. Je pense que nous regardons tout ça de la mauvaise façon. Il y a une clé quelque part, mais c'est comme dans *Alice au pays des merveilles*. La clé est posée sur la table et nous essayons de la trouver sur le sol.

Il tourna à droite dans Belvedere Street et continua vers Monroe Park. Hicks leva les yeux de son calepin et fronça les sourcils.

— Où allons-nous ?

— Je vous raccompagne chez vous, mon vieux. Vous devez assister à un goûter d'anniversaire, vous avez oublié ?

12

Il déposa Hicks devant la petite maison qu'il louait à proximité de Valley Road. Vingt ou trente jeunes enfants jouaient dans le jardin de devant, et des ballons de toutes les couleurs étaient accrochés à la véranda. Alors que Hicks remontait l'allée, une ravissante jeune femme en robe rose sortit sur le perron. À l'évidence, Hicks lui dit qui était Decker, et elle lui adressa un sourire et un petit geste de la main. Decker la salua à son tour. Mignonne à croquer, pensa-t-il. Certains sont de sacrés petits veinards.

Son téléphone cellulaire joua Beethoven.

— McKenna.

— C'est Maggie. Je voulais juste te dire que je pense à toi.

— Tu es une vilaine fille, Maggie. Dieu merci !

— Écoute, Cab doit se rendre à Charlottesville mardi après-midi. Et si tu passais pour goûter à ces douceurs que tu vas rater ce week-end ?

— Cela semble tentant.

— Je les garde au chaud pour toi, dit-elle avec un rire de gorge salace.

Sa chemise lui collait au dos et il avait très envie de rentrer chez lui et de prendre une douche. Il se serait également envoyé volontiers quelques verres de tequila. Mais il ne pouvait s'empêcher de penser à ce qui s'était produit dans les toilettes pour hommes avec Mayzie. Il revoyait et revoyait la scène dans son esprit, une bande vidéo qui passait en boucle. Au lieu de Mayzie, Cathy relevant la tête et lui souriant, son visage aussi blanc que des nuages et ses yeux jaunes. Puis sa tête explosant silencieusement, en une averse de sang, de fragments d'os et de chair. Puis relevant la tête à nouveau, et ouvrant les yeux, et souriant à nouveau, et explosant à nouveau.

Lorsqu'il arriva à l'intersection avec Franklin Street, il hésita. Un conducteur derrière lui donna un coup de klaxon. Decker murmura « enfoiré » et lui fit le geste du médius levé. Puis il tourna à droite et regagna le commissariat. Il prit un gobelet de café noir dans le distributeur au fond du couloir et se dirigea vers son bureau tout en le sirotant. Il alluma son ordinateur et posa sa veste sur le dossier de son fauteuil.

Et elle redressa la tête et lui sourit. Puis sa tête éclata lentement, comme une citrouille, et il fut lacéré par des dents qui volaient et éclaboussé de sang.

Il avait examiné ce dossier tellement de fois auparavant, mais cela continuait de le déconcerter et cela continuait de le faire souffrir. Affaire numéro CZS/448/3251, Catherine Meredith Meade, âgée de 29 ans et deux mois. Placées au-dessus du rapport, il y avait plusieurs photos en couleur de la scène du crime. Cette chambre si familière au 318 Broad Street Ouest, avec ses murs coquille d'œuf. Le couvre-lit bleu foncé, tiré d'un côté, et les oreillers crème qui donnaient l'impression que quelqu'un avait déversé dessus un seau de teinture rouge foncé. Le corps de Cathy, sur le sol, une jambe tordue derrière elle, sa chemise de nuit blanche toute tachetée.

Cela s'était produit à 1 h 30 du matin, le 7 février. Decker avait été appelé pour une noyade suspecte à Brown's Island. Durant son absence, quelqu'un s'était introduit dans son appartement en crochetant la serrure ou en utilisant un passe. Il n'y avait aucun signe d'une entrée par effraction. L'auteur du crime était allé directement dans la chambre, s'était approché du lit, et avait tiré trois balles déformables qui avaient fait exploser la tête de Cathy.

Cathy avait été tout en sourires et soleil radieux. Même son précédent petit ami – bien qu'il ait été bouleversé de la perdre – continuait de l'adorer. La seule explication possible pour le meurtre avait été que quelqu'un en avait après Decker, et qu'il avait abattu Cathy par erreur dans l'obscurité – ou bien il l'avait tuée pour donner à Decker une leçon qu'il n'oublierait jamais.

À cette époque, Decker menait une série d'enquêtes compliquées sur des homicides survenus dans le quartier de Jackson Ward. Il soupçonnait que les meurtres étaient liés à la lutte pour le pouvoir que se livraient deux des organisations criminelles les plus impitoyables du quartier, les Strutters et les Eguns. Il avait persuadé trois témoins de donner des preuves matérielles incriminant Reine Aché, qui dirigeait les Eguns. Mais lorsque Cathy avait été tuée, Decker avait été tellement effondré qu'il avait été obligé de prendre un congé de maladie de six mois, et ensuite, ses témoins avaient tous contracté une amnésie irréversible.

Alors pourquoi toutes ces pensées à propos de Cathy lui revenaient-elles maintenant ? Il ne comprenait pas ce qu'elles signifiaient – les cauchemars, les hallucinations à l'état de veille, ce truc bizarre du visage confectionné avec des blancs de poulet et des fruits sur la planche à découper ? Il inclina son fauteuil en arrière et fit défiler le rapport sur le meurtre. Il se remémorait peut-être la mort de Cathy parce que l'assassin de Cathy n'avait pas laissé le moindre indice – exactement comme l'assassin d'Alison Maitland et de George Drewry. L'assassin de Cathy avait même évité d'être détecté par les caméras de surveillance dans le hall, dans l'ascenseur, et dans le couloir juste devant la porte de leur appartement. Aucun suspect n'avait jamais été arrêté, et le dossier était toujours ouvert, bien que mis en sommeil.

Decker était toujours là à 23 h 20 lorsque Cab entra.

— Où en êtes-vous ?

Decker se passa les mains sur les joues.

— Nulle part, que dalle. Je pense que je vais arrêter pour ce soir.

Cab fit le tour de son bureau et regarda l'écran de son ordinateur.

— Vous devriez oublier ça. Cela ne sert à rien de rouvrir vos cicatrices.

— Je ne sais pas. Je n'arrête pas d'avoir ces pensées bizarres à propos de Cathy et je me demande si mon cerveau n'essaie pas de me dire quelque chose. Par exemple, qu'il y a peut-être un genre de lien entre ce qui est arrivé à Cathy et ce qui est arrivé à Alison Maitland et à George Drewry.

Cab lui posa une main sur l'épaule.

— Vous êtes un flic de premier ordre, McKenna, mais ne commencez pas à me faire le coup de l'intuition. Ne perdez pas de vue ce qui compte, et ce sont les preuves.

— Vous avez probablement raison. Mais c'est juste que, dans cette affaire, je pense que la preuve la plus importante, c'est qu'il *n'y a pas* de preuves.

Cab détourna la tête et éternua violemment.

Dès qu'il ouvrit la porte de son appartement, il fut conscient d'un arôme parfumé, au goût de fumée, comme de l'encens. Il sortit son pistolet de son étui, l'arma, et poussa prudemment le battant. L'odeur provenait peut-être de l'appartement du dessous, où un jeune couple marié faisait brûler régulièrement de l'encens (des consommateurs de marijuana ou des bouddhistes, ou les deux). Mais l'odeur était trop forte.

Le dos plaqué au mur, il progressa dans le couloir vers la cuisine. Il pointa son pistolet vers la porte ouverte, mais il n'y avait personne dans la pièce. Il se plaça de l'autre côté du couloir et se dirigea lentement vers le séjour.

Il n'y avait personne non plus, mais trois bâtons d'encens se consumaient lentement dans une petite urne remplie de sable qui lui servait de cendrier. Et sur le mur derrière les bâtons d'encens, en lettres rouge sang inégales qui faisaient plus de quatre-vingt-dix centimètres de haut, quelqu'un avait griffonné SAINTE BARBARA.

Decker s'approcha lentement et toucha les lettres du bout des doigts. Elles étaient encore humides. Cela avait la consistance du sang, mais il ne pouvait être sûr que c'en était bien, et il n'allait certainement pas le goûter. Il traversa le séjour en se déplaçant en crabe jusqu'à ce qu'il atteigne la porte de sa chambre. Elle était entrouverte d'une dizaine de centimètres. Il fit halte, écouta, mais il n'entendit que le bruit assourdi de la circulation au-dehors, et le murmure d'une télévision dans l'appartement d'à côté.

Il prit une profonde inspiration et poussa le battant du pied. Sa chambre était apparemment déserte. Néanmoins, il se baissa et regarda sous le lit, puis il ouvrit à la volée les portes de la penderie. Personne.

À ce moment-là, il entendit un bruit d'écoulement venant de la salle de bains. Il s'approcha sans bruit de la porte et appuya son oreille contre le battant. C'était un petit filet d'eau régulier, ressemblant plus à un robinet qui coule goutte à goutte qu'à quelqu'un qui se lave les mains. Il saisit prudemment la poignée de la porte, puis, lorsqu'il fut prêt, il ouvrit la porte à la volée.

La salle de bains était également déserte, à l'exception de son reflet dans le miroir. Mais le robinet d'eau chaude n'avait pas été fermé correctement, et le lavabo était strié d'écarlate. Cela donnait l'impression que quelqu'un s'était rincé les mains rapidement, puis était parti.

Mais où ce quelqu'un était-il passé ? La fenêtre de la salle de bains ne s'ouvrait pas, à part le petit vasistas, et personne n'avait pu le croiser lorsqu'il était entré. Il tira le rideau de la douche, juste pour être sûr, mais il n'y avait personne là non plus.

Il ferma le robinet, en le tenant avec deux doigts seulement, dans le cas où il y aurait des empreintes digitales dessus. Il mit également la bonde, pour empêcher que le contenu semblable à du sang ne disparaisse dans le tuyau d'écoulement.

Il se regarda dans le miroir. *Tu ne pètes pas les plombs, McKenna. Tu es aussi sain d'esprit que quiconque, et tu peux le prouver.* Mais en plus de l'encens et de l'inscription griffonnée sur le mur, il y avait une sensation quasi palpable que quelqu'un s'était trouvé ici, était allé de pièce en pièce, avait perturbé l'air.

Il retourna dans le séjour et éteignit les bâtons d'encens. Puis il se tint immobile et considéra l'inscription. SAINTE BARBARA. Qui était sainte Barbara ? Cathy avait chuchoté son nom dans son cauchemar, et à présent il était ici, tracé avec ce qui était peut-être du sang.

Il examina la pièce à nouveau, poussa les rideaux avec son pistolet, même s'il savait qu'il ne trouverait personne. Puis il verrouilla la porte d'entrée, mit la chaîne de sûreté, et rangea son Anaconda dans son étui. Il prit le téléphone et appela directement le lieutenant Bryce au labo.

— Helen ?

— Le lieutenant Bryce est rentrée chez elle il y a une heure environ. Puis-je vous aider ?

— Je l'espère. Ici le lieutenant McKenna. Avez-vous quelqu'un de disponible pour venir effectuer un prélèvement de liquide au coin de la 19e et de Main ?

— Quel genre de liquide ?

— Cela ressemble à du sang.

— Est-ce une scène de crime ?

— Je ne sais pas. Pour vous dire la vérité, je n'ai aucune idée de ce qui s'est passé ici.

13

Il rêva qu'il courait de nouveau à travers les ronces, nu-pieds. Les feux étaient bien plus proches maintenant, et il sentait la chaleur dans son dos, comme un four ouvert. Des flammèches pleuvaient au-dessus de sa tête et tombaient sur le sous-bois devant lui, à tel point qu'il était obligé de se frayer un chemin à travers des taillis qui s'embrasaient déjà.

—Regroupez-vous sur le chemin de rondins, les gars ! cria quelqu'un d'une voix rendue rauque par la fumée. Regroupez-vous sur le chemin de rondins !

Il gardait son coude gauche levé pour protéger ses yeux des épines et des branches et pour abriter sa joue de la chaleur. Une flammèche tomba sur son épaule et traversa sa chemise. Il l'ôta d'une tape, mais c'était toujours douloureux, et il sentait l'odeur du coton roussi et de la peau brûlée.

Il savait vaguement que le chemin de rondins se trouvait sur sa gauche, à environ cinq cents mètres, mais les bois dans cette direction brûlaient avec violence et il entendait des hommes hurler comme ils étaient rattrapés par les flammes. Aussi se dirigea-t-il vers la droite, dans l'espoir d'être à même de contourner les feux et de rejoindre le chemin un peu plus loin. Il essaya de courir, mais le sous-bois était encore plus touffu ici, et il était obligé de jouer des pieds et des mains et de faire des bonds comme un lièvre.

Ce qui était encore plus terrifiant que les flammes qui se rapprochaient, c'était le sentiment que quelqu'un le poursuivait et le rattrapait, courant à travers les fourrés, aussi noir et inconsistant qu'une ombre. Et il savait que ce quelqu'un était déterminé à le tuer – pas avec colère, mais de sang-froid, et d'une façon horrible, en lui infligeant plus de souffrances que ce que l'on pouvait imaginer.

Il tourna rapidement la tête. Il aperçut une silhouette à quelques mètres seulement derrière lui. Une silhouette de haute taille, avec des ailes qui battaient. Les pans de son manteau se prenaient dans les ronces, mais cela ne semblait pas la ralentir du tout, et il entendait ses bottes écraser les fougères. *Oh, merde.* Il n'avait plus la force de continuer de bondir. Ses vêtements se prenaient dans les taillis et ses mains et ses pieds étaient en feu, transpercés par des épines.

Il fit halte, haletant, et la silhouette se rua sur lui. Elle le heurta violemment et lui coupa le souffle. Il se retrouva au sein d'une obscurité suffocante, dans une cage d'os, se débattant éperdument pour se dégager.

— Peux pas respirer ! cria-t-il. Peux pas respirer !

Il trouva le père Thomas dans le jardin derrière la cathédrale du Sacré-Cœur, les manches retroussées, occupé à arracher des mauvaises herbes. Le père Thomas se releva comme il s'approchait. C'était un homme grassouillet au visage rose, avec une crinière de cheveux blancs.

— Lieutenant McKenna ! Bonté divine ! Cela fait bien longtemps que nous ne vous avions pas vu !

Decker jeta un regard à la ronde.

— C'est un jardin splendide, non ?

La plate-bande que le père Thomas entretenait était remplie de roses crème et jaunes, et leur fragrance était si capiteuse qu'elle était quasi érotique.

— Nous faisons de notre mieux… J'ai toujours pensé que le fait d'avoir un beau jardin revient à dire merci à Dieu de nous accorder de tels plaisirs terrestres.

Decker était venu à la cathédrale du Sacré-Cœur au moins deux fois par semaine après la mort de Cathy. Il était resté agenouillé pendant des heures dans la nef froide et sonore, sous sa haute voûte aux ornements dorés, fermant les yeux et priant pour qu'on soit toujours en janvier et que le meurtre de Cathy n'ait jamais eu lieu. *« Oh, Seigneur, faites quelque chose ! Revenir en arrière, ce n'est pas possible ? »*

La cathédrale était inhabituelle en ce sens que sa construction avait été financée par un seul homme, Thomas Fortune Ryan, le fondateur de l'American Tobacco Company. Richmond comptait très peu de catholiques, mais c'était ici qu'ils pouvaient venir pour trouver espoir et encouragement, dans cet imposant édifice de style roman qui proclamait fièrement l'Église militante – le Seigneur Tout-Puissant et ses anges engagés dans leur lutte éternelle contre Satan et ses démons.

— Je suppose que j'ai été déçu par Dieu, dit Decker. C'était ma faute. Je Lui avais demandé quelque chose d'impossible.

— Ne vous inquiétez pas, sourit le père Thomas. Je peux vous certifier que Dieu n'est pas déçu par *vous*. Et qui peut dire ce qui est impossible et ce qui ne l'est pas ?

Il appuya sa binette contre sa brouette et ajouta :

— Et si nous allions à l'intérieur pour prendre un rafraîchissement ?

— Bien sûr. Il fait très chaud, non ? J'aimerais vous poser deux ou trois questions.

— Naturellement. Je suis toujours ravi d'aider un représentant de la loi.

Il fit entrer Decker dans une cuisine aux carreaux marron et blancs, avec une grande table en chêne et des fenêtres aux vitres en verre jaune sourd. Il ouvrit le réfrigérateur et sortit un pichet de limonade givré.

— Désolé, mais nous n'avons pas de tequila.

— Vous n'avez pas oublié, dit Decker en ôtant ses lunettes de soleil.

— Eh bien... Nous dirons que plus d'une fois vous êtes venu prier ici dans un état qui était redevable davantage à l'Esprit du Cactus qu'au Saint-Esprit !

Il remplit deux grands verres de limonade, en veillant à ce que de nombreuses rondelles de citron flottent dedans.

— Que pouvez-vous me dire au sujet de sainte Barbara ? demanda Decker.

— Sainte Barbara ? Vous avez une raison précise de me poser cette question ?

— Je ne le sais pas encore. C'est pour cette raison que je suis venu vous voir. Après tout, c'est vous le spécialiste des saints de l'Église.

— J'aime à le penser. Sainte Barbara, eh bien… sainte Barbara, ou sainte Barbe en Europe, a été retirée du calendrier romain à la fin des années soixante et son culte a été supprimé. Mais beaucoup de gens lui sont toujours très attachés, particulièrement chez les militaires et ceux qui manient des explosifs, comme les armuriers, les artilleurs et les artificiers.

» Elle est la patronne du feu, vous comprenez, et de la foudre.

Decker déclara :

— J'ai fait ce cauchemar… Je cours pour échapper à un incendie de forêt. La première fois que je l'ai fait, tout de suite après j'ai eu un autre rêve. J'ai vu Cathy, et Cathy a dit qu'elle voulait me protéger de sainte Barbara.

Le père Thomas haussa les sourcils.

— Je ne vois pas pourquoi vous auriez besoin d'une *protection* contre elle, surtout si vous essayiez d'échapper à un incendie. Sainte Barbara est vénérée par les sapeurs-pompiers et tous ceux qui manient des feux d'artifice ou des explosifs. Cela en supposant que votre rêve ait une véritable signification, bien sûr, et que ce ne soit pas simplement le fragment de quelque chose que vous avez enregistré inconsciemment durant vos journées de travail.

— Cathy a dit : *« Sainte Barbara veut assouvir sa vengeance. »* Elle l'a dit aussi distinctement que si elle se tenait à côté de moi.

— C'est très étrange. Sainte Barbara était censée être très belle, douce et clémente. On dit qu'elle vivait dans la région de Thrace, au troisième siècle, et qu'elle fut enfermée dans une tour par son père Dioscorus pour désobéissance. Durant son emprisonnement, elle fut instruite par un grand nombre de philosophes, d'orateurs et de poètes. Ils lui enseignèrent que le fait d'adorer de nombreux dieux était une absurdité, et elle se convertit au christianisme.

» Son père, qui n'était guère affectueux, la dénonça aux autorités locales, lesquelles lui ordonnèrent de la tuer. Elle s'enfuit, mais son père la rattrapa et la ramena au palais en la tirant par les cheveux. Il la tortura et lui trancha la tête. Mais il obtint le châtiment qu'il méritait. Il fut immédiatement frappé par le feu divin, et tué.

» Pour cette raison, beaucoup de gens avaient coutume de demander à sainte Barbara de les protéger du feu, de la foudre, et de n'importe quelle autre sorte de mort venue du ciel. On voyait souvent son image dans des casernes de pompiers, des poudrières et des arsenaux de l'armée, vêtue d'une robe blanche, tenant le rameau du martyre dans une main et le calice de la mort bienheureuse dans l'autre.

» Toutefois, l'opinion officielle aujourd'hui est que sainte Barbara n'est qu'une légende, et que, à un moment ou à un autre, une fiction pieuse a été interprétée à tort comme une réalité historique. C'est pourquoi il y a de fortes chances pour que votre rêve n'ait été rien de plus qu'un rêve.

— L'ennui, dit Decker, c'est que cela ne s'arrête pas à un rêve. Le nom de sainte Barbara a été écrit sur le mur de mon appartement la nuit dernière, avec ce qui ressemblait à du sang, et en dessous quelqu'un avait fait brûler de l'encens. Ne me demandez pas qui. Il n'y avait personne dans mon appartement, et personne dans mon immeuble n'a vu un inconnu entrer ou sortir.

— Je dois admettre que je suis déconcerté, déclara le père Thomas. Bien que ce soit intéressant d'un point de vue intellectuel de préciser que le nom « Barbara » signifie « inconnu ».

— Je voulais juste savoir si vous aviez une quelconque théorie. Peu importe qu'elle soit extravagante. J'enquête sur le meurtre Maitland et sur le meurtre Drewry, et, ainsi que vous l'avez probablement vu aux informations, nous n'avons pas un seul témoin oculaire crédible et nous n'avons pas la moindre preuve matérielle. Vous savez, ne serait-ce qu'une fibre, ou une petite tache de salive, ou une trace de boue microscopique. À tel point que cela semble parfaitement irréel.

» Nous avions eu la même absence de preuves matérielles lorsque Cathy a été tuée, et j'essaie de trouver s'il y a un lien quelconque.

Le père Thomas sortit une rondelle de citron de son verre et la suça d'un air pensif.

— C'est acide, dit-il lorsqu'il aperçut l'expression sur le visage de Decker. Pour quelque raison, j'aime également tout ce qui est acide. La mortification du palais, je suppose.

— Alors... Vous n'avez pas la moindre idée ?

— Pas vraiment, lieutenant. Mais j'ai toujours cru aux messages divins qui nous sont communiqués dans les rêves. Tout d'abord, ils ne semblent pas avoir beaucoup de sens, mais, lorsque nous y repensons plus tard, ils peuvent souvent nous donner un aperçu saisissant de ce qui nous arrive réellement. Parfois je me dis que nous sommes infiniment plus en contact avec la signification de notre existence lorsque nous dormons que lorsque nous sommes soi-disant éveillés.

Il se pencha en avant et dit très doucement, comme s'il confiait à Decker le plus grand secret dans tout l'univers :

— Présentons les choses ainsi... Si *vous* étiez Dieu et que vous vouliez parler à vos créations les plus chères, quand choisiriez-vous de le faire ? Le jour, lorsque leur esprit est rempli de bruit, de travail, de famille et de soucis ? Ou bien la nuit, lorsque tout est silencieux et que vos paroles peuvent être entendues distinctement et clairement ? Avec toute leur étrangeté, également.

» Je me trompe peut-être, mais j'ai le sentiment que, lorsque vous comprendrez ce que signifie *« Sainte Barbara veut assouvir sa vengeance »*, alors vous comprendrez tout.

— D'accord, dit Decker. Mais que suis-je censé penser de *ceci* ?

Il déboutonna sa chemise et la tira sur le côté pour découvrir son épaule gauche. Il y avait une cloque irritée de trois centimètres environ au-dessus de sa clavicule, comme une brûlure de cigarette, et elle suintait.

— Dans mon cauchemar, la nuit dernière, dans cet incendie de forêt, une flammèche chaude est tombée sur moi. Lorsque je me suis réveillé, mon tee-shirt était brûlé, ainsi que ma peau.

Il tendit ses mains pour montrer au père Thomas qu'elles étaient sillonnées de petites égratignures rouges.

— Je me frayais un chemin à travers un massif de ronces, et voilà le résultat. Mes pieds sont dans le même état.

Le père Thomas lui prit les mains et les examina attentivement. Puis il leva vers Decker ses yeux bleu de porcelaine et dit :

— Si ce que vous me dites est vrai, cela est extrêmement troublant. Lorsque les cauchemars commencent à causer un mal physique, c'est le signe que quelque chose de tout à fait effroyable est sur le point de se produire.

— Mon père, je pense que cela a déjà commencé.

Il était assis avec Hicks dans le *diner* de la 3e Rue lorsque Beethoven l'appela sur son téléphone cellulaire. *Ta-ta-ta-Ta !*

— Vous ne pourriez pas changer votre sonnerie ? gémit Hicks. Même Strauss détestait Beethoven. Vous savez ce qu'il disait ? Il disait : *« Beethoven, c'est de la merde. »* Ce sont ses termes exacts.

— Que préféreriez-vous ? *Stranger in the Night* ?

—*Lieutenant McKenna?* dit une voix féminine. *Ici Lily Messenger, du labo?*

Elle avait une façon d'élever ses mots à la fin de chaque phrase telle que cela ressemblait à des questions.

—Bien sûr. Comment allez-vous, agent Messenger?

—*Je vais très bien, merci. J'ai l'analyse préliminaire de ces prélèvements de liquide que j'ai effectués dans votre appartement la nuit dernière?*

—Vous avez été rapide.

—*Vous aviez raison, les lettres sur votre mur ont été tracées avec du sang humain? Groupe A, Rh négatif?*

—Je vois. Très bien... Je vous remercie.

Il reposa le téléphone cellulaire sur la table et annonça à Hicks:

—SAINTE BARBARA a été écrit avec du sang.

—Vous me faites marcher! Vous pensez que quelqu'un essaie de vous mettre en garde?

—Me mettre en garde contre quoi? Et *pourquoi*? Ce n'est pas comme si nous harcelions quelqu'un.

Hicks découpa une crêpe avec le côté de sa fourchette.

—Nous devrions peut-être reconsidérer toute cette affaire à partir du commencement. Examiner de nouveau les scènes de crime, interroger de nouveau les voisins et les passants. Comme vous l'avez dit, personne ne peut s'avancer dans la vie sans laisser la moindre preuve matérielle derrière lui. Nous sommes peut-être passés à côté de cette preuve, tout simplement.

Decker secoua la tête d'un air sceptique.

—Où en êtes-vous avec les boutiques de souvenirs militaires?

—Une dernière à vérifier, Wippler's Sutlery dans la 5e Rue, et une sur Internet.

Decker prit une autre bouchée de son beignet, fit la grimace, et la laissa retomber dans son assiette.

—Essayons de regarder les choses d'un point de vue différent. Nous n'avons pas la moindre preuve, d'accord? Mais quoi d'autre n'avons-nous pas? Nous n'avons pas de mobile. Alison était une personne très appréciée, de même que le major Drewry. Entendu, il avait la réputation d'être un brin grognon. Mais, normalement, vous n'éventrez pas quelqu'un parce qu'il se plaint que votre chien fait ses crottes sur sa pelouse de devant.

» Quoi que pense le capitaine, je ne crois pas que *deux* personnes aient été à même d'entrer dans une maison sans être vues de quiconque et de ne pas laisser la moindre preuve matérielle. Enfin, cela a nécessité une sorte d'habileté qui est quasi surnaturelle. Par conséquent, nous avons une seule personne, et ce que nous devons découvrir, c'est pourquoi cette personne voulait tuer Alison Maitland et George Drewry. Apparemment, ils n'avaient absolument rien en commun. Âge différent, sexe différent, milieu différent, religion différente. Pourtant il y a nécessairement *quelque chose* qui les relie.

Hicks s'essuya la bouche avec sa serviette en papier et en fit une boule.

— Et si nous examinions leurs antécédents, aussi loin que nous pouvons remonter ?

— Ma foi, cela donnera l'impression que nous faisons quelque chose, à tout le moins.

Tandis qu'ils réglaient l'addition, Hicks dit brusquement :

— Euh, cette invitation pour aller dîner dans un restaurant mexicain ? Ça tient toujours ?

— Naturellement. Que diriez-vous de mercredi ?

— Eh bien... Je ne sais pas trop... Rhoda ne semble pas s'acclimater du tout.

— Laissez-lui un peu de temps, mon vieux. Elle s'y fera.

— Elle dit que Richmond lui donne un mauvais pressentiment, elle ne sait pas pourquoi.

— Je vous l'ai dit, ce sont probablement ses amies qui lui manquent. Ne vous inquiétez pas, nous lui en trouverons d'autres.

— Je l'espère. Hier soir, nous avons eu une violente dispute. Avant, nous ne nous disputions jamais.

Ils sortirent et retrouvèrent la lumière éblouissante. Decker mit ses lunettes de soleil.

— Elle veut qu'on s'intéresse à elle, Hicks, c'est tout. Toutes les femmes ont besoin qu'on s'intéresse à elles.

Afin de faire ressortir son argument, il adressa un large sourire à une blonde avec une queue-de-cheval coiffée d'une casquette de base-ball rouge. La jeune femme se retourna pour lui rendre son sourire et faillit entrer en collision avec un réverbère.

De retour à son bureau, le voyant rouge de son répondeur clignotait. Quelqu'un l'avait appelé seulement deux minutes auparavant.

Il appuya sur le bouton « lecture », il y eut des grésillements et un souffle, puis il entendit :

— *Lieutenant McKenna ? C'est Eunice Plummer. J'ai pensé que vous devriez savoir que Sandra l'a vu à nouveau. L'Homme Très Effrayant.*

14

Il rappela immédiatement.

— Mlle Plummer ? Oui, merci pour votre message. Quand était-ce ?

— *Il y a un quart d'heure à peine. Nous faisions du lèche-vitrines dans Marshall Street lorsque Sandra l'a vu qui venait dans notre direction.*

— Et *vous*, vous l'avez vu ?

— *Non, je suis désolée. Mais Sandra a eu très peur qu'il la reconnaisse, et elle s'est cachée dans un renfoncement de porte.*

— Où était-ce exactement ?

— *Entre la 11e et la 12e. Sandra dit qu'il est entré dans l'hôpital.*

— Il a fait *quoi* ?

— *Elle a risqué un coup d'œil depuis le renfoncement de porte pour voir s'il était à proximité, mais il n'a pas traversé la 12e Rue… Il a continué vers le Medical College Hospital.*

— Où est l'agent chargé de votre protection rapprochée ? Vous pouvez me la passer ?

— *Elle n'est pas venue. J'ai pensé que vous aviez peut-être estimé que nous n'avions plus besoin d'elle.*

Merde, pensa Decker. *Cab et sa foutue réduction de budget.*

— Où êtes-vous maintenant ? demanda-t-il à Eunice.

Puis il couvrit le micro avec sa main et cria :

— Hicks !

— *Nous sommes au MacDonald's de la 8e Rue. Sandra était bouleversée et je lui ai acheté un milk-shake.*

— Restez là-bas. Nous venons vous chercher immédiatement. *Hicks!*

Hicks apparut, les bras chargés d'une pile de dossiers.

— Quel est le problème ?

— Sandra l'a vu à nouveau. L'Homme Très Effrayant. On s'arrache ! C'est peut-être exactement ce que nous attendions.

Jerry Maitland était assis dans son lit et regardait une émission sur l'exploration en Antarctique dans les années 1900 – des images saccadées en noir et blanc d'hommes en fourrures et peaux de phoque, debout dans la neige.

« Au cours de cette expédition américaine en 1908, un seul homme, Clement Pearson, a réussi à regagner vivant le camp de base. Il a attribué sa survie à une mystérieuse silhouette qui l'a guidé pendant trois jours à travers un blizzard incessant. La silhouette marchait vingt mètres devant lui, toujours sur sa gauche, et ne lui a jamais parlé. Le matin où Pearson a atteint la station de McMurdo, la silhouette a disparu. »

Alors qu'il regardait l'écran, Jerry fut conscient d'une légère perturbation dans l'air, comme si la porte avait été ouverte, bien que cela ne fût pas le cas. Il avait également le sentiment étrange de ne plus être seul dans la chambre. Il appuya sur la télécommande pour couper le son, puis il écouta en fronçant les sourcils. Sur l'écran, dans un silence total, il vit le croquis au fusain exécuté par Clement Pearson du personnage qui était censé lui avoir sauvé la vie. Grand et voûté, une forme indistincte entrevue à travers un violent blizzard.

Tandis qu'il écoutait et regardait, le personnage sur l'écran sembla enfler et se déformer, comme si le croquis de Clement Pearson *bougeait*. Puis la fenêtre à côté du téléviseur se rida et se déforma à son tour. Jerry avait l'impression de voir sa chambre à travers une eau qui clapotait paresseusement.

Il battit des paupières pour essayer d'éclaircir sa vision. Il était toujours sous antibiotiques et anti-douleurs, et il se dit que c'était probablement l'un des effets secondaires. Pourtant les fleurs à côté de son lit fondirent et coulèrent brusquement, et il eut la certitude que quelqu'un se tenait tout près de lui, à seulement quelques centimètres. Il entendait même une *respiration* – une respiration crispée, réprimée – et un autre bruit, qu'il était incapable d'identifier. C'était un *bruissement* étouffé, désagréable. Cela lui remémora la colonie de blattes qu'il avait découverte lorsqu'il avait sept ans, tandis qu'elles s'engouffraient par centaines dans le regard de la vieille maison de ses parents. Pendant plusieurs années, il avait fait d'horribles cauchemars.

Avec hésitation, il tendit sa main droite enveloppée de pansements vers le bouton d'appel qui était posé sur sa couverture. Il ne voulait pas se couvrir de ridicule en faisant venir l'infirmière parce qu'il soupçonnait qu'il y avait quelqu'un d'autre dans la chambre, alors qu'il n'y avait manifestement personne. Mais s'il s'agissait d'un effet secondaire de l'un de ses médicaments, l'infirmière était certainement au courant. Il n'avait jamais pris de LSD ni aucune substance hallucinogène, mais il imaginait très bien qu'un trip ressemblait à cela. Quand on voyait des gens invisibles.

Alors qu'il s'apprêtait à appuyer sur le bouton, le bruissement se changea brusquement en un vif déplacement d'air. Jerry sentit quelque chose heurter son poignet, quelque chose qui était aussi dur qu'une barre de fer.

— Oh, mon Dieu ! s'exclama-t-il en levant son bras, et son visage fut éclaboussé de sang.

Il regarda son poignet avec stupeur. Sa main avait été tranchée et était tombée sur la couverture. Les doigts se crispaient et se recroquevillaient.

— Oh, mon Dieu ! Oh, mon Dieu !

Son poignet ne lui faisait même pas mal, mais le sang giclait sur le lit et éclaboussait son pyjama. Il pensa : *Ceci ne s'est pas produit. Ceci ne peut pas être réel.* Il continuait de *sentir* sa main droite, bien qu'elle soit séparée de son poignet, et il essaya de la faire se déplacer vers le bouton d'appel.

À ce moment-là, quelqu'un le saisit par les revers de sa veste de pyjama et le souleva du lit. Il perdit l'équilibre et tomba par terre, renversant le chevalet de son goutte-à-goutte. Suffoquant de peur, il essaya de se traîner vers la porte en s'appuyant sur les genoux et sur sa main gauche, laissant une traînée de sang en zigzag sur le vinyle, mais il fut remis debout avec une telle force qu'il sentit sa colonne vertébrale craquer.

— *Au secours !* cria-t-il. *Au secours !*

Quelqu'un passa son bras autour de son cou et serra, et c'était à peine s'il pouvait respirer. Quelqu'un de très grand, et de très vigoureux. Quelqu'un qui portait des vêtements en laine rugueuse. Quelqu'un qui respirait sur sa nuque en des halètements rauques, saccadés, « hah ! hah ! hah ! » comme le souffle d'un loup affamé.

— *Au secours !* suffoqua-t-il. Pour l'amour du ciel, venez à mon secours !

Sa veste de pyjama fut fendue sur le devant, et des boutons volèrent. Puis – sans la moindre hésitation – la lame d'un couteau fut plongée dans son ventre, à deux centimètres en dessous du nombril. Le choc fut intense, comme s'il avait reçu un coup de poing, et il entendit le sifflement aigu de gaz corporels qui s'échappaient. Jerry essaya de se dégager, mais son agresseur invisible était tellement fort qu'il ne pouvait même pas plier les genoux et se laisser tomber par terre avec résignation.

Il y eut un instant d'hésitation, puis son ventre fut ouvert en deux, vers le haut, d'un coup mesuré, comme si son agresseur se délectait de chaque moment de terreur qu'il infligeait. Jerry baissa les yeux vers son ventre, en proie à une horreur absolue. Il ne voyait pas de couteau, et personne ne le tenait. Pourtant sa peau céda sous ses yeux et laissa apparaître des muscles d'un rouge luisant et une graisse blanchâtre compacte, puis la première protubérance de l'estomac, avec un réseau de veines écarlates.

Tout d'abord, il se sentit complètement engourdi. Mais, tandis qu'il était ouvert plus largement, il fut soudain submergé par une douleur atroce qui le fit crier « Maman ! » tel un enfant terrifié.

Decker ouvrit la portière arrière de la Mercury et saisit la main de Sandra.

— Viens ! la pressa-t-il. Nous devons faire vite !

— Et moi ? demanda Eunice. Vous voulez que je vienne également ?

— Oui, s'il vous plaît. Hicks, vous voulez bien vous occuper de Mlle Plummer ?

Il gravit en hâte les marches de l'hôpital en tirant Sandra à sa suite.

— Et s'il me *voit* ? s'exclama Sandra.

— Tu n'as aucune inquiétude à avoir. Je me charge de lui. Tout ce que tu dois faire, c'est me dire où il est.

Ils franchirent la porte d'entrée. Un garde de la sécurité vint vers eux, la main levée, et dit :

—Hé, doucement ! Vous devez d'abord vous présenter à l'accueil !

Decker lui montra sa plaque.

—Nous sommes très pressés, d'accord ?

—Qui est la petite demoiselle ?

—Auxiliaire de police Sandra Plummer. Maintenant... Si cela ne vous fait rien.

Ils se dirigèrent rapidement vers les ascenseurs. Hicks et Eunice les suivaient de près, mais Decker leur dit :

—Prenez le suivant ! et il appuya sur le bouton du cinquième étage.

Tandis que la cabine d'ascenseur montait, Sandra lui adressa un sourire timide.

—C'est excitant. J'aimerais bien m'engager dans la police.

—C'est déjà fait, lui assura Decker.

La sonnerie retentit et les portes de l'ascenseur s'ouvrirent. Decker saisit à nouveau la main de Sandra.

—Nous allons commencer par Gerald Maitland. C'est l'homme qui habite la maison où tu as vu pour la première fois l'Homme Très Effrayant, d'accord ?

—Pourquoi allons-nous le voir ?

—Eh bien... Si mon intuition est exacte, je pense que l'Homme Très Effrayant est venu ici dans cet hôpital pour lui régler son compte.

Ils remontèrent rapidement le couloir jusqu'à ce qu'ils atteignent la chambre de Gerald Maitland. Il n'y avait pas de policier de faction à proximité, seulement une chaise vide, un journal froissé et deux gobelets de café vides. Decker essaya d'ouvrir la porte, mais elle était bloquée. Cela donnait l'impression qu'une chaise avait été coincée sous la poignée, mais il ne pouvait en être sûr parce que le store avait été baissé sur la paroi vitrée.

—Jerry ! cria Decker. Jerry, tout va bien ?

Il donna de grands coups dans la porte du plat de la main.

—Vous m'entendez, Jerry ? Tout va bien ? Est-ce que vous pouvez vous lever et venir m'ouvrir ?

Sandra leva les yeux vers Decker d'un air inquiet en se mordillant la lèvre.

—Vous pensez qu'il lui est arrivé quelque chose ? Vous pensez qu'il lui a fait du mal, l'Homme Très Effrayant ?

— Espérons que non, répondit Decker.

Il agrippa le montant de la porte des deux mains et donna un coup de pied dans le battant, puis un second.

— Jerry ! Est-ce que vous m'entendez, Jerry ? Jerry, ouvrez-moi, bon sang !

Sandra appuya ses deux index sur son front, comme si elle se concentrait très fort.

— C'est ce mauvais pressentiment à nouveau, dit-elle. *C'est ce mauvais pressentiment !*

Decker donna plusieurs coups de pied dans la porte, mais elle ne cédait toujours pas. À ce moment-là, Hicks et Eunice remontèrent le couloir en courant – et, venant de la direction opposée, le flic qui était censé garder la porte de Jerry Maitland.

— Et merde, où étiez-vous ? lui cria Decker.

En guise d'explication, le flic montra un sachet de beignets.

— Je suis désolé, lieutenant. Je me suis absenté juste deux minutes. Qu'est-ce qui cloche ?

— Aidez-moi à ouvrir cette putain de porte ! Elle est coincée, et Maitland ne répond pas.

Hicks et le flic essayèrent d'enfoncer la porte à coups d'épaule, pendant que Decker donnait des coups de pied.

Eunice passa son bras autour des épaules de Sandra en un geste protecteur, tandis que celle-ci se tenait immobile, les yeux grands ouverts et ses mains plaquées sur sa bouche, en émettant un petit miaulement plaintif.

Dans la chambre, Jerry était toujours maintenu debout, bien que sa tête soit retombée en arrière sur l'épaule de son agresseur invisible, de telle sorte qu'il fixait le plafond sans le voir. Il endurait de telles ondes de douleur que c'était à peine s'il pouvait penser, et il y avait un sifflement strident dans ses oreilles. Il continuait d'essayer de maintenir ses intestins à l'intérieur de son ventre ouvert en deux, et sa main gauche agrippait éperdument les bords visqueux de sa plaie, tel un homme dans un orage qui s'efforce de maintenir fermés les pans d'un épais imperméable en caoutchouc.

— Maintenant, qui est le martyr ? chuchota une voix étouffée, tout près de son oreille.

Il ne répondit pas, il en était incapable. Il voulait juste que cela soit terminé. N'importe quoi pour faire cesser la douleur. N'importe quoi pour mettre un terme à l'horreur de ce qui lui arrivait.

— Maintenant, qui fait le sacrifice ultime ? demanda la voix. Maintenant, qui renonce à tout pour l'honneur et la gloire ?

Il émit un gargouillis. Il voulait demander grâce, mais le bras de son agresseur comprimait trop fort son larynx. Il avait l'impression d'entendre des coups violents et quelqu'un crier son nom, mais cela semblait venir de très loin.

La chambre commença à s'assombrir, comme si un nuage avait caché le soleil. Au même moment, il sentit une traction atroce dans son abdomen. Sa tête s'inclina en avant et il vit qu'une main invisible sortait son intestin grêle de la cavité de son estomac. L'intestin grêle se dressa devant lui en des mouvements saccadés, semblable à un énorme ver blanc.

Il s'éleva de plus en plus haut, puis il commença à glisser autour de la barre du lit, fit plusieurs tours, et s'enroula pour former un nœud.

— *Non !* suffoqua Jerry.

Toute nouvelle souffrance était insoutenable.

Il y eut un temps d'arrêt, puis il fut soulevé du sol et hissé sur une épaule qu'il ne voyait pas. Il cria, cracha du sang, et les coups à la porte devinrent encore plus violents.

— *Jerry !* Que se passe-t-il ? Ouvrez la porte, Jerry, bordel de merde !

Mais Jerry ne pouvait pas répondre. Il essaya faiblement de se débattre mais il fut porté à travers la chambre vers la fenêtre, tandis que ses intestins étaient tirés hors de son corps, mètre après mètre ensanglanté, même s'il s'efforçait éperdument de les maintenir dans son estomac.

Il arriva à la fenêtre. Il fut soulevé encore plus haut, tandis que ses bras et ses jambes s'agitaient frénétiquement, puis il fut projeté à travers la vitre. Il y eut un fracas assourdissant, et il sentit qu'il tombait dans le vide et heurtait la paroi du bâtiment. Puis il y eut une secousse horrible qui lui causa une douleur atroce. Il tournoya sur lui-même et se retrouva suspendu dans le vide, retenu par ses propres viscères.

Il ne cria pas. Il était trop commotionné pour crier. Mais il agrippa son gros intestin avec sa main gauche et essaya de se hisser vers le haut. La paroi du péritoine était bien trop graisseuse, et il ne lui restait plus de forces, mais il n'arrêtait pas de penser : *Je suis vivant, je suis toujours vivant, et tant que je suis toujours vivant, je peux survivre.* Il aperçut des visages horrifiés qui le regardaient et il lui sembla entendre des gens qui criaient. Il se dit : *Ils m'ont vu, c'est très bien, ils vont envoyer quelqu'un me secourir.* Il enroula son gros intestin autour de sa main pour avoir une meilleure prise, mais il était bien trop faible pour se hisser plus haut.

— Alison ? dit-il.

Puis l'obscurité envahit sa tête et il mourut, pendillant dans le vide, oscillant lentement encore et encore devant les fenêtres du troisième étage, au bout de dix mètres d'entrailles distendues et ensanglantées.

Alors que la fenêtre volait en éclats, Decker donna à la porte un autre coup de pied et elle s'ouvrit brusquement, comme si elle n'avait jamais été bloquée. Il sortit vivement son pistolet de son étui et entra dans la chambre. La première chose qu'il vit fut la sinistre corde écarlate qui était attachée à la barre du lit, même s'il ne comprit pas ce qu'il regardait.

— C'est quoi, ce bordel ? s'exclama le flic en uniforme.

— Apparemment, Maitland s'est enfui, dit Hicks. Il a attaché des draps ensemble et il a fracassé la fenêtre.

Decker examina le lit éclaboussé de sang, puis le motif en zigzag de sang sur le sol en vinyle.

— Il s'est grièvement blessé, en plus.

Il s'approcha prudemment de la fenêtre. À ce moment-là, il prit conscience d'une étrange distorsion dans l'air. Les immeubles en face de l'hôpital semblèrent ondoyer et fondre, comme s'il les regardait à travers la chaleur s'élevant d'un toit en tôle ondulée. Même le chambranle de la fenêtre ondulait, ce qui lui donna le vertige de manière inattendue.

Il fit un autre pas en avant, puis il fut violemment poussé dans la poitrine. Il fut projeté contre le pied du lit et se cogna l'épaule.

— Lieutenant ? s'exclama Hicks, déconcerté.

Mais il fut poussé également et il s'assit promptement sur le fauteuil dans le coin. Le flic en uniforme se retournait pour aider Decker lorsqu'il fut, à son tour, projeté violemment contre le montant de la porte.

— Putain de merde ! s'exclama-t-il comme du sang giclait de son nez.

— La porte ! Fermez la porte ! cria Decker.

Mais il était déjà trop tard. Depuis le couloir, Sandra poussa un cri strident.

— C'est lui ! C'est lui !

Decker écarta le flic en uniforme et sortit de la chambre, en tenant son pistolet à deux mains. Sandra s'agrippait à sa mère et montrait le couloir du doigt.

— Il s'en va ! Regardez ! Vous ne le voyez pas ? Il s'en va ! Il est là-bas !

Decker vit seulement un tremblotement transparent, fluide, tout au bout du couloir. Il s'apprêtait à tirer lorsqu'une porte latérale s'ouvrit et deux infirmières sortirent en riant et se mirent dans sa ligne de tir.

— *Reculez !* leur hurla Decker. *Ne restez pas là !*

Mais avant qu'elles puissent réagir, l'une d'elles fut jetée à terre et l'autre fut poussée sur elle.

Decker fonça dans le couloir et ouvrit d'un coup de pied la porte qui donnait sur les ascenseurs. Les portes d'un ascenseur s'ouvrirent, il leva son pistolet et cria :

— On ne bouge plus !

Mais c'était seulement un aide-soignant qui poussait une femme d'un certain âge dans un fauteuil roulant. Il y avait trois autres ascenseurs, mais deux étaient au niveau du rez-de-chaussée et le troisième était au septième étage. Qui plus est, les escaliers se trouvaient à l'autre bout de l'hôpital.

— Merde ! murmura-t-il en rangeant son pistolet dans son étui.

Cela ne servait à rien de braquer un Anaconda sur quelqu'un que l'on ne pouvait pas voir. Il rebroussa chemin vers la chambre de Jerry Maitland et s'arrêta pour aider l'une des infirmières à se relever.

— J'ai eu l'impression que quelqu'un me poussait ! dit-elle en redressant son bonnet. Quelqu'un m'a poussé mais il n'y avait personne !

— Je sais, répondit Decker. La même chose nous est arrivée.

— Mais qu'est-ce que c'était ?

— Nous ne le savons pas encore. C'est un genre de tour de passe-passe. Ne vous inquiétez pas, nous nous en occupons. Donnez-moi vos noms, j'aurai besoin de vous poser quelques questions plus tard.

— *Lieutenant!* appela Hicks, et Decker perçut la détresse dans sa voix. Lieutenant, vous feriez bien de venir voir ça !

À ce moment-là, la porte menant aux ascenseurs fut ouverte à la volée et deux gardes de la sécurité de l'hôpital accoururent dans leur direction, suivis de trois infirmiers et d'une infirmière.

15

— Cette affaire devient de plus en plus déplaisante, dit Cab.

Decker ôta ses lunettes et essuya les verres avec sa cravate rouge et jaune.

— Au moins, nous avons une idée claire de ce à quoi nous sommes confrontés.

— Oh, vous croyez ? Nous sommes confrontés à une sorte de type invisible qui peut être vu uniquement par une adolescente trisomique ? Qu'y a-t-il de clair là-dedans ? Je ne peux même pas donner de détails à la presse.

— Je ne vois pas pour quelle raison. Il y a peut-être d'autres personnes qui peuvent le voir. Sandra n'est peut-être pas la seule, après tout.

— Vous pensez vraiment que je vais annoncer que nous recherchons quelqu'un que nous ne pouvons pas voir ? Vous devez penser que j'ai hâte de prendre une retraite anticipée !

Decker remit ses lunettes et haussa les épaules.

— Je continue de penser que cela pourrait nous aider. Si ce que ce type est capable de faire est un tour de passe-passe, ou un genre d'hypnose collective, alors il y a peut-être quelqu'un qui est à même de nous dire comment c'est effectué. D'un autre côté… si ce type est un authentique phénomène surnaturel, il y a peut-être quelqu'un qui sait comment le dépister et faire ce que l'on doit faire à des phénomènes surnaturels pour les empêcher d'éventrer des gens.

— Qui ça ? Le père Karras ?

— Non, je partage l'avis du lieutenant McKenna, dit Hicks. Je pense que les gens ont l'esprit sacrément ouvert à propos des trucs bizarres, aujourd'hui. Vous savez, les poltergeists, la possession démoniaque et tout le tremblement.

Cab sortit son mouchoir de sa poche et se moucha bruyamment.

— Je ne peux pas faire ça. Le patron ferait une attaque. Voilà deux ans, la fille du chef des services municipaux avait disparu et j'ai fait appel à un médium comme l'enquête piétinait. Et ensuite j'ai commis l'erreur d'en parler à Jimmy Barrett de WRVA.

— *Badaboum !* se souvint l'inspecteur Rudisill avec un plaisir évident.

— Exactement. *Badaboum*. Vous imaginez un peu ce que le patron ferait si je faisais appel publiquement à des hypnotiseurs, à des enfants arriérés et à des exorcistes ? Elle me couperait les couilles pour se faire des pendants d'oreilles !

— Entendu, capitaine, concéda Decker. Nous pouvons toujours mener des investigations tout à fait classiques – par exemple, examiner le passé familial des Maitland et celui du major Drewry. Mais si cela ne nous mène nulle part, je pense vraiment que nous devrions persuader le patron que nous avons besoin de l'aide des médias.

— Ne faites rien sans m'en parler d'abord, dit Cab en pointant son index sur lui.

— Je n'y penserais même pas. Mais... une dernière chose. Nous devons rétablir une protection rapprochée pour Sandra.

— D'accord. Je pense que je peux trouver un moyen de justifier cela.

— Oh, encore une chose. Vous avez toujours l'intention d'aller à Charlottesville mardi après-midi ?

— Pourquoi mes déplacements vous intéressent-ils autant, McKenna ?

— Aucune raison particulière. J'aime bien savoir où vous êtes, c'est tout – au cas où les choses deviendraient passionnantes.

Au-dehors, sur le parking, il rencontra Mayzie. C'était le début de la soirée maintenant, et le ciel était couleur or.

— Salut, Mayzie, dit-il en passant son bras autour de ses

épaules. J'avais l'intention de t'appeler. Tu as raison. Il faut vraiment que nous parlions.

Mayzie écarta son bras d'un mouvement brusque.

—J'ai décidé que je n'avais pas envie d'avoir un enfant, tout compte fait, répliqua-t-elle.

— *Tu* as décidé ? Et *moi*, tu ne crois pas que j'ai mon mot à dire ?

—Tu as dit que tu n'avais pas envie d'être père.

—Je sais… Mais je ne sais pas. Disons que je me suis fait à l'idée d'avoir un fils. Je pourrais l'emmener pêcher. Je pourrais lui apprendre à jouer au poker.

—Comment sais-tu que nous aurions eu un garçon ?

—C'est *forcément* un garçon. J'ai l'air d'être le genre de type à avoir des *filles* ?

—Decker, tu es complètement barjo. Ce qui s'est passé dans les toilettes pour hommes… Tu ressemblais à un fou furieux. Je ne veux pas avoir un enfant dont le père est un fou furieux.

—J'ai eu un… *truc*, c'est tout. Tu sais, comme une hallucination. Le surmenage. Pas assez de sommeil. Trop de café.

—Decker, tu ne me feras pas changer d'avis.

Il était arrivé à sa voiture. Il la prit par le bras et la fit s'arrêter.

—Tu as consulté quelqu'un dans une clinique ? Pour en parler ? Enfin, les suites médicales ?

—Pourquoi devrais-je consulter quelqu'un dans une clinique ?

Il la regarda en fronçant les sourcils.

—Tu n'as pas l'intention de le faire toi-même, hein ?

—Je ne comprends pas de quoi tu parles.

—L'avortement. Ce pourrait être très dangereux, de le faire toi-même.

—Je ne suis pas enceinte, Decker.

—Tu veux dire que tu as perdu le bébé ?

Mayzie secoua la tête.

—Je suis désolée. C'était stupide de ma part. Je pensais que cela pourrait nous rapprocher, si tu pensais que j'allais avoir ton enfant. Tu ne sais pas ce que j'éprouve pour toi, n'est-ce pas ? Tu t'en fiches complètement, d'ailleurs. Je te vois flirter et coucher avec toutes les filles sur qui tu peux mettre la main, et ça fait mal. Ça fait très, très mal.

Decker baissa la tête et se passa la main dans les cheveux.

—Je suis désolé, Mayzie. Je n'ai jamais voulu te faire souffrir. J'ai tellement souffert moi-même que je… eh bien, je suppose que je m'y suis habitué. J'ai complètement oublié que d'autres personnes ont des sentiments. Que tu as des sentiments.

Il la prit dans ses bras et la serra contre lui, mais tous deux savaient que c'était terminé entre eux. Au bout d'un moment, elle s'essuya les yeux avec ses doigts et s'efforça de sourire.

—Il aurait été un gamin super, dit Decker. (Il donna des coups de poing dans l'air comme s'il faisait semblant de se battre avec un petit garçon de cinq ans.) Je l'aurais appelé Decker McKenna Junior. Il aurait perpétué le nom de notre illustre famille.

Mayzie l'embrassa sur la joue puis elle s'éloigna sur le parking. De manière tout à fait inattendue, Decker s'aperçut qu'il avait du mal à déglutir.

Il prit Hicks à l'entrée et ils se rendirent au 4140 Davis Street, où la maison des Maitland avait été isolée par un ruban de police jaune enroulé autour des grilles de la façade. Ils entrèrent et s'avancèrent dans le vestibule envahi par la pénombre. Le sol et les murs étaient toujours maculés du sang d'Alison Maitland, et l'air était rempli d'une puanteur douceâtre, comme un poulet en putréfaction. Des mouches à viande se déplaçaient sur les fenêtres et bourdonnaient autour du plafond. Hicks fut obligé d'en chasser une qui s'était posée sur sa bouche.

—Nom de Dieu! cracha-t-il. Quand vont-ils se décider à nettoyer cet endroit?

—Lorsque nous aurons trouvé ce que nous cherchons, répondit Decker. (Il se dirigea vers la cuisine et jeta un regard à la ronde.) Je ne sais foutrement pas ce que nous essayons de trouver, mais essayons de tout reprendre à zéro.

Hicks se couvrit le nez et la bouche de la main.

—Je regrette d'avoir mangé ces petites saucisses au petit déjeuner ce matin. Après avoir vu ce pauvre bougre suspendu par ses boyaux…

—Je n'avais jamais pensé que les intestins étaient aussi résistants, fit remarquer Decker. (Il ouvrit les battants en verre du vaisselier et jeta un coup d'œil à l'intérieur.) D'un autre côté, on doit faire bouillir les tripes pendant des heures.

—Lieutenant, par pitié!

Decker ouvrit tous les tiroirs de la cuisine et les referma. Il regarda même dans le four électrique.

— Nous l'avons fait, dit Hicks, sa voix assourdie par sa main. Nous avons regardé partout !

— Je sais, mon vieux. Et vous n'avez pas réussi à trouver la preuve matérielle que vous cherchiez. Mais peut-être avez-vous cherché la mauvaise preuve.

— Que voulez-vous dire ?

— Eh bien... Mayzie m'a fait passer un sale quart d'heure. Elle m'a fait comprendre combien je l'avais fait souffrir... Alors que, pendant ce temps, je ne me préoccupais que de *moi*, et de ce que *je* ressentais. Nous devrions peut-être penser à l'auteur de ces crimes, et à ce qu'il y avait chez les Maitland qui le foutait tellement en rogne qu'il les a assassinés.

— Allons, les Maitland étaient des gens ordinaires, tout à fait inoffensifs.

— *Nous* les voyons ainsi. Mais le meurtrier les voyait peut-être différemment.

Il retourna dans le vestibule en continuant de regarder à gauche et à droite. Une grande peinture à l'huile, un paysage, dans un lourd cadre doré, était accrochée près de la porte d'entrée. Il l'écarta du mur afin de jeter un coup d'œil derrière.

— Je l'ai déjà fait, soupira Hicks.

Decker gravit l'escalier. Plus d'une douzaine de tableaux ornaient le mur – des vues de Richmond, de Mechanicsville et de Newport News, ainsi que des portraits d'enfants souriants et de chiens. Il y avait également des photographies... Des images sépia de maisons et de jardins, et des portraits de groupe de la famille Maitland au dix-neuvième siècle, en redingotes, chapeaux tuyau-de-poêle et crinolines.

Decker arriva devant un portrait de groupe à mi-hauteur de l'escalier. Il l'examina très attentivement, puis il le décrocha du mur.

— Regardez cette photographie, dit-il à Hicks. Premier corps d'armée au Richard's Shop sur Catharpin Road, 5 mai 1864, placé sous le commandement du général de division M. L. Maitland.

Il emporta la photographie jusqu'au palier et alluma la lumière afin de la regarder plus distinctement. Elle montrait environ vingt-cinq officiers et soldats confédérés qui posaient avec raideur sur un chemin de rondins, avec une épicerie en bois à l'arrière-plan et des arbres en surplomb. Deux des officiers tenaient des chevaux par la bride. L'un des chevaux avait bougé pendant que la photographie était prise, si bien qu'il était flou et avait une apparence spectrale. L'un des officiers avait également bougé – un homme de haute taille qui se tenait légèrement à l'écart des autres, sur la droite et derrière le groupe. Contrairement aux autres, qui étaient vêtus de tuniques, il portait un manteau de cavalerie. Il portait également un chapeau à large bord, autour duquel un tissu noir en lambeaux semblait être noué. Decker distinguait qu'il avait une barbe fournie, mais comme il avait détourné la tête pendant la prise de vue, cela donnait l'impression que son visage avait fondu.

— Jerry Maitland m'avait dit que le dessin de Sandra représentant l'Homme Très Effrayant lui rappelait quelqu'un, mais il était incapable de dire qui. Mais regardez ce type… Qu'en pensez-vous ?

Hicks examina la photographie, sa main toujours plaquée sur son nez et sa bouche.

— Je vois ce que vous voulez dire. Mais cette photo a été prise il y a plus de cent quarante ans.

— Naturellement ! Je ne suggère pas que l'une de ces personnes soit toujours en vie. Mais quelque chose continue de vivre, non ? L'esprit du Sud de jadis.

— Je ne vous suis pas.

— Peut-être que l'Homme Très Effrayant s'habille comme un officier du premier corps d'armée et tue des gens qui ont un lien avec la guerre de Sécession d'une manière ou d'une autre.

— Pourquoi ferait-il ça ?

— Comment voulez-vous que je le sache ? Mais il est possible qu'il soit sous l'emprise d'une sorte de délire et soit persuadé qu'il *est* un officier du premier corps d'armée. Certains de ces allumés de la guerre de Sécession… Eh bien, ils sont complètement allumés. Regardez Billy-Joe Bennett. Je parlais avec lui un jour et il est devenu tout excité à propos de différentes sortes de bélières.

— Des quoi ?

— J'étais comme vous, je ne connaissais pas ce terme. Une bélière est un porte-baïonnette que l'on fixe à son ceinturon. Enfin, nous parlons d'une véritable obsession ! Ces types mettent des uniformes et reconstituent des batailles grandeur nature, avec des mousquets et tout le toutim. Ils s'échangent des écussons de régiment, des médailles, des marmites et je ne sais quoi encore. Nous ne sommes pas loin de l'aliénation mentale complète !

— Ouais… Je suppose que vous tenez peut-être quelque chose. Après tout, George Drewry était un militaire. Lui aussi avait peut-être des ancêtres qui ont combattu durant la guerre de Sécession. Mais que faites-vous d'*Alison* Maitland ?

— Nous allons essayer de vérifier son arbre généalogique également. En attendant, emportez cette photographie au labo. Je veux qu'on fasse un agrandissement, afin de voir tous les détails. Et mettez deux hommes sur Internet… Dites-leur d'essayer de se connecter sur des sites et des espaces de « chat » consacrés à la guerre de Sécession. Ils trouveront peut-être un genre de comportement récurrent, ou même des noms.

Ils fouillèrent le reste de la maison, mais, au bout d'une heure, Decker estima qu'ils ne trouveraient rien d'autre d'un quelconque intérêt. Il se tint dans la chambre à coucher des Maitland tandis que les dernières lueurs du jour s'estompaient peu à peu, et il songea qu'il n'y avait rien de plus triste qu'une maison autrefois heureuse où des personnes avaient été sauvagement assassinées. Même la chemise de nuit en satin rose d'Alison Maitland était toujours là, soigneusement pliée sur son oreiller.

— Partons, Hicks, dit-il. À présent, il n'y a plus que des fantômes, ici.

Ils sortirent et refermèrent la porte d'entrée derrière eux. Hicks fit halte sur le perron, se tint à la rambarde, et prit trois profondes inspirations.

— Cette odeur… Je crois que je ne m'y habituerai jamais.

Decker lui donna une tape dans le dos.

— Le jour où vous vous y serez habitué, ce sera le jour où vous serez prêt à donner votre démission.

Sur le trajet du retour, Decker fit un crochet pour aller voir Eunice et Sandra Plummer. Elles habitaient dans la 27e Rue, dans le centre-ville, en haut d'un vieil immeuble en briques marron délabré qui devait être réhabilité. Dans le vestibule, il y avait une forte odeur d'encaustique et de fleurs fanées. L'ascenseur cliquetait et ferraillait comme un instrument de torture du Moyen Âge.

Eunice lui ouvrit la porte.

— Merci d'être venu, lieutenant, dit-elle d'une voix ferme, bien qu'il fût clair qu'elle n'était pas du tout ravie de le voir. Sandra est en train de dîner.

Elle le conduisit dans le séjour, lequel était encombré de meubles d'époque. Le papier peint couleur moutarde était flétri, et les tapis étaient usés jusqu'à la trame, mais l'appartement avait de hauts plafonds et des cheminées en fonte d'origine, et on apercevait depuis la fenêtre, au-delà des toits des immeubles voisins, les lumières scintillantes le long des quais. La fenêtre était entrouverte et Decker entendait la circulation et le souffle asthmatique d'un remorqueur sur la rivière.

Sandra était dans la cuisine, en robe de chambre rose et chaussons, et mangeait des céréales. Decker lui fit un petit signe de la main par la porte ouverte. Elle lui retourna son salut et rougit de confusion.

— Comment va-t-elle ? demanda Decker à Eunice.

— Elle va très bien. Elle n'a rien vu, grâce au ciel, et elle n'a pas réalisé que ce pauvre homme avait été tué.

— Je suis venu pour m'excuser de l'avoir mêlée à cette affaire, ainsi que vous. Croyez-moi, si je m'étais douté de ce qui allait se passer…

— Ma foi, il ne lui est rien arrivé, par bonheur. Mais n'espérez pas que nous vous aiderons de nouveau. Sandra est bien trop précieuse pour moi.

— Il n'en est pas question, la rassura Decker. Je me suis arrangé pour qu'on vous accorde à nouveau une protection rapprochée. J'espère que cela ne sera pas nécessaire pendant très longtemps encore.

— Vous pensez que vous réussirez à attraper cet homme ?

— Je ne sais pas. Je l'espère. C'est bien la première fois que je recherche quelqu'un que je ne peux pas voir.

— Mais il a une présence matérielle, n'est-ce pas ?

— Et comment ! Il a défenestré Gerald Maitland, et je l'ai senti moi-même, lorsqu'il m'a poussé violemment. Et s'il a une présence matérielle, cela signifie que nous pouvons l'appréhender. En théorie, du moins.

— C'est un tour de passe-passe, n'est-ce pas ? Comme les prestidigitateurs.

— Oui, je le pense. Tout ce que nous devons faire maintenant, c'est découvrir de quel genre de tour de passe-passe il s'agit.

Sandra appela depuis la cuisine.

— Excusez-moi, lieutenant, dit Eunice en allant voir ce qu'elle voulait.

Decker parcourut la pièce du regard, examina une photographie dans un cadre en argent de Sandra bébé, puis une autre photographie, d'un homme aux cheveux châtains avec un léger strabisme à la George W. Bush qui lui donnait un air étonné. Peut-être le père de Sandra.

Sept ou huit croquis et aquarelles de Sandra étaient disposés de part et d'autre de la cheminée. De manière inattendue, Decker trouva son travail très émouvant – chaque dessin dégageait une telle atmosphère et montrait une telle attention aux détails – et c'était d'autant plus triste de songer qu'elle ne vivrait probablement pas au-delà de sa vingtième année. Sa composition la plus saisissante était un superbe dessin aux crayons de couleur de la gare de Main Street, avec ses balcons Art déco, ses tuiles de toiture orange et ses fenêtres en mansarde dignes d'un conte de fées.

Bizarrement, toutefois, Sandra avait dessiné un nuage menaçant au-dessus de la tour de l'horloge. Cela ressemblait plus à une masse grouillante de serpents qu'à un nuage.

— Un dessin très intéressant, fit-il remarquer comme Eunice revenait dans le séjour.

— Oui. Pour quelque raison elle l'appelle la Maison du Fou.

— La Maison du Fou, hein ? Et c'est quoi, ce nuage qui stagne au-dessus de la gare ?

— Je ne sais pas trop. Je me rappelle lorsqu'elle a fait ce dessin et c'était une journée superbe.

— Étrange, non ? Ce dessin est très réussi. Mais il est étrange, sans aucun doute.

16

Le matin suivant, Decker fit le trajet de 140 kilomètres vers le sud-est jusqu'à Fort Monroe, le siège du Tradoc de l'US Army, où le major Drewry avait dirigé le département des archives militaires. C'était une journée ensoleillée, mais une petite pluie chaude tombait, et le pare-brise de la Mercury brillait tandis que les pneus chuintaient sur l'asphalte.

Fort Monroe était situé sur une langue de terre dans Chesapeake Bay. Lorsque Decker baissa sa vitre pour montrer sa plaque à la sentinelle à l'entrée, il sentit l'odeur de l'océan.

— J'ai rendez-vous à midi avec le capitaine Tony Morello. Vous voulez bien m'indiquer où je peux le trouver ?

— C'est « Toni » avec un « i », monsieur. Elle travaille aux archives, le bâtiment juste en face.

Decker se gara sur le parking réservé aux visiteurs et traversa l'esplanade. Un peloton d'élèves officiers en treillis au visage empourpré marchaient au pas. Leurs bottes luisantes martelaient des mares et faisaient gicler de l'eau. Decker gravit les marches, franchit la porte à double battant, et suivit les écriteaux qui indiquaient « Bureau de l'historien en chef ».

Il trouva le capitaine Morello dans la bibliothèque, penchée sur une table de travail, un ordinateur devant elle. Elle était presque aussi grande que lui, avait des cheveux noirs coupés court qui étaient coiffés en arrière et dégageaient son front. Lorsqu'elle se retourna, Decker vit qu'elle était également très séduisante, le genre actrice italienne des années soixante, avec un visage en forme de cœur et des yeux au regard ensorceleur. Son uniforme impeccablement repassé ne faisait que souligner ses seins fermes et pleins, et même dans une jupe mi-longue, ses jambes semblaient interminables de façon déroutante.

— Lieutenant McKenna, annonça Decker en présentant sa plaque. Mais, vous savez, inutile de faire des cérémonies. Tous mes amis m'appellent Decker.

— Capitaine Morello, répondit Toni Morello avec un petit sourire crispé. Tous mes amis m'appellent « monsieur ».

Decker parcourut du regard les rayonnages qui allaient du sol au plafond. Chaque rayonnage était rempli de centaines de dossiers au dos gris, et chaque dossier comportait une étiquette blanche à l'écriture soignée – « Manœuvres des divisions blindées en Italie, printemps 1945 », « Troupes d'assaut aéroportées au Cambodge, 1971 », « Opérations logistiques en Bosnie-Herzégovine, 1994 ». La bibliothèque faisait plus de quarante-cinq mètres de longueur et avait une verrière teintée en jaune pour filtrer la lumière du soleil.

— Une sacrée bibliothèque, fit remarquer Decker.

Même s'il pensait en réalité : *une sacrée bibliothécaire.*

— Je suis à vous dans un instant, lieutenant. (Toni Morello tapa quelques lignes de plus sur son ordinateur puis elle l'éteignit.) J'ai cru comprendre que vous vouliez me parler du major Drewry. Nous avons tous été affligés lorsque nous avons appris la nouvelle.

— Euh, oui. C'est une façon plutôt affreuse de partir. Je serai obligé de parler de nouveau à Mme Drewry, mais je ne veux pas la bouleverser plus que nécessaire, et j'ai pensé que vous pourriez peut-être m'aider.

— Je ferai de mon mieux.

— Ce que j'ai besoin de savoir, c'est si l'un des ancêtres du major Drewry avait un lien avec l'armée ?

— Oh, oui ! George était très fier de l'histoire de sa famille. Son trisaïeul a combattu aux côtés de Robert E. Lee, et son grand-père était aux Philippines avec Teddy Roosevelt. Il regrettait amèrement de ne pas avoir été dans le service actif lui-même.

— Auriez-vous des informations ici sur son trisaïeul ?

— Bien sûr. George mettait à profit nos archives pour effectuer des recherches sur son arbre généalogique, et il était parvenu à découvrir une quantité d'autres documents d'origine. Des journaux intimes, des lettres, ce genre de choses. Je pense qu'il n'avait même pas fini de tout cataloguer. Vous voulez jeter un coup d'œil ?

Decker la suivit le long des rangées de rayonnages. Elle avait une façon souple de marcher qui lui rappela un documentaire animalier qu'il avait regardé à la télévision le matin même, des gazelles nyala se déplaçant à petits bonds dans la brousse africaine. Ils arrivèrent à une section tout au fond de la bibliothèque, portant l'écriteau « Armée de la Virginie du Nord, 1861-1865 », et Toni Morello sortit un casier muni d'une étiquette indiquant « Bataille du Wilderness, 5 mai-7 mai 1864 : Brigade du général de division Maitland ».

Elle emporta le casier jusqu'à une table de lecture et l'ouvrit. Il était bourré de lettres originales, de dépêches, de cartes et de photographies.

— Tenez, dit-elle. C'est une photographie du général Maitland à l'aube du matin du 6 mai, juste avant qu'ils soient envoyés sur le chemin de rondins d'Orange pour stopper l'avance de l'armée fédérale.

La photographie était semblable de façon frappante à celle que Decker avait emportée du 4140 Davis Street. Une douzaine d'hommes barbus coiffés de chapeaux à large bord et de képis. Certains portaient des tuniques et d'autres seulement des chemises sales et des pantalons maculés de boue. Une légende dactylographiée en dessous indiquait que le troisième officier de cavalerie sur la gauche était le lieutenant-colonel Henry Drewry.

Toni Morello s'apprêtait à remettre la photographie dans le classeur lorsque Decker dit :

— Attendez. J'aimerais la regarder à nouveau.

Il ôta ses lunettes et scruta le groupe. Derrière le groupe, il y avait trois hommes, à l'écart des autres, et, bien qu'ils soient dans l'ombre, Decker distinguait qu'au moins deux d'entre eux portaient des manteaux de cavalerie. Tous les trois étaient coiffés de chapeaux à large bord, et leurs chapeaux étaient tous ornés de plumes noires dentelées.

— Vous avez déjà entendu parler de la Brigade du diable ? demanda-t-il.

— Bien sûr. C'était un mythe, autant que je sache. De la propagande, une histoire inventée par les généraux nordistes pour se justifier alors qu'ils venaient d'être repoussés par une armée qui comptait 40 000 hommes de moins que la leur – sans parler du fait que ces hommes étaient bien plus fatigués, affamés, et manquaient de munitions.

— Vous avez des documents sur cette brigade ?

— Je suis incapable de vous répondre sur-le-champ, mais je peux effectuer des recherches si vous le désirez.

Decker remit ses lunettes.

— Je vous en serais très reconnaissant. En attendant... À quelle heure faites-vous une pause pour le déjeuner ?

Alors qu'il rentrait à Richmond, tenant le volant d'une main et un double cheeseburger dans l'autre, son téléphone cellulaire sonna.

— *Lieutenant ? Ici Hicks. On dirait que c'est reparti pour un tour.*

17

Il s'engagea dans la 6e Rue et on lui ouvrit un passage parmi la foule des curieux. Toute la devanture du restaurant traditionnel *Chez Jimmy la Côte de Porc* avait été fracassée et le trottoir était jonché d'éclats de verre qui étincelaient au soleil. Sept voitures de patrouille étaient garées pêle-mêle dans la rue, gyrophare allumé, ainsi qu'une ambulance et deux breaks kaki des services du coroner.

Tandis qu'il se frayait un chemin à travers la cohue, Decker aperçut quelqu'un qu'il connaissait – un jeune homme efflanqué avec un profil au nez droit comme un pharaon de l'Égypte ancienne. Il portait une chemise rouge et blanche tapageuse, d'énormes pendants d'oreilles et un collier en dents de requin, ainsi qu'un béret au crochet rouge avachi qui était décoré de plumes, de clés anciennes et de mouches pour la pêche.

— Salut, Jonah. Que se passe-t-il ?

— Decker ! Comment je saurais, mec ? Je viens juste d'arriver.

— Junior Abraham s'est fait buter, d'après ce qu'on m'a dit.

— Il l'avait bien cherché, mec. Junior Abraham était un menteur et un vantard, et si quelqu'un a besoin d'un remboursement pour la balle qu'il avait achetée afin de lui offrir un enterrement prématuré, alors il n'a qu'à faire circuler son chapeau et je serai le premier à payer ma part.

— Tu as une idée de celui qui a fait ça ?

— Hon-hon.

— Allons, Jonah, mets-moi sur la voie. Tu connais cette termitière mieux que quiconque.

— Decker, même si je savais quelque chose, je vous le dirais pas.

— Quoi ? C'est l'*omerta* afro-américaine ?

— Non, c'est le point de vue de Jonah Jones sur son instinct de conservation. Celui qui a flingué un mec aussi important que Junior Abraham n'aurait aucun remords à écraser un moustique comme moi. Je vais vous dire un truc, Decker, même si je savais avec certitude qui a fait ça, et je le sais pas, je vous dirais pas qui a fait ça même si vous frottiez un os à moelle sur mes couilles et que vous lâchiez deux dobermans affamés dans la pièce.

Decker se frotta le front du bout des doigts, comme s'il réfléchissait profondément.

— Tu sais quoi, Jonah ? *C'est* une idée !

Des éclats de verre crissèrent sous ses pieds comme il entrait dans le restaurant, déjà encombré de techniciens de scène de crime, de photographes, d'officiers de police en uniforme et de témoins à l'air hébété. La salle était imprégnée de l'odeur âcre d'épices et de poulet frit, et les murs étaient couverts de photographies sépia de cabanes d'esclaves et de champs de coton, et de dizaines de photographies encadrées de personnes de couleur célèbres, absolument tout le monde, depuis Maggie L. Walker, la première femme en Amérique à avoir fondé une banque, jusqu'à Denzel Washington et Arthur Ashe, Jr.

Cab et Hicks parlaient à des témoins. Decker alla les rejoindre. Des plantes grimpantes en plastique pendaient du plafond en une telle profusion qu'il était obligé de les écarter de son visage tandis qu'il traversait la salle.

— Merde, c'est une vraie jungle ici ! fit-il.

— Et comment ! dit Cab. Venez jeter un coup d'œil.

Decker le suivit vers un box au fond de la salle, fermé en partie par une cloison en acajou sculptée. Dans le coin était accroché un masque vaudou africain aux yeux en amande avec une ampoule électrique qui brillait à travers ses yeux. Sous le masque était assis un homme très maigre portant une chemise en satin d'un noir luisant, un pantalon en satin d'un noir luisant, et des mocassins en croco noirs, sans chaussettes. Au-dessus du col de chemise de l'homme, il ne restait plus que la mâchoire inférieure, tel un moulage en plâtre de dentiste. Le reste de sa tête était étalé sur le mur et formait un éventail de sang rouge foncé et de morceaux d'un rose luisant qui continuait de s'élargir. Alors que Decker examinait l'homme, l'un des morceaux commença à glisser subrepticement vers le bas du papier peint, semblable à une limace de jardin.

—Beurk... Il était *en train* de manger! fit Hicks d'un air dégoûté. Si on regarde dans son cou, on aperçoit encore du jambon et des pommes de terre mâchés. Il n'a même pas eu le temps de les avaler.

—Je vous crois sur parole, mon vieux, dit Decker. Que s'est-il passé ici, Cab? Ça ne ressemble pas du tout aux deux autres meurtres.

—Oui et non. Bon, voilà le topo. Junior Abraham vient déjeuner ici tous les lundis à une heure. Il s'assied toujours à la même table et il commande toujours la même chose, jarrets de porc et macédoine de légumes, avec des patates douces confites. Aujourd'hui, il a pris place dans le premier box juste ici avec son frère Trésor et deux de ses gorilles. Un type avec un tablier de serveur est sorti de la cuisine, apportant un plateau avec quatre bols de soupe de poisson.

Cab sortit son mouchoir et le déplia d'un grand geste de la main.

—Nous avons *neuf* témoins oculaires, figurez-vous! Tous disent que le serveur s'est dirigé vers le box et a lancé la soupe de poisson sur les genoux de Junior. Junior s'est levé d'un bond, étreignant son entrejambe, une réaction naturelle, et c'est à ce moment que le serveur a sorti un fusil à canon scié de sous son tablier et a fait exploser une partie appréciable de la tête de Junior. Il y avait un autre gorille de Junior près de la porte, mais le serveur n'a pas pris la peine de sortir par la porte. Il a tout simplement fait voler en éclats la devanture du restaurant.

—Quelqu'un a reconnu ce serveur?

—Personne ne *dit* l'avoir reconnu. Qu'est-ce que vous croyez? Ils veulent garder leur tête en un seul morceau.

—Donc c'était un contrat. Qu'est-ce qui le fait ressembler aux deux autres meurtres?

—Le serveur était *ici*, dans la salle, pas de problème. Mais – et c'est le truc bizarre – il n'a jamais été dans la cuisine.

Decker battit des paupières.

—Comment ça, il n'a jamais été dans la cuisine?

Hicks intervint:

—Tous les témoins oculaires disent qu'il est sorti de la cuisine mais les cuisiniers affirment qu'il n'est jamais entré ou sorti de la cuisine. Il est, disons, *apparu*.

— Oh, allons ! Les cuisiniers n'ont pas fait attention, c'est tout. Ils cuisinaient, préparaient les commandes, empilaient des assiettes. Ils avaient autre chose à faire que de remarquer un type avec un tablier de serveur.

— Je vous assure, lieutenant. Ils jurent tous leurs grands dieux qu'il n'y avait personne d'autre dans la cuisine. Ils sont catégoriques.

— Plutôt aveugles, oui ! Bon, je parlerai aux cuisiniers dans une minute, mais je veux d'abord dire deux mots à Trésor. Il est toujours ici ?

— Là-bas, dans le coin, répondit Hicks. Mais j'ai déjà pris sa déposition… Il sait que dalle.

Decker se dirigea vers un jeune homme trapu avec des dreadlocks et un tee-shirt Michael Jordan taché de sueur. Il n'arrêtait pas de renifler, de cligner des yeux et de secouer la tête, comme s'il avait besoin de sniffer quelque chose.

— Salut, Trésor. Désolé pour ton frère.

— Ouais, fit Trésor.

— Est-ce que tu as reconnu le type qui a fait ça ?

Trésor renifla, cligna des yeux, et secoua la tête.

— Je l'avais jamais vu auparavant.

— Tu veux bien me dire à quoi il ressemblait ?

— Je l'ai déjà dit à l'autre type, fit Trésor en montrant Hicks de la tête.

— Eh bien, fais-moi une fleur, et dis-moi ce que tu lui as dit.

— C'était un frère.

— Je vois. Quelle était sa taille ?

— Le genre de taille plutôt normale.

— Je vois. Et le poids ?

— Pas trop maigre, pas trop gros.

Decker acquiesça.

— Des marques distinctives ? Cheveux ? Cicatrices ? Moustache ? Faux nez ?

— Rien. Ça s'est passé si vite. Splash avec la soupe et ensuite bang !

— Je vois. Splash avec la soupe et ensuite bang !

— Écoutez, mec, dit Trésor avec un énorme reniflement. Si je savais qui c'était, je le tuerais personnellement moi-même.

Decker se tourna vers Cab.

— Noir, constitution et taille moyennes. Sûr que ça facilite les recherches.

— Ouais, on pourrait organiser une séance d'identification avec une file de suspects longue de quarante kilomètres.

Decker franchit la porte battante de la cuisine, avec Hicks sur ses talons. Debout près des fourneaux, il y avait deux cuisiniers à l'air inquiet et un plongeur à l'air idiot avec de longs gants de caoutchouc rouges et un bonnet de guingois. Les plaques chauffantes étaient encombrées d'énormes marmites qui mijotaient – soupe de maïs, ragoût d'écrevisses, et une sauce épaisse marron foncé qui faisait *blop-blop* comme un marécage. Le cuisinier en chef était encore plus gros que Cab. Un bandana rouge était noué autour de son front couvert de sueur.

— Je suis le lieutenant McKenna, annonça Decker.

— Louis, dit le cuisinier en chef, s'essuyant la main sur un torchon et la tendant. Lui, c'est Roy, et celui-là, c'est Toussaint.

— Mon coéquipier me dit que vous n'avez vu personne dans la cuisine juste avant les coups de feu.

— C'est parfaitement exact, lieutenant. Il n'y avait que nous et personne d'autre. De toute façon, il n'y a que deux serveurs, Gina et May, et Gina et May sont des femmes toutes les deux.

— Vraiment ? Gina et May ? Des femmes ? (Decker fit le tour de la cuisine, prit des cuillères et des spatules et les examina attentivement comme s'il pensait que ce pouvait être des preuves indirectes.) Vous n'avez pas vu la porte s'ouvrir ? Enfin, *neuf* personnes ont vu ce type sortir de la cuisine avec un plateau de soupe. Comment a-t-il pu apporter la soupe de la cuisine s'il n'a pas ouvert la porte ? Où avait-il trouvé cette soupe ?

— J'en sais rien, m'sieur. Je peux vraiment pas vous le dire. Mais je peux vous affirmer sur la tête de ma mère qu'il n'y avait pas de serveur ici.

Les deux autres hommes hochèrent la tête frénétiquement. Decker souleva le couvercle de l'une des marmites et huma l'odeur des jarrets de porc qui étaient nichés dedans.

— Ça sent rudement bon. (Puis il releva les yeux et demanda :) Vous ne dites pas ça juste pour protéger votre cul, Louis, hein ? Parce que ceci est une enquête sur un homicide, et toute personne qui entrave une enquête de ce genre en affirmant, par exemple, que personne n'était ici alors qu'il y *avait* quelqu'un ici… Eh bien, cette personne est quasiment aussi coupable que le type qui a appuyé sur la détente. La cervelle de Junior Abraham a également éclaboussé *ses* mains.

Louis baissa vivement les yeux vers ses mains et les essuya à nouveau avec son torchon tire-bouchonné.

— C'est la vérité, lieutenant. La vérité absolue. Il n'y avait personne ici dans cette cuisine à part nous.

— Alors comment a-t-il fait, à votre avis ? Pour sortir par une porte où il n'était pas entré ?

Louis hésita un moment, puis il répondit, d'un ton catégorique :

— C'était un sort.

— Un sort ?

Decker haussa les sourcils.

— Un sort magique, lieutenant. Je peux pas penser à une autre explication.

— Je vois. Un sort. Mais la balle de ce fusil à canon scié n'était pas un sort, d'accord ?

— Ah, non. Mais c'était un message. *Okana obbara.*

— *Okana obbara* ? Qu'est-ce que ça signifie ?

— Ça signifie, ben, perds pas la tête parce que tu vas mourir.

— Un sens de l'humour foutrement macabre dans le cas présent.

— Pas d'autre explication, lieutenant.

— Il s'agit de la santeria, exact ? Tous ces sorts magiques et ces *obba-wobbas* ?

Louis se signa.

— Oui, lieutenant. La santeria.

— Ma foi, qui sait ? Vous avez peut-être raison. Bon… Vous ne quittez pas la ville, d'accord, Louis ? Ni vous, Roy. Vous également, Toussaint. Nous aurons peut-être besoin de vous interroger à nouveau.

— Compris, lieutenant.

Decker sortit de la cuisine et retourna dans la salle.

— Vous pensez vraiment que cela pourrait avoir quelque chose à voir avec la santeria ? demanda Hicks.

— Trop tôt pour le dire. Mais cela ne me surprendrait pas. Certains des principaux gangs ici sont des santeriens, particulièrement les Eguns. Ils sont persuadés que cela leur donne un pouvoir surnaturel, vous savez, et les protège de leurs ennemis. Indépendamment de ce fait, c'est un milieu très secret, très fermé. Les profanes à l'extérieur et les adeptes à l'intérieur.

— La grand-mère de Rhoda donnait dans tout ça. Vous savez, les plantes, les œufs, les coquillages. Je pensais que plus personne ne le pratiquait. Enfin, de nos jours.

— Oh, vous seriez surpris si je vous disais ce que nous avons ici, à Richmond. Santeria, vaudou, macumba. Nous avons même quelques épiscopaliens.

— Vous ne croyez pas sérieusement que ce serveur est apparu par *magie* ?

— Pour le moment, je ne crois pas sérieusement quoi que ce soit. Mais j'ai entendu parler de santeros qui peuvent se matérialiser et surgir de nulle part. Ne me demandez pas comment ils font, mais allez savoir ! C'est peut-être ce qui s'est passé ici. Cab est peut-être dans le vrai, et c'est peut-être ce qui s'est également passé dans l'affaire Maitland et dans l'affaire Drewry... ou quelque chose de similaire. Hypnotisme de masse, illusion d'optique. Ce que l'on pourrait qualifier scientifiquement de sort.

Cab parlait aux deux serveuses. L'une était grassouillette et plutôt laide, mais l'autre était petite et bien roulée, avec une petite frange et une robe noire criminellement courte.

— Laquelle êtes-vous ? lui demanda-t-il. Gina ou May ?

— Je suis May. Voici Gina.

— Est-ce que vous avez vu ce serveur dans la cuisine, May ?

— Sûr que je l'ai pas vu !

— Est-ce que vous l'aviez déjà vu auparavant ?

— Je l'avais jamais vu de ma vie.

— Okay... Écoutez, et si vous me donniez votre numéro de téléphone ? J'aurai peut-être d'autres questions à vous poser plus tard.

Lorsque les jeunes femmes furent parties, Cab dit :

— Vous êtes vraiment incorrigible, Decker. Je sais quel genre de questions *vous* voulez lui poser.

— Vous vous trompez sur mon compte, capitaine.

— Vraiment ? Alors pourquoi n'avez-vous pas interrogé la moche ?

— Vous voulez que je prenne plaisir à mon travail, oui ou non ?

Cab renifla, puis il éternua violemment.

— Satané rhume des foins ! Vous avez appris quelque chose avec les cuisiniers ?

— Ils sont prêts à raconter n'importe quoi, mais chose étrange, je les crois.

— Alors d'où est venu le serveur ?

— Le cuistot en chef pense que c'était un sort santeria.

— Vous vous fichez de moi !

— Apparemment, le serveur a surgi de nulle part. Sinon, comment a-t-il fait ça ?

— Oh, merde, la santeria. Vous savez ce que cela signifie.

— Laissez-moi deviner, capitaine. Reine Aché.

Cab hocha la tête et s'essuya le nez en même temps.

— C'est bizarre, cependant. Je pensais que Junior dirigeait la plus grande partie du trafic de drogue pour Reine Aché, sur les quais.

— Peut-être que Junior s'était octroyé une commission non autorisée.

— Eh bien, McKenna, je sais combien vous aimeriez vous envoyer en l'air avec Reine Aché.

— Hon-hon. Pas question. Je laisse ça à quelqu'un d'autre. Confiez cette affaire à Rudisill. Ou encore mieux, à Watkins. Au moins, il est Noir.

— McKenna, je n'ai pas le choix. Qui d'autre a votre expérience ? Vous *connaissez* ces gens.

— Oh, bien sûr. Et regardez ce qui s'est passé la dernière fois que je me suis mêlé des affaires de Reine Aché.

Cab posa sa main sur l'épaule de McKenna.

— Je le sais parfaitement, McKenna. Mais on n'a jamais prouvé que Reine Aché était impliquée dans le meurtre de Cathy, et vous êtes l'homme le plus compétent dont je dispose pour faire ce boulot.

— Cela ne me plaît pas du tout, capitaine. Vous feriez bien mieux d'envoyer Watkins.

— Allons, Reine Aché *adore* les Blancs.

— Bien sûr, avec une sauce saveur barbecue et des petits oignons frits.

— Soyez un homme, Decker. Qui plus est, il est grand temps que le jeune Hicks ici présent fasse la connaissance de la citoyenne afro-américaine la plus distinguée de Richmond.

18

Reine Aché habitait dans le quartier de Jackson Ward, dans un extravagant hôtel particulier peint en rouge, avec des balcons en fonte blancs et des grilles en fonte blanches au style alambiqué. La maison avait appartenu à Booker Morrison, le célèbre prédicateur au tournant du siècle, qui disait que *« ceux qui sont des esclaves sur terre auront la liberté éternelle au ciel, et ceux qui les ont réduits à l'esclavage subiront l'esclavage pour toujours et à tout jamais »*. Pour cette observation, il fut kidnappé par des hommes du Klan, pendu par les chevilles à un réverbère à l'angle de Franklin Street et de la 5e, arrosé de pétrole lampant, et brûlé vif.

C'était un après-midi à la chaleur étouffante, avec quelques nuages blancs effilochés dans un ciel bleu profond. Deux gardes du corps se tenaient sur le trottoir en briques rouges devant le perron de Reine Aché. Tous deux portaient des chemises africaines aux couleurs criardes, des shorts volumineux, des chaussettes montant jusqu'aux genoux, et des lunettes de soleil aux verres-miroirs. Decker se gara exactement devant eux, descendit de sa voiture, et examina la maison comme s'il avait l'intention de l'acheter.

— Salut, George. Salut, Newton. Le boulot n'est pas trop dur ?

— En général, on demande aux gens de ne pas se garer à cet endroit précis, lieutenant, pour des raisons de sécurité.

— Bien pensé. Est-ce que sa seigneurie est là ?

— Elle vous attend ?

— Oh, je le pense. Vous savez certainement que Junior Abraham a avalé son bulletin de naissance.

—Junior Abraham ? J'ai rien entendu à ce sujet, lieutenant.

—Cela ne me surprend pas, avec cette épidémie de surdité et de cécité qui se propage dans la ville en ce moment. Bon, et si vous disiez à la dame que j'aimerais lui poser deux ou trois questions ?

Newton sortit son téléphone cellulaire.

—Mikey ? Nous avons McKenna ici. Le *lieutenant* McKenna. Il dit qu'il veut parler à Reine Aché. (Il attendit, puis :) Okay.

Et il laissa retomber son téléphone cellulaire dans sa poche de chemise.

—Alors ? demanda Decker.

—Reine Aché dit que l'*ase* n'est pas favorable aujourd'hui.

—L'*ase* ? L'*ase* mes fesses ! Rappelez-la. Dites-lui que c'est une enquête sur plusieurs homicides et que, si elle ne veut pas répondre à mes questions, je peux m'arranger pour qu'elle vienne à Madison and Grace et fasse la visite de notre charmant commissariat flambant neuf.

Newton sortit à nouveau son téléphone cellulaire.

—Mikey ? McKenna dit qu'il a besoin de parler à Reine Aché de Junior Abraham qui s'est fait buter. Oui. C'est ça. Okay. C'est bon.

Il laissa retomber son téléphone cellulaire dans sa poche.

—Reine Aché dit que c'est d'accord, mais ne la blâmez pas, si quelque chose de très malencontreux se produit.

Newton conduisit Decker et Hicks en haut des marches du perron et la porte fut ouverte par un jeune homme dégingandé aux oreilles décollées et avec un début de moustache noire. Avant d'entrer, Decker se retourna et lança :

—George ! Il y a un dollar à la clé si personne ne fauche mes enjoliveurs !

George agita sa main grassouillette d'un air dégoûté.

Le jeune homme les précéda dans un vestibule spacieux, avec des miroirs d'époque ornés de dorures et un parquet en acajou foncé. À l'arrière de la maison, quelqu'un jouait une improvisation de Charlie Mingus, très mal.

—Hé... Tu n'es pas Michael, hein ? demanda Decker au jeune homme. Le fils cadet de Reine Aché ?

Le jeune homme acquiesça.

—Je n'arrive pas à le croire ! La dernière fois que je t'ai vu, tu étais haut comme trois pommes. Qu'est-ce qu'on t'a donné à manger ? De la nourriture pour girafes ?

— J'ai quinze ans, répondit Michael, sur la défensive.

— Quinze ans ? Mince alors ! Quinze ans. Seigneur… J'avais quinze ans lorsque j'avais ton âge, moi aussi. C'est pas croyable !

Decker et Hicks franchirent une porte cintrée à la suite de Michael et pénétrèrent dans le salon. La plupart des volets en bois blanc étaient clos, si bien que la lumière du soleil était très atténuée ici, et des volutes paresseuses de fumée de marijuana flottaient dans la pièce.

Reine Aché pensait très sérieusement qu'elle était un personnage royal, et cette pièce était sa salle du trône. Les rideaux étaient en velours cramoisi, avec des embrasses, des cordons et des glands dorés. Les fauteuils et les canapés étaient ornés de dorures et tapissés avec le même tissu, et un lustre en verre taillé étincelant était suspendu au plafond. Toutefois, toute la pièce n'était pas Versailles. Les murs étaient couverts de tableaux sombres représentant des animaux mythiques d'Afrique et des jungles, et des statues en ébène montaient la garde de part et d'autre de la cheminée, avec des lances et des visages étirés évoquant des mantes religieuses. Dans le coin opposé de la pièce, il y avait un autel santeria, surchargé de statuettes, de bougies allumées, de coquilles de porcelaine, de masques peints et de plumes de poulet.

Trois hommes étaient vautrés dans les fauteuils. Tous étaient vêtus de chemises noires et d'amples pantalons Armani noirs, et ils portaient à leurs poignets la moitié de la bijouterie Schwarzschild. Reine Aché, pour sa part, était nonchalamment allongée sur un divan à rayures dorées à côté d'eux. Elle fumait une petite pipe en ivoire sur laquelle était gravé un visage.

— Qu'espérez-vous que je vous dise ? demanda-t-elle vivement comme Decker et Hicks s'approchaient d'elle. *L'ase* n'est pas favorable… Comment pouvez-vous espérer que j'aie un bon *aba* ?

— À vous de voir. Peut-être aurez-vous un meilleur *aba* au commissariat ?

— Hé ! fit l'un des hommes en se levant.

Mais Reine Aché lui fit un geste de la main et il se rassit.

Reine Aché était une femme à l'aspect saisissant. Decker avait connu son père, Roi Spécial, et, comme Roi Spécial, elle était très grande, plus d'un mètre quatre-vingt-quinze, avait de longs bras, de longues jambes, et de larges épaules. Mais à l'évidence, elle avait hérité de la beauté de sa mère, une Cubaine. Un front haut, des yeux très écartés, et une expression de dédain indolent. Sa peau était presque assez claire pour paraître blanche, mais ses cheveux étaient tressés et ornés de perles, et elle parlait avec des intonations afro-américaines.

Elle portait une robe légère en lin blanc, à travers laquelle Decker avait l'impression de voir *presque* les rondeurs opulentes de ses seins, et une foultitude de fins bracelets en or. Ses pieds étaient nus, et elle portait également des anneaux en or à ses orteils.

— Alors, que vouliez-vous me dire au sujet de Junior Abraham ? demanda-t-elle.

— J'espérais plus ou moins que vous en saviez plus que moi.

Elle secoua sa tête aux tresses ornées de perles.

— Vous m'apprenez sa mort. Je suis vraiment désolée. Junior n'était pas si mauvais que ça. Un vantard, peut-être. Et ce n'était pas quelqu'un de confiance. Mais il ne méritait pas de mourir d'une mort violente.

— Peut-être aviez-vous découvert que ce pauvre Junior n'était pas tout à fait honnête avec vous. Vous savez, se servir dans le tiroir-caisse, par exemple ?

— Pourquoi devons-nous nous plaindre que la lune soit inclinée ? fit Reine Aché. Quelqu'un ne peut donc pas tendre la main vers le ciel pour la redresser ?

— Je ne sais pas pour la lune, mais quelqu'un a rectifié Junior, c'est sûr.

Reine Aché sourit. Decker songea qu'elle avait un sourire extrêmement érotique. Il vous amenait à penser que quelque chose de très sexy et de très dangereux était sur le point de se produire. Mais Reine Aché se contenta de dire :

— Celui qui a une tête n'a pas de bonnet pour le porter dessus, et celui qui a un bonnet n'a pas de tête pour le porter dessus.

— Vous l'avez dit, votre majesté.

Elle continua de sourire.

— Je ne peux absolument pas vous aider, lieutenant. Si Junior me flouait, je l'ignorais, et si je l'*avais* appris, je l'aurais obligé à me rembourser, et rien de plus.

— Vous espérez que je vais croire ça ? S'il y a une chose que je sais à votre sujet, c'est que vous ne pardonnez jamais quoi que ce soit à quiconque, jamais.

Reine Aché tira une bouffée de sa pipe et exhala un long filament de fumée.

—Vous ne savez absolument rien à mon sujet, lieutenant. Pour vous, mon âme est un livre fermé. Et vous n'avez pas la moindre preuve permettant de dire que je suis impliquée d'une quelconque façon dans le meurtre de Junior Abraham.

—Vraiment ? C'était un peu plus qu'un contrat pur et simple. Cela s'est passé *Chez Jimmy la Côte de Porc*, au cas où cela vous intéresserait de l'apprendre – ce qui ne semble pas être le cas, parce que vous le saviez probablement déjà. Le tueur est sorti de la cuisine et a explosé la tête de Junior, ce qui arrive apparemment à tous ceux qui se mettent en travers de votre chemin. Mais le fait intéressant, c'est que personne n'a vu le tueur dans la cuisine auparavant.

—Je ne comprends pas pourquoi cela devrait me concerner.

—Eh bien... Il n'y a que deux explications possibles, répondit Decker. La première, c'est que le personnel dans la cuisine n'a pas fait attention à lui, tout simplement.

—Et la seconde ?

—C'était un sort santeria. Et qui est la seule personne dans cette ville qui préparerait un contrat en utilisant un sort santeria ?

—Je suis peut-être capable de confectionner un *ebbo* pour me protéger de mes ennemis, mais rien de plus.

—Un *ebbo* ?

—Un *ebbo* est plus un sacrifice qu'un sort, lieutenant. Une offrande à nos *orishas* pour qu'ils nous donnent ce que nous désirons par-dessus tout. L'amour, par exemple, ou l'argent, ou la chance, ou la protection contre les mauvais esprits.

—Et pour se rendre invisible ? Quel est l'*ebbo* pour cela ?

Reine Aché secoua la tête et ses perles produisirent à nouveau un léger tintement.

—Il n'existe pas un tel *ebbo*, ni un tel sort. Tout ce que quelqu'un pourrait demander, c'est que ses mauvaises actions passent inaperçues.

—Mais ce serait tout à fait une requête, non ? intervint Hicks. Encore plus complète que le fait d'être simplement invisible.

—Que voulez-vous dire ? demanda Reine Aché sans le regarder.

—Si vos mauvaises actions passaient inaperçues, personne ne saurait jamais que c'était vous, que vous soyez invisible ou non. Vous savez, vous pourriez laisser des preuves matérielles, mais personne ne serait jamais à même de les voir.

Reine Aché ne répondit pas, mais elle tourna lentement la tête et adressa à Hicks un regard terrifiant, les yeux légèrement étrécis, comme si elle voulait se souvenir non seulement de son visage, mais également de son âme.

— J'aimerais vous poser une dernière question, Reine Aché, dit Decker. Auriez-vous connaissance d'un quelconque motif expliquant pourquoi quelqu'un voulait tuer Junior Abraham ?

— Non. Pas du tout.

— Bien, merci de m'avoir accordé un peu de votre temps. Lorsque j'aurai eu l'opportunité de vérifier le compte en banque de Junior, je vous demanderai peut-être de me laisser consulter vos registres. Vous savez, pour faire une comparaison. Ce serait très instructif de savoir de combien il vous avait arnaqué.

— Si je ne l'ai pas remarqué, cela ne doit pas être une très grosse somme. Vous savez que je suis très minutieuse concernant mes affaires.

— Oh, oui !

— Néanmoins, on ne peut pas tout savoir. Certains grands érudits d'Ifa ne peuvent pas indiquer la voie vers Ofa. D'autres connaissent la voie vers Ofa, mais ils ignorent tout d'Ifa.

— Certains policiers ignorent qui a abattu Junior Abraham, mais ils ne manquent jamais de reconnaître des foutaises, même si ce sont des foutaises métaphoriques.

— Au revoir, lieutenant. Michael va vous raccompagner.

19

Ils travaillèrent jusqu'à vingt heures quinze, puis Decker ôta ses lunettes et se passa les mains sur le visage.

— Bon, on arrête les frais pour aujourd'hui.

Hicks s'approcha et posa une liste de noms sur son bureau.

— Ce sont tous les membres connus des Eguns qui se trouvaient peut-être à proximité de *Chez Jimmy* à l'heure du déjeuner aujourd'hui. Je commencerai à les rechercher demain pour vérifier leurs alibis.

Decker prit la liste, la parcourut rapidement, et renifla.

— Vous pouvez laisser tomber Wendell Brown. Les Strutters lui ont coupé les couilles en février dernier parce qu'il s'était envoyé l'une de leurs femmes. *Et* ils l'ont obligé à les manger. Autrement... parfait. Vous avez fait du bon boulot.

Hicks consulta sa montre.

— Écoutez, je sais que nous devions aller tous dans un resto mexicain, mais pourquoi ne viendriez-vous pas dîner à la maison, ce soir ? Rhoda fait toujours à manger pour un régiment.

— Oh, je ne voudrais pas la déranger. De plus, vous n'avez pas envie d'oublier votre travail pendant quelques heures ?

— Non, cela me ferait très plaisir que vous veniez. Vous pourriez peut-être faire comprendre à Rhoda que notre boulot est très important. À quel point cette ville a besoin de nous, vous savez... de gens comme nous.

— Fredericksburg continue de lui manquer, hein ?

— Si vous pouviez juste lui parler.

— Bon, entendu, accepta Decker. (Il se leva et enfila sa veste.) Du moment que vous gardez à l'esprit que je ne suis pas un conseiller conjugal. Toute ma vie a été une succession de relations chaotiques, entrecoupées d'un tas de filles faciles.

— Excepté Cathy, dit Hicks.

Decker baissa les yeux vers la photographie de Cathy avec son chapeau de paille, puis il regarda Hicks.

— Je trouve que vous parlez mal à propos, fit-il avec froideur.

— Excusez-moi. Je ne voulais pas…

Decker ferma les yeux un moment, puis il dit :

— Non. Je sais. C'est moi qui devrais m'excuser. C'est juste que… j'ai senti sa présence ces derniers temps, tout près de moi. Quasiment comme si elle était toujours en vie.

Hicks eut l'air gêné. Decker lui donna une tape dans le dos pour le rassurer et tous deux sortirent du bureau.

Dans l'ascenseur, ils rencontrèrent l'inspecteur Bill Watkins, un homme aux larges épaules et au crâne rasé, avec un nez cassé. Il ressemblait à un trois-quarts aile du Richmond Speed.

— J'ai entendu dire que vous aviez parlé à Reine Aché aujourd'hui, lieutenant.

— Ouais, pour ce que cela a servi !

— Elle n'a rien reconnu, alors ? Cette femme… Bon sang, si elle n'était pas aussi mauvaise, elle serait flippante ! Donnez-moi douze heures et un grand lit, et je la ferai avouer absolument tout.

— Elle vous mangerait tout cru, Watkins, et ensuite elle sucerait vos os.

Hicks ouvrit la porte d'entrée.

— L'endroit où l'élite se retrouve pour manger, fit-il avec un large sourire.

La maison était petite, avec un vestibule étroit et un escalier abrupt. Decker sentit l'odeur du poulet frit dans la cuisine, et il se rendit compte brusquement qu'il avait une faim de loup. Il n'avait rien mangé depuis que le capitaine Morello avait décliné poliment mais très fermement son invitation à déjeuner, et qu'il avait été obligé de se contenter de ce double cheeseburger indigeste.

— Tim, c'est toi ? appela Rhoda.

Elle sortit de la cuisine avec son tablier, ses cheveux pris dans un foulard. Immédiatement, elle rougit d'embarras.

— Hé… Je sais que j'aurais dû téléphoner, mais je voulais te faire une surprise, dit Hicks.

— Lieutenant, je suis vraiment désolée. Je dois être affreuse.

Decker sourit et tendit la main.

— Vous êtes superbe. J'avais dit à Tim de vous le demander mais il avait peur que vous disiez non.

Rhoda s'essuya la main sur son tablier.

— Je n'aurais certainement pas dit non ! C'est un honneur.

— Laissez-moi prendre votre veste, dit Hicks. Je vous sers une bière ?

— Vous voulez un coup de main dans la cuisine ? demanda Decker à Rhoda. Je confectionne une vinaigrette tomate-chili pour laquelle certaines personnes vendraient leurs reins.

— Non, non, tout va bien. Allez dans le séjour et mettez-vous à votre aise.

Rhoda retourna dans la cuisine et Decker l'entendit se disputer avec Hicks.

— … aurais pu me prévenir ! J'aurais préparé un plat spécial…

Il alla dans le séjour. La pièce comportait un papier peint au motif de bambou marron clair, et était meublée de grands fauteuils en cuir beige. Une foultitude de poupées Barbie étaient installées dans un coin du canapé, où la fille de Hicks avait manifestement joué avant d'aller de se coucher. Disposées sur le dessus de l'énorme téléviseur à écran large, il y avait au moins une dizaine de photographies de famille, ainsi qu'un vase contenant des lis artificiels dans de l'eau artificielle, une église en porcelaine, et une statuette de Jésus en plâtre peint, Ses mains couvrant Ses yeux.

Hicks survint, apportant deux canettes de Budweiser et une assiette de chips de maïs.

— Tout va bien avec Rhoda ? lui demanda Decker.

— Bien sûr, vous savez comment sont les femmes.

— Je commence à me le demander.

Ils s'assirent et Hicks ôta ses chaussures.

— Cette Reine Aché, c'est vraiment un phénomène, hein ?

— Oh, bien sûr. C'est une dame *très* avisée. S'il y a un seul racket dans Richmond qu'elle ne contrôle pas, j'aimerais bien savoir lequel. Elle appelle les membres de son organisation les Eguns, qui est le mot santeria pour ancêtres. Les santeros vénèrent leurs ancêtres, et elle vénérait son père. Vous savez, quiconque *ose* insulter la mémoire sacrée de Roi Spécial peut s'estimer heureux s'il se retrouve uniquement sans dents. Mais elle a surpassé son paternel plus d'une centaine de fois.

Il fit sauter l'opercule de sa canette.

— Roi Spécial a débuté sa carrière en tant qu'incendiaire... Il mettait le feu à des commerces lorsque leurs propriétaires étaient au bord de la faillite, afin de leur permettre de toucher l'assurance. Puis il s'est dit que, s'il fauchait une partie des marchandises avant de foutre le feu aux boutiques, il pourrait utiliser les marchandises volées pour monter ses propres boutiques et les incendier ensuite lui-même.

» Après cela, il s'est lancé dans l'extorsion de fonds, le prêt d'argent à usure, le trafic de drogue, les magouilles dans l'immobilier, et j'en passe ! Son vrai nom était Rufus Douglas, mais tout le monde l'appelait Roi Spécial.

— Quand est-il mort ?

— Il y a trois ans environ. Cancer du foie. Vous auriez dû voir ça ! Le convoi funèbre s'étendait tout le long de la 2e Rue, depuis Jackson jusqu'à Cary, huit blocs. Quarante-huit Cadillac, couvertes de fleurs.

— Et Reine Aché a pris la suite des affaires ?

— Elle ne s'est pas contentée de prendre la suite des affaires, elle les a développées... et elle les a développées très vite. Roi Spécial avait peut-être la réputation d'écraser quiconque le doublait, mais croyez-moi, il n'était *rien* en comparaison de sa fille. Un jour, un type du District de Columbia a tenté de lui piquer son trafic de drogue. Il s'appelait Charles Noone, et il portait toujours un chapeau melon jaune. C'était son image de marque, ce chapeau melon jaune. Habituellement, Reine Aché fait en sorte que ses victimes aient la tête explosée, cela fait partie de la croyance santeria. De cette façon, on ne peut pas les reconnaître lorsqu'elles essaient de rejoindre leurs ancêtres. Mais lorsque Reine Aché a fait buter Charles Noone, elle l'a fait dans le sens inverse. Un balayeur des rues a trouvé sa tête tranchée au beau milieu de Main Street, coiffée de son chapeau melon jaune. On n'a jamais retrouvé son corps.

— Merde ! Il me semble avoir lu ça dans les journaux.

Decker prit une chips de maïs et la trempa dans un bol de salsa faite maison.

— Je veux juste que vous compreniez à quoi nous sommes confrontés lorsque nous avons affaire à Reine Aché. Elle mène tout le monde à la baguette, ici, à 100 %. Elle le fait en partie par la violence mais principalement par l'intermédiaire de la santeria. Elle utilise leurs rituels secrets pour dissuader ses gens de la trahir… Si vous trahissez Reine Aché, c'est comme si vous trahissiez votre religion. Et elle contrôle tous les santeros les plus puissants. Tout le monde sait que, si vous offensez Reine Aché, ne serait-ce qu'un tout petit peu, un santero vous jettera un sort très déplaisant. Vous commencez à avoir des douleurs d'estomac, ou bien vous perdez vos cheveux, ou tous vos poissons rouges vont crever.

— Dans ce cas, je veillerai à rester dans ses bonnes grâces !

— Je crois que nous devrions regarder de plus près cette affaire de la santeria. Réfléchissez un instant. Nous avons eu trois homicides en moins d'une semaine et, dans chaque homicide, l'auteur est invisible ou en partie invisible. Ce que vous avez dit à Reine Aché sur des preuves matérielles qui passent inaperçues, Hicks… c'était rudement bien pensé. Je pense que les preuves sont juste sous notre nez, mais pour quelque raison nous sommes incapables d'accommoder dessus. Comme disait Sherlock Holmes, nous regardons mais nous ne voyons pas.

— Le dîner est servi ! appela Rhoda.

Rhoda avait brossé ses cheveux en des mèches luisantes qui rebiquaient et avait mis du crayon à lèvres rouge vif. Elle semblait presque trop jeune pour être une femme mariée et une mère, avec un visage rond et un petit nez mutin. Elle avait mis une nappe à carreaux rouges sur la table de la cuisine et avait disposé dans des plats des morceaux de poulet pané et frit, du maïs doux, des brocolis, des patates douces et de la sauce au jus de viande, avec une salade pour accompagner.

— C'est un dîner du lundi soir très simple, j'en ai peur, s'excusa-t-elle.

— Cela me semble très appétissant. Je n'arrête pas de faire le projet de cuisiner tous ces plats succulents comme le *pollo a la vinagreta*, mais l'ennui, c'est que je suis toujours trop fatigué pour m'y mettre et, lorsque je m'y mets, je suis trop fatigué pour le manger.

Il s'assit et déplia sa serviette. Il se rendit brusquement compte que Rhoda le regardait fixement.

— Quelque chose ne va pas ? lui demanda-t-il. J'ai de la salsa sur le menton ?

— Non, non, tout va bien.

Néanmoins, elle continua de donner l'impression d'avoir vu quelque chose qui la perturbait.

— Je serais capable de manger un éléphant, fit Hicks en se frottant les mains avec délectation.

— Aimeriez-vous dire le bénédicité, lieutenant ? demanda Rhoda.

— Hé, je vous en prie, appelez-moi Decker.

Rhoda lui adressa le plus crispé des sourires.

— *Decker*, répéta-t-elle.

— Vous êtes sûre que tout va bien ? lui demanda-t-il.

Elle semblait manifestement mal à l'aise.

— Oui. Très bien. J'ai eu une journée fatigante avec Daisy, c'est tout.

Decker joignit les mains et ferma les yeux. Il hésita un moment, puis il dit :

— Seigneur, nous Te remercions pour cette nourriture, et nous Te remercions de nous avoir réunis pour la partager. Nous prions pour que Tu nous guides et nous protèges, et par-dessus tout nous prions pour que Tu nous ouvres les yeux afin de nous permettre de voir comment apporter la justice à ceux qui la réclament ardemment.

— *Amen*, dit Hicks en lui lançant un regard surpris.

— Quoi ? fit Decker.

— C'est juste que… c'était une très belle prière.

Decker se servit une cuisse de poulet.

— Cela ne me dérange pas de faire appel au Tout-Puissant pour demander de l'aide. De même que cela ne me dérange pas de faire appel au FBI.

— Un verre de vin ? dit Hicks. C'est seulement du vin de table ordinaire, désolé.

— Bien sûr, pourquoi pas ? Ce poulet est délicieux, Rhoda. Exactement ce que ma mère est incapable de faire. Elle ne réussit jamais à ce que la chapelure reste sur le poulet.

Ils mangèrent et burent en silence pendant un moment. Decker nota que Rhoda semblait avoir peu d'appétit. Elle triturait ses pommes de terre avec sa fourchette mais elle ne mangeait rien.

— Vous n'avez pas faim ? lui demanda-t-il.

— Comment ça se présente ? dit-elle en levant les yeux. Cette enquête ?

— Habituellement, je n'aime pas parler boutique durant un repas, mais nous suivons une ou deux pistes intéressantes. Hicks… Tim… a eu quelques idées très ingénieuses.

Rhoda posa sa fourchette.

— C'est juste que… depuis que Tim est rentré à la maison la semaine dernière et m'a dit que l'on vous avait confié l'homicide Maitland, j'ai un pressentiment très étrange.

— Rhoda ? fit Hicks, la bouche pleine. Tu ne m'en as pas parlé.

— Je ne voulais pas te bouleverser, c'est tout.

— Je voyais bien que tu étais soucieuse, mais je pensais que c'était simplement parce que tu avais le mal du pays.

— Quelle sorte de pressentiment ? demanda Decker.

— C'est probablement stupide, mais je n'arrête pas de penser que quelque chose de tout à fait effroyable va se produire.

— Quelque chose d'effroyable comme quoi ? lui demanda Hicks en se renfrognant.

— C'est difficile de décrire cela. J'ai le sentiment qu'un tas d'autres gens vont mourir, et que Tim est en danger. Je ne voulais pas le lui dire parce que je sais que c'est son travail et je ne voulais pas qu'il regarde par-dessus son épaule tout le temps à cause de moi et d'une prémonition ridicule.

— Chérie… Tu aurais dû m'en parler, dit Hicks. Il ne m'arrivera rien, tu le sais.

— C'est ce que je n'arrête pas de me dire, mais ce sentiment ne s'en va pas. Cela ressemble… Je ne sais pas… C'est comme lorsque vous êtes couché dans le noir et que vous croyez qu'il y a quelque chose dans la chambre avec vous. Quelque chose qui veut vous faire du mal.

Decker prit sa main.

— Rhoda… ces homicides sur lesquels nous enquêtons, ils sont très inhabituels et ils sont très effrayants. On est obligé d'avoir peur, c'est tout à fait normal. Vous croyez peut-être que je n'ai pas peur ? Mais nous sommes parfaitement entraînés, nous sommes bien armés, et nous avons la certitude de faire des progrès. Tim et moi, nous allons capturer ce type, qui qu'il soit, et ensuite vous n'aurez plus rien à redouter.

Rhoda secoua la tête.

— Je n'avais encore jamais ressenti quelque chose de ce genre. Cela ressemble à une terreur réelle. Et lorsque nous avons pris place à cette table tout à l'heure, j'ai ressenti cela à nouveau, mais beaucoup, beaucoup plus fort, et je le ressens encore maintenant. Je ne peux pas ignorer cela, lieutenant. Cela ressemble à une sorte d'obscurité, qui nous entoure, et je suis terrifiée.

— Lorsque vous dites « obscurité »...

— Elle est réelle. Je la *vois*. Ce n'est pas un effet de mon imagination. Je la vois en ce moment, autour de nous, et elle est particulièrement intense autour de *vous*. C'est comme si une ombre se projetait sur vous.

Hicks posa la cuisse de poulet qu'il était en train de manger et s'adossa à sa chaise. Comme s'il avouait qu'il y avait une déficience mentale héréditaire dans la famille, il déclara :

— La grand-mère de Rhoda, la mère de Rhoda, Rhoda... Elles affirment toutes les trois être sensibles aux influences psychiques.

— Vous voulez dire, comme des médiums ?

— Quelque chose de ce genre, oui. Elles disent qu'elles sentent qu'un orage va éclater, ou que quelqu'un va mourir. Elles disent qu'elles entendent des voix venant de l'au-delà.

— Et c'est ce que vous ressentez en ce moment ? lui demanda Decker.

Rhoda acquiesça de la tête.

— C'est très fort, comme lorsque vous vous tenez sur la plage quand la marée se retire et que vous croyez qu'elle va vous entraîner.

— Vous avez une idée de ce qui pourrait provoquer cela ?

— Non. Mais j'ai commencé à avoir ce sentiment le jour où Alison Maitland a été tuée. J'ai ressenti sa mort avant même que Tim rentre à la maison et m'en parle.

Elle hésita et tire-bouchonna sa serviette, puis elle ajouta :

— J'ai entendu un bruit dans la chambre de Daisy et je suis montée pour m'assurer que tout allait bien. Il y a un grand miroir sur le palier et, alors que je montais les marches, j'ai *vu* quelqu'un. Juste une fraction de seconde. Mais c'était comme si le miroir était une porte ouverte et non un miroir, et que quelqu'un la franchissait, si vite que je n'ai pas pu voir qui c'était.

— Chérie... le lieutenant a raison, dit Hicks. Cette affaire est tout à fait horrible et tu te laisses emporter par ton imagination.

— Mais cela s'est passé avant même que je l'apprenne.

— Allons, chérie, ce que tu as vu dans le miroir, c'était un reflet lumineux. (Il se leva et passa son bras autour de ses épaules.) Il n'y avait personne là-bas, d'accord ?

— J'ai vu quelqu'un, je le jure !

— Et pour cette obscurité qui se projette sur moi ? demanda Decker. Vous continuez de la voir ?

— Ce n'est pas simplement l'affaire Maitland. C'est quelque chose qui vous est arrivé il y a longtemps. Quelque chose que vous vous interdisez de vous rappeler.

— Quoi, précisément ? Vous avez une idée ?

— Je ne suis pas sûre. Il faudrait que je fasse une lecture pour le découvrir.

— Oh, allons ! protesta Hicks. Le lieutenant est venu ici pour dîner, pas pour écouter des superstitions.

— Non, cela m'intéresse, dit Decker. Quelle sorte de lecture ?

— Je pourrais utiliser un *okuele.*

— Un *okuele* ?

— Et merde ! fit Hicks en se cachant la figure dans les mains.

Rhoda se leva et alla jusqu'à la desserte. Elle prit un petit paquet soigneusement enveloppé dans du papier de soie violet. Elle le posa sur la table et l'ouvrit. À l'intérieur, il y avait ce qui ressemblait à un collier : huit médaillons en écaille réunis par une chaînette en métal terne.

— Ma grand-mère m'a appris comment m'en servir. Cela ressemble au Tarot, excepté qu'il explique le passé aussi bien que l'avenir, et c'est bien plus personnel que le Tarot. Par l'intermédiaire de l'*okuele*, les esprits vous demandent de leur dire ce qui vous perturbe, au lieu que ce soit l'inverse.

Hicks s'assit et considéra son assiette à moitié terminée.

— Je n'arrive pas à le croire ! Tout ce que je voulais, c'était du poulet frit, et qu'est-ce que j'ai ? *SOS Fantômes* !

20

Rhoda débarrassa la table et disposa une nappe blanche unie. Hicks se tenait de l'autre côté de la cuisine, les bras croisés, l'air très mécontent.

—Je suis désolé… Je n'avais pas l'intention de gâcher votre dîner, dit Decker. Je pense que je ne crois pas à cette ombre foncée, tout comme vous, mais il y a certainement une raison expliquant pourquoi Rhoda ressent cela aussi fort.

—Sans doute.

—Il y a autre chose… *Sandra* a dit qu'elle avait eu une prémonition, elle aussi. Elle a dit qu'elle était persuadée que quelque chose de très grave allait se produire.

Hicks observa Rhoda tandis qu'elle posait un bougeoir argenté au milieu de la table, avec une grande bougie blanche, allumait la bougie, puis plaçait une feuille de papier et un crayon à côté de sa chaise.

—Cela ne me plaît pas du tout, lieutenant. Cela ne me plaît pas du tout que Rhoda soit mêlée à notre travail. Surtout lorsque nous avons affaire à une sorte de psychopathe complètement fêlé.

—Si elle a eu un genre d'intuition à ce sujet, je pense que nous devons savoir ce que c'est.

Rhoda éteignit toutes les lumières pour que le seul éclairage provienne de la bougie, puis ils s'assirent.

—Est-ce que nous devons nous tenir par la main ? demanda Decker.

—Non. C'est suffisant que nous soyons assis ici ensemble.

Rhoda ferma les yeux et demeura silencieuse durant ce qui ressembla à une éternité, même si ce n'était probablement guère plus que deux ou trois minutes. Hicks lança un regard gêné à Decker, mais aucun d'eux ne parla, pour ne pas perturber la concentration de Rhoda. Il n'y avait pas de courant d'air dans la cuisine, et la flamme de la bougie brûlait régulièrement et vivement, sans vaciller.

Finalement, Rhoda lança l'*okuele* sur la table. Certains des médaillons tombèrent avec leur côté brillant tourné vers le haut, d'autres avec leur côté mat. Rhoda prit son crayon et traça une ligne de croix et de zéros.

Elle récupéra l'*okuele* et le lança à nouveau, puis elle inscrivit à nouveau la façon dont les médaillons étaient tombés. Elle répéta cette opération quatre fois.

Finalement, elle déclara :

— Quelque chose d'horrible s'est produit et vous vous interdisez de vous en souvenir. Votre esprit a fermé ses yeux et il refuse de les ouvrir.

Decker ne répondit pas. Il ignorait de quoi elle parlait. De quoi refusait-il donc de se souvenir ?

Rhoda hésita un moment encore, puis elle dit :

— Il pleut, et vous vous tenez devant une porte noire. Vous vous souvenez de cela ?

— Je ne sais pas. Non, je ne crois pas. Enfin, j'ai dû me tenir devant des centaines de portes noires.

— Il fait sombre. Le numéro sur la porte noire comporte deux quatre et un sept.

Decker s'adossa à sa chaise, mal à l'aise.

— Je m'en souviens. 1447 Duval Street, il y a cinq ans. Nous effectuions une descente chez des dealers.

— Vous n'êtes pas seul. Vous avez un coéquipier avec vous.

— C'est exact. Jim Stuart. Tout juste promu officier de police.

Rhoda porta le bout de ses doigts à ses oreilles.

— Vous dites quelque chose à propos de l'arrière de la maison.

— *« Couvrez l'arrière de la maison. Si quelqu'un sort dans la ruelle en courant, vous tirez d'abord et vous vous préoccupez de qui c'est ensuite. »*

Decker récitait les mots comme s'il faisait une déposition. Il lança un regard à Hicks. Celui-ci le regardait d'un air anxieux, comme s'il voyait un aspect de la personnalité de Decker qu'il avait ignoré jusqu'à présent.

—Vous ouvrez la porte noire, poursuivit Rhoda. Vous vous avancez dans le vestibule. Il fait très sombre à l'intérieur de la maison.

—Je ne vois même pas ma main devant mon visage, tellement il fait sombre.

—Vous sentez une poignée de porte sur votre gauche. Vous ouvrez la porte.

Decker demeura silencieux. Il se rappelait parfaitement qu'il ouvrait cette porte, parce qu'il l'avait ouverte à maintes reprises, et il aurait voulu ne jamais l'avoir ouverte.

—Vous entrez dans la pièce. Il fait tout aussi sombre ici. Vous sentez l'odeur de gens qui dorment. Vous tenez votre pistolet dans votre main droite et votre torche électrique dans votre main gauche. Juste au moment où vous actionnez votre torche, vous entendez le clic d'un pistolet que l'on arme, juste derrière vous. Vous vous retournez. Vous tirez.

—Il faisait sombre, dit Decker d'une voix rauque. Je lui avais dit de couvrir l'arrière de la maison. *« Si quelqu'un sort dans la ruelle en courant, vous tirez d'abord et vous vous préoccupez de qui c'est ensuite. »* Je lui avais dit explicitement de ne pas entrer dans la maison. Explicitement. Un ordre explicite.

Rhoda ferma les yeux à nouveau et récupéra l'*okuele*. Elle le fit passer entre ses doigts comme un rosaire et frotta doucement chacun de ses médaillons en écaille.

Lorsqu'elle parla, sa voix fut un chuchotement déconcertant, comme si elle confessait un péché à un prêtre. Cela ne ressemblait même pas à sa voix.

—Sainte Barbara sait ce que vous avez vu.

—Sainte Barbara ? De quoi parlez-vous ?

—Sainte Barbara est l'ombre qui vous suit partout. Elle sait tout sur vous. Elle sait qui était le père de votre père, et sous quel signe astral vous êtes né, parce qu'elle veut assouvir sa vengeance. Elle connaît chaque os de votre corps et elle sait ce que vous avez vu lorsque vous avez tiré sur Jim Stuart.

—Que savez-vous sur sainte Barbara ? Hicks… vous aviez parlé à Rhoda de sainte Barbara, cette inscription sur mon mur ?

Hicks secoua la tête.

—Allons, Rhoda, arrête ces conneries.

Mais Rhoda appuya son regard sur Decker et chuchota :

— Sainte Barbara vous veut, Decker. Elle sait ce que vous avez vu lorsque vous avez tiré sur Jim Stuart. Elle sait tout sur vous.

Durant une fraction de seconde, Decker vit sa torche éclairer brusquement le visage surpris de Jim Stuart. Les yeux grands ouverts, à cause de l'obscurité. Une petite moustache blonde. Mais son index avait déjà appuyé sur la détente. Il y eut un « bang ! » et Jim Stuart s'écroula.

— Il faisait très sombre. Je n'ai pas vu qui c'était. Il avait reçu l'ordre explicite de ne pas entrer dans la maison.

Un autre long silence. Les yeux de Rhoda étaient ouverts, mais Decker avait l'impression qu'elle accommodait au-delà de lui, et écoutait quelqu'un d'autre, parce qu'elle hochait la tête de temps en temps.

— Sainte Barbara peut voir dans votre âme, chuchota-t-elle. (Puis, de sa voix normale :) Pas encore.

Ensuite, elle se tourna vers Decker :

— Il y a un esprit ici... Un esprit qui essaie de vous mettre en garde.

Decker se rendit compte qu'il faisait de plus en plus froid dans la cuisine, et il avait la sensation très étrange que le sol s'enfonçait lentement sous eux et que les murs se distendaient, comme l'ascenseur dans la maison hantée à Disney World. Hicks avait certainement ressenti cela, lui aussi, parce qu'il regarda vers le plafond, puis vers le sol, puis il regarda à nouveau vers le plafond.

— Je désire vous parler, dit Rhoda. J'ai besoin que vous m'en disiez plus sur sainte Barbara.

À présent, il faisait si froid dans la cuisine que Decker voyait sa propre haleine. Il entendait faiblement un son aigu, comme un fil métallique que l'on tend sur le dos d'une scie. Le son devint de plus en plus fort et de plus en plus aigu, jusqu'à ce qu'il le sente dans les plombages de ses dents, et sa salive commença à avoir une saveur de sel.

— Était-ce *vous* ? demanda Rhoda.

La flamme de la bougie brûla avec plus d'éclat. Elle commença à brûler avec une telle intensité qu'elle produisit un sifflement, et la cire commença à couler de plus en plus vite. Elle débordait du bougeoir et se répandait sur la nappe.

— Était-ce *vous* ? répéta Rhoda.

La flamme s'élargit, grossit, et, sous les yeux de Decker, elle prit la forme d'un visage embrasé, aux yeux caves et avec une bouche qui était ouverte en un cri silencieux.

— Nom de Dieu ! s'exclama Hicks.

— Parlez-moi, dit Rhoda. Dites-moi ce que vous voulez me confier.

Le visage ne dit rien, bien que sa bouche fût largement ouverte et distendue. Mais tandis qu'il brûlait avec un éclat accru, il gagna en netteté, et Decker commença à distinguer que c'était une jeune femme, aux cheveux qui virevoltaient violemment.

— Parlez-moi, l'encouragea Rhoda. Vous devez m'en dire plus sur sainte Barbara.

À cet instant, les yeux de la jeune femme s'ouvrirent, et elle fixa Decker avec une expression de frénésie totale et d'angoisse. C'était Cathy. Son visage était fait de feu mais il n'y avait aucun doute à ce sujet. C'était Cathy, et elle criait silencieusement vers lui depuis l'autre côté de la mort soudaine.

— Parlez-moi de sainte Barbara, insista Rhoda.

Mais à cet instant, avec un léger « whoumpf », le visage s'embrasa brusquement en une boule de feu, s'éleva vers le plafond, et disparut. Decker, Rhoda et Hicks se retrouvèrent avec seulement un petit bout de bougie qui vacillait entre eux. Les ombres se déplaçaient sur leurs visages comme s'ils souriaient et se renfrognaient tour à tour.

Hicks alluma la lumière.

— Merde, c'était *quoi* ? voulut-il savoir. Électricité statique ? Feu Saint-Elme ? Hein ?

— Je retire ce que j'ai dit, déclara Decker. Comme quoi je ne croyais pas aux fantômes. Ou aux esprits, ou à tout le reste. C'était ma compagne, Cathy.

— Vous voulez dire...

— Oui. Cathy, qui a été assassinée.

— Elle ne pouvait pas en dire davantage, expliqua Rhoda. Comme si elle souffrait trop pour parler.

— Elle m'a parlé l'autre nuit, dit Decker. Elle m'a mis en garde contre sainte Barbara. Quelqu'un a également inscrit les mots « sainte Barbara » sur mon mur, l'autre nuit, avec du sang humain. Cela ne m'étonnerait pas que ça ait été elle. Ou son fantôme. Ou je ne sais quoi.

— Elle est *morte*, lieutenant, intervint Hicks.

— Cela ne fait aucune différence, répondit Rhoda d'une voix douce. L'esprit d'une personne continue de vivre, même après que cette personne est morte. Parfois, si une personne meurt d'une mort violente, cela rend son esprit encore plus fort... encore plus résolu à protéger les êtres chers qu'elle a quittés. Votre Cathy, lieutenant, essaie de toutes ses forces de vous mettre en garde contre un danger imminent. C'est pour cette raison que vous portez cette ombre sur vous. Vous avez été déjà marqué, pour une sorte de vengeance, et Cathy le sait.

— *Rhoda*, protesta Hicks, Decker est mon supérieur. Tu ne peux pas lui dire qu'il est condamné ou je ne sais quoi.

— Je suis désolée, mais je dois le faire. Tu resterais là sans rien dire si tu voyais qu'un homme va être renversé par une voiture ?

— Vous n'avez aucune idée de ce que pourrait être ce « danger imminent » ? lui demanda Decker.

— Votre Cathy a commencé à vous apparaître lorsque vous avez été chargé de l'enquête sur l'homicide Maitland, aussi je suppose qu'il existe un lien de quelque manière. Elle pressent que quelque chose de très grave va vous arriver, mais je ne pense pas qu'il s'agisse d'un accident, ou d'une maladie, ou de quelque chose de ce genre. Je pense qu'elle est persuadée que quelque chose d'effroyable vous en veut, quelque chose qui a pris le nom de « sainte Barbara ».

— La santeria, dit Decker.

— Quoi ? s'exclama Hicks.

— Un nom de sainte, sainte Barbara. C'est l'essence même de la santeria, non ? Lorsque les esclaves ont été amenés d'Afrique, les propriétaires d'esclaves ne leur ont pas permis de rendre un culte à leurs propres dieux, alors ils ont masqué ce qu'ils faisaient en donnant à leurs dieux les noms de saints de l'Église catholique.

— C'est exact, dit Rhoda. « Sainte Barbara » n'est peut-être pas du tout sainte Barbara, mais un dieu vénéré par les santeriens.

— La santeria ? fit Hicks. Cela pourrait vouloir dire Reine Aché.

— Ça tient la route, admit Decker. Il faut absolument que nous enquêtions plus en profondeur sur cette dame. Même si je ne vois pas pour quelle raison *elle* aurait voulu tuer les Maitland, ou le major Drewry. Allons, qu'auraient-ils pu faire pour l'indisposer ?

— Je vérifierai si l'un ou l'autre entretenait des relations d'affaires avec les Eguns. Gerald Maitland était dans l'immobilier, non ? Peut-être avait-il effectué une transaction immobilière qui a déplu à Reine Aché.

— Entendu. Bon, il se fait tard. Tim... Rhoda... Je m'en veux vraiment d'avoir gâché votre dîner.

— Certainement pas, répondit Rhoda. Je ne pouvais pas vous regarder assis là avec cette ombre sur vous, et ne rien dire. Désirez-vous un café avant de partir ?

— Non, je vous remercie. Je pense que mon ombre et moi allons tranquillement regagner nos pénates. À demain, Tim.

Cette nuit-là, Decker fut à nouveau parmi les broussailles qui s'embrasaient, son visage et ses pieds lacérés, et encore plus épuisé qu'auparavant. Il savait que la silhouette sombre était tout près derrière lui. Il l'entendait courir à travers le sous-bois, avec son grand manteau qui lui descendait jusqu'à la cheville. Mais la chaleur et la fumée lui brûlaient la gorge, ses vêtements se prenaient dans les ronces à chaque pas, et il avait quasiment dépassé le stade de s'en préoccuper.

— Regroupez-vous sur le chemin de rondins, les gars ! Regroupez-vous sur le chemin de rondins !

Il lui semblait qu'il devait être presque arrivé au chemin à présent. Dominant le crépitement et le craquement des branches embrasées, il entendait des hommes hurler et appeler au secours et, de temps en temps, il y avait le fracas de coups de fusil. Des balles Minié gémissaient et claquaient à travers les broussailles et, à une distance de quinze cents mètres environ, retentissait le grondement sourd caractéristique des canons.

Il se retourna pour voir où était la silhouette qui le poursuivait, mais il ne la vit pas. Seulement l'entrelacs des ronces qui brûlaient. Puis il entendit un lourd bruissement sur sa gauche, et il aperçut une forme vague qui se déplaçait rapidement derrière les arbres. La silhouette le dépassait sur le côté, et cela signifiait qu'elle atteindrait le chemin de rondins avant lui et le priverait de tout espoir de s'échapper. Non seulement cela, mais Dieu seul savait ce qu'elle ferait à ses amis et à ses compagnons.

— Elle arrive ! cria-t-il, bien que sa gorge fût à vif. Ne vous approchez pas du chemin ! Elle arrive !

La silhouette fit halte, écouta, puis se tourna vers lui. *Oh, merde !* pensa-t-il. *Elle se dirige droit vers moi. Elle va avoir ma peau.* Il dégagea sa tunique prise dans les épines, et tenta de courir dans la direction opposée, mais il entendait déjà la silhouette se rapprocher de plus en plus.

Il fit volte-face et se foula la cheville. Au même moment, la silhouette fut sur lui et l'enveloppa dans des os noueux et un tissu suffocant.

— Peux pas respirer ! cria-t-il. Peux pas respirer !

Il se redressa en sursaut. *Nom de Dieu !* Il alluma la veilleuse et se vit dans le miroir de l'autre côté de la chambre. Ses cheveux étaient ébouriffés et son tee-shirt taché de sueur.

Il s'extirpa du lit. Ses pieds étaient écorchés et saignaient, comme auparavant, et lorsqu'il voulut se lever, il s'aperçut que sa cheville était enflée. Il boitilla jusqu'à la salle de bains, ôta son tee-shirt, et s'aspergea la figure d'eau froide.

Il ne croyait plus qu'il avait des hallucinations ou qu'il souffrait de surmenage. Rhoda lui avait montré le visage embrasé de Cathy, et, pour Decker, c'était la preuve suffisante que quelque chose de malveillant le poursuivait, et que Cathy essayait de le protéger. Il urina et actionna la chasse d'eau, puis il revint dans la chambre afin de prendre un tee-shirt blanc propre dans le tiroir de la commode.

Alors qu'il enfilait le tee-shirt, il se rendit brusquement compte que le drap du dessus avait disparu. Il se baissa et regarda par terre. Il alla regarder de l'autre côté du lit, mais le drap avait bel et bien disparu.

— Et merde ! murmura-t-il.

Il se tint immobile au milieu de la chambre, perplexe, essayant de deviner où était passé le drap.

Calme-toi, se dit-il. *Tu n'avais peut-être pas de drap du dessus.*

Il alla jusqu'au placard pour prendre un autre drap. À ce moment-là, il entendit quelqu'un chanter dans le séjour. Quelqu'un chantait d'une voix haute, haletante, comme la voix de Cathy. Elle montait, descendait, montait, descendait, de façon plaintive. Pourtant il ne reconnaissait pas la chanson. Ce n'était certainement pas Bob Dylan, ou Joan Armatrading, ni aucun de ces chanteurs que Cathy avait aimé écouter. Il claudiqua jusqu'à la porte de la chambre et colla son oreille contre le battant.

— … *ko gbamu mi re oro niglati wa obinu ki kigbo ni na orin oti gbogbo…*

Il écouta un moment, puis il ouvrit la porte.

— Cathy ? appela-t-il, son cœur cognant violemment contre ses côtes. Cathy ? C'est toi ?

Le séjour était plongé dans l'obscurité. Tout ce qu'il entendait maintenant, c'était le bruit de la circulation dans la rue en contrebas et le faible ronronnement du climatiseur.

— Cathy, si c'est toi, laisse-moi te voir. Je t'aime, ma chérie, et je sais que tu essaies de m'aider.

Il n'y eut pas de réponse. Mais comme les yeux de Decker s'habituaient à l'obscurité, il eut l'impression de distinguer une silhouette blanchâtre qui se tenait près de l'entrée de la cuisine.

— Cathy ?

Il eut la certitude de voir la silhouette osciller d'un côté et de l'autre. Il se dirigea lentement vers le mur le plus proche, grimaçant de douleur à cause de sa cheville foulée, et chercha à tâtons les commutateurs. Il les actionna d'une chiquenaude.

— Ah ! dit-il à haute voix.

La silhouette était recouverte de son drap, les bras écartés. Elle faisait au moins un mètre quatre-vingt-cinq de haut. Ses mains étaient aussi blanches que de l'albâtre, ainsi que ses pieds. Elle semblait flotter à environ deux centimètres au-dessus du sol.

Decker était tellement effrayé par cette apparition qu'il ne savait pas quoi faire. Il se tint près des commutateurs en se frictionnant le bras droit, terrifié, pitoyable et désemparé. C'était peut-être Cathy, dissimulée sous ce drap, mais… et si ce n'était pas elle ? Et si c'était quelque chose d'effroyable ? Comment pouvait-ce être Cathy ? Elle était morte, sa tête éclatée.

— Écoutez ! dit-il d'une voix très sèche, comme s'il avait réellement couru à travers des broussailles en feu. Il faut que je sache ce que vous voulez. Il faut que je sache qui vous êtes vraiment.

La silhouette recouverte du drap oscilla de nouveau, mais elle demeura silencieuse.

— Si je retirais ce drap… Enfin, qui seriez-vous en dessous ?

La silhouette ne répondait toujours pas.

Decker se dit : *Merde, qu'est-ce que je fais ? Je ne rêve pas, d'accord ? Je sais que je ne suis pas ivre.* Il fit un pas vers la silhouette, puis un autre.

— Vous me faites peur, d'accord ? À vous dissimuler sous ce

drap de cette façon. Mais je parie que je vous fais peur, également. Sinon, pourquoi ne vous montrez-vous pas ?

— Sainte Barbara, chuchota la silhouette, bien que sa voix semblât venir de derrière lui, et qu'il ne fût pas du tout sûr que c'était la voix de Cathy. Sainte Barbara veut assouvir sa vengeance.

— Sainte Barbara est une sainte, c'est tout, rétorqua Decker. Une bonne sainte, d'après ce qu'on m'a dit. Elle protège les gens du feu, des explosions et de choses de ce genre. Pourquoi voudrait-elle me faire du mal ?

— Approche-toi, dit l'apparition.

— Certainement pas ! répondit Decker. Tant que je ne saurai pas qui vous êtes.

— Approche-toi, mon chéri.

Decker ne savait pas quoi faire. Il appréhendait que cette silhouette ne soit pas Cathy, mais d'une certaine façon, il avait encore plus peur qu'elle *soit* Cathy. Il regarda vers le porte-chapeaux, où son colt Anaconda était suspendu dans son étui, et il s'en voulut de ne pas avoir retenu la leçon et de ne pas l'avoir emporté dans la chambre avec lui.

— Êtes-vous Cathy ? demanda-t-il à la silhouette dissimulée sous le drap.

— Tu n'as pas confiance en moi ? chuchota-t-elle – et cela donna l'impression qu'elle parlait dans un tuyau creux.

— Je ne sais pas. Vous n'allez pas me montrer qui vous êtes ?

— Je suis beaucoup de choses. J'ai de nombreux visages différents.

— Est-ce que vous essayez de me mettre en garde contre quelque chose de grave ?

— Quelque chose de grave t'est déjà arrivé.

Decker contourna prudemment la silhouette pour se diriger vers le porte-chapeaux. Elle ne se retourna pas pour le suivre et resta où elle était, les bras écartés. Elle ressemblait plus à une statue qu'à un être humain, une statue qui attendait d'être dévoilée pour son inauguration. La gorge de Decker était tellement sèche qu'il fut obligé de tousser, et de tousser à nouveau, mais la silhouette ne bougeait toujours pas.

— Parlez-moi de sainte Barbara, dit Decker sans la quitter des yeux.

Il tendit la main vers l'étui de son pistolet et défit la patte.

— Sainte Barbara veut se venger pour ce que tu as fait. Pour ce que vous avez *tous* fait.

— Était-ce quelque chose qui s'est passé dans le Wilderness ? La Brigade du diable ?

— Des promesses avaient été faites et des promesses n'ont pas été tenues.

— Quelles promesses ?

— Des promesses d'honneur. Des promesses de guerre. Des promesses de justes récompenses.

Decker sortit lentement son pistolet de l'étui et l'arma. Il s'approcha de la silhouette jusqu'à ce qu'il soit suffisamment près pour tendre la main et la toucher. Il voyait le contour indistinct d'un visage sous le drap, et le tissu de coton se creusait et se gonflait, comme si la silhouette respirait.

— Tu as peur de moi ? chuchota la silhouette.

— Je devrais ?

— Tu as peur de sainte Barbara ?

— Je ne sais pas. Parlons-nous vraiment de sainte Barbara, ou bien parlons-nous de quelqu'un d'autre ?

— *Oche ofun*, répondit la silhouette. Les saints vous préservent des morts.

Decker saisit le bord du drap, près du poignet de la silhouette. Son sang grondait dans ses oreilles, et il ne se rappelait pas avoir été déjà aussi terrifié qu'en ce moment, malgré toutes ses années passées dans la police.

— Tu es sûr d'avoir envie de savoir qui je suis ? lui demanda la silhouette.

Decker ne répondit pas, mais il tint le bord du drap encore plus fermement dans son poing. Cependant, alors qu'il s'apprêtait à l'arracher de la tête de la silhouette, elle poussa un hurlement strident… Un hurlement de rage, de douleur et de frustration, comme si cinq voix criaient toutes en même temps.

Le hurlement continua et continua. Decker lâcha le drap et recula maladroitement, son pistolet levé, ne sachant pas quoi faire. Puis il y eut un bruit sourd et humide. Le haut du drap se gonfla vers l'extérieur et fut imbibé de sang. Immédiatement, le drap s'affaissa sur le sol.

Decker resta là à le regarder fixement, cherchant à reprendre haleine. Le drap gisait devant l'entrée de la cuisine, froissé et trempé de sang, mais il était évident qu'il n'y avait personne en dessous. Au bout d'un moment, il le poussa de côté avec son pied, et il vit que ce n'était qu'un drap.

— Putain ! fit-il dans un souffle.

Gardant son pistolet levé, il alla jusqu'au bar et se versa d'une main un petit verre de Herradura Silver. Il le but d'un trait, puis il s'en servit un autre.

Il regarda vers le drap maculé de sang. Maintenant, il avait la certitude que cette enquête ne concernait pas uniquement des faits et des preuves matérielles, et la traque d'un criminel. Il s'agissait de religion, de croyances et d'actes de trahison. Cette affaire était spirituelle, et qui plus est, elle était *personnelle.*

21

Il trouva Jonah au fond du *Mask Bar*, à l'angle de la 2e et de Main, en train de parler avec deux de ses amis. La salle était sombre et enfumée, et les murs étaient décorés de dizaines de masques africains, certains en ébène, certains en cuivre martelé, certains confectionnés avec des roseaux séchés. Une musique, rythmée par des tambours *bata*, passait en fond sonore.

Les amis de Jonah levèrent les yeux d'un air inquiet lorsque Decker entra. L'un d'eux était maigre comme un clou, portait de petites lunettes de soleil foncées et un béret noir. L'autre était énorme, portait un ample cafetan marron avec des motifs en zigzag, et un fez marron avec un gland.

— Je peux te parler une minute ? dit Decker.

— À propos de quoi, mec ?

Jonah se montrait agressif devant ses amis.

— Je ne sais pas. De choses et d'autres.

— Je sais rien de plus sur Junior Abraham, si c'est ce que vous cherchez.

— Je voulais me tenir au courant des potins locaux, c'est tout.

— Si vous voulez des potins locaux, allez donc à l'association des mères de famille sur Clay Street. Elles vous donneront même des recettes pour le chili aux haricots noirs, en plus.

— Pas ce genre de potins. Je m'intéresse surtout à Reine Aché.

Jonah lança un regard à ses amis. Finalement, le type obèse haussa les épaules, comme pour dire que tout ce qui était une mauvaise nouvelle pour Reine Aché était une bonne nouvelle pour lui. Decker ne le connaissait pas, mais il reconnut le type au béret. Celui-ci faisait partie des Strutters, un petit dealer de seconde zone qui se faisait appeler Docteur Bienvenu. Les Strutters et les Eguns se détestaient cordialement, aussi supposait-il que Docteur Bienvenu ne ferait aucune objection, lui non plus, si Jonah répondait à quelques questions.

— Bon, d'accord, dit Jonah. Cinq minutes, montre en main. Mais je sais rien, mec. Rien de rien.

Ils allèrent s'asseoir à une table d'angle sous un masque vert grimaçant dont la bouche était enduite d'un vernis rouge luisant, censé représenter du sang.

— Il faut que je parle à un santero, déclara Decker.

— Écoutez, Decker, l'interrompit Jonah, se penchant en avant et parlant dans un chuchotement rauque. Je vous ai à la bonne et vous m'avez à la bonne. Vous m'avez fait des fleurs. Mais vous ne pouvez pas débarquer ici et vous comporter comme si on était les meilleurs amis au monde. Ces deux frères, ils sont cool, mais j'ai pas besoin que tout Jackson Ward apprenne que j'échange des civilités avec les flics.

— C'est très sérieux, Jonah. Il faut que je parle à un santero et il faut que je lui parle maintenant.

— Cela me rapportera quoi ?

— Ma reconnaissance éternelle, bien sûr.

— Que diriez-vous de votre reconnaissance éternelle et de deux cents tickets ?

Decker prit son portefeuille et sortit cent dollars.

— Je te donnerai le reste lorsque tu auras fait le boulot.

Jonah fit disparaître le billet comme s'il effectuait un tour de prestidigitation.

— La plupart des santeros sont en affaires avec Reine Aché, dit-il. Vous n'avez certainement pas envie d'aller parler à ces types, parce que, en un rien de temps, ils vous jetteraient un sort et votre queue tomberait, ou un truc de ce genre. Mais il y en a un qui pourrait vous aider, si vous le lui demandez très respectueusement. Il s'appelle Moses Adebolu. C'était un ami intime de Junior Abraham, et je sais qu'il est très chagriné que Junior se soit fait buter.

— Tu peux m'emmener chez lui ?

— Okay, mais nous devons d'abord aller au marché afro.

—Pour quelle raison ?

—Vous devez apporter à Moses un coq vivant, des cigares, et peut-être une bouteille de rhum. Ainsi que des racines de *rompe zaraguey* si vous pouvez en trouver, ou bien des *okra*.

—J'effectue une enquête sur un homicide, je ne fais pas du shopping.

—Vous devez lui apporter ces trucs, Decker. Ils font partie de l'*ebbo*, le sacrifice. Autrement, Moses refusera de vous aider.

Un peu avant midi, Decker se gara devant une maison étriquée et délabrée en contrebas de la Route 95. Jonah et lui descendirent, et ils furent obligés de crier pour se faire entendre parce que le vacarme de la circulation au-dessus d'eux était assourdissant. Il faisait très chaud, avec quatre-vingt-cinq pour cent d'humidité, et l'air était voilé par les gaz d'échappement.

Decker ouvrit le coffre et en sortit un panier en osier contenant un coq grognon aux plumes cuivrées. Jonah prit un sac d'épicerie en papier kraft où se trouvaient deux bouteilles de rhum Mount Gay, une boîte de cigares King Edward, et un assortiment de canne à sucre, d'huile de palme, de bâtons de cannelle et de maïs grillé.

—Il y a intérêt à ce que cela en vaille la peine ! hurla Decker dans l'oreille de Jonah.

—Je sais pas, mec ! Je peux rien garantir ! Ces santeros, ils peuvent être foutrement arrogants s'ils n'aiment pas votre odeur !

Ils montèrent les marches du perron où trois jeunes garçons jouaient aux jonchets avec ce qui ressemblait à des os de rat.

—Moses est chez lui ? demanda Jonah.

Le coq battit des ailes et gloussa à l'intérieur de son panier. Le plus âgé des gamins fronça les sourcils et dit :

—Qu'est-ce que vous lui apportez ?

Decker souleva le couvercle pour lui permettre de regarder.

—Plat à emporter. Poulet Kentucky non frit et non pané.

Ils ouvrirent la porte à la peinture marron qui s'écaillait et pénétrèrent dans le vestibule. Le sol était recouvert d'un linoléum craquelé et gondolé et la moquette de l'escalier était tellement élimée qu'il était impossible de dire quelle avait été sa couleur d'origine. Toute la maison était imprégnée d'une odeur d'ail en train de frire et de cannelle qui faisait larmoyer, et quelqu'un jouait des bongos en tapant sans beaucoup d'énergie. En haut de l'escalier, il y avait un vitrail représentant un homme en robe blanche au bord d'une rivière – saint Jean-Baptiste peut-être –, mais la partie supérieure du vitrail avait été brisée, si bien qu'il n'avait pas de tête, seulement du verre dépoli.

— Premier étage, annonça Jonah.

Ils montèrent les marches péniblement. Ils traversèrent le palier qui craquait, et Jonah frappa à une porte qui était décorée de rouges criards, de bleus et de marron pourpré, avec un œil jaune grand ouvert peint sur chacun de ses panneaux.

— Espérons que Moses est de bonne humeur, chuchota-t-il. Pas défoncé ou frappé d'une soudaine attaque de préjugés raciaux déraisonnables.

Il frappa à nouveau, et une voix rauque dit :

— Ne soyez pas aussi impatient, mon ami. Je vous entends, je vous entends.

La porte fut ouverte par un homme ventru aux cheveux gris, affublé d'énormes lunettes qui ressemblaient aux écrans de deux téléviseurs des années soixante. Il portait une chemise noire à manches courtes, un pantalon noir et des sandales, et autour de son cou étaient passés des colliers de perles colorées, des chaînettes en argent, et des plumes de pintade aux couleurs vives.

— Jonah, ça fait un bail que je t'avais pas vu ! Qu'est-ce que tu veux, mec ?

— Je t'ai apporté des trucs, mec.

Moses lança un regard soupçonneux à Decker.

— J'ai l'impression que tu m'as également apporté des ennuis.

Decker montra son panier.

— Un coq vivant. Je veux juste vous parler, c'est tout.

— Me parler de quoi ? Je suis un homme très occupé, mon ami. Je dois faire ceci, je dois faire cela.

— Decker est la *police*, mec, expliqua Jonah. Il essaie de découvrir qui a flingué Junior Abraham.

— Comment je saurais qui l'a flingué ? Et même si je le savais, je le dirais pas à la police. Comment avez-vous dit que vous vous appeliez ?

— Decker… Decker McKenna.

— C'est un nom de propriétaire d'esclaves, non ?

— J'aimerais bien. Je n'ai même pas de femme de ménage.

Le coq s'agita impatiemment, et Moses dit :

— Bon, d'accord, je suppose que vous feriez mieux d'entrer. Qu'est-ce que tu as dans ce sac d'épicerie, Jonah ? Des cigares, hein ? Et du rhum ?

— Du 80 degrés, celui que tu aimes, mec.

Moses les précéda d'un pas traînant dans un séjour sombre et mal aéré. La pièce était imprégnée d'une odeur singulière, amère et néanmoins parfumée, laquelle, de quelque façon, donna à Decker l'impression d'avoir quitté le monde réel pour se retrouver dans un autre. Le séjour était encombré de meubles massifs, style années cinquante – deux fauteuils énormes et un canapé, tous tapissés de brocart marron, avec des têtières sur le dossier. Les rideaux étaient épais, marron et poussiéreux, et donnaient l'impression de ne pas avoir été décrochés et nettoyés depuis le premier épisode de *I Love Lucy*. Un énorme téléviseur trônait dans un coin de la pièce, tandis que l'autre coin était occupé par un autel santeria, moins chatoyant que celui de Reine Aché, mais bourré de noix de coco, de perles rouges et vertes, de bougies, de fleurs, d'images de saints, et d'une tête grimaçante en ciment, avec des coquilles de porcelaine en guise d'yeux.

Moses s'installa dans l'un des fauteuils et déclara :

— Je sais pas ce que je peux faire pour vous aider, mon ami. Le bruit a couru que Junior Abraham se faisait des petits à-côtés alors qu'il était censé travailler pour Reine Aché, mais c'étaient que des bruits. Il avait des fringues super et un quatre-quatre flambant neuf, mais ça prouve rien.

Decker s'assit en face de lui et posa le panier du coq sur la moquette marron.

— J'ai besoin d'en savoir plus sur la santeria, dit-il. En particulier, j'ai besoin de savoir comment on peut se rendre invisible.

— Invisible ? Vous parlez d'un sort sacrément sérieux, là ! Seul un santero *très* expérimenté peut confectionner un sort comme celui-là, peut-être même un *babalawo*. Un *babalawo* est un grand prêtre, au cas où vous le sauriez pas... Quelqu'un qui dirige les sacrifices chaque fois qu'un santero est initié.

Decker poursuivit :

— Le type qui a tué Junior Abraham s'est rendu invisible... Du moins assez longtemps pour s'approcher de lui et lui exploser la tête en tirant à bout portant. Et je m'occupe également de trois autres affaires, où l'auteur des crimes a réussi d'une façon ou d'une autre à rester invisible.

Moses hocha la tête.

— Eh bien, c'est très intéressant, mon ami. Je n'avais plus entendu parler d'une magie aussi puissante que celle-là depuis bien des années. Aujourd'hui, très peu de prêtres ont la foi totale dont vous avez besoin pour vous déplacer parmi d'autres personnes sans être vu. Vous voulez du thé ?

Derrière le dos de Moses, Jonah fit un « oui » frénétique de la tête pour indiquer que c'était une question de politesse essentielle.

— Du thé ? fit Decker. Bien sûr, avec plaisir.

Moses tendit la main vers une table basse et agita une petite sonnette en cuivre. Presque tout de suite, une jeune femme portant un turban rouge et vert et un sari des mêmes couleurs entra dans la pièce. Âgée de vingt-trois ou vingt-quatre ans, elle avait des pommettes saillantes et une figure allongée, presque un visage de Massaï. Elle portait un léger parfum musqué que Decker ne reconnut pas.

— Ma fille Aluya, annonça Moses. Aluya prend soin de moi, n'est-ce pas, Aluya ? Tu veux bien nous apporter du thé, Aluya ? Et ces cookies au miel.

Decker leva les yeux vers Aluya et lui sourit.

— Bonjour, lui dit-il.

Mais Aluya détourna la tête pudiquement. Moses déclara, avec une satisfaction non déguisée :

— Aluya aura tout le temps de frayer avec des hommes lorsque je serai parti rejoindre mes ancêtres. Pour le moment, elle a du pain sur la planche, à préparer mes repas et à laver mes caleçons.

— Apparemment, elle a de quoi faire.

Une fois qu'Aluya fut repartie dans la cuisine, Moses se pencha en avant.

— Écoutez... Pour comprendre le pouvoir que cela nécessite pour qu'un homme se rende invisible à d'autres personnes, vous devez en savoir un peu plus sur la nature d'un sort particulier. Vous devez savoir ce qu'*est* la santeria.

— Tout ce que je sais, répondit Decker, c'est que c'est une religion africaine, et qu'elle a été introduite en Amérique par des esclaves. Je sais que les esclaves ont changé les noms de leurs dieux pour leur donner des noms de saints de l'Église catholique, mais c'est à peu près tout ce que je sais.

— Eh bien, c'est tout à fait exact jusqu'ici. La santeria est le nom que nous donnons à deux systèmes de croyance qui se sont enchevêtrés, disons. Ses racines se trouvaient dans la région sud-ouest du Nigeria, dans tous les mythes et les rituels magiques du peuple Yoruba. Mais lorsque les Yorubas sont arrivés dans le Nouveau Monde et qu'ils ont été contraints de dissimuler ce qu'ils faisaient, ils ont emprunté une foultitude de jolis atours à l'Église catholique romaine.

» Les Yorubas étaient très *astucieux* et ils étaient très *cultivés*. En Afrique, ils avaient une structure sociale très élaborée, et ils créaient toutes sortes d'objets d'art étonnants en bois, en bronze et en ivoire. Ils avaient des royaumes, comme le Bénin, et ils ont bâti la cité sainte de Ile-Ife, qui est l'endroit d'où provient tout ce qui existe. Ils vénéraient également un grand nombre de dieux. Ils les appelaient des *orishas*. C'est le nom Yoruba pour un dieu. *Orisha*.

» L'ennui, c'est que, vers 1600 et des poussières, le Yorubaland a été envahi par les tribus Ewe venues du nord, et les Yorubas ont été contraints d'émigrer vers la côte du Nigeria. C'est pour cette raison qu'un si grand nombre d'entre eux ont été capturés par des marchands d'esclaves et emmenés par bateau en Amérique.

» Ainsi que vous l'avez dit, ils continuèrent de vénérer leurs anciens dieux, mais ils leur donnèrent les noms de saints catholiques. Ainsi, lorsque leurs propriétaires pensaient qu'ils adressaient des prières à saint Antoine, en fait, ils présentaient leurs hommages à Eleggua, le propriétaire des carrefours et le messager des *orishas*. Oggun, le dieu des métaux, est devenu saint Pierre, et Orunla, qui connaît tous les mystères de l'univers, était honoré sous le nom de saint François d'Assise. Nous continuons d'offrir des sacrifices à Orunla le 4 octobre, qui est la fête de saint François d'Assise pour les catholiques.

» La santeria est une religion de la *terre*, si vous voyez ce que je veux dire. Elle concerne la nature et les forces de la nature, comme les croyances des Amérindiens. Chango est le dieu du feu, du tonnerre et de la foudre. Oshun est le dieu des eaux des rivières, et également de l'amour, du mariage et de la fertilité. Oya est le vent et la gardienne des cimetières, et elle surveille la porte entre la vie et la mort. Elle n'est pas la mort elle-même, mais elle est la *connaissance* que nous devons tous mourir.

Aluya survint avec un plateau où étaient disposées des tasses de thé et une assiette de cookies. Alors qu'elle tendait son thé à Decker, elle releva les yeux juste une fraction de seconde et lui adressa un sourire à peine perceptible. *Ainsi elle n'a pas le temps de s'intéresser aux hommes?* songea Decker. Il but son thé à petites gorgées. Le thé n'avait aucun goût – de l'eau brûlante où flottaient de petits fragments verts de brindilles.

Moses prit un cookie et le fourra dans sa bouche. Avant même d'avoir fini de le mâcher, il en prit un autre, puis un troisième. Lorsqu'il reprit la parole, il répandit des miettes sur son pantalon, et il fut obligé de les ôter avec sa main.

— Il y a deux sortes d'*orishas* – les *orishas* blancs et les *orishas* sombres. Les *orishas* blancs ont le pouvoir de guérir et de donner la vie, comme Obatala, Oshun et Osain, le dieu des plantes. Les *orishas* sombres sont violents, et leur force est très grande dans les guerres et les batailles. Ce sont Chango, Oggun, Oya et Babalu-Ayé.

» La santeria a deux concepts fondamentaux, d'accord ? Le premier concept est l'*aché*, qui signifie pouvoir divin. C'est le pouvoir qui a été utilisé pour créer l'univers. Et il y a le concept de l'*ebbo*, qui signifie sacrifice.

» Dans la santeria, nous faisons des sacrifices aux *orishas* et nous nous les concilions parce que nous voulons qu'ils nous donnent l'*aché*. Avec l'*aché*, nous pouvons nous débarrasser de tout ce qui nous importune, nous pouvons niquer nos ennemis, nous pouvons trouver de jolies femmes, de l'argent et le bonheur. *Aché* signifie également *autorité*, et c'est pour cette raison que Reine Aché se fait appeler ainsi.

— Je vois, dit Decker. Ainsi l'*ebbo* – le sacrifice – vous apporte l'*aché* – le pouvoir ? (Il hésita un moment, puis il ajouta :) Quelle sorte de sacrifice quelqu'un devrait-il faire s'il désirait le pouvoir d'être invisible ?

— *Sans être vu* plutôt qu'invisible, le corrigea Moses en prenant un autre cookie. Un *ebbo* comme celui-là... Eh bien, cela nécessiterait du sang. Nous ne versons jamais le sang à la légère, même pas le sang d'un poulet, parce que le sang est l'essence de la vie. Habituellement, nous offrons des fruits ou des fleurs ou des bougies ou tout ce que l'*orisha* aime manger. Mais si quelqu'un désirait avoir le pouvoir d'arpenter le monde sans être vu... Oui, du sang, mon ami. Peut-être même du sang humain.

— Existe-t-il un moyen de faire un genre de contre-*ebbo* ?

— Que voulez-vous dire ?

— Eh bien, est-ce que je pourrais demander aux *orishas* de me donner l'*aché* me permettant de *voir* cette personne invisible ?

Moses réfléchit un moment, puis il secoua la tête.

— Sincèrement, je peux pas dire que je connais la réponse à ça. On *peut* jeter un sort pour en rompre un autre. Cela dépend de celui qui le jette, et de la force de ce sort. J'ai entendu parler d'un homme qui avait demandé à un santero de jeter un sort à son frère aîné afin de lui apporter la guigne, et le sort a marché. En seulement deux ou trois mois, la femme de son frère a fichu le camp avec l'un de ses meilleurs amis, son commerce a fait faillite, et il a attrapé un exanthème sur tout le corps.

— Ce n'était pas simplement de la guigne, intervint Jonah. C'était une putain de déveine !

— Oh, oui. Mais le frère aîné est allé voir un *babalawo*, un grand prêtre, et le *babalawo* a tout de suite compris que quelqu'un lui avait jeté un sort. Le *babalawo* a offert un sacrifice aux *ajogun*, qui sont l'opposé des *orishas*. Les *ajogun* sont les forces malfaisantes du monde – *arun*, qui est la maladie, *ofo*, qui est la perte, *egba*, qui est la paralysie, et *iku*, qui est la mort.

» Le *babalawo* a jeté un sort pour que toutes les mauvaises choses dont avait souffert le frère aîné surviennent à la personne qui l'avait maudit, mais cent fois pire. Le soir même, toute la famille du frère cadet a trouvé la mort dans un accident de voiture, y compris son dernier fils, un nourrisson. En moins d'une semaine, son magasin de meubles a été détruit par un incendie, et il a été grièvement brûlé alors qu'il essayait de sortir du bâtiment en flammes. À l'hôpital, avant que ses brûlures aient cicatrisé, les médecins ont diagnostiqué une leucémie incurable. Ce fut seulement à ce moment-là qu'il avoua à son frère aîné qu'il avait demandé un sort de malchance, et que ce dernier découvrit qui il avait maudit en retour.

Il prit un dernier cookie et mordit dedans.

— C'est une histoire vraie, dit-il.

Puis, se rendant compte qu'il avait mangé tous les cookies, il tendit le cookie entamé à Decker et demanda :

— Vous en voulez un ?

— Non, je vous remercie. J'ai juste besoin d'être en mesure de voir ce type. J'ai également besoin de voir les preuves matérielles qu'il a laissées sur les scènes de crime. Empreintes digitales, fibres, ADN. Il y en a nécessairement ! Mais, d'une manière ou d'une autre, il les a rendues invisibles. Il me faut des *yeux*, M. Adebolu. Des yeux qui soient capables de voir à travers la magie.

—Eh bien... Il va falloir que je réfléchisse sérieusement à cela.

—Okay... Je vous suis très reconnaissant de m'avoir reçu. Si jamais il vous vient des idées, vous pouvez m'appeler à ce numéro, d'accord ?

—Vous avez oublié quelque chose, dit Moses doucement, comme Decker se levait.

Decker regarda autour de lui et vit sa tasse de thé, toujours pleine.

—Oh... Je suis plutôt un amateur de café. Excusez-moi.

—Il y a une autre question dans votre esprit, mon ami, et vous ne savez pas comment l'énoncer avec des mots.

Jonah lança un regard de côté à Decker et fit une grimace qui signifiait « je suis pas au courant ».

—Comment savez-vous cela ? demanda Decker.

—Parce qu'une question qui n'est pas prononcée, à quoi ressemble-t-elle ? Elle ressemble à un oiseau perché sur un mur. Il s'envole seulement lorsque vous frappez dans vos mains.

—Ce n'est pas important.

—Je pense qu'elle vous ronge le cœur, et que c'est pour cette raison que vous avez décidé de ne pas la poser.

—Laissez tomber, c'est sans importance.

—Je pense que cela a une importance, au contraire. Parce que, que voudrait savoir d'un santero un officier de police qui a un nom de propriétaire d'esclaves ? On peut se le demander, non ?

—D'accord, dit Decker. Que savez-vous sur sainte Barbara ? Est-ce qu'on a donné son nom à l'un des *orishas* ?

—Et vous demandez cela parce que...

—Je vous le demande parce que j'ai eu de mauvais rêves. J'entends la voix de ma compagne, qui a été tuée voilà deux ans. Je l'entends me parler, dans mon sommeil. Ou peut-être pas dans mon sommeil. Je ne sais pas. Peut-être est-elle réellement là.

—Et elle vous parle de sainte Barbara ?

—C'est exact. Elle dit que sainte Barbara veut assouvir sa vengeance. Il y a deux jours, lorsque je suis rentré chez moi, j'ai trouvé le nom de sainte Barbara écrit sur mon mur, avec du sang humain.

— Et… ?

— Je l'ai revue, la nuit dernière. Elle était dans mon appartement, recouverte d'un drap, comme si elle jouait aux fantômes.

Moses ôta ses lunettes. Ses yeux étaient globuleux et n'accommodaient pas. Pourtant Decker perçut qu'il voyait mieux sans elles.

— Asseyez-vous, dit Moses. Je vais vous dire ceci. Sainte Barbara est le nom que nous avons donné à Chango, qui est le puissant et redoutable *orisha* du feu, du tonnerre, de la foudre et de la guerre. Le culte de Chango est originaire de la cité d'Oyo-Ile, l'ancienne capitale du royaume Oyo. Chango a régné sur la cité pendant sept ans, mais il s'était toujours intéressé à la magie et il avait un *grand* pouvoir magique.

» Un jour, Chango provoqua un gigantesque orage qui détruisit son palais et tua un grand nombre de ses épouses et de ses enfants. Il eut tellement de remords qu'il se pendit. Ses ennemis se réjouirent, mais peu après, une centaine d'orages détruisirent la plus grande partie de la cité d'Oyo-Ile, ainsi que les ennemis de Chango. Les partisans de Chango firent des sacrifices en son honneur et déclarèrent qu'il était un *orisha*, un dieu. *« Oba ko so »*, chantèrent-ils. *« Le roi ne s'est pas pendu. »*

» Chango est le plus puissant et le plus populaire de tous les *orishas*. Il a des millions de fidèles dans le monde entier. Ses prêtres conservent son pouvoir dans des « pierres-tonnerre » – ce sont les briques de maisons qui ont été frappées par la foudre, et elles sont conservées dans une coupe en bois. Vous pouvez voir que j'en ai une ici, sur mon autel. Si vous voulez faire un sacrifice à Chango, afin de vous le concilier, vous devez laver le bol avec des plantes et de l'huile de palme, et ensuite sacrifier un coq et répandre son sang sur les pierres-tonnerre. C'est l'une des plus anciennes cérémonies de la santeria, et elle date de centaines d'années en Afrique.

» On peut également donner à Chango de la chair de poulet et des bananes, bien que son plat favori soit un bélier fraîchement égorgé.

— De la chair de poulet et des bananes ?

Decker pensa brusquement au visage qu'il avait vu dans sa cuisine.

— Cela signifie quelque chose pour vous ? demanda Moses.

Decker le lui dit. Moses écouta et hocha la tête. Il ne semblait pas surpris.

—Je pense que votre défunte compagne fait tout son possible pour vous protéger.

—Me protéger de quoi ? De Chango ? Mais qu'est-ce que j'ai fait à Chango ?

—Je ne sais pas… mais il est parfaitement clair pour moi qu'il cherche à se venger. Et lorsque Chango veut se venger, il fait en sorte d'assouvir sa vengeance. Je regrette d'avoir à vous le dire, mon ami, mais vous avez de *sérieux* ennuis.

—Existe-t-il un moyen de découvrir pourquoi ce Chango est tellement furax ? demanda Jonah.

—Je n'en suis pas bien sûr. Mais je pourrais vous aider à faire un *ebbo* à Chango qui l'amènerait peut-être à vous pardonner. Pour le moment, la seule chose qui se trouve entre vous et une conséquence tout à fait horrible, c'est l'esprit de votre compagne, et elle s'expose à un très grave danger en osant contrecarrer les intentions d'un *orisha* aussi puissant. Chaque fois qu'elle vous apparaît, elle doit revivre le moment de sa mort et, si elle indispose Chango trop souvent, il la livrera à Oya, la gardienne de la porte entre la vie et la mort, afin qu'elle passe toute l'éternité *prise au piège* dans ce moment, et ne soit jamais délivrée.

Decker revit la tête de Cathy qui explosait, maintes et maintes fois, et la pensée qu'elle éprouverait cela pour toujours lui était parfaitement insoutenable. Il avait vu suffisamment de choses et entendu suffisamment de choses pour être persuadé maintenant qu'il y *avait* une vie après la mort, et que les esprits des morts continuaient d'être parmi nous, même s'ils faisaient connaître leur présence uniquement dans des moments critiques.

—Cet *ebbo*, dit-il. Expliquez-moi ce que je dois faire.

—Vous devez être purifié. Je vais sacrifier ce coq que vous m'avez apporté pour Chango. Ensuite vous reviendrez demain et je vous donnerai un bol contenant le sang du coq, mélangé avec un *omiero* pour Chango.

—Un *omiero* ?

—Un *omiero* est un élixir sacré, mon ami, que nous utilisons pour le bain, et également comme boisson. L'*omiero* de Chango est un mélange de sang, de *rompe zaraguey*, de *zarza parilla* et de *paraiso*. Vous devrez emporter l'*omiero* chez vous et le verser dans l'eau de votre bain. Ensuite, vous prendrez un second bain pour ôter le mélange du sang. Dans ce second bain, vous devrez ajouter de l'*alamo* et de la *prodigiosa*, de l'eau bénite et du miel. Je vous donnerai tous ces ingrédients. Pendant que vous prendrez votre bain, demandez à Chango son pardon pour ce que vous avez fait, quoi que ce soit, pour l'avoir offensé ainsi, et demandez-lui sa protection.

— Et vous pensez que cela pourrait marcher ?

— Vous devez croire que cela va marcher, sinon cela ne marchera pas. Vous devez avoir confiance. Vous aimez toujours votre défunte compagne, n'est-ce pas ? Pensez à elle et à ce que vous faites pour la préserver de la colère de Chango.

Il agita la sonnette à nouveau, et Aluya réapparut.

— Apporte-moi mon *cuchillo* et un bol blanc, lui dit Moses. Et peut-être d'autres cookies.

— Elle porte un parfum étrange, fit remarquer Decker, tandis qu'Aluya allait faire ce qu'on lui avait demandé.

— *Esencia Pompeya*, l'un des trois parfums sacrés de la santeria.

Aluya revint, apportant un bol blanc, une nappe blanche et un long couteau affilé, ainsi qu'un sachet en papier kraft contenant des cookies. Moses se leva et indiqua d'un geste de la main que Decker et Jonah devaient faire de même.

— Je vais invoquer Chango. Nous devons lui montrer du respect. Aluya, les bougies.

Il disposa la nappe sur la table basse devant lui et plaça le bol au milieu. Puis il prit le couteau et embrassa la lame.

Aluya apporta deux bougies blanches dans des bougeoirs en argent et les alluma. Puis Moses lui fit signe de sortir de la pièce. Il se tint immobile devant les bougies un moment, les yeux fermés et la tête rejetée en arrière. Puis il commença à psalmodier :

— *Babamo Chango ikawo ilemu fumi alaya tilanchani nitosi ki ko gbamu mi re oro niglati wa obinu ki kigbo ni na orin oti gbogbo omo nijin gbogbo...*

Au bout d'un moment, il ouvrit les yeux et dit :

— Donnez-moi le coq, s'il vous plaît.

Decker se montra du doigt.

— Moi ?

— Oui, vous. C'est vous qui implorez le pardon de Chango.

Avec hésitation, Decker s'agenouilla et défit le loquet sur le couvercle du panier. Dès qu'il eut ouvert le panier, le coq fut saisi de fureur, agita ses ailes, poussa des cris rauques et lui donna des coups de bec. Il parvint à attraper l'une de ses pattes, même si le coq le griffait avec ses ergots. Jonah s'approcha et l'empoigna par les ailes, et il réussit finalement à saisir son autre patte. Il leva le coq en l'air, la tête en bas, tandis que celui-ci continuait de se débattre et de pousser des cris.

— Sûr que ce poulet n'est pas une poule mouillée ! fit Jonah.

— Tenez-le bien en l'air, dit Moses.

Decker fit ce qu'on lui demandait. Moses saisit la tête du volatile et lui tendit le cou.

— *Chango, kabio kabio sile*, entonna-t-il.

Le jeune coq frissonna violemment, puis il se tint étrangement immobile, comme s'il savait ce qui allait lui arriver et était prêt à l'accepter.

Moses lui trancha la gorge avec son couteau, et son sang foncé dégoutta rapidement dans le bol. Puis il prit les pattes du coq des mains de Decker et commença à le faire tournoyer en l'air.

— *Chango alamu oba layo ni na ile ogbomi*, dit-il dans un souffle. *Kabio kabio sile.*

Lorsque le bol fut presque rempli de sang, il posa le coq sur la table basse entre les bougies.

— Les mots « *kabio kabio sile* » signifient « sois le bienvenu dans ma maison », expliqua-t-il. J'ai invoqué Chango afin qu'il sache que vous implorez son pardon et que vous désirez être lavé de votre offense, quelle qu'elle soit.

Il parcourut lentement le séjour du regard.

— Est-ce que vous percevez quelque chose ? demanda-t-il.

— Comme quoi ?

— Comme la présence d'un grand pouvoir.

Decker regarda autour de lui, à son tour. Il n'aurait su dire si c'était simplement l'humidité et l'odeur étrange des plantes, mais il avait l'impression de détecter une *tension* dans l'air, comme si un orage couvait. Et Chango, après tout, était le dieu des orages.

— Chango m'a entendu, dit Moses. Chango parle dans mon oreille.

— Que dit-il ?

— Il dit qu'il a attendu pendant de nombreuses saisons.

— Il a attendu quoi ? De partir à ma recherche ?

— Vous n'êtes qu'un parmi beaucoup d'autres.

— Vous pouvez lui demander pourquoi il est tellement en colère après moi ?

— Chango ne répond pas aux questions. Il n'y a qu'une seule façon de savoir ce que sont ses désirs.

Il agita la sonnette à nouveau et Aluya revint.

— Aluya, apporte-moi les coquilles de noix de coco.

Tandis qu'ils l'attendaient, Moses se tint les yeux fermés et les mains jointes comme s'il priait. Jonah n'arrêtait pas de lancer des regards inquiets à la ronde comme s'il percevait, lui aussi, la présence de quelque chose de sombre et de puissant.

Aluya réapparut avec un foulard en soie rouge et vert. Elle attendit patiemment que Moses rouvre les yeux, puis elle lui tendit le foulard sans un mot. Il prit l'un des coins du foulard et l'agita en l'air. Quatre quartiers de coquille de noix de coco tombèrent du foulard et s'éparpillèrent sur le sol.

— C'est ce que je redoutais, dit Moses.

— Qu'y a-t-il ? demanda Decker. Qu'est-ce qui cloche ?

— Vous voyez la façon dont les quatre morceaux de noix de coco sont tombés, leur côté marron tourné vers le haut. C'est l'un des cinq motifs. Lorsque deux morceaux tombent avec le côté marron tourné vers le haut et les deux autres avec le côté blanc tourné vers le haut, c'est un bon signe, et cela signifie oui. Mais lorsque tous les morceaux tombent avec le côté marron tourné vers le haut, comme maintenant, cela signifie non et prédit la mort.

— Qu'est-ce que je peux faire, alors ?

— Vous pouvez seulement vous purifier, mon ami, et prier pour que Chango estime que vous regrettez vraiment ce que vous avez fait, quoi que ce soit. Revenez demain, et je vous donnerai le sang et l'*omiero*.

Sur ce, il prit un autre cookie et se mit à le mâcher d'un air pensif, tout en regardant Decker de ses yeux globuleux comme s'il considérait déjà celui-ci comme un homme mort.

22

Cet après-midi-là, Decker passa voir Maggie. Il se gara à un bloc de la maison de Cab, comme il le faisait toujours, et fit le reste du trajet à pied. Cab et Maggie habitaient une maison de plain-pied avec trois chambres à coucher, située sur la rive sud de la rivière, en face de Forest Hill Park. La maison avait un toit en tuiles orange et une porte jaune vif, et des rideaux de tulle méticuleusement disposés aux fenêtres. Le goût de Maggie pour la décoration d'intérieur rappelait toujours à Decker les premières émissions du *Cosby Show*.

La chaleur estivale était toujours étouffante et le ciel était tellement sombre que Decker ôta ses lunettes de soleil. Sa chemise était collée dans son dos et, s'il n'avait pas porté son étui d'épaule, il aurait retiré sa veste en toile noire.

Maggie l'attendait et ouvrit la porte tandis qu'il remontait l'allée. Ses cheveux étaient tressés et ornés de perles, et elle portait une robe flottante avec des rayures en diagonale violettes et roses.

Elle scruta la rue dans les deux sens, puis elle passa ses bras autour du cou de Decker et lui donna un baiser.

— Tu m'as manqué, mon chou.

— Ouais, moi aussi. Je peux avoir une bière ?

Elle referma la porte et l'emmena dans la cuisine.

— Cab a téléphoné. Il sera peut-être obligé de rester à Charlottesville jusqu'à demain… Alors, si tu es intéressé par une partie de jambes en l'air toute la nuit…

Il ôta sa veste et son étui d'épaule tandis qu'elle prenait

une canette de Heineken dans le réfrigérateur et faisait sauter l'opercule.

—Je ne sais pas. Nous sommes très occupés avec ces homicides. Je vais probablement être obligé de retourner au commissariat plus tard.

Elle vint vers lui et pressa la canette de bière froide sur sa joue.

—Tu as l'air fatigué. Tu devrais peut-être retirer ces vêtements et venir te coucher.

—Je suis vanné, en fait.

—Pas *trop* vanné, j'espère ?

—Ces meurtres, je crois qu'ils commencent à me gonfler. Chaque fois que je pense que nous tenons enfin une piste, en l'occurrence cette piste amène à quelque chose de si foutrement bizarre que je ne comprends même pas ce que nous sommes censés chercher, ou qui, ou pourquoi.

—Cab dit que Reine Aché a probablement quelque chose à voir avec ces meurtres. Voilà une méchante femme !

—Reine Aché était vraisemblablement impliquée dans le meurtre de Junior Abraham, mais pour les deux autres... Va savoir ! Nous n'avons pas de preuves permettant d'établir un lien entre eux, parce que nous n'avons *aucune* preuve.

Maggie l'embrassa.

—Tu devrais venir te coucher. Détendre ton esprit préoccupé. Donner un peu d'exercice à ton gourdin.

—Tu es toujours partante, hein ? Tu vas m'épuiser.

Elle saisit sa main et l'entraîna vers la chambre.

—Tu sais quelle est la carte du jour ? Le menu spécial, quatre plats, avec de la sauce en rab.

Elle déboutonna sa chemise et l'ôta, embrassant et titillant ses tétons avec ses dents. Puis elle déboucla sa ceinture et le poussa en arrière pour le faire s'asseoir au bord du lit.

—Retirons ces chaussures et ces chaussettes ! Il n'y a rien de plus ridicule qu'un homme à poil qui a gardé ses chaussures et ses chaussettes.

Decker but sa bière à grands traits. Une grande photographie encadrée de Cab, arborant un large sourire, était placée sur la coiffeuse en face de lui, et pour la première fois depuis que Maggie et lui avaient commencé à coucher ensemble, il se sentit coupable.

Il ne s'était pas senti coupable depuis longtemps, depuis que Cathy avait été tuée, et cela constituait une surprise amère, désagréable, comme le goût soudain de *cents* en cuivre dans sa bouche.

Maggie lui ôta ses chaussettes.

— Au moins, tes chaussettes ne sentent pas mauvais. Celles de Cab... Pouah !... On pourrait les utiliser pour exécuter un condamné à mort.

— Maggie...

— Détends-toi, mon chou. C'est mon tour de m'occuper de toi ! Hé... Qu'est-il arrivé à tes pieds ? Ils sont couverts d'égratignures.

— Oh, ce n'est rien. J'ai aidé un ami à enlever des ronces au fond de son jardin et, comme un imbécile, je n'avais pas mis de chaussures.

— Ils sont tout irrités ! dit-elle en couvrant ses pieds de baisers poisseux de rouge à lèvres.

— Je survivrai. Rappelle-moi de mettre des chaussures la prochaine fois.

Maggie abaissa la fermeture Éclair de sa braguette et dégagea son pantalon de ses jambes. Elle saisit son sexe à travers son caleçon à rayures bleues et blanches et le serra fortement.

— Et qu'est-ce que nous avons ici ? Ne me dis pas que nous avons du *boudin blanc* comme entrée ?

— Maggie..., dit-il.

Mais elle porta son index à ses lèvres.

— Tu te tais. C'est moi qui passe la commande aujourd'hui.

Elle lui retira la canette de bière de la main et la posa sur la table de nuit. Puis elle glissa son doigt dans l'élastique de son caleçon et le baissa sur le devant afin d'exposer son érection.

— Tu as besoin de te rafraîchir, mon vieux, tu en as vraiment besoin !

Elle versa de la bière froide sur la tête gonflée de son pénis, et la bière ruissela entre ses jambes.

— Merde, Maggie ! s'exclama-t-il en se redressant vivement.

Mais elle éclata de son fameux rire salace, se pencha vers lui, et suça son pénis. Froid une seconde plus tôt, chaud un instant plus tard.

Elle grimpa à côté de lui sur le lit, croisa les bras et fit passer sa robe par-dessus sa tête. Ses seins étaient énormes, et elle avait un ventre rond et des cuisses de lanceur de poids olympique. Et puis il y avait toutes les perles en or et en argent qu'elle avait attachées sur ses poils pubiens, de telle sorte qu'elle donnait l'impression de porter un string scintillant.

Elle se mit à califourchon sur lui et lui abaissa les épaules sur le lit. Elle fit osciller ses seins d'un côté et de l'autre, et ses mamelons couleur pruneau noir effleurèrent sa poitrine.

— Je vais te rendre tellement excité que tu oublieras quel jour de la semaine on est.

Il s'efforça de lui sourire, mais, d'une façon ou d'une autre, le cœur n'y était pas. Il pensait continuellement à Cathy recouverte de ce drap, et au soudain flot de sang. Il pensait continuellement à George Drewry, avec ses intestins entassés devant lui. Il pensait continuellement à Jerry Maitland, oscillant depuis la fenêtre de l'hôpital, telle une horrible parodie d'un adepte du saut à l'élastique.

— Tu dois te déconnecter, mon chou, lui dit Maggie. Tu dois penser uniquement à moi, et à ce lit, et à ce moment. Je sais que tu gamberges dans ta tête, mais je te veux ici et maintenant.

Sans un mot de plus, elle prit son pénis et le guida en elle. Elle était très humide, mais il sentit néanmoins que les muscles de son vagin l'agrippaient en rythme, aussi fermement que des doigts. Elle commença à se soulever et à s'abaisser lentement sur lui. Parfois, elle se soulevait si haut qu'il était sur le point de glisser hors d'elle, puis elle abaissait ses hanches à nouveau, et il avait l'impression de pénétrer son âme aussi bien que son corps.

Elle se mit à fredonner, comme elle le faisait souvent lorsqu'elle était excitée. C'était un fredonnement bas, hypnotique, comme un spiritual, et Decker constata qu'il se détendait peu à peu. Maggie souriait d'un air rêveur, ses seins dansaient leur propre mérengué, et il y avait ce *slurp*, *slurp*, *slurp* persistant et lascif tandis qu'elle se soulevait et s'abaissait sur lui.

— *Personne ne sait… les sensations que tu me donnes… Oh Seigneur personne ne sait… combien tu t'enfonces profondément en moi…*

Puis quelque chose traversa la chambre en scintillant, juste derrière elle. Ce fut si rapide que Decker ne vit pas ce que c'était. Cela ressembla à une ondulation dans l'air, qui déforma momentanément le motif sur le papier peint. Il empoigna les cuisses de Maggie pour la faire cesser de le chevaucher, et il redressa la tête.

— Qu'est-ce que tu as, mon chou ? Quelque chose ne va pas ?

— Il n'y a personne d'autre dans la maison, hein ?

— Pourquoi dis-tu cela ? Bien sûr que non. Il y a juste moi, toi, et ton braquemart.

— J'ai cru voir quelque chose, c'est tout.

— Oh, allons, tu es fatigué et tu es surmené. Tu as besoin d'une bonne cuisine familiale.

Sur ce, elle fit lentement pivoter ses hanches, à maintes reprises, et pressa ses seins dans ses mains comme si elle les soupesait et vérifiait qu'ils étaient mûrs.

Decker essaya de se remettre dans l'ambiance mais il commença à débander. Au bout de quelques minutes, Maggie fut obligée de descendre de lui. Elle saisit son pénis et l'agita d'un côté et de l'autre.

— C'est quoi, ça ? demanda-t-elle d'un ton espiègle, mais visiblement frustrée. Je n'ai pas commandé une *anguille* !

Decker ne répondit pas. Il s'extirpa du lit et alla, nu, dans la cuisine où il avait laissé son étui d'épaule suspendu au dossier d'une chaise. Il prit le colt et se dirigea vers la porte de derrière. Il secoua la poignée mais la porte était fermée à clé.

Maggie sortit de la chambre.

— Decker, mais qu'est-ce qui te prend, mon chou ? Il n'y a personne ici, à part nous en train de forniquer.

Il passa près d'elle et alla dans le séjour, avec son canapé en cuir blanc, sa table basse ornée de dorures et son immense lithographie représentant un coucher de soleil orange. Personne ici. Personne de visible, en tout cas.

— Allons, fit Maggie d'un ton cajoleur. Reviens te coucher et envoyons-nous en l'air !

Decker la suivit à contrecœur dans la chambre. La maison était silencieuse, mais il était certain d'entendre le plus léger des *picotements*, comme si quelqu'un ou quelque chose allait d'une pièce à l'autre et dérangeait les molécules dans l'air. Il ouvrit les portes de la deuxième et de la troisième chambre à coucher, ainsi que le débarras, mais il n'y avait personne, là non plus.

Personne de visible.

Ils grimpèrent de nouveau sur le lit aux draps froissés, et cette fois Maggie s'allongea sur le dos. Elle saisit le pénis de Decker, le glissa entre ses seins, et l'étira comme si c'était un berlingot à l'eau salée. Puis elle comprima ses seins l'un contre l'autre.

— Deuxième plat. Blancs de caille farcis.

Elle émit son rire rauque et salace.

Decker se mit à bouger sur elle en un lent mouvement de va-et-vient, et son sexe commença à durcir de nouveau. Maggie leva les yeux vers lui, avec ce sourire sexuellement lumineux sur son visage, et fit osciller ses seins dans le sens contraire avec ses mains de telle sorte qu'elle le massait avec sa chair chaude et couverte de sueur.

— Tu es le coup du siècle, Decker. Pas de problème. Tu me fais jouir, c'est pas croyable !

Decker commença à sentir le ressort d'horloge se tendre entre ses jambes. Maggie redressa la tête et, à chaque fois que son pénis apparaissait entre ses seins, elle dardait sa longue langue rouge et le léchait. Decker bougeait de plus en plus vite et les muscles de ses cuisses frissonnaient par suite de l'effort. Maggie poussait des petits cris et des exclamations, mais Decker pouvait seulement haleter. Finalement, il sentit son orgasme venir et, avec un bruit qui était à mi-chemin entre un reniflement et une toux, il éjacula sur la clavicule de Maggie, la décorant d'un collier luisant de perles blanches.

— *Ohhh*, Decker, comme tu es *méchant*...

Mais à ce moment-là, Decker ouvrit les yeux et, dans le miroir de la coiffeuse, il entrevit une forme triangulaire gris foncé, qui disparut immédiatement. Cela ressemblait à une partie d'un manteau, ou d'une pèlerine, mais cela disparut si vite qu'il n'aurait su dire ce que c'était au juste. Il s'extirpa du lit, récupéra son pistolet, et se précipita dans le séjour.

À nouveau, il n'y avait personne. Qui plus est, toutes les portes étaient verrouillées de l'intérieur et toutes les fenêtres étaient fermées. Maggie le rejoignit et l'observa tandis qu'il se baissait pour regarder sous le canapé, puis sous les lits dans les deux autres chambres.

— *Tu n'as pas à t'inquiéter, Decker*, dit-elle comme il ouvrait la penderie dans la seconde chambre.

Quelque chose dans sa voix le fit se retourner et la regarder en fronçant les sourcils. Cela ne ressemblait pas du tout à la voix de Maggie. Elle ne présentait pas ce ton guttural. Cet accent de badinage grivois.

Il referma les portes de la penderie.

— Je n'ai pas à m'inquiéter de *quoi* ?

— Je te protégerai, c'est promis. Je ne laisserai pas sainte Barbara te faire du mal.

Il s'approcha d'elle.

— Que sais-tu sur sainte Barbara ?

— Je sais que sainte Barbara veut assouvir sa vengeance.

— Tu ne veux pas plutôt dire Chango ?

Elle eut un petit sourire évasif.

— Tu peux donner à un dieu le nom que tu veux. Il reste néanmoins un dieu.

Il la considéra attentivement. Il réalisa brusquement que ses iris étaient jaunes, et non marron... Jaunes comme ceux d'un reptile. Ou peut-être dorés. Un jour, sa mère lui avait dit que tous les anges avaient des yeux dorés.

— Cathy ? dit-il.

— Tu dois trouver sainte Barbara, Decker, avant que sainte Barbara te trouve. Il sait qui tu es maintenant. Il sait où tu habites. C'est une simple question de temps.

— Était-ce Chango qui a tué les Maitland ? Était-ce Chango qui a tué George Drewry ?

— Trouve sainte Barbara avant que sainte Barbara te trouve.

Decker saisit son bras.

— Cathy, s'il y a un moyen qui te permet...

Brusquement, la moitié de la tête de Maggie explosa, la laissant avec seulement un œil et seulement la moitié d'un visage, et éclaboussant Decker de sang et de cervelle.

— *Non !* cria-t-il.

Mais sa tête explosa de nouveau, et elle pivota sur elle-même et s'affaissa sur la moquette. Decker se retrouva avec de la chair et des mucosités sur tout le visage, et des fragments d'os collés sur ses lèvres.

— Espèce de salaud ! hurla-t-il en se précipitant dans le séjour. Montre-toi, fils de pute, où es-tu ?

Il alla dans la cuisine et dans la chambre principale, mais il n'y avait toujours personne.

— Je te trouverai ! hurla-t-il. Je te trouverai et tu le paieras ! J'aurai ta peau !

À ce moment-là, il se vit dans le miroir, nu, son arme à la main, mais il n'était pas du tout couvert de sang. Il se regarda un moment, et il s'apprêtait à retourner dans la deuxième chambre lorsque Maggie réapparut, intacte, indemne, et portant toujours son collier qui séchait rapidement.

— Decker, dit-elle.

Elle vint vers lui, passa ses bras autour de sa taille, et le serra contre elle.

— Je ne sais pas ce qui cloche chez toi, Decker, mais je pense que tu as besoin qu'on t'aide.

— Je vais bien, je vais très bien. Je suis surmené, c'est tout.

Elle le fit taire en embrassant le bout de ses doigts et en effleurant ses lèvres.

— Ce n'est pas le bon moment pour nous, mon chou. Peut-être que ça n'a jamais été le bon moment. Le moment est venu de dire qu'on s'est bien amusés tant que ça a duré.

Il la regarda dans les yeux et ils étaient d'un marron très foncé.

— Oui, admit-il. Tu as peut-être raison. On s'est bien amusés tant que ça a duré.

Elle s'assit et l'observa tandis qu'il s'habillait, puis déchargeait son pistolet et embrassait chacune des balles.

— Il y a une sorte de feu qui brûle en toi, Decker McKenna, dit-elle. J'espère que tu trouveras un moyen de l'éteindre.

23

L'orage éclata juste après onze heures du soir. Des éclairs zébraient le ciel et s'approchaient de la James River, semblables aux tripodes martiens dans *La Guerre des mondes*. Le tonnerre grondait à travers la ville depuis Mechanicsville jusqu'à Bon Air, et la pluie s'abattait en de tels torrents que les égouts pluviaux tout le long de Canal Street et de Dock Street débordaient d'eau et que les sapeurs-pompiers de Richmond étaient appelés pour des sous-sols et des caves inondés tout le long des quais.

John Mason sortit du restaurant *Appleby* sur Main Street Est juste deux minutes avant minuit, et il pleuvait encore à verse. Il n'avait pas emporté de parapluie à son travail cet après-midi, mais il avait regardé dans le placard des objets trouvés et avait emprunté un parapluie de dame avec des coquelicots d'un rouge criard et trois baleines cassées. Le parapluie ne faisait pas grand-chose pour le garder au sec. La pluie tombait si violemment qu'elle rebondissait sur le trottoir et trempait le bas de son pantalon.

John avait fêté son trentième anniversaire la semaine précédente et le reste du personnel d'*Appleby* avait organisé un strip-poker à son intention. Sur les photographies, avec une rouquine à moitié nue perchée sur ses genoux, John donnait l'impression d'avoir été électrocuté, ses cheveux filasse dressés sur son crâne et ses dents serrées. Et les yeux rouges n'arrangeaient rien.

John aimait les filles, mais il éprouvait toujours des difficultés à leur parler. Edmundo, qui travaillait aux cuisines avec lui, avait une petite amie, Rita, une brune superbe, et la façon dont Edmundo parlait à Rita le surprenait toujours. Fais ceci, Rita, fais cela, Rita, apporte-moi ceci, apporte-moi cela, ferme-la, connasse. Et pourtant Rita adorait Edmundo et elle n'arrêtait pas de se blottir contre lui et de l'embrasser. John était sûr que, s'il parlait à une fille de cette façon, il recevrait une gifle, deux fois, une sur chaque joue.

Néanmoins, il devait sortir demain avec une fille appelée Stephanie, et l'emmener au théâtre Virginia sur Grove Avenue pour voir *Je t'aime, tu es parfaite, maintenant change.* À dire vrai, Stephanie était une amie de sa sœur Paula, et il avait été invité uniquement pour faire un groupe de quatre personnes avec Carl, le petit ami de Paula. John détestait Carl. C'était une grande gueule d'un mètre quatre-vingt-dix qui vendait des lambris de chêne et donnait à John de grandes tapes dans le dos en l'appelant « chef ». Mais il aimait bien Stephanie. Elle était réservée, portait de grosses lunettes, avait des cheveux bruns plats, et elle aimait la marche, la lecture et les mêmes activités solitaires que John pratiquait.

Il héla un taxi, lequel se rangea contre le trottoir et le trempa d'une eau de pluie sale jusqu'aux genoux. Le chauffeur ressemblait à Scatman Crothers.

— Putain de nuit ! fit-il, comme John s'installait sur la banquette arrière et se démenait pour replier son parapluie cassé.

— Ouais. May Street, s'il vous plaît. Au coin de Grove.

Comme le taxi démarrait, John renifla et se rendit compte qu'il y avait une forte odeur acide à l'arrière du taxi. Qui plus est, le fond de son pantalon était trempé. Il passa sa main sur la banquette en vinyle, puis il sentit ses doigts. Quelqu'un avait vomi dans le taxi et il s'était assis sur la flaque de vomi.

— Arrêtez-vous ! cria-t-il en donnant de petits coups sur la vitre de séparation.

— Quoi ? fit le chauffeur.

— J'ai dit, arrêtez-vous ! Quelqu'un a gerbé sur la banquette !

— Quelqu'un a fait quoi ?

Finalement, le chauffeur se rangea contre le trottoir à nouveau. John descendit et dit :

— Quelqu'un a gerbé sur la banquette. Bon sang, regardez mon pantalon !

— Merde, fit le chauffeur. Et dire que je viens juste de commencer ma nuit ! Pourquoi les gens ne gardent-ils pas pour eux leur bouffe qu'ils ont tellement appréciée ?

John fut obligé de faire à pied le reste du trajet jusque chez lui. Le parapluie refusa de s'ouvrir, mais peu lui importait s'il était encore plus mouillé qu'il ne l'était déjà. Chaque fois qu'il respirait, il sentait l'odeur âcre du vomi – alcool, fruits de mer et tomates.

« Chez lui » était un appartement situé au premier étage, qu'il partageait avec sa mère, veuve, dans un immeuble de briques marron horrible et trapu qui avait été construit sur May Street dans les années 1900 pour servir de foyer pour enfants attardés. John pénétra dans le vestibule et gravit lentement l'escalier raide et sombre. Il était obligé de chercher son chemin à tâtons parce que l'ampoule électrique sur le palier avait à nouveau sauté. Le concierge de l'immeuble était un homme tout ratatiné qui ressemblait à un singe, et probablement la personne la plus chamailleuse que John ait jamais connue. Il avait sans doute refusé de changer l'ampoule parce que le soleil allait se lever dans quelques heures seulement, et qu'ils n'auraient plus besoin de lumière.

John ouvrit la porte de l'appartement de sa mère. Le séjour était sombre et sentait l'eau croupie de fleurs fanées. La porte de la cuisine était légèrement entrouverte et, comme d'habitude, la mère de John avait laissé le téléviseur portatif allumé, le son coupé. Il ôta ses chaussures trempées et les laissa sur le paillasson près de la porte d'entrée. Puis il s'avança sur la pointe des pieds sur la moquette et alla dans la cuisine. Sa mère avait laissé sur la table une assiette de cookies avec des pépites de chocolat et un petit mot : « S'il te plaît, porte ma robe jaune chez le teinturier demain. »

Sur l'écran du téléviseur, Vincent Price essayait désespérément d'échapper à l'incendie dans *L'Homme au masque de cire*. John éteignit le téléviseur et remonta le couloir vers la salle de bains.

— Johnny ? appela sa mère. Tu rentres tard.

— Je n'ai pas trouvé de taxi.

— Tu n'es pas mouillé, dis-moi ?

Il ouvrit la porte de la chambre de sa mère. Elle était assise dans son lit et un foulard blanc était noué autour de sa tête, comme si elle avait suivi une chimiothérapie. C'était une femme très maigre, avec un visage très pâle, et des cernes de chagrin sous les yeux. Elle donnait toujours l'impression que, si on la touchait, cela lui causerait une douleur physique.

— Tu es trempé ! s'exclama-t-elle. Retire ces vêtements et fais-toi couler un bon bain chaud.

Un éclair brilla derrière les rideaux marron à motifs floraux, puis, presque immédiatement, la maison fut ébranlée par un coup de tonnerre assourdissant, comme si quelqu'un avait fait tomber une énorme armoire en acajou au bas de l'escalier.

— Un sacré orage, hein ? dit John. Dock Street était complètement inondée.

— Qu'est-ce que tu as mangé ce soir ? J'espère que tu as mangé ?

— Bien sûr. Du poulet frit.

— Toi et ton poulet frit ! Ton père adorait le poulet frit, lui aussi.

— Bon... Je ferais mieux de prendre un bain.

Son pantalon était collé à ses jambes et il n'avait pas envie d'écouter l'une de ces longues réminiscences à propos de son père. Il avait seulement sept ans lorsque son père avait été tué et il se souvenait à peine de lui. Il savait à quoi il *ressemblait*, bien sûr : il y avait des photographies partout. Mais quelle *impression* il avait donnée, quelle avait été son *odeur*, et quelle avait été sa *voix* exactement, il était incapable de s'en souvenir. Son père ne venait même pas le voir dans ses rêves.

Il portait toujours la bague des Marines de son père, mais elle ne lui avait jamais communiqué le moindre sentiment du genre d'homme que son père avait été.

— Je peux t'apporter quelque chose ? demanda-t-il à sa mère.

Elle sourit et secoua la tête.

— J'ai déjà pris mes comprimés. Va donc te coucher.

John alla dans la salle de bains et ôta son pantalon avec dégoût. La pluie avait emporté la plupart de la nourriture à moitié digérée mais il y avait toujours des petits morceaux de crabe et de tomates dessus. Il mit le pantalon dans la cuvette du lavabo et le trempa dans de l'eau tiède. En même temps, il ouvrit le vieux robinet en cuivre pour se faire couler un bain. Il aurait préféré prendre une douche mais la pomme de la douche était usée et le concierge ne trouvait jamais le temps de venir la changer. *« Vous croyez peut-être que les pommes de douche poussent sur les arbres ? »*

Tandis que l'eau du bain coulait, il alla dans sa chambre. C'était une pièce étroite, en longueur, avec un lit en chêne pour une personne, habillé d'un couvre-lit en chenille de coton marron foncé. Son pyjama était soigneusement plié sur l'oreiller. Tout le long du mur, à côté du lit, il y avait des photographies d'automobiles anciennes – Hudson Hornet, Chevrolet Bel Air, Packard Hawk – ainsi que des fanions de l'équipe de football de Richmond, les Kickers. Un jour, John avait punaisé un poster de Pamela Anderson portant un tee-shirt mouillé, mais sa mère avait regardé le poster avec une telle expression de désapprobation qu'il l'avait retiré.

Il regarda par la fenêtre. De l'eau de pluie giclait d'une gouttière cassée et tombait dans la cour sombre en contrebas. Il y eut un éclair aveuglant et un autre coup de tonnerre assourdissant. Il eut l'impression que l'orage était juste au-dessus de sa tête.

Il retourna dans la salle de bains et grimpa précautionneusement dans la baignoire. Indépendamment du fait qu'il avait fait à pied la plus grande partie du trajet jusqu'à la maison, il avait travaillé seize heures aujourd'hui et il était exténué. Il s'allongea sur le dos dans la baignoire et contempla le plafond. Qu'est-ce que son père aurait pensé de lui s'il avait pu le voir maintenant ? Un chef de cuisine dans un restaurant familial, et non un capitaine dans les Marines. Un gâteau à la noix de pécan au lieu de *Semper Fi*, la devise des Marines. « Toujours prêt. »

Il se savonna les cheveux et plongea sa tête sous l'eau pour les rincer, les yeux fermés et les doigts dans les oreilles. Lorsqu'il ressortit la tête pour respirer, il vit que la porte de la salle de bains était grande ouverte.

Bizarre, pensa-t-il. Il ne laissait jamais la porte de la salle de bains ouverte. Sa mère n'était pas le genre de femme à s'asseoir sur le siège des W.-C. et à lui parler pendant qu'il prenait un bain. En fait, elle semblait considérer que le sexe et la nudité n'étaient pas simplement embarrassants mais aussi tout à fait répugnants. Elle disait « ces choses-là » lorsqu'elle en parlait. John se demandait parfois comment il avait réussi à être conçu.

— Maman ? appela-t-il.

Mais il n'y eut pas de réponse. Elle prenait toujours deux seconal lorsqu'elle se couchait, et elle était sans doute profondément endormie à présent.

Il se mit debout dans la baignoire et tendit la main vers la porte pour la fermer. À ce moment-là, il eut brusquement le sentiment que quelqu'un se tenait dans l'embrasure de la porte. Il ne voyait personne, mais il lui semblait entendre une respiration régulière, légèrement rauque. C'était difficile d'en être certain parce que l'eau du bain continuait de clapoter d'un côté et de l'autre, et que le tonnerre continuait de gronder au-dessus du toit de l'immeuble, mais il percevait une tension dans l'air, une *proximité*.

Il abaissa sa main gauche pour couvrir son sexe.

— Qui est là ? dit-il, s'attendant presque à ce que sa mère apparaisse.

Pas de réponse. Mais le sentiment que quelqu'un se tenait près de lui était encore plus fort maintenant. Il tendit sa main vers la porte en la déplaçant d'un côté et de l'autre, comme s'il cherchait à tâtons dans le noir.

Il y eut un énorme coup de tonnerre. Au même moment, quelque chose d'effilé et de pointu lui transperça l'œil droit et creva le globe oculaire. Il poussa un cri strident et tomba à la renverse dans la baignoire, provoquant un fort claquement d'eau et se cognant la tête sur les carreaux. Il saisit la poignée et essaya de se redresser, son autre main plaquée sur son œil. Il sentit une grosse masse d'humeur aqueuse glisser entre ses doigts et couler sur sa joue. La douleur était insoutenable – comme si on avait enfoncé dans son orbite un tisonnier porté au rouge.

— *Dieu-oh-Dieu-oh-Dieu-oh-Dieu*, couina-t-il en essayant de sortir de la baignoire. *Maman ! Au secours ! Mon œil !*

Il parvint à se tourner sur lui-même et à se redresser sur un genou, mais il fut brutalement repoussé en arrière. Il sentit des mains le saisir, des mains dans des gants en cuir rugueux.

— *Lâchez-moi !* cria-t-il. *Merde, lâchez-moi !*

Mais l'une des mains l'empoigna par les cheveux et sa tête fut enfoncée sous l'eau. Il entendit les coups sourds de ses genoux contre le flanc de la baignoire tandis qu'il se débattait pour se dégager, mais la main ne le lâcha pas. Il avait l'impression que sa tête s'affaissait en dedans.

Juste au moment où il pensait qu'il ne pourrait pas retenir sa respiration plus longtemps, la main le tira vers le haut. Il suffoqua, cracha de l'eau, et ouvrit son œil vide, s'attendant à voir qui essayait de le noyer, mais il n'y avait toujours personne dans la salle de bains.

— *Lâchez-moi, lâchez-moi, lâchez-moi !* supplia-t-il.

Il ne se passa rien durant un moment. Il tenta de se redresser à nouveau, puis quelque chose d'acéré s'enfonça dans son œil gauche, et tout devint noir.

— *Je suis aveugle !* cria-t-il. *Vous m'avez crevé les yeux !*

Il se contorsionna dans l'eau, lança des ruades, gémit, poussa de petits cris de douleur. Il frappa l'air de ses mains, essayant de trouver son agresseur, essayant de sortir de la baignoire, mais, chaque fois qu'il saisissait la poignée, ses doigts étaient détachés brutalement de celle-ci et il était repoussé dans l'eau.

— Que voulez-vous ? balbutia-t-il.

Puis il laissa à nouveau échapper une plainte parce que ses yeux lui procuraient une douleur trop atroce.

Il n'y eut pas de réponse. Il tenta une fois encore de sortir de la baignoire, mais, lorsqu'il fut repoussé en arrière, il se recroquevilla dans la baignoire, les mains plaquées sur son visage, et pria pour que tout cela soit un cauchemar et qu'il n'ait pas été aveuglé. Bientôt il allait se réveiller et ce serait le matin.

Il eut l'impression que l'eau était plus chaude qu'auparavant, mais c'était probablement parce que ses blessures le rendaient plus sensible. Peu après, cependant, il se rendit compte qu'elle *était* plus chaude. Qui plus est, elle devenait de plus en plus chaude, comme l'eau dans une bouilloire. Il se redressa et chercha les robinets à tâtons, mais lorsqu'il les trouva, tous deux étaient fermés. L'eau chauffait toute seule, et elle lui ébouillantait déjà les fesses et les jambes.

— *Qu'est-ce que vous me faites?* glapit-il. *Laissez-moi sortir, laissez-moi sortir!*

À nouveau il se débattit et lança des ruades, mais à nouveau il fut repoussé dans l'eau. Elle était si chaude à présent qu'il avait l'impression que tout son corps brûlait, et il entendait un bouillonnement grave et épais tandis qu'elle montait rapidement vers le point d'ébullition.

Son agonie dura moins d'une minute, mais, au cours de cette minute, il connut l'enfer. Il tomba dans un état de choc total, ses jambes et ses bras frissonnaient violemment, ses poings étaient serrés avec force. Il n'avait jamais pensé qu'une souffrance comme celle-là fût possible.

L'eau du bain entra en ébullition et, durant les toutes dernières secondes de sa vie, il fut cuit vivant.

24

Lorsque Decker arriva à son bureau, le matin suivant, un sandwich de quinze rondelles de pastrami serré entre les dents, un gobelet de café express dans une main et trois épais dossiers sous le bras, Sandra et Eunice Plummer l'attendaient déjà. Sandra portait une robe verte à fleurs et un cardigan rose bonbon. Assise dans le coin, dans un triangle de vive lumière du soleil, elle semblait candide mais avait l'air d'une sainte. Eunice portait un tailleur beige et affichait une expression irritée.

Decker émit un « mmm, mmmh » et agita la tête pour indiquer qu'elles devaient le suivre jusqu'à sa table de travail. Il ôta le sandwich de sa bouche et le posa sur le rapport d'autopsie de George Drewry établi par Erin Malkman.

— C'est agréable de te revoir, Sandra. Que puis-je faire pour toi ?

— Je lui ai demandé de ne pas venir, déclara Eunice, son sac à main en vinyle marron serré contre elle. Mais elle a trépigné et a dit qu'elle viendrait vous voir, que cela me plaise ou non.

— Je l'ai vu à nouveau, annonça Sandra. L'Homme Très Effrayant.

— Vraiment ? Où ça ?

— Je l'ai vu à la gare. Il franchissait la porte.

— Tu veux dire, la gare de Main Street ?

— C'est exact, fit Eunice. Elle dit qu'il a traversé Main Street Est, franchi le trottoir, et qu'il s'est dirigé vers l'entrée.

— Tu penses qu'il t'a *vue* ?

Sandra secoua la tête.

—Je ne le pense pas. Il semblait rudement pressé.

—Quelle heure était-il ?

—Environ cinq heures moins le quart, hier après-midi, répondit Eunice. Sandra voulait vous appeler tout de suite, mais j'ai essayé de l'en dissuader. Je suis désolée, j'ai peut-être tort, mais je ne tiens pas à ce qu'elle soit mêlée à cette affaire.

Decker s'assit et ôta le couvercle de son café.

—Je ne vous blâme pas, Mlle Plummer. Mais ce genre d'information pourrait être très utile. Cela signifie que, quoi qu'il soit – ou quoi que *ce* soit –, il est toujours dans le centre-ville. Si nous parvenons à découvrir quelles sont ses allées et venues... Eh bien, nous pourrons peut-être le trouver et apprendre comment il s'y prend pour passer inaperçu.

—Nous devons partir à sa recherche ! dit Sandra en hochant la tête avec enthousiasme.

—Certainement pas, fit Eunice. Tu vas rentrer à la maison et terminer tes devoirs. Tu as dit au lieutenant ce que tu voulais lui dire, et nous allons le laisser tranquille maintenant.

—Je crois que ta maman a raison, lui dit Decker. Cette ville compte à peu près deux cent cinquante mille habitants. Où commencer à chercher ?

—À la *gare*, insista Sandra.

—Ce n'est pas parce que tu l'as vu à la gare hier que cela signifie qu'il y est en ce moment. Et que ferait-il là-bas ? C'est un vaste chantier, tout est en travaux. Il n'y a aucun endroit où il pourrait rester.

—C'est de là qu'il vient, s'obstina Sandra. Je le *sais*.

Decker se souvint brusquement du dessin de la gare de Main Street, accroché au mur près de la cheminée, dans l'appartement d'Eunice Plummer. Le nuage sombre stagnant au-dessus de la gare, qui ressemblait plus à des serpents noirs enchevêtrés. Et qu'est-ce que Eunice lui avait dit ? *« Elle l'appelle la Maison du Fou. »*

—*Comment* le sais-tu ? lui demanda-t-il.

Sandra toucha son front du bout de ses doigts.

—Je le vois. Jc le vois monter l'escalier.

—Tu as fait un dessin de la gare, n'est-ce pas ? Un très joli dessin. Mais il y avait une sorte de nuage qui stagnait au-dessus.

—Je l'ai vu. Mais ce n'était pas un nuage. C'était une chose mauvaise.

— Une chose mauvaise. Que veux-tu dire par là ?

— Lorsque des gens agissent mal. Lorsque des personnes haïssent d'autres personnes. Cela ressemblait à ça.

— Excusez-moi, lieutenant, intervint Eunice. Je pense vraiment que ça suffit.

— Accepteriez-vous de me laisser emmener Sandra à la gare pour jeter un coup d'œil ?

— Vous avez dit vous-même que cet homme pourrait être vindicatif, particulièrement s'il sait que Sandra peut le voir et l'identifier.

— Vous avez raison, bien sûr. Et je ne voudrais surtout pas exposer Sandra à un quelconque danger.

— Je *veux* aller le chercher, dit Sandra en martelant le sol avec les talons de ses chaussures. Ce sera comme si l'on jouait à cache-cache.

Decker secoua la tête.

— Je regrette, Sandra. Si ta maman dit non, alors c'est non. Mais j'irai examiner la gare moi-même et, si je trouve quelque chose, je te préviendrai.

Decker et Hicks gravirent l'escalier en pierre sombre depuis Main Street Est jusqu'au hall du premier étage de la gare de Main Street, assourdis à chaque pas par le vacarme et les coups de marteau étrangement déformés.

Ils arrivèrent dans le hall lui-même, où des ouvriers coiffés de casques de protection défonçaient le sol au marteau-piqueur et décapaient les murs jusqu'à la brique nue. Malgré le boucan, la poussière et l'enchevêtrement des tuyaux hydrauliques, le hall était toujours aussi majestueux, avec ses grandes colonnes, ses hautes fenêtres cintrées et son plafond à caissons. Des soldats de Virginie étaient partis d'ici pour les deux guerres mondiales et le Viêt-nam, et des estivants avaient pris le train pour Buckroe Beach, ainsi que des étudiants en partance pour des universités dans le nord et des représentants de commerce en route vers de nouveaux territoires à l'ouest.

Un homme courtaud aux cheveux blond-roux, en bleu de travail, vint à leur rencontre. Il tenait à la main deux casques de protection rouges.

— Lieutenant McKenna ? Enchanté. Mike Verdant, je suis

l'ingénieur projecteur. Je suis obligé de vous demander de mettre ces casques, désolé.

— Merci, dit Decker. Vous avez entrepris des travaux gigantesques.

— Tout se passe plutôt bien. Nous devrions avoir des trains qui roulent d'ici décembre sur le côté est, sur l'ancienne voie ferrée Chesapeake & Ohio. Ensuite nous pourrons rouvrir la ligne pour le bord de mer.

— Tout un passé, hein ?

— Oh, bien sûr. Amtrak a fermé cette gare en 1975 et a déplacé tout son réseau d'exploitation vers la banlieue, parce qu'ils pensaient que la route inter-États allait tuer le transport ferroviaire. Mais… C'est reparti pour un tour ! On remet tout à neuf. Venez, je vais vous montrer quelque chose.

Il les emmena à travers le hall sonore jusqu'au côté est de la gare, où des ouvriers en combinaison blanche perforaient le sol avec des marteaux-piqueurs. Il ramassa un morceau de dallage et l'émietta entre son pouce et son index.

— Vous voyez ce dallage ? Des cendres noires, provenant des vieilles locomotives marchant au charbon. Vous ajoutez de l'eau et ça tient très bien.

Decker renifla et jeta un regard à la ronde.

— Est-ce qu'il y a un endroit ici où quelqu'un pourrait se cacher ?

Michael Verdant se redressa en s'essuyant les mains.

— Je ne suis pas sûr de ce que vous voulez dire. Dernièrement, nous avons eu deux ou trois clodos ici.

— Non, je voulais parler d'un endroit où quelqu'un pourrait vraiment *habiter*.

— Je ne vois pas comment. Il y a trop de travaux en cours. Durant la journée, nous restaurons les murs et le sol. Là-bas – vous voyez là-bas ? – nous avons retiré toutes les sculptures en terre cuite pour en faire un moulage et les couler à nouveau. Ensuite, il y a les travaux de désamiantage, que nous devons faire la nuit, à cause des règlements sanitaires. Personne ne pourrait camper ici, c'est parfaitement impossible.

Decker respira l'odeur du vieux plâtre et de la brique pulvérisée. Le hall retentissait du vacarme des marteaux-piqueurs et des pioches, mais il était certain de percevoir autre chose ici, également. Le Sud de jadis, qui avait été tributaire du tabac, du coton, de l'esclavage et de la liberté d'expression, qui exhalait son ultime défi.

Richmond avait été la capitale des États sécessionnistes. À présent, elle était une attraction pour touristes, avec des magasins d'antiquités, des boutiques de souvenirs et des visites de plantations à bord de bateaux à aubes, déjeuner et dîner compris, et les seuls hommes en gris étaient les guides du National Battlefield Park.

— Venez, suivez-moi, dit Michael Verdant.

Il les précéda dans l'escalier, et ils montèrent jusqu'aux troisième et quatrième étages, franchirent des bâches en plastique poussiéreuses et des portes poncées, pour arriver finalement devant une échelle métallique dans un coin. Michael Verdant la gravit aussi agilement qu'un grand singe roux pâle, et Decker et Hicks le suivirent. Ils se retrouvèrent sur le balcon de la tour de l'horloge, leurs cheveux ébouriffés par le vent de la mi-journée. En contrebas, la circulation s'écoulait le long de la route inter-États qui décrivait une courbe autour de la gare à seulement huit mètres de distance. Mais sur leur droite, ils voyaient jusqu'à Shockoe Valley, où la James River scintillait et où des bateaux étaient amarrés, et où les collines boisées étaient voilées par le bleu de l'été.

— On a la plus belle vue de la ville, d'ici.

Decker se retourna. Au-dessus de lui, les aiguilles des quatre cadrans de l'horloge se déplaçaient lentement vers midi, et il entendait le ronronnement régulier de leur mouvement automatisé.

— Et les niveaux inférieurs ? demanda-t-il. Est-ce que quelqu'un ne pourrait pas se cacher là-bas ?

Ils redescendirent et Michael Verdant les conduisit dans la remise des locomotives, sombre et sonore, longue de plus de 1500 mètres – de la dimension d'un hangar pour Zeppelins – avec un toit sur pignons.

— C'est ici que les cars Greyhound vont venir. Mais je ne sais pas pour le deuxième niveau. On dirait trois terrains de football mis bout à bout.

Ils redescendirent l'escalier jusqu'à l'entrée de Main Street Est. Michael Verdant décrocha une torche électrique de sa ceinture et leur montra une profonde excavation de gravats et de maçonnerie de brique.

— Nous allons installer une rampe ici, pour les handicapés en fauteuil roulant, et les voyageurs qui ont des valises sur roulettes. Nous avons trouvé cette vieille fondation en briques lorsque nous avons commencé à creuser, et nous avons pensé qu'il s'agissait peut-être d'un appontement, parce que Shockoe Creek venait jusqu'ici autrefois.

— Vous me faites marcher.

— Pas du tout ! Le cours d'eau est assez profond pour des bateaux de pêche. Mais ce mur est probablement plus récent, des années vingt, quelque chose comme ça. Au fil des années, une foultitude de travaux d'aménagement ont été effectués ici, des niveaux construits sur d'autres niveaux. Cela revient à ouvrir la tombe de Toutankhamon.

Decker chercha à percer l'obscurité.

— C'est un sous-sol ?

— Non, il n'y a pas de sous-sol. Je suppose que les premiers architectes redoutaient trop les inondations, du fait de la proximité de la rivière. Il y a une galerie de service, mais c'est tout.

— Vous pensez que quelqu'un pourrait s'y cacher ?

— C'est fort improbable. L'endroit est humide, très sombre, et l'air est étouffant. Et on ne sait jamais quand la marée va arriver jusqu'ici.

— Compris, dit Decker. Merci pour la visite guidée.

Michael Verdant leur donna une poignée de main sèche et vigoureuse.

— Tout le plaisir a été pour moi. Mais revenez lorsque les travaux seront terminés. Vous ne reconnaîtrez pas la gare, je vous le promets !

Tandis qu'ils s'en retournaient vers la voiture de Decker, Hicks demanda :

— Vous voulez bien me dire pourquoi nous sommes venus ici ?

— Je ne sais pas. Quelqu'un m'avait donné un tuyau, c'est tout. Je voulais vérifier.

— Quel tuyau ?

Decker se retourna et leva les yeux vers la tour de l'horloge et les lucarnes avec leurs tuiles en terre cuite rouge. La gare ressemblait plus à un palais sorti tout droit des contes des frères Grimm qu'à un terminus du vingtième siècle.

— Vous avez senti des vibrations à l'intérieur ? demanda-t-il.

— Des *vibrations* ? Vous voulez dire, à part les marteaux-piqueurs ? Comme quoi, par exemple ?

— Comme… Je ne sais pas. Comme si quelque chose de très maléfique se cachait ici.

Hicks secoua la tête.

— Vous devriez interroger Rhoda. C'est elle qui donne dans les vibrations. Moi… Eh bien, vous me connaissez, lieutenant. Je préfère la procédure classique à la sorcellerie, et comment !

— Dans ce cas, vous n'allez pas du tout apprécier l'endroit où nous nous rendons maintenant.

25

Il se gara devant l'immeuble de Moses Adebolu et cria :

— Venez, Hicks ! Ce sera très instructif, croyez-moi. Vous allez retrouver vos racines.

— Quelles racines ? Je suis né à Fairview Beach.

Les mêmes gosses jouaient avec des os de rat sur les marches du perron. Decker sortit un paquet de chewing-gum à la menthe et leur donna une barre à chacun.

— Vous veillez sur ma voiture, d'accord ?

— Alors, qui venons-nous voir ? demanda Hicks d'un air soupçonneux.

Ils entrèrent et gravirent l'escalier aux marches qui craquaient. Quelqu'un à l'étage du dessus criait, et il y eut un fracas, comme si on jetait des casseroles par terre.

— Vous allez faire la connaissance de Moses, répondit Decker. C'est un santero. L'un des meilleurs, d'après Jonah. Hier, nous avons sacrifié un coq et aujourd'hui, il va me donner mon *omiero*.

— Un *omiero* ? Qu'est-ce que c'est ?

— C'est ma potion magique anti-démon. Du sang de coq et des plantes. Je dois me baigner dedans et ensuite le grand dieu Chango me pardonnera peut-être ce que j'ai fait, quoi que ce soit, et qui l'a mis en boule.

Ils étaient arrivés sur le palier du premier étage, sous l'image sans tête de saint Jean-Baptiste. Hicks s'arrêta et dit :

— Attendez un instant, lieutenant. Vous êtes *sérieux*, là ?

— Je n'ai jamais été aussi sérieux. Vous avez vu cette image de

Cathy que Rhoda a fait apparaître. Quoi qu'il se passe en ce moment, c'est surnaturel, que cela nous plaise ou non. Ou cela comporte des influences foutrement étranges, à tout le moins. Alors cela ne sert à rien d'essayer de traquer ce type avec la procédure classique. Il s'agit de la magie santeria, et cela signifie que nous devons utiliser la magie santeria pour le trouver.

— Vous en avez parlé au capitaine ?

— Cab ? Hon-hon. Ça le ferait éternuer, c'est tout.

— Écoutez... Je sais ce que j'ai vu lorsque Rhoda a organisé cette séance de spiritisme, et je suis d'accord avec vous pour dire que c'était quelque chose de très étrange. Mais de quoi parlons-nous réellement en ce moment ?

Decker posa une main sur son épaule.

— Si nous pouvons croire ce qu'a dit Moses Adebolu – et au vu de toutes les preuves je crois que nous le pouvons –, alors nous avons affaire au dieu le plus vindicatif de toute la religion santeria.

— Et c'est son nom ? Chango ?

— Vous avez tout compris.

— D'accord, dit Hicks. Supposons que je marche. Supposons que ce soit vrai. Pour quelle raison ce putain de dieu est-il si foutrement vindicatif ?

— Je n'en ai pas la moindre idée. Mais les cauchemars que j'ai faits... et la façon dont les victimes ont été tuées... Je pense que cela a quelque chose à voir avec la guerre de Sécession et avec la bataille du Wilderness en particulier.

— Vous voulez parler de la Brigade du diable ?

Decker acquiesça de la tête.

— Mais cela s'est passé en 1864. Il y a plus de cent quarante ans.

— Je sais. Mais les dieux ne meurent pas, d'accord ? Aussi longtemps que les gens continuent de croire en eux. Peut-être qu'ils ne meurent même pas si les gens *ne croient plus* en eux. Ce ne sont pas des fées, après tout. Ils sont une partie de la terre, une partie du ciel, une partie de tout.

— Je ne voudrais pas vous manquer de respect, lieutenant, mais vous tenez des propos... euh... On dirait *Le Seigneur des anneaux*.

— Venez parler à Moses. Il vous fera peut-être changer d'avis.

Decker frappa à la porte multicolore de Moses Adebolu. Il attendit patiemment et se tourna vers Hicks en haussant les sourcils.

— Attendez un peu de voir ce type. C'est un sacré numéro. Et quand vous verrez sa fille ! Si elle est vraiment sa fille, ce dont je doute fort.

Il frappa à nouveau.

— J'arrive ! lança Moses. Je vous entends, mon ami. Je dois juste remonter mon pantalon.

Ils l'entendirent s'approcher de la porte d'un pas traînant. Cependant, comme la poignée tournait, il y eut une extraordinaire sensation de *gauchissement* dans l'air, comme si toute la perception avait été déformée. Ce fut suivi immédiatement d'un fort bruit de succion, comme un vent violent, que Decker reconnut aussitôt – l'oxygène qui était aspiré violemment dans l'appartement de Moses à travers chaque fissure et interstice autour de la porte.

— *On descend !* cria-t-il à Hicks.

Et il le saisit à bras-le-corps et l'éloigna sur le palier.

— Quoi ? Qu'y a-t-il ? s'exclama Hicks.

— Descendez ! On fout le camp !

Il donna à Hicks une poussée dans le dos. Celui-ci perdit l'équilibre et dévala l'escalier en chancelant et en culbutant. Decker saisit la rampe d'escalier et s'élança vers le bas, sautant six marches à la fois, tel un acrobate.

Alors qu'ils atteignaient la porte d'entrée, il y eut une explosion retentissante, et tout l'immeuble sembla faire un bond sur le côté. De gros morceaux de plâtre tombèrent du plafond, des barreaux de la rampe d'escalier furent arrachés comme des rails de chemin de fer, et ce qui restait du vitrail de saint Jean-Baptiste explosa en un millier de fragments étincelants.

Hicks lança un regard stupéfait à Decker. Son visage était blanc de poussière de plâtre et sous l'effet du choc.

— C'était une bombe ou quoi ?

Decker était occupé à pianoter le numéro des sapeurs-pompiers sur son téléphone cellulaire.

— Dieu seul le sait. Venez.

Au-dessus d'eux, des portes s'ouvraient et des gens criaient et hurlaient. Un grand pan de l'escalier du deuxième étage s'était effondré, et de gros morceaux de plâtre continuaient de tomber dans la cage d'escalier.

— Police ! cria Decker. Pas de panique ! Nous allons vous tirer de là !

Il s'approcha de la porte de Moses. Toute la peinture sur le battant avait déjà cloqué, et il ne restait qu'un seul œil peint, qui le regardait avec la connaissance sereine que toute chose est éphémère. Il toucha précautionneusement la poignée de la porte, mais elle était trop chaude pour qu'il essaie de la tourner. Aucune fumée ne sortait de sous la porte. Au contraire, l'air sur le palier continuait d'être aspiré *vers l'intérieur* en produisant un léger sifflement, ce qui lui apprit que l'appartement était certainement incandescent.

— Hicks, arrivez, mon vieux... Il faut faire sortir ces gens. L'immeuble va s'écrouler dans peu de temps!

Une femme avec des dreadlocks et une minijupe en cuir noir se penchait depuis le palier de l'étage du dessus et criait :

— Je dois prendre mes vêtements! Je dois prendre mes DVD!

— Pas question, madame! L'immeuble va être réduit en cendres dans deux minutes pile!

Hicks et Decker se tinrent au bas de l'escalier du deuxième étage et aidèrent les locataires à sauter par-dessus la brèche : la femme aux dreadlocks, une femme d'un certain âge en peignoir plein de trous qui tenait un chat dans ses bras, un jeune homme musclé au crâne rasé, une femme d'âge mûr avec un foulard et de gros pendants d'oreilles.

Lorsque le dernier d'entre eux eut descendu l'escalier sain et sauf, Hicks se tourna vers Decker et montra de la tête la porte de Moses.

— Et lui?

— N'y pensez même pas. Quoi qu'il se soit passé dans son appartement, il est rôti à point. Si nous essayons d'entrer, il nous arrivera la même chose. Partons.

Ils suivirent les locataires vers le hall. Cependant, Decker était seulement à mi-hauteur de l'escalier lorsque la porte de Moses s'ouvrit brusquement. Une énorme boule de feu en jaillit dans un grondement, des flammes déferlèrent sur le plafond et mirent le feu à l'abat-jour de la lampe électrique et à la rampe d'escalier. Decker sentit la chaleur frapper son visage et il plaqua sa main sur le sommet de sa tête pour éviter que ses cheveux soient roussis.

Moses Adebolu apparut en haut de l'escalier. Il titubait comme un zombie et il flambait de la tête aux pieds. Ses vêtements avaient entièrement brûlé et sa peau se ratatinait. La chaleur dégagée par l'explosion avait été si intense que ses lunettes étaient soudées à son visage, et les énormes verres étaient devenus d'un blanc laiteux.

— *Chango!* cria-t-il. *Chango!*

Sa voix donna l'impression d'avoir été arrachée de ses poumons avec des tenailles portées au rouge.

— Extincteur! dit Decker à Hicks.

Celui-ci s'élança au bas des marches du perron et traversa la rue vers la voiture. Decker ôta sa veste et gravit les marches à nouveau, en tenant sa veste devant lui pour se protéger de la chaleur.

Moses vacilla, puis il bascula dans l'escalier, en continuant de brûler. Decker fut obligé de s'écarter d'un bond comme son corps en feu roulait et passait près de lui, tout en bras et en jambes embrasés. Il tomba jusqu'au hall où il resta étendu. Des flammes tremblotaient sur son dos, et il ressemblait davantage à un insecte noir écrasé qu'à un homme. Hicks revint avec l'extincteur et fit gicler de la mousse carbonique sur son corps, mais il était évident que Moses était mort.

Decker remonta à l'étage pour voir s'il y avait une chance de porter secours à Aluya, mais l'appartement de Moses flambait avec une telle violence qu'il ne parvint même pas à arriver jusqu'au palier. Le feu *mugissait*, comme s'il était fou de rage. Decker redescendit et sortit dans la rue, veillant à ce que tout le monde se tienne à l'écart. Une foule s'était formée, et chaque fois qu'une autre fenêtre volait en éclats, les gens poussaient une étrange plainte à n'en plus finir.

— Mes DVD! gémit la femme aux dreadlocks.

— Vous avez vu la fille? demanda Hicks.

Decker essuya la sueur et les taches de suie sur son visage.

— Je n'ai pas pu m'approcher suffisamment. Si elle était dans l'appartement, elle n'a pas eu la moindre chance.

Ils regardèrent les flammes osciller depuis la fenêtre au premier étage. L'un des rideaux se détacha et s'envola dans le ciel du matin, semblable à un fantôme qui brûlait.

— Vous pensez que c'était une explosion naturelle due au gaz? demanda Hicks.

— Allez savoir! Moses avait une foultitude de plantes, de potions et de substances. Il avait peut-être quelque chose d'inflammable.

Le premier camion des sapeurs-pompiers arriva. Sa sirène hurlait et son klaxon grondait. Puis un autre. Et un troisième.

Tandis que les sapeurs-pompiers déroulaient leurs tuyaux,

Decker regarda derrière lui, sous l'ombre projetée par la I-95. Aluya se tenait là-bas, dans un tailleur-pantalon en soie orange style hindou, un foulard en soie de la même couleur noué autour de sa tête. Elle tenait un panier à provisions rempli de céleri et d'autres légumes.

Decker la rejoignit.

— Je suis désolé… Il y a eu une sorte d'explosion. Votre père n'a pas réussi à s'échapper.

Elle le considéra de ses immenses yeux marron comme si elle ne comprenait pas de quoi il parlait.

— Vous avez un endroit où aller ? lui demanda-t-il doucement. Vous avez des proches parents ?

— Mon père est mort ?

— Je suis vraiment désolé. L'appartement s'est embrasé en un instant. Où étiez-vous ? Vous faisiez des courses ? Vous avez eu de la chance de ne pas être là.

— C'était Chango.

— Quoi ?

— C'était Chango. Je lui avais dit de ne pas défier Chango.

— Je ne pense pas qu'il le défiait. Je pense qu'il essayait plutôt de l'apaiser.

— Chango veut assouvir sa vengeance sur vous. Si Chango veut assouvir sa vengeance, il n'aura de cesse qu'il ne l'ait assouvie. *Owani irosun*, la plus grande des vengeances. Mon père a pensé qu'il pouvait être plus fort que Chango, et il a payé le prix. Chango l'avait averti avec les coquilles de noix de coco, mais il n'a pas écouté.

— Je suis désolé, dit Decker. (Derrière lui, il entendit les pompes à incendie se mettre en marche.) Qu'allez-vous faire maintenant ?

— Je vais aller habiter chez ma sœur.

— Entendu… Mais si je peux vous aider en quoi que ce soit…

Elle le considéra un long moment sans rien dire. Puis elle se détourna et commença à s'éloigner.

— J'aurai besoin de vous joindre ! lui cria Decker. Il faut que je vous pose quelques questions, et nous aurons probablement besoin de vous pour identifier le corps de votre père !

— Vous me trouverez lorsque vous aurez besoin de moi ! lança Aluya en retour.

Decker la rattrapa et la prit par le bras.

— Écoutez…, commença-t-il.

Elle secoua la tête.

— Vous n'êtes pas l'homme que vous avez été autrefois, lieutenant. Chango a posé sa marque sur vous, et vous n'avez plus le temps de faire ce que vous faisiez autrefois. Vous aurez à peine le temps de paniquer.

— Ma foi, vous êtes franche, bien que ce ne soit pas exactement rassurant.

— Mon père avait également coutume d'interpréter les coquilles de porcelaine, lieutenant, ainsi que les noix de coco. Il a consulté ses coquilles de porcelaine hier soir, et quelle que soit la façon dont elles tombaient, le motif était toujours *ossogbo*, ce qui n'est pas bon. Le dernier motif était *oggunda oche*, ce qui signifie que les morts sont courroucés.

— J'ai néanmoins besoin de savoir où je peux vous joindre.

— Non, pas du tout. Vous avez besoin de trouver Chango et de découvrir ce qu'il veut de vous. Sans quoi, vous ne vivrez pas au-delà de deux couchers de soleil.

Sur ce, elle partit en balançant son panier à provisions.

— De quoi parliez-vous ? demanda Hicks en s'approchant.

— Vous voulez une réponse en mots d'une syllabe ? Je suis dans la merde.

— C'est un mot de deux syllabes.

26

Peu après qu'ils eurent regagné le commissariat, le sergent Novick entra dans le bureau de Decker avec une volumineuse enveloppe jaune. Novick était très grand, avait des cheveux châtains qui rebiquaient et de grosses lunettes que l'on aurait pu utiliser pour allumer un feu de camp. Il avait du mal à trouver ses mots, mais c'était l'un des meilleurs spécialistes en photographie du département.

— J'ai eu un coup de veine avec celle-ci, lieutenant, annonça-t-il en sortant de l'enveloppe une épreuve glacée en noir et blanc.

— Merde, je ne dirais pas non à un coup de veine ! Racontez-moi.

Novick posa l'épreuve sur le bureau devant lui. C'était un détail agrandi de la photographie que Decker avait trouvée chez les Maitland : un soldat de la Confédération portant un chapeau à large bord orné de chiffons noirs et un long manteau de cavalerie gris. Le cliché était étonnamment net et clair, et Decker distinguait que l'homme avait une figure allongée à l'air sévère, avec des pommettes anguleuses et des yeux enfoncés. Son nez était crochu comme s'il avait été cassé, et il avait une barbe fournie.

Novick déclara :

— Non seulement l'image n'était pas au point, parce que cet homme se tenait à l'arrière-plan, mais elle était également floue, parce qu'il a bougé durant le temps de pose. Mais j'ai fait une image numérique de la photographie originale, et j'ai agrandi les pixels afin d'être à même d'examiner l'image dans les moindres détails. Ensuite j'ai réussi à filtrer les pixels flous et à donner du relief à l'image en effectuant une analyse informatique de ce à quoi ce type aurait ressemblé s'il était resté immobile.

— Cela vous amuse d'être incompréhensible, Novick ? Cela tient à votre statut social ou quoi ?

— Je vais vous dire une chose, lieutenant, je suis sacrément fier de ce travail. Et je suis encore plus fier parce que j'ai trouvé qui c'était.

— Vous parlez sérieusement ?

— Oh, oui ! (Novick farfouilla dans son enveloppe à nouveau et en sortit une autre épreuve.) Je suis allé à la bibliothèque ce matin et j'ai consulté l'ouvrage *L'Armée de la Confédération en photographies.* Je cherchais d'autres photographies prises par le même photographe, mais regardez ce que j'ai trouvé.

C'était incontestablement le même homme, un portrait exécuté dans un studio de photographe, avec une toile peinte représentant des arbres et des falaises en arrière-plan. Il portait un chapeau à large bord, mais sans les chiffons, et une tunique soigneusement boutonnée. Il avait une barbe épaisse, mais elle était bien plus égalisée que sur la photographie prise durant la bataille du Wilderness.

En dessous, la légende indiquait : « Capitaine Joseph Shroud, de la division Kershaw du premier corps d'armée, 17 octobre 1863. »

Decker ouvrit son tiroir et en sortit une photocopie du dessin de Sandra.

— Regardez ceci. L'Homme Très Effrayant de Sandra. Cela ne fait aucun doute. C'est le même type.

Novick se pencha par-dessus l'épaule de Decker et montra du doigt le chapeau de Shroud.

— Vous voyez ces trucs... Ce ne sont pas du tout des chiffons, même si cela y ressemble. J'ai fait un autre agrandissement de ce détail, et ce sont des *plumes.*

— Alors l'Homme Très Effrayant faisait partie de la Brigade du diable, dit Hicks. Et apparemment, il était également le trisaïeul de Maitland.

— Nous devons en savoir davantage sur cette affaire. Il s'est passé quelque chose durant la bataille du Wilderness... Quelque chose de si grave que cela refuse de disparaître. Je pense que je vais être obligé de retourner à Fort Monroe... pour voir si je ne peux pas dénicher quelque chose dans les archives.

Cab survint dans le bureau, sa cravate desserrée, en sueur et l'air harassé. Il tenait une dépêche dans sa main.

— Bonjour, capitaine. Comment était Charlottesville ?

— Oubliez Charlottesville. On vient de nous signaler un autre homicide. 1881 May Street.

— Vous ne pouvez pas confier ça à Rudisill ? Je crois que nous avons une piste pour l'affaire Maitland.

— Il y a peut-être un lien avec l'affaire Maitland. L'appartement était fermé à clé de l'intérieur. Personne n'a vu quelqu'un entrer et personne n'a vu quelqu'un sortir. Qui plus est, la méthode utilisée pour le meurtre était bizarre, pour ne pas dire plus. Le type a eu les yeux crevés et il a été ébouillanté, apparemment.

Decker se leva et enfila sa veste.

— Dans ce cas, je pense que nous ferions mieux d'aller jeter un coup d'œil. Hicks ?

Erin Malkman était déjà sur les lieux lorsqu'ils arrivèrent. Elle enfilait ses gants en latex.

— Nous ne pouvons pas continuer de nous rencontrer de cette façon, dit Decker.

Erin lui adressa une grimace dépourvue d'humour.

— Vous allez vous amuser, avec celui-là.

Decker et Hicks se dirigèrent vers la salle de bains. John Mason flottait toujours dans la baignoire, sur le ventre. Sa peau était rouge comme un homard et il était énormément gonflé. Erin le retourna sur le dos pour permettre à Decker de voir ses orbites ensanglantées.

— Quelle est cette odeur ?

Erin agita l'eau du bain.

— Bouillon concentré, pour parler carrément. On a fait bouillir cet homme pendant au moins vingt minutes.

— Bouillir ? Comment a-t-il pu être bouilli ?

— Celui qui a fait ça a trouvé un moyen pour élever la température de l'eau jusqu'à cent degrés Celsius et l'y maintenir.

— Comment est-ce possible ?

— Je n'en ai pas la moindre idée. Peut-être avait-il apporté un genre d'élément chauffant portatif, comme un chauffe-eau à immersion.

— Cela devient de plus en plus dingue !

Un policier en uniforme survint avec un calepin.

— La victime s'appelait John Ledger Mason, âge trente ans. Célibataire, domicilié ici avec sa mère, veuve, Ivy Mason.

— Sa mère n'a rien vu ?

— Elle prend des somnifères. En fait, elle ne dormait pas très bien cette nuit, alors elle en a pris deux de plus que d'habitude, ce qui l'a complètement assommée.

— Quand a-t-elle vu son fils pour la dernière fois ?

— Hier soir, très tard. Il était chef de cuisine au restaurant familial *Appleby* sur Main Street Est. Il lui a souhaité une bonne nuit et est allé prendre un bain. Comme je l'ai dit, elle s'est réveillée vers trois heures du matin et elle a pris deux autres somnifères. Finalement, elle a dormi jusqu'à onze heures du matin largement passées.

» Elle a appelé son fils. Comme il ne répondait pas, elle est allée voir dans sa chambre. Son lit était fait et les rideaux étaient ouverts, aussi elle a supposé qu'il était déjà parti. Elle est allée dans la salle de bains seulement vers une heure de l'après-midi, parce qu'elle voulait changer les serviettes de toilette.

— Où est-elle maintenant ?

— Une voisine s'occupe d'elle. Appartement 8.

— Personne n'a vu quoi que ce soit ?

— Absolument rien. Aucune trace d'une entrée par effraction, non plus. La fenêtre de la chambre de la victime était légèrement entrouverte, mais il est impossible d'entrer du dehors.

— Vous avez vu les hématomes sur ses épaules ? dit Erin. Comme si on l'avait maintenu sous l'eau.

Decker et Hicks se rendirent à l'appartement 8. La mère de John était assise à la table de cuisine, en compagnie de sa voisine. Elle semblait livide, d'autant plus qu'elle portait une robe rouge vif. Sa voisine était une femme corpulente aux cheveux gras grisonnants. Elle portait des mules qui claquaient sur le carrelage tandis qu'elle allait et venait dans la cuisine.

Decker montra sa plaque.

— L'officier de police me dit que vous n'avez rien vu et rien entendu.

— C'est exact, chuchota-t-elle.

— Eh bien, Dieu a peut-être veillé sur vous, m'dame. Celui

qui a tué votre fils était un individu dépourvu de toute pitié. Qui sait ce qu'il aurait pu vous faire ?

— John était toujours un garçon si gentil. Pourquoi voudrait-on tuer un garçon si gentil ?

— Nous ferons tout notre possible pour le découvrir. Pouvez-vous penser à quelqu'un qui aurait pu lui en vouloir ? Quelqu'un qui aurait pu désirer lui faire du mal ?

— Il était très réservé. Il ne se disputait jamais avec quelqu'un, même si on le mettait en colère. Il avait coutume de dire : « Encaisser sans broncher et garder le sourire. »

— Mme Mason... On m'a dit que vous étiez veuve. Que faisait votre défunt mari ?

— Il était typographe. Il travaillait chez CadmusMack.

— Y avait-il des militaires dans sa famille ?

Elle le regarda en fronçant les sourcils, puis elle secoua la tête.

— Pas à ma connaissance. Pourquoi ?

— Vous n'auriez pas par hasard un arbre généalogique des Mason ?

— Qu'est-ce que cela a à voir avec le meurtre de John ?

— Je ne sais pas trop. Mais cela m'aiderait beaucoup si je savais quelque chose sur les origines de votre défunt mari. Particulièrement sur son trisaïeul.

— Je suis désolée, je ne pense pas être en mesure de vous aider. Bill ne s'entendait pas du tout avec sa famille, particulièrement avec son père.

— Était-il originaire de Richmond ?

— Non, il était né à Petersburg. Mais sa famille est venue s'installer à Richmond lorsqu'il était très jeune.

— Bien, bien. Merci beaucoup.

Tandis qu'ils descendaient l'escalier, Decker dit à Hicks :

— Nous devons vérifier les origines de la famille Mason, en remontant jusqu'à la guerre de Sécession. Je veux savoir si l'un des aïeux de John Mason faisait partie de la Brigade du diable.

— Entendu, lieutenant, mais..., répondit Hicks.

— Mais quoi ? Mais vous avez une meilleure idée ? Un type s'est fait pocher jusqu'à la mort là-haut et vous avez une explication qui tient la route ?

— Je pense simplement que nous ne devrions pas perdre de

vue la possibilité d'une solution logique, et non surnaturelle, à cette affaire.

—N'essayez pas de jouer les Sherlock Holmes avec moi, Hicks. Sherlock Holmes n'avait pas toujours raison. Toutes ces choses qui sont arrivées à Jerry Maitland, à George Drewry et à ce pauvre bougre n'étaient pas simplement improbables, elles étaient impossibles. Mais la seule façon pour nous de résoudre cette affaire, c'est de commencer à croire que, de temps en temps, des choses impossibles peuvent se produire. Des choses qui *semblent* impossibles, en tout cas.

—Comme un dieu de la santeria qui assouvit sa vengeance ?

—Pourquoi pas ? Des millions de personnes dans le monde croient en la santeria. Des gens en Afrique, en Haïti, à Cuba, et d'un bout à l'autre de l'Amérique. Ils y croient peut-être parce que leurs dieux existent réellement, et parce que leurs dieux entendent leurs prières et les récompensent lorsqu'ils sont bons, et les punissent lorsqu'ils sont mauvais.

—Je ne sais pas, dit Hicks. Tout cela semble tellement *ethnique*.

—Vous n'auriez pas honte de ce que vous êtes, des fois ? Vous n'auriez pas honte d'être noir ?

Hicks détourna la tête. Lorsqu'il la tourna à nouveau, il y avait une expression sur son visage que Decker n'avait encore jamais vue.

Ils étaient presque arrivés à Madison and Grace lorsque le téléphone cellulaire joua les premières mesures de *The House of the Rising Sun*.

—Vous avez changé votre sonnerie, dit Hicks.

—Je ne voulais pas que vous pensiez que j'étais insensible à la critique. Oui ? Ici McKenna. Qui est-ce ?

—*Bonjour, Decker. Dan Carvey, du corps des sapeurs-pompiers.*

—Comment allez-vous, Dan ? Je ne vous ai pas vu depuis que vous avez brûlé tous ces burgers au pique-nique de bienfaisance.

—*J'ai un rapport préliminaire pour votre incendie.*

—Des traces d'un incendie criminel ?

—*Non. Il y avait deux douzaines de bouteilles de rhum à 80 degrés dans l'appartement, certaines étaient brisées, mais je n'ai détecté aucun accélérateur.*

— Alors quelle est la cause de l'explosion ? Le gaz ?

— *Toutes les conduites de gaz étaient intactes. Le robinet de la cuisinière était fermé. Non... Selon toutes les premières indications, c'était la foudre.*

— La foudre ? Il n'y avait pas d'orage à ce moment-là.

— *Eh bien, parfois cela peut se produire avec un ciel parfaitement dégagé. La façon dont l'humidité s'est accumulée ces derniers temps. Mais tous les signes sont là. Des brûlures superficielles sur le papier peint, les appareils électriques qui ont tous sauté...*

— Vous êtes sûr de ça ?

— *Je suis prêt à mettre ma réputation en jeu.*

Decker tourna à droite et descendit la rampe vers le parking souterrain de la police.

— Alors ? demanda Hicks.

— Le corps des sapeurs-pompiers pense que l'appartement de Moses a été frappé par la foudre. Sa fille a dit qu'elle l'avait averti de ne pas contrarier Chango. Chango, dans la mythologie santeria, est le dieu du feu, du tonnerre et de la foudre. Quelle conclusion devons-nous en tirer ?

Il se gara sur son emplacement de parking et coupa le moteur. Il tourna la tête, regarda Hicks, et attendit une réponse.

— Je ne sais pas, fit Hicks. Vous me mettez au pied du mur.

— Je vous mets au pied du mur, vraiment ? À votre avis, qu'est-ce que je ressens, *moi*, avec ce Chango qui me poursuit ? Vous ne croyez pas à tout ça ? Vous ne voulez pas y croire ? Vous êtes officier de police, Hicks. Vous *devez* y croire. Ce n'est pas parce que vous avez envie de renier vos origines ethniques que cela doit fausser votre jugement.

— Je ne renie pas mes origines ethniques. Je n'aime pas tous ces trucs de magie africaine. C'est primitif, et c'est dégradant.

— Et ?

— Et rien. Je n'aime pas ça, c'est tout.

— Alors pourquoi ai-je le sentiment qu'il y a quelque chose de plus personnel ici ?

Hicks ne répondit pas.

— Je me mets au travail pour l'arbre généalogique des Mason.

27

Cab tint sa conférence de presse à seize heures quinze cet après-midi-là. La salle était bondée et bruyante, et des flashs électroniques scintillaient comme des éclairs en été.

— Tout ce que je peux vous dire jusqu'à présent, c'est que John Mason a été victime d'une noyade très suspecte. Nous suivons plusieurs pistes très prometteuses et nous vous informerons des faits nouveaux… euh, dès que des faits nouveaux surviendront.

Leo Waters de WRVA leva son crayon et demanda :

— J'ai parlé au concierge de l'immeuble de John Mason. Il a dit que la victime avait eu les deux yeux crevés et que, ensuite, elle avait été ébouillantée jusqu'à la mort. Ses dires sont-ils fondés ?

— Le concierge n'était pas présent au moment de l'incident.

— Sauf votre respect, capitaine, cela ne répond pas exactement à la question.

Cab marqua un temps, puis il dit, lentement :

— Cet incident présente des circonstances inhabituelles, oui.

— Alors vous admettez que c'est vrai. Le type a eu les yeux crevés et a été noyé dans une eau bouillante ?

— Oui.

Decker entendit les informations tandis qu'il regagnait son appartement. « *Un cuisinier a été lui-même cuit la nuit dernière… John Mason, âgé de trente ans, a été bouilli jusqu'à la mort dans la baignoire de son appartement à proximité du district de Fan. Un agresseur inconnu lui a crevé les yeux avec un instrument pointu et, d'une manière ou d'une autre, a élevé la température de l'eau de son bain jusqu'à ce qu'il soit littéralement poché à mort.* »

— Merde ! dit Decker et il éteignit la radio.

Il n'avait certainement pas besoin en ce moment de la pression hystérique exercée par les médias. Il avait le pressentiment qu'il y avait un lien entre les meurtres et la Brigade du diable, mais il ne savait pas de quelle façon, ou pour quelle raison, et il ne disposait d'aucune preuve concrète. Le fait d'être traqué par les médias allait rendre ses investigations dix fois plus difficiles.

Une fois chez lui, il but son petit verre rituel de Herradura Silver. Puis il prit une douche très chaude et mit un pantalon de survêtement gris et un tee-shirt blanc. Il avait faim mais il ne savait pas ce qu'il avait envie de manger. Il ouvrit le réfrigérateur et le contempla un long moment avant de le refermer. Il aurait fait n'importe quoi pour l'un des burgers au porc épicé et au guacamole de Cathy.

Le téléphone sonna. À la grande surprise de Decker, c'était le père Thomas, de la cathédrale du Sacré-Cœur.

— *Decker, j'ai essayé de vous joindre à votre bureau, mais on m'a dit que vous étiez rentré chez vous.*

— Même nous autres policiers avons droit à quelques heures de détente. Que puis-je faire pour vous ?

— *Je n'en suis pas bien sûr, mais je pense que je suis peut-être en mesure de vous aider. J'ai appris pour ce dernier homicide cet après-midi ; j'écoutais la radio pendant que je taillais mes rosiers.*

— Une affaire révoltante, mon père. Tout à fait révoltante.

— *Ce qui m'a frappé, c'est la* manière *dont cet homme a été tué. Frappé de cécité et ensuite bouilli dans une baignoire remplie d'eau brûlante.*

— Ce n'est pas une façon très agréable de mourir, hein ? Mais je suppose que vous ne pouvez pas accuser l'auteur de ce crime de manquer d'imagination.

— *En fait, si. Je pense que sa méthode était très influencée.*

— Influencée ? Que voulez-vous dire ?

— *C'est exactement de cette manière que sainte Cécile a été martyrisée par les Romains en 265. On lui a crevé les yeux. Ensuite on l'a assise dans un bain d'eau brûlante et elle a été bouillie.*

— Continuez.

— *C'est à ce moment que j'ai repensé à vos autres victimes. Mme Maitland a été décapitée, et son enfant à naître a été tué. C'est ce qui est arrivé à sainte Anne d'Éphèse, qui, dit-on, était devenue enceinte par le mystère de l'Immaculée Conception. Le major Drewry a été éventré, comme saint Cyrille. M. Maitland a été éviscéré, et c'est tout à fait similaire au martyre de saint Érasme au cinquième siècle... On a percé un trou dans son estomac et on a sorti ses intestins en les enroulant autour d'un treuil. Un retable très connu de Nicolas Poussin représentant ce martyre est conservé à la Pinacoteca Vaticana.*

— Où voulez-vous en venir ? Vous pensez que tous ces gens ont été tués de la même façon que des *saints* ont été martyrisés ?

— *Il se peut que j'arrive prématurément à des conclusions, mais vous avez affaire à quatre homicides très inhabituels, en ce moment, et il me semble qu'il y a peut-être une sorte de schéma récurrent. Vous comprenez, j'ai découvert autre chose : vos victimes ont été tuées dans le même ordre chronologique que la fête de leurs saints, en commençant par sainte Anne le 4 décembre, saint Cyrille le 12 janvier, et ainsi de suite. La fête de sainte Cécile tombe le 9 mars.*

— Et pour Junior Abraham ? On lui a explosé la tête.

— *C'est difficile de dire si Junior Abraham entre dans ce schéma récurrent, parce qu'il y a eu tellement de saints à qui on a ôté la tête, d'une manière ou d'une autre. Vous devriez lire* Le Livre des Martyrs *de Foxe. Un malheureux a été attaché par les pieds à la queue d'un taureau enragé, et il a été traîné au bas des marches du temple et a eu la tête fracassée.*

— Merde ! Le seul fait d'y penser me donne la migraine.

— *Oh, il y a des tortures bien plus horribles que cela. Des personnes qui s'étaient converties au christianisme ont été éventrées et leur estomac rempli de grains de blé, et on a amené des porcs pour qu'ils mangent les grains de blé et dévorent leurs intestins en même temps.*

— Épouvantable ! Je suis content de ne pas avoir encore mangé. Mais je vous remercie, mon père. Ce pourrait être une piste très utile. Nous avons la certitude que ces homicides ont quelque chose à voir avec la santeria, alors vous avez peut-être raison, et il y *a* un lien entre eux et des saints.

— *La santeria ? Je vous recommande d'être extrêmement prudent, dans ce cas. Les santeros protègent leurs secrets avec un grand zèle.*

— Merci de me prévenir, mon père, mais je pense avoir déjà une idée très précise de ce à quoi je suis confronté.

— *Que Dieu soit avec vous, Decker.*

— Vous aussi, mon père.

Cette nuit-là, il se fraya de nouveau un chemin à travers le sous-bois. Il savait que c'était seulement le milieu de l'après-midi, mais la fumée qui montait des broussailles embrasées était si épaisse que le soleil ressemblait à un disque blafard, encore plus pâle que la lune. Le crépitement des flammes était assourdissant, et il entendait des hurlements affreux quelque part sur sa gauche. Des hommes étaient brûlés vifs.

Il arriva en chancelant dans une cuvette à la végétation touffue, où son visage fut cinglé par des ronces enchevêtrées. Pendant quelques instants, il crut qu'il allait rester irrémédiablement prisonnier des ronces, mais il parvint à se dégager et gravit un petit talus escarpé. Un instant plus tard, il se rendit compte qu'il se trouvait sur le chemin de rondins. Il apercevait des troupes qui se rassemblaient une centaine de mètres plus loin, des cavaliers et des fantassins. Les brides des chevaux tintaient, les épées et les baïonnettes luisaient au sein de la pénombre envahie par la fumée.

Il ralentit son allure et marcha d'un pas plus ferme. Il sentait les planches grossièrement sciées sous ses pieds lacérés. Quelqu'un cria :

— Regroupez-vous, les gars ! Nous les avons mis en déroute ! Dirigez-vous vers la voie ferrée, nous pouvons les prendre à revers !

Il se trouvait à une trentaine de mètres seulement des soldats rassemblés lorsqu'il aperçut une forme noircie qui était assise près du chemin de rondins. Il ne comprit pas tout de suite ce que c'était, mais, comme il s'approchait, il réalisa que c'était un homme, presque complètement carbonisé. Pourtant, il était manifestement toujours vivant, parce qu'il frissonnait violemment et poussait des grognements de douleur. De la fumée continuait de s'élever de ses cheveux, et ses oreilles brûlées n'étaient plus que de minuscules cendres.

— Comment t'appelles-tu, camarade ? lui demanda Decker.

La forme ne répondit pas.

— De quelle division es-tu ? Anderson ? Wofford ?

Finalement, la forme tourna la tête et le regarda.

— Hancock, croassa-t-il. Nous avons tous été rattrapés par les flammes.

Decker ôta le bouchon de sa gourde, versa un peu d'eau dans le creux de sa paume, et l'approcha des lèvres de l'homme. Elles donnaient une sensation de desséché et de croustillant, comme de la couenne de lard brûlée. L'homme parvint à sucer quelques gouttes d'eau avant de se mettre à tousser ; et lorsqu'il toussa, il cracha de petits morceaux de poumon ensanglanté dans la main de Decker.

— Dis-moi comment tu t'appelles, répéta Decker. Tu as beau être un Yankee, je préviendrai ta famille, si je le peux.

L'homme secoua la tête. Il ne pouvait pas s'arrêter de tousser et il ne trouvait pas le souffle nécessaire pour parler.

Decker était toujours agenouillé près du soldat lorsqu'il sentit les rondins du chemin vibrer, comme si des chevaux approchaient. Il se retourna et aperçut la haute silhouette sombre qui arrivait rapidement dans sa direction. Les pans de son manteau battaient comme des ailes. Elle était à moins de cinquante mètres de distance, et elle semblait *gronder* tandis qu'elle s'approchait, ressemblant plus à un orage qu'à un homme.

Decker se releva et tenta de courir – un petit trot épuisé, un supplice pour ses pieds lacérés. Il savait qu'essayer de s'enfuir était probablement sans espoir. Si cette créature avait mis le feu à des divisions entières, Dieu sait ce qu'elle allait lui faire. Il continua néanmoins d'avancer en trébuchant. Il haletait par suite de l'effort et agitait les bras de temps en temps pour tenter d'attirer l'attention des soldats rassemblés plus loin sur le chemin.

— *Ohé ! Hé, là-bas ! Au secours !*

Puis il se retourna pour voir où était la créature, et celle-ci l'avait rattrapé. Il fut brusquement recouvert par les pans de son manteau, et il se retrouva à nouveau pris au piège dans une cage d'os noueux, incapable de se dégager, incapable de respirer.

Il poussa un cri, se redressa vivement, et actionna la veilleuse.

Et Cathy était là.

Elle se tenait près du lit, parfaitement immobile. Elle portait l'une de ses chemises de nuit blanches, et des feuilles vertes ainsi que des plantes pourprées s'entrelaçaient autour de ses poignets, comme des bracelets. Son visage était d'un blanc intense, presque fluorescent, et ses yeux étaient voilés, comme s'ils étaient remplis de larmes, ou comme si elle clignait des paupières aussi rapidement qu'une aile de colibri.

— Cathy…, commença-t-il à dire, puis sa gorge se serra.

Il ne trouvait pas les mots. Il avait essayé de lui parler tellement de fois par l'intermédiaire de médiums et de spirites. Il avait recherché le moindre signe indiquant qu'elle ne l'avait pas quitté pour toujours, que son esprit était toujours quelque part à proximité. Il n'avait rien entendu, rien ressenti, et n'avait rien trouvé. Pas de parfums, pas de chuchotements, pas d'ombres. Mais à présent elle était ici, venue d'elle-même, et semblait aussi réelle que si elle était toujours vivante.

— Ce sera la dernière fois, dit-elle. (Sa voix parut grêle et sonore, comme un diapason.) Si j'essaie de revenir, sainte Barbara me fera prendre au piège par Oya pour l'éternité dans la fraction de seconde entre la vie et la mort… agonisant et agonisant et agonisant à tout jamais.

Decker essuya de la main les larmes dans ses yeux.

— Je, ah… Je sais que tu dois partir, trésor. Mais je sais également ce que tu as fait pour moi. Combien tu m'as protégé. Et je sais aussi qui est sainte Barbara en réalité.

— Je ne peux pas l'empêcher de s'approcher de toi plus longtemps. Elle veut assouvir sa vengeance, et tu seras le prochain.

— Tu ne peux pas savoir à quel point tu me manques. Si je dois être le prochain, alors peut-être est-ce quelque chose que je peux attendre avec plaisir. Nous pourrons être ensemble à nouveau.

Cathy lui adressa un petit sourire triste.

— La vie après la mort n'est pas ce que tu penses, mon chéri. Elle est solitaire et silencieuse. Les morts pleurent leurs êtres chers autant que les vivants. Ils pleurent également la vie qu'ils ont perdue.

— Alors le moment est venu, hein ? Le tout dernier au revoir.

— Je suis venue te dire davantage qu'un au revoir. Tu peux encore te soustraire à sainte Barbara. Mais tu devras faire cause commune avec la seule personne que tu hais plus que quiconque.

— Je ne comprends pas ce que tu veux dire.

— J'ai vu qui m'a tuée, Decker.

— Quoi ?

— J'ai vu qui a tiré sur moi. Je dormais et j'ai senti quelqu'un secouer mon épaule. J'ai ouvert les yeux et elle est apparue brusquement, surgissant de nulle part. Elle souriait. Elle était venue pour me tuer, et elle souriait.

— C'est une *femme* qui a tiré sur toi ? s'exclama Decker, abasourdi.

— Elle était très grande et elle avait des perles dans les cheveux.

— Merde, je n'arrive pas à le croire ! Reine Aché t'a tuée *elle-même* ?

— Personne ne l'a vue à part moi. Elle a dit : « *Irosun oche* » et ensuite elle a tiré.

— Je la tuerai ! Je jure devant Dieu que je vais lui arracher la tête !

— Tu as besoin de son aide, mon chéri.

— Son *aide* ? Tout ce que je veux faire, c'est lui faire sauter la cervelle, exactement ce qu'elle t'a fait.

— Sainte Barbara veut ton sang, Decker, et tu es le prochain. Reine Aché est la seule personne qui ait le pouvoir de te sauver.

— Pourquoi le ferait-elle ? Elle me hait autant que je la hais. À ton avis, pourquoi t'a-t-elle tuée ? Pour me donner un avertissement. Pour m'empêcher de foutre en l'air son trafic de drogue. Et elle a été très astucieuse, non ? Elle a tué un flic sans le tuer vraiment.

— Elle t'aidera si elle y est obligée.

— Je ne comprends pas.

— Elle s'est approchée de moi pour tirer, si près qu'elle a appuyé le canon de son arme sur mon front. Je l'ai empoignée par les cheveux et j'ai tiré. Des cheveux et des perles sont restés dans ma main. Ils sont tombés entre le matelas et la tête de lit, et y sont toujours.

» J'ai été le seul témoin de mon meurtre mais ces perles te fourniront la preuve de qui a fait ça. Ensuite il y a Junior Abraham. Lorsque Reine Aché l'a abattu, il y avait de nombreux témoins. Ils ne pensent pas l'avoir vue. Ils pensent avoir vu quelqu'un d'autre. Mais ils *l'ont* vue, et si tu trouves un moyen de leur ouvrir les yeux, tu auras toutes les preuves dont tu as besoin.

— Cathy…

— Je dois partir, maintenant, Decker. Je ne peux pas faire plus.

— Est-ce que je peux te toucher ?

— Bien sûr.

Il se leva et s'approcha d'elle prudemment. Elle le regarda et il vit dans ses yeux jaunes toutes les années qu'ils auraient pu passer ensemble, tous les étés et les hivers et les promenades sur les quais, où l'armée de la Confédération était inhumée, et où Cathy était inhumée, également.

Il la prit dans ses bras et ferma les yeux. Il n'y avait absolument rien contre lui, pas la moindre substance, seulement le plus bref des frissons.

— Au revoir, chuchota-t-elle à l'intérieur de sa tête.

Il ouvrit les yeux et elle avait disparu.

Il enleva la couette du lit, puis dégagea le matelas du chevet. Il prit sa torche électrique dans la table de nuit et promena le faisceau lumineux dans l'interstice entre la tête de lit en chêne clair et le sommier.

Il fallait vraiment chercher, mais elles étaient bien là. Trois petites perles en ivoire, presque de la même couleur que le satin qui protégeait le sommier. Decker alla chercher dans la cuisine un sachet transparent en polyéthylène, prit précautionneusement chaque perle avec une pince à épiler, et les fit tomber dans le sachet. Lorsqu'il les examina attentivement, il vit que de minuscules touffes de cheveux étaient accrochées à deux d'entre elles.

— Je vous tiens, votre majesté, dit-il dans un souffle.

28

De retour à son bureau, Decker vit que Hicks avait laissé une note griffonnée à son intention. « J'ai consulté les archives à l'Hôtel de ville. Le trisaïeul de John Mason était Hiram P. Mason, lequel était le régisseur de la plantation de tabac de Cudahy à proximité de Tuckahoe. Il a servi en tant que capitaine dans la division Heth dans le premier corps d'armée durant la guerre de Sécession, novembre 1863-7 mai 1864. »

Decker alla jusqu'à la fenêtre et contempla Grace Street en contrebas. Il était seulement quelques minutes après midi et – contrairement à lui – personne n'avait d'ombre. La rue semblait lumineuse et irréelle, comme une scène dans *L'Invasion des profanateurs de sépulture*. Pour ce qu'il en savait, l'Homme Très Effrayant était peut-être là-bas, lui aussi, et s'avançait parmi la foule, invisible, inaperçu, en route pour assassiner une autre victime. En route pour l'assassiner, *lui*, si Cathy avait raison.

Il remontait lentement St James Street lorsqu'il aperçut Trésor, le frère de Junior Abraham, qui venait dans sa direction, avec trois autres adolescents et une jeune fille aux cheveux coiffés en épis de maïs et au jean blanc le plus moulant qu'il ait jamais vu. Elle donnait l'impression d'être nue et d'avoir simplement peint ses jambes en blanc. Il se rangea contre le trottoir et baissa sa vitre.

— Salut, Trésor, dit-il sans quitter la fille des yeux. On pourrait avoir une petite conversation amicale, tous les deux ?

Trésor renifla et eut un mouvement brusque de la tête. Il

portait un pantalon baggy marron qui lui tombait sur les chevilles et un tee-shirt vert avec *The Big Gig* imprimé en lettres rouges sur le devant.

—J'suis très occupé en ce moment, lieutenant.

—Écoute... Je me casse le cul pour essayer de trouver qui a tué ton frère. Tu peux me consacrer deux minutes, non ?

—Je sais pas. Ça vaudrait peut-être mieux qu'on oublie tout ça, vous savez ? Des gens comme ça... On a pas intérêt à indisposer des gens comme ça.

—Des gens comme quoi ?

—Je sais pas, mec. Des gens qui s'amènent pendant que vous déjeunez et qui vous explosent votre putain de tête.

Decker tendit le bras et ouvrit la portière côté passager.

—Dix minutes montre en main. Viens, Trésor. Junior mérite bien ça, d'accord ?

La jeune fille fit un clin d'œil à Decker et dit :

—Allez, Trésor. Va parler au gentil policier. Tu nous rejoindras plus tard.

À contrecœur, Trésor monta dans la voiture. Decker démarra immédiatement dans un vif crissement de pneus et prit la direction du nord.

—Où on va, mec? demanda Trésor, après qu'ils eurent parcouru six blocs. Je croyais que vous vouliez juste me parler.

—C'est exact. Mais j'aimerais te présenter à une amie à moi. Quelqu'un qui peut t'aider à te rappeler ce qui s'est passé.

—Hé... Vous allez pas m'arracher les ongles des orteils, hein ?

—Bien sûr que non. Nous allons écouter un peu de musique zen, c'est tout.

—Je vous l'ai dit... Je me souviens pas à quoi ressemblait le type. Il était du genre, vous savez, là, normal. Ni trop grand, ni trop petit.

—Nous allons bien voir.

Il prit son téléphone cellulaire et pianota le numéro du domicile de Hicks.

Il arriva dans Valley Road et se gara devant la maison des Hicks. Alors qu'ils descendaient de la voiture, Rhoda ouvrit la porte d'entrée. Elle portait une robe de plage jaune à fleurs.

— Tim n'est pas avec vous ? demanda-t-elle en jetant un regard à la ronde.

— Non, le malheureux ! Il avait un tas de paperasserie à terminer. Voici Trésor, le jeune homme dont je vous ai parlé au téléphone. Trésor, je te présente Rhoda.

Trésor renifla et s'essuya les mains sur son pantalon.

— Entrez, entrez, dit Rhoda. Vous voulez un café ou autre chose ? Peut-être un soda ?

— Non, ce n'est pas la peine, merci, Rhoda. J'ai promis à Trésor de ne pas abuser de son temps.

— Trésor, c'est un prénom inhabituel.

— Ma mère m'appelait toujours « Le Petit Trésor à sa Maman ». Ça m'est resté même lorsque j'ai grandi.

— C'est tout à fait charmant.

— Vous trouvez ? Moi, je trouve que c'est foutrement gênant.

Rhoda avait déjà disposé une nappe blanche soigneusement repassée sur la table de la cuisine et placé deux bougies blanches. Elle baissa les stores et alluma les bougies, puis elle s'assit et joignit les mains comme si elle priait. Trésor lança un regard à Decker et dit :

— Quoi ?

— Tout ce que tu dois faire, c'est t'asseoir et essayer de te détendre, Trésor, dit Rhoda.

— Allez, le pressa Decker.

Trésor écarta une chaise et s'assit. Il renifla à nouveau et eut un mouvement brusque de la tête.

Rhoda prit sa main.

— Ce que nous allons essayer de faire aujourd'hui, Trésor, c'est de parler à Junior.

— *Hein ?* Junior s'est fait exploser la tronche. Junior peut pas *parler*.

— Junior est mort, bien sûr. Il n'a plus de présence matérielle. Mais son esprit continue de vivre, et il le fera toujours, exactement comme notre esprit à *tous* continue de vivre. Dieu nous a créés, Trésor, et tu ne penses tout de même pas que Dieu permettrait que Ses précieuses créations meurent, j'espère ?

— Écoutez, lieutenant, je pensais que vous et moi on allait parler. Je pensais pas que vous alliez m'amener à une réunion de prières.

— Il ne s'agit pas d'une réunion de prières, Trésor. Ceci va t'aider à te rappeler.

— Je vous l'ai dit. Combien de fois je vous l'ai dit ? Je me rappelle pas du tout à quoi ressemblait ce type. Tout ça s'est passé trop vite, c'était comme si j'arrivais pas à accommoder.

Rhoda tourna brusquement la tête vers la gauche et appela :

— Junior ! Junior Abraham ! Ton frère Trésor est ici.

Trésor se leva d'un bond de sa chaise et se retourna vivement, les yeux grands ouverts. Lorsqu'il réalisa que Junior ne se tenait pas juste derrière lui, il gonfla ses joues et dit :

— Merde, vous m'avez foutu la trouille. Vous m'avez vraiment foutu la trouille.

Rhoda ferma les yeux.

— Junior Abraham, ton frère est ici. Ton frère veut que tu lui dises ce qui t'est arrivé.

— Ce truc est complètement dingue ! s'exclama Trésor. Je suis allé aux obsèques de Junior. J'ai déposé une rose sur son cercueil. Il peut pas me *parler* !

Decker porta son index à ses lèvres.

— Tentons le coup, Trésor. J'ai vu cela moi-même, et ça marche.

— Peut-être que *j'ai pas envie* de parler à Junior. Enfin, peut-être que je vais chier dans mon froc !

— Ton frère ne te fera aucun mal. De plus, il mérite qu'on lui fasse justice, non ?

— Je sais pas. Ouais, peut-être.

Trésor se tut, mais il ne pouvait s'empêcher de se crisper nerveusement et de tressaillir. Rhoda prit son *okuele* et le lança sur la table. Elle nota la façon dont les médaillons étaient tombés, puis elle dit :

— Junior, écoute-moi. Ton frère est ici. Il veut savoir qui a tiré sur toi.

Trésor semblait de plus en plus inquiet, mais Rhoda continua d'appeler Junior. Sa voix était étrangement terne, comme si elle parlait depuis une autre pièce.

— Junior, tu n'es pas parti très loin, je le sais. Tu es toujours très près de nous. Parle-nous, Junior.

Elle lança l'*okuele* sur la table trois autres fois. Plus de dix minutes s'étaient écoulées, et même Decker commençait à se dire que cela n'allait pas marcher. Puis il remarqua que la cuisine semblait s'assombrir, comme si des nuages voilaient le soleil.

La flamme de l'une des bougies fit un brusque écart, puis l'autre, puis toutes les deux commencèrent à brûler avec plus d'éclat.

— Je sens ta présence, Junior. Je sais que tu es ici. Parle à ton frère, demande-lui de se rappeler ce qui s'est réellement passé.

La flamme des bougies s'éleva de plus en plus haut, et elles se mirent à brûler avec une telle violence qu'elles sifflaient, comme des chalumeaux oxyacétyléniques. La lumière était tellement aveuglante que Trésor fut obligé de se protéger les yeux de la main. Au centre même de la lumière, Decker avait l'impression d'apercevoir un visage, mais elle était si intense qu'il ne pouvait en être sûr.

Ce fut seulement lorsque Rhoda se remit à parler qu'il comprit qu'elle était en communication avec Junior Abraham, où qu'il fût, au ciel ou en enfer, ou quelque part entre les deux. La voix de Rhoda était très rauque et basse, et elle donnait à Decker l'impression que son cuir chevelu était picoté par des dizaines d'aiguilles à coudre.

— *On était assis ensemble, mec, et on discutait de la réunion à la Maison de la Famille.*

Trésor regarda fixement Rhoda, bouche bée.

— *Tu disais qu'on devrait prendre sous notre protection les gens qui tiennent les étals de nourriture et d'artisanat, tu sais, dans le cas où leurs étals seraient renversés accidentellement ou incendiés, ou quelque chose, ou si un gosse lançait de la merde de chien sur leur porc aux haricots.*

— C'est Junior, dit Trésor avec incrédulité en se tournant vers Decker, sa main toujours levée pour se protéger les yeux. C'est *Junior* qui parle. C'est elle qui parle mais c'est Junior qui parle. Comment elle fait *ça*?

— *Maintenant tu réfléchis, Trésor. Tu réfléchis bien. On était assis là et on parlait de la Maison de la Famille, et puis quelqu'un s'approche de la table, un plateau dans les mains.*

— Je me rappelle, dit Trésor en hochant la tête frénétiquement. Je m'en souviens parfaitement.

— *Essaie de visualiser ça. Tu vois le plateau, oui? Tu vois les quatre bols de soupe?*

— Je les vois. Je les vois.

— *Maintenant je veux que tu relèves la tête. Je veux que tu lèves les yeux, frérot, et que tu regardes bien le visage de la personne qui porte le plateau.*

—Je peux pas, Junior, dit Trésor. C'est comme si tout était flou. Je vois pas qui c'est.

—*Si, tu le peux. Ça va pas être facile parce qu'on a jeté un sort sur ce souvenir particulier. Comme un genre de tour de passe-passe, pour t'empêcher de te rappeler ce que tu as vraiment vu. Mais tu peux y arriver, Trésor. Allez, frérot. Montre-moi que tu n'es pas aussi stupide que les gens disent que tu l'es.*

—Hé... Qui dit que je suis stupide?

—*T'es pas stupide, mec. Tu peux lever les yeux et me dire qui porte ce plateau.*

—Je sais pas, Junior. Mes yeux montent pas aussi haut.

—*Tu te souviens de ce plateau qui vole en l'air et des bols de soupe qui volent en l'air et ensuite quoi?*

—Bang! C'est tout. Bang, et ta tête a éclaté.

—*Pense à l'instant précis où le coup de feu est parti. Réfléchis très fort, Trésor. Qui tenait le flingue?*

Trésor ferma fort les yeux et grinça des dents tandis qu'il se concentrait. Les bougies sifflaient, de plus en plus chaudes, et la cire coulait sur les bougeoirs et se répandait sur la nappe.

Trésor ouvrit brusquement les yeux et regarda Rhoda, la bouche grande ouverte.

—Mee-erde! s'exclama-t-il. Mee-erde, c'était pas du tout un serveur! Mee-erde!

—*Qui était-ce, Trésor? Je veux t'entendre dire le nom.*

—C'était *elle*. Cette pute de Reine Aché, voilà qui c'était! Je la *vois*! Je la vois, clair comme le jour! Elle s'approche de la table et elle jette les bols de soupe sur nous et bang! Je me tourne et je dis: «*Junior, t'es blessé?*» mais Junior, il a plus de tête. Reine Aché, mee-erde. Je vais *tuer* cette pute, je le jure devant Dieu! Je vais la tuer!

Presque tout de suite, le sifflement cessa et la flamme des bougies commença à crachoter. Rhoda se leva, se pencha vers la table et souffla dessus pour les éteindre. Au milieu des volutes de fumée âcre, elle tendit le bras, prit la main de Trésor, la serra, et lui sourit.

—Maintenant tu te rappelles qui a tué ton frère, n'est-ce pas?

—Absolument. Je comprends pas pourquoi je pouvais pas m'en souvenir avant.

—Tu ne pouvais pas t'en souvenir avant parce que Reine Aché a jeté un sort santeria sur tous ceux qui se trouvaient dans le restaurant, y compris toi. C'est une magie de la terre très puissante.

Très peu de gens peuvent confectionner ce genre de sort, de nos jours, même un *babalawo*.

—Mais pourquoi elle a agi ainsi ? demanda Trésor. Elle aurait pu le buter dans un lieu privé, non ? Elle n'avait pas besoin d'un sort !

Decker secoua la tête.

—C'est typique de Reine Aché. Elle voulait que les gens sachent que, si on essaie de l'entuber, on ne peut pas lui échapper, où qu'on se trouve, même dans un restaurant.

—Je vais la *dessouder*, mec, je le jure devant Dieu.

—Certainement pas. Mais tu te présenteras au tribunal et tu déposeras contre elle. Toi et tous les autres témoins, lorsque je les aurai amenés, *eux aussi*, à se rappeler ce que tu viens de te rappeler.

Ils entendirent la clé tourner dans la serrure de la porte d'entrée et Daisy appeler depuis le séjour :

—Papa ! Papa !

Rhoda se leva et remonta le store. Hicks entra dans la cuisine, tenant Daisy dans ses bras, mais, lorsqu'il aperçut Decker et Trésor, son sourire disparut immédiatement.

—Que se passe-t-il ? demanda-t-il vivement. Qu'est-ce que ce type fait ici ?

Decker toussa et répondit :

—Euh... Je vais tout vous expliquer.

Rhoda se tourna vers Decker d'un air stupéfait.

—Vous voulez dire que Tim *ne savait pas* que vous veniez ici ? s'exclama-t-elle. Ce n'est pas ce que vous m'aviez dit au téléphone !

—En fait, pour être juste, je ne vous ai pas dit qu'il était au courant et je ne vous ai pas dit qu'il *n'était pas* au courant.

—Vous m'avez menti, lieutenant. Il n'y a rien de juste là-dedans !

—Écoutez, je vous fais toutes mes excuses si vous avez mal interprété mes paroles, Rhoda. Mais, franchement, je ne pense pas que Tim aurait été très content d'apprendre que vous organisiez une autre séance de spiritisme, n'est-ce pas ? Surtout avec Trésor ici présent.

—Mais j'ai rien fait ! protesta Trésor. Je suis venu juste parce qu'on me l'avait demandé !

Hicks posa Daisy par terre.

—Je peux vous parler seul à seul, lieutenant ?

— Tim…, dit Rhoda.

— Laisse-moi m'occuper de ça, ma chérie. Je ne dirai rien de politiquement incorrect.

— J'espère bien ! fit Decker. Ceci est une enquête portant sur plusieurs homicides et je la dirige, et c'est moi qui ai décidé que nous avions besoin de l'assistance de Rhoda.

— Rhoda est ma femme, lieutenant.

— Elle est également la seule personne que je connaisse qui pouvait aider Trésor à se rappeler qui a tué son frère. Et elle l'a fait. Il s'est souvenu.

— Si j'avais su que vous maniganciez un coup fourré comme celui-là…

— Exactement, et c'est pourquoi je ne vous ai rien dit.

— Je vais être obligé de déposer une plainte officielle. Vous vous rendez compte de ce que vous avez fait ici ? Vous mettez ma famille en danger.

— N'en faites pas trop. Personne ne le saura jamais.

— Oh, vraiment ? Et que répondrez-vous au district attorney lorsqu'il vous demandera comment Trésor s'est brusquement souvenu de ce qu'il avait vu ?

— Je ne lui répondrai certainement pas que c'est son défunt frère qui le lui a dit, au cours d'une séance de spiritisme.

— Je n'arrive pas à le croire ! Je n'arrive pas à croire que vous ayez fait ça !

— C'était Reine Aché, dit Decker.

— Quoi ?

— Il n'y avait pas de serveur. Reine Aché a utilisé un sort santeria et a abattu Junior Abraham elle-même.

— Eh bien, je suis foutrement rassuré ! Ma femme a été abusée afin de fournir des preuves établissant la culpabilité de la criminelle la plus impitoyable de Richmond. Et merde, lieutenant, pensez à ce qui est arrivé à votre Cathy !

— Votre famille sera en sécurité, Tim, je vous le promets. Réfléchissez un instant. Nous n'aurons jamais la moindre chance d'attraper notre tueur invisible à moins d'avoir quelqu'un de notre côté qui peut le voir, et qui sait comment le coincer.

— Qu'est-ce que vous racontez ?

— Nous pouvons utiliser les preuves fournies par Trésor pour persuader Reine Aché de nous aider.

— Vous êtes prêt à faire ça ? Vous êtes réellement prêt à faire ça ? Je croyais que vous soupçonniez que Reine Aché avait fait tuer votre Cathy.

— Je ne fais pas que le soupçonner, mon vieux. J'en ai la certitude. Mais on est parfois contraint, dans ce boulot, de travailler avec des gens que vous seriez ravi de voir morts, parce que c'est la seule façon pour vous d'obtenir des résultats. Ce type a déjà tué quatre personnes et je suis foutrement sûr qu'il en tuera beaucoup d'autres. Que proposez-vous que nous fassions ? Hausser les épaules et le laisser faire ?

Hicks passa son bras autour des épaules de Rhoda et la serra contre lui. Il avait manifestement du mal à contenir sa colère, mais Rhoda leva la main et effleura ses lèvres du bout des doigts pour le faire taire.

Decker se leva.

— Je vais reconduire Trésor en ville. On se voit tout à l'heure dans mon bureau.

29

Il déposa Trésor dans Clay Street.

— Écoute... Lorsque Reine Aché apprendra que nous avons des témoins oculaires, tu vas être foutrement en danger, tu t'en rends compte ?

— Vous croyez que j'en ai quelque chose à branler ? Cette femme a explosé la tête de mon frère.

— Est-ce qu'il y a un endroit où tu pourrais aller, un endroit sûr ? Sinon, je peux demander une protection rapprochée pour toi.

— J'ai des cousins à Chester.

— Bon, d'accord. Mais tu me fais savoir où tu es.

Trésor secoua la tête.

— C'était vraiment dingue, hein ? Junior qui me parlait comme s'il était toujours vivant ?

— Oui, en effet. Voici mon numéro de téléphone. Tu m'appelles dès que tu es arrivé à Chester.

Il observa Trésor s'éloigner d'un air décontracté. À ce moment-là, son téléphone cellulaire sonna.

— Lieutenant ? Ici le capitaine Morello, du centre de documentation historique. J'ai trouvé quelque chose qui devrait vous intéresser énormément, à mon avis.

— Vous voulez que je vienne à Fort Monroe ? Je peux être là-bas à... disons dix-sept heures, si cela vous convient.

— Non... Vous n'avez pas besoin de vous déplacer. J'ai un dîner à Richmond ce soir. Je peux vous voir vers dix-neuf heures.

— Parfait... Vous savez où nous sommes ?

Hicks ne dit rien lorsqu'il revint au commissariat. Il alla directement à son bureau et commença à trier les documents qu'il avait amassés sur les origines de Jerry et Alison Maitland, George Drewry et John Mason. Au bout d'un moment, Decker s'approcha de lui et dit :

— Écoutez, Hicks. Je vous fais mes plus humbles excuses. Demander à votre femme d'organiser une séance de spiritisme… C'était quelque chose que j'ai décidé de faire sous l'inspiration du moment, et je savais que vous ne seriez pas d'accord. Mais, bon, vous devez reconnaître que ça a marché. Nous avons fait un sérieux bond en avant… et si nous parvenons à persuader tous les autres témoins de se souvenir de ce qu'ils ont vu…

Hicks jeta son stylo-bille sur son bureau et se renversa dans son fauteuil d'un air renfrogné.

— Si vous voulez que je vous retire de cette enquête, je comprendrai tout à fait. Rudisill sera ravi de mettre le turbo.

Hicks secoua la tête énergiquement.

— Je désire trouver cet enfoiré autant que vous, lieutenant. Mais je ne veux pas que ma famille soit concernée, c'est tout. Vous pensez sérieusement que tous les autres témoins vont se présenter au tribunal et déposer contre Reine Aché ?

— Il ne s'agit pas de cela, répondit Decker. L'important, c'est que nous avons besoin que Reine Aché nous aide à trouver ce Type Très Effrayant. Vous croyez que j'ai envie de travailler avec elle, après ce qu'elle a fait à ma Cathy ? Mais la vie est la plus grande priorité de toutes.

— Ma famille est ma priorité, lieutenant. Ma Rhoda. Ma Daisy.

— Je ne pense pas que votre famille coure le moindre danger. Ce type opère selon un agenda très précis. En fait, j'ai la certitude que la prochaine victime sur sa liste pourrait bien être moi.

— *Vous ?* Pourquoi vous ?

— Il ne tue pas des gens au hasard. Il a une liste, et il la suit en les liquidant un par un.

— Vous avez une preuve de cela ?

— Rien de concret. Seulement d'autres cauchemars, d'autres voix, d'autres hallucinations. Je crois avoir vu Cathy dans ma chambre la nuit dernière et elle m'a averti que sainte Barbara s'en prendrait à moi dans les prochaines quarante-huit heures.

Hicks haussa les sourcils.

—Je ne sais pas si je suis bien placé pour dire ça, lieutenant. Enfin, je ne suis pas psychanalyste ni rien de tout ça. Mais vous ne croyez pas que vous *imaginez* peut-être toutes ces conneries ? C'est peut-être le stress, tout simplement.

—Le stress ne peut pas écrire sur les murs de votre appartement avec du sang, Hicks. Le stress ne peut pas laisser sur vos pieds des égratignures causées par des ronces alors que vous *rêvez* seulement que vous courez à travers des broussailles. Cette enquête ne comporte pas simplement des *connotations* de surnaturel, Hicks. *C'est* surnaturel. C'est totalement étrange, anormal et mystérieux. Qui plus est, la fille de Moses Adebolu m'a également prévenu que sainte Barbara allait venir me chercher, excepté qu'elle a utilisé le nom santeria de sainte Barbara, Chango.

—C'était ce qu'elle vous disait, hein ? Mais pourquoi vous ?

—Je n'en suis pas certain à 100 %, mais je pense que cela a quelque chose à voir avec mon trisaïeul. Quelque chose qu'il a fait lorsqu'il combattait dans l'armée de la Virginie du Nord.

—Vous pensez réellement qu'il y a un lien entre ces meurtres et la guerre de Sécession ?

—Avec la Brigade du diable, oui. Il s'est passé quelque chose durant la bataille du Wilderness, Hicks. Quelque chose de si foutrement horrible que cela n'a jamais disparu.

Le capitaine Morello arriva à dix-neuf heures sonnantes. Decker leva les yeux lorsqu'elle entra dans son bureau, mais il ne la reconnut pas tout de suite. Ses cheveux noirs ondulés n'étaient plus coiffés en chignon, et ses lèvres étaient d'un écarlate brillant. Au lieu de son uniforme impeccablement repassé, elle portait un boléro noir à paillettes, une robe courte noire et un collant noir luisant.

—Lieutenant ?

Decker leva les yeux à nouveau, puis il se leva d'un bond et fit un salut militaire.

—À vos ordres, *monsieur* !

—Repos, lieutenant, répondit-elle en souriant. Je ne suis pas de service en ce moment.

— Vous avez l'air… euh… Vous avez tout à fait l'air de ne pas être de service.

— Je vous remercie.

Elle montra une serviette en cuir marron et annonça :

— J'ai découvert ces papiers hier après-midi dans l'un des dossiers de recherche du major Drewry, et je les ai lus durant la plus grande partie de la nuit.

— Oh, vraiment ? fit Decker d'un air de doute.

— Le major Drewry les avait achetés l'année dernière en octobre, à une vente aux enchères des objets personnels de la famille Longstreet, à Hopewell. Il n'a même pas eu l'opportunité de lire la plupart de ces papiers, encore moins de les classer.

Elle ouvrit la serviette et en sortit une liasse de vieux papiers décolorés, attachés ensemble par une ficelle grise, où des fragments de cire à cacheter durcie et jaunâtre adhéraient toujours.

— Écoutez, dit Decker, vous pensez que je peux vous forcer la main et vous persuader de faire ceci dans un endroit plus confortable ? Je prendrais volontiers un verre maintenant.

— Entendu, répondit le capitaine Morello. Considérez que vous m'avez forcé la main.

Ils quittèrent le commissariat et remontèrent Grace Street Est jusqu'au *Raven Bar*, qui était l'un des bars préférés de Decker. La décoration de la salle évoquait une bibliothèque au tournant du siècle, avec des lambris de chêne, des lampes Tiffany et de moelleuses banquettes en cuir. Decker pilota le capitaine Morello vers un box d'angle, sous une gravure encadrée d'Edgar Allan Poe, au front semblable à la pleine lune.

— Une bière, s'il vous plaît, Sandie, demanda-t-il à la serveuse, qui portait un bonnet s'attachant sous le menton et un grand tablier tombant jusqu'à terre. Et pour vous, qu'est-ce que ce sera, capitaine ?

— Un old-fashioned, avec beaucoup de glaçons.

— Je n'aurais jamais pensé que vous buviez du whisky.

— Ce qui prouve que même des policiers de premier ordre peuvent parfois se tromper sur le compte des gens.

Il posa son coude sur la table et la considéra attentivement pendant trente secondes. Elle soutint son examen avec une audace impassible, ses yeux le mettant au défi de lui dire quel genre de femme elle était.

— Papa était un officier de grade élevé. Maman était danseuse.

— À côté de la plaque, encore une fois. Papa travaillait dans les produits de papier recyclé. Maman était avoué.

— Alors pourquoi vous êtes-vous engagée dans l'armée ?

— Ma meilleure amie, Marcia Halperin, avait envie de s'engager, alors je l'ai fait, moi aussi. Au bout de trois semaines, elle a décidé qu'elle détestait cela, et elle a donné sa démission. Pour ma part, j'ai adoré chaque minute, et je continue d'adorer ça. Je suppose que je suis le genre de femme qui aime la discipline, et l'organisation.

— Et l'histoire ?

— Bien sûr… Mais l'histoire avec un objectif moderne. La plupart des gens pensent que le centre de documentation historique sert uniquement à conserver de vieilles archives sentant le moisi, mais le Pentagone consulte toujours nos dossiers chaque fois qu'ils projettent une action militaire offensive. Ils peuvent voir de quelle manière des problèmes tactiques ont été abordés dans le passé – ce qui s'est bien déroulé dans le Golfe et ce qui a mal tourné en Somalie. Une armée qui connaît son histoire, lieutenant, c'est une armée qui connaît sa force.

— Eh bien, merci pour le cours.

Leurs consommations arrivèrent, avec un bol contenant des pistaches et des noix de cajou. Decker but une grande gorgée de bière et s'essuya la bouche du dos de la main. Le capitaine Morello posa sa serviette sur la table et actionna les fermoirs.

— Je ne vous raconte pas de blagues, lieutenant. Ces documents représentent une véritable dynamite historique. Ce sont les journaux *intimes* que le général de corps d'armée James Longstreet a tenus pendant qu'il était à l'hôpital après la bataille du Wilderness.

» Bien sûr, il a rédigé un rapport officiel des combats, mais il n'a jamais avoué au premier corps d'armée ce qui s'était réellement passé, et la plupart des hommes qui étaient au courant ont été tués cette nuit-là, ou à Spotsylvania, ou à Appomattox, ou bien ils ont refusé d'en parler et ils ont emporté ce qu'ils savaient dans leur tombe.

Elle ôta la ficelle qui liait les papiers et les étala sur la table. Ils sentaient le vinaigre, comme tous les vieux papiers, mais ils avaient également une autre odeur, qui évoquait pour Decker la lavande desséchée qui a perdu presque tout son parfum.

— Et voilà, il y a plus de quatre-vingt-dix feuillets, un récit de première main concernant la Brigade du diable. C'est stupéfiant. Au fil des années, il y a eu probablement des dizaines de rumeurs et de mythes à ce sujet.

Elle prit une photocopie de la première page d'un journal datant de la guerre de Sécession.

— Le *Memphis Daily Appeal*, juin 1864. C'est sans doute la première mention publique qui ait été faite de la Brigade du diable. Un jeune soldat, Josiah Billings, a été renvoyé dans ses foyers après avoir perdu son avant-bras gauche à la bataille du Wilderness. Il a déclaré que, durant le soir du 6 mai, ses camarades et lui essayaient de rejoindre la voie ferrée non terminée reliant Gordonsville à Fredericksburg lorsqu'ils se sont perdus dans l'épais sous-bois derrière les lignes ennemies. Brusquement, ils ont été entourés « d'éclairs crépitants, mais ce n'étaient pas des boulets pleins », et il a vu un soldat de l'Union « fendu en deux par un éclair depuis la tête jusqu'à l'aine, si bien qu'il ressemblait à la demi-carcasse d'un bœuf de boucherie ». Il a vu un autre Yankee retourné du dedans vers le dehors… « comme un gant que l'on a retiré ».

» Ensuite, il a dit que « des feux se sont allumés tout autour de nous, spontanément, et les bois flambaient avec une telle violence que des centaines d'hommes ont été pris au piège et ont brûlé vifs ».

Decker hocha la tête.

— Billy-Joe Bennett m'a raconté une histoire similaire. Vous connaissez Billy-Joe Bennett ? Il tient un magasin de souvenirs de la guerre de Sécession dans Cary Street.

— Oh, bien sûr. Le Rebel Yell. Je connais Billy-Joe depuis des années. Il est complètement *obsédé* par la guerre de Sécession, non ? Mais il déniche souvent des cartes d'origine, des journaux, des objets très rares datant de la guerre de Sécession, et il nous les apporte pour que nous y jetions un coup d'œil. Il y a un mois environ, il m'a apporté un minuscule carré de soie… C'était une partie du fanion de la seconde compagnie d'artillerie. Après que l'armée confédérée eut fait sa reddition à Appomattox Courthouse, le porte-drapeau de la compagnie l'a découpé en petits morceaux et les a distribués aux artilleurs en guise de souvenirs. Juste un minuscule carré de soie, mais quel *passé* cela représentait ! Quelle émotion !

Decker prit une poignée de noix de cajou.

— Tout cela a une très grande importance pour vous, n'est-ce pas ?

—Bien sûr. C'est réel. De même que ces documents. Pensez donc! Le premier récit sur la Brigade du diable par l'homme qui l'a formée.

Decker prit le premier feuillet. L'encre violette était flétrie, l'écriture couchée… Des pattes de mouche qu'il arrivait à peine à déchiffrer, excepté un ou deux mots ici et là.

—Vous arrivez à *lire* ceci? demanda-t-il.

—On s'y habitue. L'astuce, c'est d'incliner le feuillet de biais.

—Hmmm, fit Decker en essayant. J'arrive tout juste à comprendre un mot sur dix. C'est quoi, «paffage»?

—«Passage.» Ses deux «s» ressemblent toujours à des «f». Tenez… J'ai fait une transcription pour vous.

Decker prit la liasse épaisse des tirages papier à double interligne.

—Merci. Mais vous pourriez peut-être me résumer l'essentiel? Vous avez le temps, n'est-ce pas?

—Bon, entendu… Je n'ai pas besoin d'être au *Berkeley Hotel* avant vingt heures.

—Vous êtes vraiment obligée d'y aller? Je n'ai pas souvent l'opportunité de sortir avec une femme aussi bien habillée que vous.

—C'est une collecte de fonds pour l'American Legion, et oui, je dois y assister. Mais merci tout de même pour le compliment.

Elle ouvrit son sac à main et en sortit des lunettes demi-lune à la monture dorée. Elle feuilleta rapidement la transcription du journal du général Longstreet, puis:

—Ah, voilà! «Le 11 avril, j'ai reçu l'ordre à Bristol émanant de l'inspecteur général de rejoindre, avec la partie d'origine du premier corps (les divisions Kershaw et Field et le bataillon d'artillerie Alexander), le général R.E. Lee, commandant l'armée de la Virginie du Nord. Le 22, je suis arrivé avec mes hommes à Mechanicsville, et j'ai fait dresser le campement à proximité. J'ai été informé par l'officier général qu'une partie de l'armée ennemie avançait rapidement et avait atteint la Culpeper Mine Ford sur la Rapidan River et qu'elle s'apprêtait à la traverser pour pénétrer dans le comté d'Orange.

» Durant la nuit du 29, j'ai été approché de façon inattendue par le colonel Frederick Meldrum de la division Heth, qui était accompagné de son serviteur noir, un homme connu seulement comme John. Dans le civil, le colonel Meldrum était le riche propriétaire d'une plantation de tabac et un homme d'une grande intelligence et d'une grande prestance. Il a dit qu'il croyait savoir que notre situation militaire était précaire en ce moment, et que le général Grant était sur le point de percer nos lignes et de nous repousser jusqu'à Richmond elle-même.

» Il a demandé s'il pouvait parler plus en détail, à condition que cela reste entre nous. J'ai accepté. Il m'a confié que son serviteur John était un adepte d'une religion magique originaire de l'Afrique de l'Ouest appelée lucumi, ou santeria, ou parfois vaudou. Étant un homme d'un esprit très curieux, le colonel Meldrum avait pris la peine de s'initier aux croyances religieuses de son serviteur, et il l'avait persuadé de lui montrer certains des rituels et des sorts magiques.

» On doit comprendre que j'étais très fatigué et préoccupé par toutes sortes d'autres considérations, en particulier le retard de l'arrivée de mes renforts, lequel était occasionné par le manque de transport par chemin de fer. Cependant, le colonel Meldrum me demanda d'assister à un sort santeria afin de me démontrer son efficacité. John sortit des pierres des poches de son gilet, ainsi que des colliers de perles noires et vertes, puis il se mit à psalmodier d'une façon monotone et interminable. Je commençais à m'impatienter lorsque, sous mes yeux, sa peau sembla fondre, comme du beurre marron qui fond dans une poêle chaude, et il devint un *squelette*, un homme fait d'os, toujours habillé, toujours vivant, mais complètement dépourvu de chair. Dire que j'étais horrifié et terrifié serait bien en dessous de la vérité. Durant un moment, je doutai de ma raison, et je pensai que le poids et les conditions de la guerre m'avaient certainement fait perdre l'esprit.

» Mais le squelettique John se leva de sa chaise et s'approcha du moqueur que je gardais toujours avec moi dans une cage pour me servir de mascotte. Il leva ses deux mains osseuses et il était manifeste que le pauvre oiseau était tout à fait affolé. Il poussait de petits cris, agitait ses ailes, et se jetait éperdument contre les barreaux de sa cage. John ne lui dit pas plus de deux mots, et cela fut suivi instantanément d'un fort claquement, semblable à une balle de fusil heurtant la roue d'une charrette. L'oiseau explosa aussitôt en un amas de plumes, d'os et d'intestins horribles, et tomba mort du perchoir de sa cage.

» Petit à petit, la chair de John commença à réapparaître, telles des ombres s'amoncelant après le coucher du soleil. Avant qu'une demi-minute se fût écoulée, il était entièrement revêtu de sa peau à nouveau, et il me sourit avec une impudence sournoise que je trouvai profondément inquiétante. Je suis un homme pieux, mais être témoin d'une manifestation de magie païenne si puissante ébranla ma foi jusqu'en son cœur.

» Le colonel Meldrum m'expliqua que, en temps de guerre, les Africains de l'Ouest pouvaient demander à leurs différents dieux de prendre possession d'eux, et que John avait été temporairement possédé par un dieu redoutable appelé Oggun, lequel incarne la guerre, la mort, et l'acte de massacrer. Même ici en Amérique, m'apprit-il, nos esclaves continuaient de vénérer Oggun, en disant à leurs maîtres qu'ils vénéraient saint Pierre. C'était Oggun qui l'avait rendu capable de tuer le moqueur uniquement au moyen de la peur, parce que la pauvre créature s'était retournée de l'intérieur vers l'extérieur plutôt que d'affronter la terreur que Oggun lui inspirait.

» Je commençai alors à comprendre ce que le colonel Meldrum me proposait. Si nous formions une brigade d'une douzaine de volontaires, dit-il, son serviteur John pouvait effectuer les invocations et les incantations nécessaires pour que ces volontaires soient possédés par certains des dieux de la santeria les plus puissants et les plus belliqueux. Ils feraient de tels ravages parmi les troupes de l'Union qui progressaient, et sèmeraient une telle terreur primitive, que l'ennemi fuirait le champ de bataille et n'aurait jamais le courage de revenir.

» Je demandai au colonel Meldrum de me laisser un peu de temps pour réfléchir à sa proposition. Après tout, nous étions des chrétiens, combattant pour une cause chrétienne, et recourir aux croyances païennes de l'Afrique équivaudrait à admettre que nous n'avions pas la force ou le courage moral de vaincre notre adversaire.

» Au matin, cependant, une estafette se présenta à mes quartiers pour m'informer que les troupes de l'Union avaient traversé la Rapidan River. Les généraux Hill et Ewell avaient été mis à mal et battaient en retraite dans la plus grande confusion. Je compris alors que le Sud était sur le point d'être envahi, et que la ville de Richmond elle-même était directement menacée.

» J'envisageai d'envoyer une lettre au général R.E. Lee, pour lui demander l'autorisation d'utiliser les forces magiques de la santeria, mais je savais qu'il n'y consentirait jamais. Même si j'avais disposé du temps nécessaire pour le localiser, et pour lui faire la démonstration des pouvoirs que le serviteur du colonel Meldrum m'avait déjà montrés, je doutais fort qu'il m'aurait donné son accord. C'était un homme d'honneur et d'une telle intégrité, et sa croyance en l'Évangile était si forte, que je pense qu'il aurait préféré se rendre avec toute notre armée sur-le-champ plutôt que de faire appel aux œuvres de n'importe quel démon.

» Je priai et j'implorai le pardon si le choix que je m'apprêtais à faire était un blasphème pour ce que nous autres dans le Sud chérissions et considérions comme sacré. Puis je fis venir le colonel Meldrum et son serviteur John, et je demandai au colonel Meldrum de choisir douze de ses hommes les plus compétents, pour une mission spéciale, placée sous mes ordres. Il devait leur expliquer clairement ce qu'on attendait d'eux, et rendre parfaitement explicite le fait que ce qu'il leur demandait de faire était un acte librement consenti.

» Un seul des officiers et hommes de troupe qu'il approcha déclina cette mission, bien qu'il leur ait expliqué clairement qu'ils devraient soumettre leur esprit et leur corps à des influences non chrétiennes. Celui qui refusa, le capitaine Hartnett, était le fils d'un pasteur fondamentaliste.

» Par conséquent – et dans le plus grand secret – notre brigade fut préparée pour son étrange et terrible tâche. Le colonel Meldrum annonça qu'il serait possédé par Oggun (saint Pierre). Les autres officiers et hommes de troupe étaient comme suit :

Général de division M.L. Maitland, officier commandant (Yegua, celui qui apporte la mort, souvent connu dans la santeria comme saint Érasme).

Lieutenant H.N. Stannard (Oya, la déesse des cimetières, souvent associée dans la santeria à sainte Anne d'Éphèse).

Lieutenant R.F. Mason (Ochosi ou Osowusi, le guetteur de la nuit, sainte Cécile).

Sergent W.B. Brossard (Babalu-Ayé, le dieu des maladies contagieuses, saint Lazare).

Sergent L. Taylor (Orunla, le seul dieu à avoir dupé la Mort, saint François).

Caporal C. Hutchinson (Allaguna, l'une des manifestations d'Obtala, un féroce guerrier à cheval, saint Luc).

Lieutenant-colonel H.K. Drewry (Osain, qui terrifie les gens dans les bois la nuit, saint Cyrille).

Major F.D. McKenna (Osun, le messager du danger imminent, saint Jacques Intercisus).

Caporal W. Cutler (Eleggua, l'escroc, saint Martin des pauvres).

Major J.H. Shroud (Chango, le dieu de la foudre et du feu, sainte Barbara).

Capitaine G.T. Brookes (Orisha-Oko, le dieu du sang sacrificatoire, saint Barnabé).

» Malgré le temps chaud et humide, on remit à chacun de ces volontaires un manteau de cavalerie, car, durant leur période de possession par leurs dieux respectifs, ils apparaîtraient comme John le serviteur noir était apparu, tel un squelette ambulant, ou même invisibles à l'œil nu, et nous ne tenions pas à ce que nos hommes soient terrifiés par eux. On leur remit également des chapeaux à large bord, avec des plumes de corbeau glissées dans le ruban. Celles-ci, affirma John, augmenteraient leur pouvoir magique. »

Decker posa sa main sur les feuillets de papier. Le capitaine Morello ôta ses lunettes de lecture et le regarda.

— Qui aurait pu voir ce journal ? lui demanda Decker. À part le major Drewry et vous ? Je veux dire, récemment ?

— Personne. Il était gardé sous clé aux archives.

— Vous pensez qu'il pourrait y avoir une autre copie quelque part ?

— J'en doute. La liasse de papiers était ficelée et cachetée, probablement par le général de corps d'armée Longstreet lui-même, et je suis tout à faire sûre que la cire à cacheter était d'origine.

— Alors personne n'a pu voir cette liste de noms depuis 1864 ?

— C'est très vraisemblable, oui.

— Pourtant trois de nos quatre victimes d'un homicide étaient chacune un descendant de l'un de ces hommes. Maitland, Drewry et Mason. Et il est concevable qu'Alison Maitland descendait également de l'un d'eux.

Il hésita, puis il déclara :

— En fait, c'est également mon cas. C'était mon trisaïeul – Frederick Decker McKenna.

— Mais pourquoi quelqu'un voudrait-il les tuer ?

— La rancune, je suppose.

Il n'avait pas envie de lui parler de ses cauchemars, ou de la façon dont Cathy était apparue dans son appartement.

— Garder rancune pendant aussi longtemps ?

— Je ne sais pas. Avons-nous pardonné aux Juifs d'avoir crucifié Jésus ? Et cela s'est passé il y a combien de temps ?

— L'auteur de ces meurtres est peut-être quelqu'un dont le trisaïeul combattait dans l'armée de l'Union, et qui a été retourné comme un gant, ou frappé par la foudre, ou je ne sais quoi. (Elle haussa les épaules.) Simple hypothèse. Vous êtes plus au fait des motivations criminelles que moi.

— Ma foi… vous avez raison. Des gens tuent d'autres personnes pour des raisons très étranges. Un vieux type du district de Fan a étranglé sa femme l'année dernière parce qu'elle lui servait des épinards tous les jours depuis trente-huit ans. Mais… continuez… Dites-m'en plus sur la Brigade du diable.

— Oh, certainement, parce que c'est là que ça devient vraiment intéressant. Le matin du 6 mai, très tôt, Longstreet a fait avancer ses divisions jusqu'à Parker's Store, sur le chemin de rondins d'Orange, y compris la Brigade du diable. Ils sont arrivés à l'aube. Les troupes de l'Union progressaient à travers les bois. Devant eux, les divisions Heth et Wilcox avaient été enfoncées, et c'était la débandade complète.

» C'est à cet endroit que Longstreet a fait se déployer la division Kershaw sur la droite du chemin de rondins, et la division Field sur la gauche. Ils ont réussi à contenir l'avance ennemie, mais il leur était impossible d'avancer vraiment parce que le sous-bois était trop touffu.

Elle se remit à lire le journal de Longstreet. « La ligne de bataille se déplaça et nous arrivâmes tout près de l'ennemi. Le sous-bois dense et enchevêtré empêchait de voir les troupes adverses, mais chacun sentait qu'elles étaient à proximité. Tout était silencieux et immobile. Personne n'osait parler à haute voix. C'était le soir et il commençait à faire nuit.

» Puis un homme a toussé. Aussitôt, les fourrés ont été illuminés par la lueur d'un millier de fusils, les hommes se sont levés d'un bond, les officiers ont hurlé des ordres, et la bataille a commencé. Aucun des deux camps ne cédait, mais je voyais que certains des officiers et des soldats les plus courageux de mon corps d'armée tombaient autour de moi, et je compris que nos lignes allaient être enfoncées.

» Je fis venir le général de division Maitland et le colonel Meldrum et je les informai que je désirais envoyer en reconnaissance l'un des hommes de leur brigade spéciale pour voir quelle assistance il pouvait apporter à nos divisions. Le colonel Meldrum répondit que nous devrions en envoyer au moins quatre ou cinq, mais j'étais déjà peu disposé à en envoyer un seul. John, le serviteur noir, dit que, si j'étais inflexible et insistais pour n'en envoyer qu'un, nous devrions faire appel au major Shroud pour qu'il soit possédé par le dieu du feu et de la foudre, Chango, puisque les bois et les fourrés étaient très inflammables, et le vent était en notre faveur, soufflant du sud-ouest.

» Le major Shroud s'avança et, en présence de seulement quatre ou cinq d'entre nous, John accomplit une cérémonie à l'aide de pierres qu'il appelait des « pierres-tonnerre », puis il écrasa un limaçon dont il laissa tomber l'humeur sur les pierres, où il ajouta de l'huile. Ensuite il apporta un coq, lui trancha le cou, et répandit également son sang sur les pierres.

» Les combats étaient proches à présent, des balles de fusil claquaient à travers le sous-bois et heurtaient les arbres. John psalmodia une dernière incantation et passa autour du cou du major Shroud un collier de perles rouges et blanches – qui étaient les couleurs sacrées de Chango, expliqua-t-il.

» La transformation du major Shroud fut effroyable à regarder. Comme John, sa chair sembla fondre sur son visage comme de la cire à bougie, lui donnant l'aspect d'un crâne grimaçant sans yeux. Il mit son manteau de cavalerie, et, à la faveur de ce geste, je vis que sa poitrine n'était qu'une cage thoracique nue.

» John prit un cigare allumé et souffla un filament de fumée vers les lignes ennemies, tout en prononçant des mots qui étaient totalement incompréhensibles. Le major Shroud se retourna et commença à s'éloigner dans cette direction. Il paraissait en mesure de s'avancer à travers les taillis sans la moindre difficulté, ressemblant plus à une ombre terrifiante qu'à un homme.

» Seulement quelques minutes plus tard, les bois furent illuminés par la foudre, cent plus fois plus brillante que la lueur des tirs. La foudre tomba en huit ou neuf endroits en même temps, et fut suivie d'un grondement de tonnerre qui fit trembler le sol sous nos pieds. Des flammes jaillirent de tous côtés. Un instant plus tard, les bois s'embrasaient avec violence, ici, là-bas, partout.

» Des hommes crient au cours d'une bataille, lorsque leurs entrailles sont transpercées par une balle de fusil, ou leur jambe arrachée par un boulet plein, ou leurs bras fracassés par une balle Minié. Je ne connaissais que trop bien de tels cris.

» Mais cette nuit-là, dans les bois du Wilderness, j'entendis des cris qui semblaient être poussés par des âmes que l'on jette dans les flammes de l'enfer. Ces cris exprimaient un tel désespoir que ma peau se recroquevilla, et, lorsque je me tournai vers le général de division Maitland et le colonel Meldrum pour juger de leur réaction, je vis qu'ils étaient pareillement bouleversés. Le général de division Maitland était d'une telle pâleur mortelle qu'il ressemblait à un fantôme de lui-même.

» La foudre continua de s'abattre avec un horrible crépitement et le tonnerre continua de déchirer les cieux. Tandis que les incendies violents se propageaient vers le nord-est, nos divisions furent à même d'effectuer une progression générale à leur suite, puisque la plupart des broussailles enchevêtrées avaient brûlé. À ce moment-là, j'ordonnai au lieutenant-colonel Sorrel de prendre le commandement des régiments des généraux Mahone, G.T. Anderson et Wofford, et d'effectuer un mouvement de contournement pour prendre de flanc la gauche des lignes ennemies et leurs arrières. Ce mouvement constitua une surprise complète et fut un succès total. Avec les bois en feu tout autour d'eux, et nos salves qui les frappaient de trois côtés, les Fédéraux se replièrent dans le plus grand désordre.

» Le major Shroud revint vers nos lignes. Sa chair lui avait été rendue, mais son visage était noirci par la fumée, et il manquait d'assurance. Je lui ordonnai de prendre un bain et de se reposer puisque cette expérience semblait l'avoir mis dans une disposition d'esprit tout à fait déplaisante.

» Aux premières lueurs de l'aube, je fus en mesure de juger de l'étendue du carnage. Nous trouvâmes beaucoup de soldats ennemis dont les corps avaient été mutilés de façon indescriptible, leurs membres tordus dans des positions impossibles, et nombre d'entre eux avaient été complètement retournés de l'intérieur vers l'extérieur, comme mon infortuné moqueur, de telle sorte que leurs intestins étaient enroulés autour d'eux comme des cordes entortillées. D'autres avaient été calcinés sur place, et n'étaient plus que des colonnes de charbon noir. Bien que je ne l'aie pas vu moi-même, on me rapporta que le corps d'un soldat avait été tellement distendu que les chirurgiens ne comprirent pas tout de suite que cela avait été un homme, jusqu'à ce qu'ils découvrent son visage mutilé.

» Malgré le succès de notre action, je décidai que c'était la première et la dernière fois que je ferais appel aux pouvoirs magiques de la santeria pour nous aider. La guerre ne comporte aucun éclat, mais elle comporte l'honneur, des codes de conduite, et si jamais la Confédération devait remporter cette noble lutte, je ne voulais pas que notre victoire soit entachée par quelque chose qui pourrait amener nos fils et nos filles à avoir honte de nous.

» La brigade fut rassemblée, et je les remerciai pour leur dévouement à la cause, puis je leur fis part de ma décision. Cependant, le major Shroud entra dans un accès de fureur des plus violents, et déclara qu'il lui restait encore beaucoup de travail à faire, et qu'il ne se reposerait pas jusqu'à ce que le dernier de nos ennemis ait été brûlé vif et que leurs villes aient été entièrement rasées. Il continua en proférant des jurons et des imprécations si épouvantables que j'ordonnai immédiatement qu'il soit mis aux arrêts.

» John, le serviteur du colonel Meldrum, m'informa que, bien que le major Shroud ait recouvré *l'apparence* de la normalité, il était clair que l'esprit de Chango continuait d'exercer son contrôle sur lui. Lorsque je lui demandai comment l'on pouvait exorciser cet esprit, John répondit que Chango avait manifestement trouvé que le major Shroud était un hôte si bien disposé que celui-ci ne serait jamais totalement délivré de cette possession, aussi longtemps qu'il vivrait. En effet, bien que le major Shroud fût un excellent officier sur le champ de bataille, et eût rempli ses devoirs militaires avec courage et assiduité, il avait néanmoins la réputation d'avoir mauvais caractère et de refuser de pardonner ne serait-ce que le plus insignifiant des affronts. Il avait également été dégradé après la première bataille de Manassas pour avoir tranché les oreilles à un prisonnier vivant comme souvenir de la victoire, et le bruit courait (bien que cela n'ait jamais été prouvé) qu'il avait tranché les parties génitales à deux autres prisonniers de l'Union, alors qu'ils étaient toujours vivants eux aussi, et les avait enfoncées dans leurs bouches.

» John estimait que le major Shroud continuerait de pourchasser l'ennemi jusqu'à ce que le dernier d'entre eux soit mort, et que celui qui tenterait de s'opposer à ce dessein connaîtrait un sort similaire.

Même après la cessation des hostilités, il y avait un réel danger qu'il représente une menace mortelle pour quiconque aurait l'infortune de le contrecarrer pour quelque affaire que ce fût, importante ou insignifiante.

» John déclara que la seule manière de contenir cette menace était de sceller le major Shroud vivant dans un cercueil en plomb massif, où seraient placés divers fruits et plantes propitiatoires, comme des pommes et de la salsepareille, et sur lequel, une fois fermé et soudé, un mouton serait immolé.

» Ce cercueil, dit-il, devrait être emporté en mer et envoyé au fond, car le pouvoir de Chango était grandement circonscrit par l'eau.

» Bien sûr, j'étais placé à présent devant un dilemme tout à fait affreux. Le major Shroud avait accepté volontairement d'être possédé par cet esprit, et il avait changé l'issue de la bataille d'une façon décisive en notre faveur. Quasiment à lui tout seul, il avait empêché la déroute de nos divisions et la prise de Richmond. Toutefois, il était évident qu'il était devenu une menace d'une ampleur inimaginable, non seulement pour nos ennemis, mais aussi pour nous-mêmes. Alors que je discutais de cette question avec le général de division Maitland et d'autres officiers, un sergent se présenta pour nous informer que le major Shroud était devenu si furieux et violent de façon incontrôlable que ses gardiens avaient été obligés de l'entraver avec les chaînes qui étaient normalement utilisées pour immobiliser les canons.

» John nous rappela que Chango était l'un des plus violents et des plus belliqueux de tous les dieux de la santeria, et qu'il ne se laisserait pas facilement enfermer dans son cercueil. Aussi suggéra-t-il que tous les autres volontaires subissent la cérémonie de la possession, laquelle leur donnerait la force conjointe de maintenir le major Shroud pendant qu'il serait emprisonné de la sorte.

» Je n'étais guère disposé à approuver cette ligne de conduite, car il y avait manifestement le risque que les onze autres hommes soient *également* possédés pour toujours par leurs dieux respectifs, et représentent un danger onze fois plus grand que le major Shroud pour les forces fédérales et pour tous ceux autour de nous. Cependant, John m'assura que c'était peu probable. Il dit que le major Shroud avait probablement commis un acte de vengeance autrefois, qui l'avait rendu particulièrement réceptif à la possession de Chango. Le mal, déclara-t-il, fournissait toujours un abri au mal. »

Decker finit sa bière.

— Alors qu'ont-ils fait ? Ils ont *tous* été possédés ? Et ils l'ont enterré vivant ?

Le capitaine Morello acquiesça.

— Le général Longstreet dit que celui-ci lutta contre leur influence tel un démon surgi de l'enfer. Il y eut la foudre, le tonnerre, et plusieurs officiers et hommes de troupe furent tués ou blessés. Mais les onze autres volontaires, unissant leurs forces, furent assez puissants pour le maîtriser et le placer dans son cercueil. Cela ressembla à « onze colonnes de lumière aveuglante, qui portaient un manteau houleux de ténèbres absolues ». Ils remplirent le cercueil de toutes les pommes et les plantes qui étaient requises pour faire une offrande à Chango. Puis le cercueil fut soudé par les mêmes ingénieurs de la Marine qui avaient travaillé sur le *Hunsley* – le sous-marin actionné mécaniquement que la Confédération avait fait construire dans une tentative de forcer le blocus de l'Union à Chesapeake Bay.

Elle lut à nouveau le journal du général Longstreet :

— « Cette nuit-là, le cercueil fut transporté en toute hâte sur un affût de canon jusqu'à Richmond, et à minuit il fut chargé à bord de la frégate *Nathan Cooper* afin d'être emporté aussi loin que possible vers Chesapeake Bay, eu égard au blocus de l'Union, et envoyé à la plus grande profondeur possible.

» Malheureusement, le port de Richmond subit cette nuit-là un violent tir d'artillerie depuis les navires ennemis, et avant même qu'il puisse quitter le quai de Shockoe Creek, le *Nathan Cooper* fut touché par le travers par un boulet de canon, et il sombra immédiatement, entraînant avec lui dix-huit hommes d'équipage. Je suis très attristé par la mort de ces malheureux, mais au moins, je suis rassuré à présent par le fait de savoir que le major Shroud sera emprisonné dans son cercueil au fond de l'eau pour toujours, et ne représentera plus jamais une menace pour l'humanité.

» Pour ma part, je suis assailli de remords en raison de mon jugement erroné, et pour avoir été tenté de suivre *le mauvais chemin*, car c'est uniquement par la volonté du Seigneur Dieu Tout-Puissant que le bien peut l'emporter, et si le Seigneur Dieu Tout-Puissant juge que j'ai commis une grave erreur en faisant appel à une religion païenne pour lui demander son aide en ces heures de grande détresse, alors je puis seulement implorer Son pardon, et espérer qu'Il comprendra que je cherchais uniquement à sauver la Confédération, et son combat pour la gloire, pour l'honneur, et pour Dieu. »

30

Le téléphone gazouilla tout près de son oreille et le réveilla en sursaut. Il était pelotonné sur le canapé, sa veste sur les épaules. Il avait commencé la nuit dans son lit, mais dès qu'il s'était endormi, il avait été la proie de cauchemars remplis de flammes, de hurlements et d'hommes faits uniquement d'os, aussi avait-il campé dans le séjour, les lumières allumées, pour le restant de la nuit.

— Lieutenant ?

Decker se redressa avec raideur et se frotta la nuque.

— Hicks ? Bon sang, quelle heure est-il ?

— Sept heures et demie. Je suis toujours chez moi, mais je viens de regarder mes e-mails.

— Qu'est-ce que vous voulez ? Une citation ?

— J'ai reçu un message des archives de Charlottesville. Le nom de jeune fille d'Alison Maitland était Alison Bell, mais sa mère était l'arrière-petite-fille du lieutenant Henry Stannard, de la seconde compagnie d'artillerie de Richmond.

Decker tendit la main vers la table basse et prit la transcription du journal intime du général Longstreet.

— Bingo ! Le lieutenant H.N. Stannard faisait également partie de la Brigade du diable. Il a été possédé par Oya, laquelle était assimilée à sainte Anne d'Éphèse. Le père Thomas avait vu juste. En principe, sainte Anne était vierge, mais elle est tombée enceinte d'un enfant qui était, affirma-t-elle, « un don de Dieu ». L'enfant qu'elle portait dans son ventre a été tué, et ensuite elle a été décapitée.

» C'est ce que fait l'auteur de ces crimes, Hicks, sans l'ombre d'un doute. Pour quelque raison, il se venge sur les descendants de tous les hommes qui ont appartenu à la Brigade du diable, et il les tue de la même façon que leurs saints assimilés ont été martyrisés. Sainte Anne, poignardée et décapitée, saint Érasme, éviscéré, et ainsi de suite. Et il le fait dans le même ordre que la fête de leurs saints.

— Quel était le saint de votre trisaïeul, lieutenant ?

— Attendez... Ah, j'ai trouvé. C'était Osun, le messager du danger imminent, quoi que cela signifie. Il était adoré dans la santeria sous le nom de saint Jacques Intercisus.

— Alors, quoi qu'il soit arrivé à saint Jacques Machin-truc... La même chose va vous arriver ?

— Je le suppose. L'ennui, c'est que je ne sais pas ce qui lui est arrivé.

— Je suis toujours sur Internet... Je peux chercher ça si vous voulez. Vous pouvez me redire ce nom ?

— In-ter-ci-sus. Écoutez, j'ai besoin de boire un café de toute urgence. On se voit à neuf heures, d'accord ? Si Aluya Adebolu a raison, Chango veut que ce soit mon dernier jour sur terre aujourd'hui. Je vais foutrement faire tout mon possible pour que ce ne soit pas le cas !

— Entendu, lieutenant. Faites attention à vous.

Decker prit une douche. Puis il se fit un express serré. Il mit une chemise gris foncé avec une cravate en soie rouge foncé et un pantalon noir. Alors qu'il se coiffait, il s'arrêta brusquement et se regarda dans le miroir. Il avait des cernes marron pourpré sous les yeux qui étaient assortis à sa cravate et les rides sur ses joues donnaient l'impression d'avoir été gravées dans sa peau. Et si c'était *effectivement* son dernier jour sur terre ? Et si ces apparitions et ces cauchemars devenaient réalité ? Rien ne prouvait cependant que Moses Adebolu ait été tué par autre chose qu'un coup de foudre bizarre, mais... Et s'il avait été *effectivement* brûlé vif par Chango, parce que Chango était furieux après lui pour avoir offert à Decker de l'aider ?

Aluya avait semblé croire que c'était ce qui lui était arrivé, et Cathy l'avait mis en garde à plusieurs reprises, même au risque d'endurer son meurtre maintes et maintes fois, pour l'éternité.

Jusqu'à maintenant, malgré tout ce dont il avait été témoin, il avait été incapable de croire qu'il courait un réel danger. Les fantômes et les apparitions étaient effrayants, mais après tout ce n'étaient que des fantômes et des apparitions. Puis il pensa au récit du général Longstreet à propos d'hommes qui étaient « jetés vivants dans les flammes de l'enfer » et, pour la première fois de sa carrière dans la police, il se sentit tout à fait troublé. En tant que flic, il avait fait l'objet d'agressions avec des tessons de bouteille, des poignards et des fusils à canon scié. Un jour, on avait balancé un bloc de béton d'une demi-tonne sur le toit de sa voiture. Mais rien n'était aussi inquiétant que le fait de savoir que quelque chose de malfaisant et de courroucé était à ses trousses, quelqu'un qu'il ne serait même pas capable de *voir*, et qu'il ne pouvait pas neutraliser.

Il revint dans le séjour pour lire à nouveau la transcription effectuée par Toni Morello, et pour finir son café. À ce moment-là, les grands rideaux de tulle le long de la fenêtre semblèrent onduler, comme s'ils avaient été agités par le léger vent du début de la matinée. Chose étrange, cependant, toutes les fenêtres étaient fermées.

Il regarda fixement les rideaux pendant un moment, mais ils ne bougèrent pas de nouveau. Pour quelque raison, il avait le sentiment très net de ne pas être seul, qu'il y avait quelqu'un d'autre dans son appartement, qui se cachait. Il n'aurait su dire pourquoi. Il posa sa tasse de café et alla dans la cuisine. Personne. La porte d'entrée était toujours verrouillée et la chaîne de sûreté était mise. Mais il savait, d'après la façon dont Cathy lui était apparue, que les esprits n'étaient pas dissuadés par des murs ou des portes verrouillées.

Il prit son étui d'épaule sur le porte-chapeaux et le mit. Puis il traversa le séjour et retourna dans la cuisine.

— Il y a quelqu'un ?

C'était complètement dingue. Pourtant Jerry Maitland avait certainement pensé qu'il était fou, lui aussi, lorsque son bras gauche s'était mis à saigner sur son papier peint neuf, et lorsque sa femme enceinte avait été poignardée et sa tête tranchée sous ses yeux. Et le major Drewry avait certainement pensé qu'il perdait la raison, tandis qu'il était étripé dans sa cabine de douche. De même que John Mason, lorsqu'il avait eu les yeux crevés et été bouilli vivant.

Il y avait quelqu'un ici, ou quelque *chose*. Une force profondément malveillante, une force qui voulait lui faire le plus grand mal. Elle n'était pas encore tout à fait prête à s'en prendre à lui, mais le temps filait rapidement, et ce moment était tout proche.

Il écouta et écouta, mais il n'entendait absolument rien. C'était précisément ce qui le troublait tellement. L'appartement était totalement silencieux. Pas de circulation sur la I-95, pas de coups de sirène de bateaux à vapeur, pas d'avions décollant de l'aéroport international de Richmond et survolant la ville. Il avait l'impression que tout l'appartement avait été hermétiquement insonorisé, ou que ses oreilles avaient été bouchées avec du coton.

Il fit un pas dans la chambre, puis un autre. Il s'arrêta, et se retourna. Durant un instant, du coin de l'œil, il lui sembla entrevoir une ombre qui traversait rapidement le miroir, mais *à l'intérieur* du miroir, comme si c'était une autre pièce.

Il sortit son pistolet de son étui et s'approcha du miroir très lentement. Il avança la main et toucha le verre du bout des doigts. L'homme dans le miroir soutint son regard, comme s'il s'était égaré et ne savait pas quelle direction prendre.

Hicks, les pieds posés sur son bureau, avait la bouche pleine de beignet aux pommes.

— Oh, bonjour, lieutenant. Le capitaine vous cherchait.

Decker se dirigea vers son bureau et parcourut rapidement ses mémos, des notes et des lettres. Il renifla et demanda :

— Vous savez ce qu'il voulait ?

— Hon-hon. Mais si vous voulez savoir de quelle sorte d'humeur il était, je dirais que « furax » est le terme approprié.

Oh merde, pensa Decker, *ne me dites pas que Maggie a eu brusquement des remords de conscience, et qu'elle lui a tout avoué.* Si Cab avait découvert *cela*, il n'aurait plus à s'inquiéter au sujet de Chango. Son dernier jour sur terre surviendrait avant le déjeuner.

— Au fait, ajouta Hicks, j'ai trouvé pour ce type, saint Jacques Intercisus.

— Oh, ouais ?

— Oh, ouais… Et si c'est ce qui doit *vous* arriver, ben, à votre place, je me prendrais un billet d'avion pour aller dans un endroit très, très, *très* loin d'ici.

— Continuez.

Hicks prit un tirage papier du site Internet des Saints de l'Église catholique.

— Il est dit ici que saint Jacques Intercisus était un conseiller militaire et un courtisan du roi Yezdigerd 1er de Perse, au cinquième siècle. Il semble qu'il se soit converti au christianisme, mais il commit l'erreur d'avouer sa conversion au successeur du roi Yezdigerd, le roi

Bahram. Apparemment, le roi Bahram avait beaucoup d'estime pour lui, et il ne voulait absolument pas lui faire du mal, mais, vous comprenez, il ne pouvait pas avoir des gens qui vénéraient Dieu alors qu'ils étaient censés le vénérer, *lui*. Le roi Bahram demanda à saint Jacques de renoncer à Dieu, mais, lorsque celui-ci refusa, il ordonna qu'on l'attache sur un cadre en bois et qu'on lui fasse subir les Neuf Morts.

— Les Neuf Morts ? Je ne suis pas très sûr d'aimer ce terme.

— Cela signifie vous couper en petits morceaux, un à la fois, jusqu'à ce que vous jetiez l'éponge. Pour commencer, ils lui ont tranché les doigts et les pouces, c'était la Première Mort, mais saint Jacques s'est contenté de dire : « *Seigneur, je n'ai peut-être plus de doigts pour écrire mes prières, mais je continue de vous vénérer.* » Alors ils lui ont tranché les orteils, la Seconde Mort, mais il n'a toujours pas renoncé à Dieu.

» Les Troisième et Quatrième Morts signifiaient lui trancher les mains, et les Cinquième et Sixième Morts signifiaient lui trancher les pieds, mais il refusait toujours de renier Dieu. Ils lui ont coupé les oreilles, la Septième Mort, puis ils lui ont tranché le nez.

» On lui a donné une dernière chance d'abjurer sa foi, mais il a simplement répondu : « *Je suis comme une maison en ruine, mais Dieu vit toujours en moi.* » Cela ne laissait pas beaucoup le choix au roi Bahram. Il a ordonné à ses gardes de couper la tête à saint Jacques.

» Bref, ils l'ont découpé en vingt-huit morceaux distincts, et c'est pourquoi on l'appelle Intercisus, ce qui, je le suppose, signifie en latin « découpé en vingt-huit morceaux distincts ».

Decker considéra Hicks un long moment, la bouche ouverte. Puis il déclara :

— Hicks, je crois que vous avez sérieusement gâché ma journée.

— Je vous rapporte simplement ce que j'ai trouvé sur Internet, lieutenant. Au fait, saint Jacques Intercisus est le patron des victimes de tortures et également celui des vocations manquées.

— Les vocations manquées ? C'est tout à fait moi. J'ai toujours voulu être chanteur de country.

La porte de Cab était ouverte mais Decker frappa néanmoins. Cab était au téléphone et il montra de la main la chaise de l'autre côté de son bureau. Lorsqu'il eut fini de parler, il sortit son mouchoir et se moucha bruyamment.

— J'ai des soucis, dit-il.

— Désolé de l'apprendre. Apparemment, c'est toujours le cas à cette saison.

— Je ne parle pas de mon allergie ! Je veux dire que j'ai eu une plainte sur la façon dont vous menez votre enquête sur ces homicides. Mme Honey Blackwell du conseil municipal dit que votre équipe a fait montre d'une discrimination injustifiable envers des gens de couleur, particulièrement envers ceux qui appartiennent à la religion santeria. Ces santeros, ils sont très susceptibles. Ils n'aiment pas qu'on les bouscule.

Decker leva les mains en un geste d'innocence.

— Capitaine… je ne fais montre d'aucune discrimination envers quiconque. Mais je soupçonne fortement que le motif de *tous* ces homicides est lié à la santeria.

— Pour Junior Abraham, d'accord. Mais les autres victimes étaient de race blanche et appartenaient à la classe moyenne. Qu'est-ce qui vous fait penser qu'elles auraient pu avoir un lien quelconque avec la santeria ? Où sont vos preuves ?

— Euh… Eh bien, ce sont des preuves indirectes, pour le moment. Plus théoriques, à vrai dire, qu'indirectes.

— Bon, entendu, dites-moi quelles sont vos preuves théoriques, afin que Mme Blackwell me lâche la grappe.

— Si cela ne vous fait rien, je préférerais attendre jusqu'à ce que je sois en mesure d'étayer les faits.

— Decker, je suis votre officier supérieur et, en tant que tel, je suis au bout du compte responsable des progrès de cette enquête, laquelle jusqu'ici ne semble aboutir absolument à rien, excepté susciter une vive irritation au sein de la communauté afro-américaine, et cela m'a pris presque sept ans pour gagner sa confiance et sa coopération !

— Sauf votre respect, capitaine, Honey Blackwell n'est pas la communauté afro-américaine. Honey Blackwell est une opportuniste politique à motivation raciale, et bien en chair, qui plus est.

— Une certaine surcharge pondérale, je le reconnais bien volontiers. Mais nous avons besoin de son soutien. J'ai eu également le chef par intérim sur le dos, qui désirait savoir ce que nous pouvons déclarer aux médias.

— Vous pouvez leur dire que nous sommes sur le point de faire une avancée décisive. Nous avons un suspect numéro un et nous devrions procéder à une arrestation dans quelques jours.

— Nous avons un suspect numéro un ? Bon sang, pourquoi ne me l'avez-vous pas dit ? Qui est-ce ?

— Je ne veux pas me précipiter inconsidérément, capitaine. Le suspect numéro un ignore qu'il est le suspect numéro un, aussi ma stratégie consiste à lui laisser croire que nous continuons de patauger dans la semoule.

— Vous ne m'avez toujours pas dit qui c'est.

— Non, capitaine. Vous avez raison. Je ne vous l'ai pas dit.

Cab s'apprêtait à dire quelque chose lorsque son téléphone sonna. Il le prit et aboya :

— *Qu'est-ce que c'est encore ?* Oh, excusez-moi, madame.

C'était à nouveau le chef par intérim. Pendant que Cab s'agitait et bredouillait, Decker regarda machinalement par la porte ouverte du bureau. Il regarda, puis il regarda de nouveau et se renfrogna. Il ne pouvait en être certain, mais le mur du couloir semblait légèrement déformé, comme s'il le voyait à travers une feuille de verre défectueux. Il bougea la tête d'un côté et de l'autre, et la distorsion se déplaça et se modifia.

Il ôta ses lunettes, mais le mur était toujours étrangement incurvé. Il se leva. Cab posa sa main sur le micro du combiné et dit :

— Lieutenant... Je n'en ai pas encore fini avec vous !

Mais Decker l'ignora et sortit du bureau.

À mi-distance dans le couloir, il aperçut une forme transparente, enchevêtrée. Elle le fit penser à une énorme méduse qu'il avait vue un jour dans le goulet de Cumtuck – une perturbation luisante et mortelle qui était visible uniquement pour ce qu'elle n'était pas, plutôt que pour ce qu'elle était. Il ne savait pas s'il devait s'approcher ou non. Si c'était Chango, dissimulé par un sort santeria, alors il courait peut-être un danger tout à fait effroyable.

Il sortit son pistolet de son étui, l'arma et le tint à deux mains. Puis il s'avança lentement et prudemment vers la transparence, en essayant de discerner un genre de contour, un genre de traits distinctifs. Mais cela continuait de s'enrouler et de se dérouler, de se nouer et de se dénouer et, à chaque fois qu'il avait l'impression de distinguer un visage, ou un bras, ou une épaule, cela se défaisait pour revêtir une autre forme complètement différente.

— C'est vous, major Shroud ? dit-il, la gorge nouée.

La distorsion s'éloigna de lui. Puis elle devint plus géométrique, si bien que le mur derrière elle semblait être fragmenté en des dessins en losanges irréguliers. Il commença à réaliser qu'il était témoin d'un truc optique, une façon de détourner son attention de ce qu'il voyait réellement, comme un mirage ou une disposition compliquée de miroirs.

— Je sais que vous êtes là, major, Chango, ou quel que soit votre nom. Je sais que vous êtes là et je sais où vous trouver, et croyez-moi, espèce de salopard, je vous aurai.

Il ne savait absolument pas si cette ondulation dans l'air était vraiment Chango, ou le major Shroud, ou bien s'il avait tout simplement une autre hallucination. Et il ne savait pas si elle possédait la moindre intelligence, ou si elle pouvait entendre ce qu'il disait – ou encore, et merde, si elle pouvait être stoppée par une balle, ou stoppée par quoi que ce fût. Hicks avait peut-être raison, et il était en train de disjoncter.

À ce moment-là, Cab sortit de son bureau.

— Lieutenant, qu'est-ce que vous fabriquez, nom de Dieu ?

Decker ne se retourna pas. Mais dès que Cab s'approcha, la distorsion dans l'air se retira et disparut. Decker attendit un moment pour être certain qu'elle était bien partie, puis il remit prudemment son pistolet dans son étui.

— Lieutenant ?

— Oh… Je m'entraînais pour la prise de mon pistolet, capitaine. Le sergent Bliss au stand de tir a dit que je devais travailler mon équilibre.

— Votre équilibre ? Il a foutrement raison ! Écoutez… Je dois aller voir le patron. Faites-moi un rapport circonstancié sur ce que vous avez fait et déposez-le sur mon bureau. Immédiatement, c'est compris ?

— Reçu cinq sur cinq, capitaine. C'est comme si c'était déjà fait.

31

Il se rangea dans une embardée contre le trottoir devant la maison de Reine Aché, et Hicks et lui jaillirent de la Mercury comme des flics dans une série télévisée. Deux voitures de patrouille les suivaient de près, avec quatre policiers en uniforme. Trois d'entre eux étaient des Noirs et deux d'entre eux étaient des femmes. Decker savait faire preuve de diplomatie.

George et Newton, les gardes du corps de Reine Aché, se tinrent épaule contre épaule et bloquèrent les marches du perron.

— Reine Aché reçoit personne aujourd'hui.

— Que tu dis ! J'ai ici un mandat d'arrêt au nom de Reine Aché, soupçonnée d'homicide volontaire.

Il brandit le papier officiel et George l'examina attentivement.

— On dirait que tu sais lire, fit Decker, et il fit disparaître le papier officiel dans sa poche.

— Néanmoins, elle reçoit personne. Elle m'a donné des ordres. *« Dis à tout le monde que je reçois personne pour quoi que ce soit »*, c'est ce qu'elle a dit.

— George Montgomery, vous êtes en état d'arrestation pour obstruction à un officier de police. Vous avez le droit de garder le silence…

— Okay, okay ! On se calme ! J'vais lui dire que vous êtes ici. Mais elle va pas aimer ça. Elle célèbre un *asiento.*

— Elle peut organiser une soirée dansante si ça lui chante. Je m'en contrefiche. Dis-lui d'ouvrir.

George se dirigea vers l'interphone et appuya sur le bouton.

— Mikey, dit-il. Il y a un problème. Nous avons McKenna ici et la moitié des forces de police de Richmond. Il a un mandat.

Au bout d'un moment, Mikey ouvrit la porte. Decker se tourna vers les policiers en uniforme :

— Accordez-moi deux minutes, d'accord ? Je sifflerai si j'ai besoin de vous.

Hicks et lui suivirent Mikey vers la salle du trône de Reine Aché. Comme auparavant, tous les volets en bois étaient fermés, et la pièce était éclairée seulement par quelques fins rayons de lumière du soleil, comme dans une chapelle. Reine Aché n'était pas là, mais Mikey dit :

— Vous attendez, okay ? Je vais la chercher.

Des dizaines de bougies brûlaient assidûment sur l'autel de Reine Aché, et une forte odeur douce-amère de plantes, d'épices et de fleurs flottait dans l'air – *escoba amarga*, *prodigiosa*, *yerba luisa* et cannelle. Leur arôme accentuait le sentiment d'irréalité dans la maison, comme si Hicks et lui visitaient une maison dans un rêve. Hicks faisait jouer nerveusement ses épaules et tirait sur le col de sa chemise.

Au bout de quelques minutes, Reine Aché franchit la porte à double battant, et on aurait dit un fantôme de haute taille se coulant dans la pièce. Elle portait une coiffe faite de fleurs bleutées et d'étoiles argentées, et une robe ample en mousseline blanche. Des colliers de perles bleues et blanches ornaient son cou. Son maquillage était d'une blancheur d'ivoire, mais ses yeux étaient entourés d'une ombre à paupières écarlate et ses lèvres étaient rouge sang. Son visage rappela à Decker un masque mortuaire d'Afrique de l'Ouest.

— Cette intrusion est un outrage, lieutenant ! Je célèbre un *asiento* pour le cousin d'un ami, une initiation. Nous sommes le *dia del medio*, le jour du milieu, lorsque toute sa famille et ses amis se réunissent pour rendre hommage à son *orisha*.

— Oh, dur ! fit Decker.

— Vous pouvez revenir dans deux jours. Arrangez un rendez-vous avec Mikey.

— Désolé, votre majesté, ceci ne peut pas attendre. Je suis ici pour vous arrêter préventivement pour le meurtre de Herbert « Junior » Abraham.

Reine Aché agita la main d'un geste méprisant, et ses bracelets s'entrechoquèrent.

— Vous croyez que je souillerais mes mains par une telle exaction ? Dans la santeria, nous disons « *oddi oche* » – absous du fait de manque de preuves.

— Au département de police de la ville de Richmond, nous disons que l'auteur d'un crime a beau être en mesure de se rendre invisible, elle laisse toujours des preuves matérielles derrière elle, même si elle pense qu'elle est une adepte très futée de la magie.

Reine Aché prit place sur son trône. Elle pouvait faire paraître érotique le simple fait de s'asseoir, dans la façon dont elle se glissa de côté, croisa les jambes et regarda Decker depuis ces cercles rouge sang autour de ses yeux.

— Personne ne sait ce qu'il y a au fond de la mer, lieutenant.

Decker s'éclaircit la gorge.

— Je ne me préoccupe guère du fond de la mer, Reine Aché. Je m'intéresse à ce qui s'est passé chez *Jimmy la Côte de Porc*.

— Pfff ! J'étais ici à la maison. Comment saurais-je ce qui s'est passé ?

— J'ai au moins un témoin oculaire qui est prêt à déclarer sous serment que c'est vous qui êtes entrée dans ce restaurant, et que c'est vous en personne qui avez explosé la tête de Junior Abraham. Je dispose également d'autres témoins oculaires.

— Vous êtes complètement fou. J'ai vu tout ça aux informations. Tout le monde a dit que Junior avait été abattu par un homme – un homme qui ressemblait à un serveur.

— Oh, bien sûr. Mais c'était avant que je demande à quelqu'un de très spécial de leur rafraîchir la mémoire. Un quelqu'un de très spécial qui vous a vue plus clairement que quiconque.

— Oh, vraiment ? Je suppose que vous n'allez pas me dire qui est ce quelqu'un de très spécial ?

— Au contraire. Le meilleur témoin de tous. Junior Abraham lui-même. Vous avez mystifié tous les autres en les amenant à croire qu'ils voyaient un serveur, n'est-ce pas ? Mais il y avait une personne à qui vous vouliez vous montrer, et c'était Junior. Afin qu'il sache parfaitement *pourquoi* sa cervelle allait gicler sur le mur.

— Ha ! Depuis quand les policiers de Richmond s'entretiennent-ils avec les morts ?

— Depuis que nous avons découvert que votre magie est très puissante, Reine Aché. Depuis que nous avons appris quels tours vous pouvez jouer à la perception des gens. J'ai appris énormément de choses sur la santeria au cours de ces derniers jours, et je dois dire que j'ai acquis un respect très salutaire envers elle. Une religion qui peut faire appel à toutes les forces de la nature. Le vent, le feu, la foudre, et tout le reste. On peut passer à travers des murs pleins si on sait comment s'y prendre. On peut traverser une pièce bondée de gens et personne ne vous voit. On peut changer la façon dont les gens vous voient, afin qu'ils pensent que vous êtes quelqu'un d'autre.

— Vous pensez sérieusement que quelqu'un vous croira ?

— Et comment ! Parce que le sergent Hicks et moi, nous étions prêts à aborder cette enquête sans la moindre idée préconçue. Ce qui signifie que nous avons parlé à des gens que d'autres policiers n'auraient jamais songé à interroger. À des morts, par exemple. À des gens qui pouvaient nous dire comment vous avez fait ce que vous avez fait. À des santeros, par exemple.

— Vous ne pouvez pas me déclarer coupable d'un crime en vous appuyant sur les paroles d'un cadavre sans tête. *Obbara osa*. Vous êtes fou.

— Vous voulez savoir à quel point je suis fou ? Je vous arrête également pour le meurtre de Catherine Meredith Meade.

Reine Aché eut un geste désinvolte de la main.

— Catherine *qui* ? Je ne sais même pas qui est cette personne.

— Oh, je pense que si, votre majesté. Catherine Meredith Meade était ma compagne voilà deux ans, alors que j'enquêtais sur vos diverses activités – substances illicites, transactions immobilières louches, et tout le toutim. J'ai été appelé en pleine nuit pour une noyade suspecte. Dès que je suis parti, vous êtes entrée dans mon appartement – *vous*, en personne – et vous avez explosé la tête de cette pauvre fille. Maintenant, vous savez qui c'était ?

— Je refuse de vous parler davantage, répondit Reine Aché. C'est de la folie pure et simple !

Decker lui montra un petit sachet en plastique transparent contenant deux perles.

— Les vôtres, je pense. Vous les avez laissées sur la scène du crime.

— Que représentent deux perles ?

— Des meurtriers ont été reconnus coupables avec foutrement moins. Nous avons coincé un type après avoir trouvé un grain de poudre d'arme à feu dans la poche de sa veste, un seul grain, quasi invisible à l'œil nu.

— Je ne suis jamais allée dans votre appartement et je peux le prouver. Vous me faites perdre mon temps.

— Ah, mais quelqu'un vous a *vue* là-bas. Quelqu'un vous a entendue parler.

— Je ne suis jamais allée là-bas. Jamais. Vous êtes ridicule, lieutenant.

Decker la considéra, sourcils haussés, sans rien dire. Puis il se tourna vers Hicks.

— Sergent… Vous voulez bien me laisser seul un moment avec Reine Aché ?

Cela ne sembla pas plaire du tout à Hicks, mais il répondit :

— Comme vous voudrez, lieutenant.

Et il sortit de la pièce. Decker lui lança :

— Fermez la porte, d'accord ?

Il s'approcha de l'autel de Reine Aché, avec toutes ses bougies qui brûlaient.

— Qui est votre *orisha* personnel, votre majesté ?

— Yemaya, la déesse des eaux de mer et de la lune.

— Est-elle très puissante, Yemaya ? Je l'imagine volontiers.

— Elle est la mère de tous. Ses enfants sont aussi nombreux que les poissons.

— Aussi puissante que Chango, diriez-vous ?

— Hum. Cela montre que vous savez peu de choses sur la santeria, lieutenant. J'ai dit que Yemaya est la mère de tous. Elle est également la mère adoptive de Chango, et peut-être davantage que cela. Lorsque Chango est rentré chez lui après de nombreuses années d'absence, il n'a pas reconnu Yemaya, et il est tombé amoureux d'elle.

— Dans ce cas… Yemaya pourrait avoir une influence sur Chango ? Vous savez, si Chango causait des ennuis, Yemaya pourrait lui dire, eh bien, de se calmer ?

— Pourquoi me posez-vous cette question ? Je pensais que cela vous intéressait plus de prouver que je suis une tueuse.

— Je *sais* que vous êtes une tueuse, Reine Aché.

— Oh, oui, j'oubliais votre preuve. Vos deux perles, retrouvées des années après que votre compagne a été assassinée.

— Pas uniquement des perles, mais plusieurs petits cheveux, que j'ai donnés au labo pour effectuer des tests ADN. Et autre chose. La déposition d'un témoin oculaire.

Reine Aché se leva.

— Je n'ai pas le temps d'écouter ces élucubrations, lieutenant. Je dois retourner à mon *asiento*.

— Pas si vite ! l'avertit Decker. Lorsque l'assassin de Cathy est entré dans mon immeuble, cette nuit-là, en février, il ou elle n'a pas laissé d'empreintes de pas ni d'empreintes digitales ni la moindre image sur les caméras de vidéosurveillance. À ma connaissance, personne n'aurait pu faire cela, excepté vous.

» L'assassin est passé à travers une porte massive et s'est matérialisé seulement lorsqu'il ou elle se tenait dans ma chambre. À ma connaissance, personne n'aurait pu faire cela, excepté vous.

» Je sais que c'était vous, Reine Aché. Vous vous êtes approchée de Cathy afin de tirer sur son visage à bout portant. Cathy a empoigné vos cheveux et a arraché plusieurs de vos perles. Vous avez dit : « *Irosun oche !* »

Reine Aché le regarda fixement, ses yeux étaient tellement écarquillés qu'elle donnait l'impression d'être devenue folle, et elle *frissonna*. Sa robe blanche était illuminée si brillamment par un unique rayon de soleil qu'elle ressemblait à un manteau de gaz incandescent.

— Ainsi vous *savez*, dit-elle finalement.

Decker acquiesça.

— Vous ne pourrez jamais étayer ces accusations devant un juge.

— Cela n'a aucune importance, en ce qui me concerne. Je suis convaincu que vous avez tué Cathy et Junior Abraham, et c'est plus que suffisant pour moi.

— Que voulez-vous dire ?

Decker sortit son colt Anaconda de son étui d'épaule, ouvrit le barillet, et éjecta toutes les cartouches qu'il fit tomber dans sa paume. Une par une, il embrassa la pointe de chaque cartouche, puis il les remit dans le barillet.

— Je fais ceci tous les jours, lui dit-il. Je bénis ces balles. Et vous voulez savoir *pourquoi* je bénis ces balles ? Je le fais parce que, un jour, j'ai tiré accidentellement sur un autre policier. J'étais nerveux et j'ai réagi avec trop de précipitation, sans être absolument certain que je tirais sur la personne qu'il fallait. Alors je me suis fait la promesse de ne jamais refaire cela. Si je suis obligé de tirer sur quelqu'un, chaque balle sera bénie, et chaque balle sera tirée avec la plus grande prudence. Pas sous l'effet de la peur, ou de la panique, mais parce que c'est juste, et parce que je n'ai pas le choix.

Reine Aché demeura silencieuse, mais ses yeux étaient rivés sur Decker.

— J'ai un grave problème, poursuivit-il. Vous avez entendu parler de cette série récente d'homicides, des gens qui ont été décapités, des gens qui ont été éventrés. J'ai la certitude qu'il y a un lien entre ces homicides et la santeria, et que l'auteur de ces homicides est possédé par Chango. J'ai également la conviction qu'il y en aura d'autres. Au moins huit.

Reine Aché fronça les sourcils.

— Pourquoi cela devrait-il me concerner ?

— Cela ne vous concerne pas directement, mais je vais faire en sorte que cela arrive. Vous comprenez, vous êtes la seule personne dans tout Richmond qui ait le pouvoir de neutraliser cet individu, et, malgré le fait que vous êtes une meurtrière et un dealer, je vais vous demander de m'aider à le débusquer et à le mettre définitivement hors d'état de nuire.

Reine Aché ferma les yeux, rejeta sa tête en arrière, et dit :

— *Ha !*

— Ha ? C'est un non ou un oui ?

Elle s'approcha de lui. Il fut presque suffoqué par les effluves musqués d'Esencia Pompeya.

— Vous m'avez fait perdre bien trop de mon temps précieux, lieutenant. Si vous avez l'intention de m'arrêter, alors vous feriez mieux de m'arrêter. Mes avocats m'auront fait remettre en liberté avant que le juge ait le temps de dire « preuves insuffisantes ». Ne pensez pas un seul instant que vous pouvez jouer au plus malin avec moi.

Decker leva son pistolet et le pointa entre les deux yeux de Reine Aché.

— En fait, je n'avais pas l'intention de vous *arrêter*, votre majesté. Vous voyez ce mandat ? C'est seulement un mandat de perquisition, qui m'autorise à examiner votre comptabilité. Mais je voulais vous dire en face que je suis totalement convaincu que c'est vous qui avez tué ma Cathy.

— Et ?

— Et que, si vous refusez de m'aider, je vais vous faire, avec deux ou trois de mes balles bénies, ce que vous lui avez fait. Je me fous complètement des conséquences. Vous avez tué la seule femme que j'aie jamais aimée et je vais faire gicler votre putain de cervelle partout dans cette pièce.

Reine Aché le regarda fixement. Ses yeux étincelaient, sa poitrine se soulevait et s'abaissait tandis qu'elle respirait, comme si elle venait de courir, ou de faire l'amour.

— Vous le feriez vraiment, hein ? dit-elle finalement.

— Oh, oui. Vous pouvez en être totalement sûre.

— Et si j'accepte de vous aider ? Que se passera-t-il ensuite ?

— Mes témoins oculaires oublieront fort à propos que c'est vous qui avez abattu Junior Abraham.

— Et vous ?

— Moi ? J'essaierai d'accepter le fait qu'au moins une bonne chose a résulté de la mort de Cathy.

Reine Aché toucha son visage du bout des doigts comme pour s'assurer que, dans la vie après la mort, elle se souviendrait pour toujours de la sensation qu'il donnait. Decker releva le chien de l'Anaconda.

— Vous ne comptez pas ? demanda Reine Aché.

— Vous voulez que je compte ? D'accord. Cinq.

— La peine de mort est quasi automatique en Virginie.

— Je sais. Mais au moins mes ancêtres me reconnaîtront. Si vous n'avez pas de tête, comment Roi Spécial saura-t-il que c'est vous ?

— Ne vous moquez pas de ma religion, lieutenant.

— Quatre.

Reine Aché se tint très droite et ses narines se dilatèrent. Elle n'avait pas l'habitude d'avoir en face d'elle des gens qui n'avaient pas peur d'elle, et Decker sentait son incertitude grandir.

— Trois.

Elle continuait de le regarder fixement, comme si elle essayait de l'hypnotiser, mais Decker savait sans l'ombre d'un doute que, si elle ne lui demandait pas d'arrêter de compter, il serait obligé de tirer. L'Homme Très Effrayant finirait par l'avoir, de toute façon, et il subirait les Neuf Morts, alors quelle importance cela avait-il ? Depuis les limbes, quoi que ce fût, où son esprit continuait de vivre, Cathy avait fait tout son possible pour le sauver. Mais si elle avait échoué, elle méritait d'être vengée, à tout le moins.

— Deux.

À ce moment-là, la porte de l'autre côté de la salle du trône fut brusquement ouverte, et Hicks apparut.

— Lieutenant…, dit-il en brandissant son téléphone cellulaire. Le capitaine veut vous parler. Vous savez, *immédiatement.*

— Un, dit Decker, sans ciller.

— Lieutenant ? Le capitaine dit que… Lieutenant ? *Lieutenant ?* Merde, qu'est-ce que vous faites, lieutenant ? Lieutenant !

Hicks fit le geste de sortir son arme de service de son étui, mais Decker cria :

— Ne bougez pas !

— Que se passe-t-il ? demanda Hicks d'une voix paniquée. Vous ne pouvez pas…

— Vous voulez dire une prière ? demanda Decker à Reine Aché.

Reine Aché inspira, exhala, inspira. Puis elle répondit :

— Je dirai une seule chose. *Yenya orisha obinrin dudukueke re maye avaya mi re oyu ayaba ano rigba iki mi iya mayele.* Une invocation à Yemaya, pour qu'elle me donne sa force, lorsque je me trouverai en présence de Chango.

Decker abaissa son pistolet, rabattit le chien, puis le remit dans son étui.

— Où est cet homme qui est possédé par Chango ? demanda Reine Aché.

— Pas très loin. Quelque part dans la gare de Main Street.

— Et quand voulez-vous que je vous aide ?

Decker consulta sa montre.

— Le plus tôt sera le mieux.

— Entendu. Mais uniquement parce que c'est la volonté de mon *orisha*, et parce que je désire affronter cet homme.

— Si vous le dites.

— Il faut que je me change, dit Reine Aché. Attendez-moi.

— Juste une chose, avant que vous partiez. Que signifie « *irosun oche* » ?

— C'est l'un des motifs des coquillages de porcelaine. Cela signifie « les morts décrivent des cercles pour voir qui ils peuvent saisir ».

32

Decker et Hicks attendirent presque une demi-heure pendant que Reine Aché se changeait. Assis au bas des marches, ils étaient surveillés d'un air maussade par George et Newton. Des gens arrivaient et repartaient, des membres de la famille et des amis qui avaient été invités à l'*asiento*. Tous avaient mis leurs plus beaux vêtements et apportaient des corbeilles de fruits, des pots de miel, du rhum, des cigares, des poulets et des fleurs. Lorsqu'ils apprirent que l'*asiento* avait été remis à plus tard, et pour quelle raison, ils lancèrent des regards dans la direction de Decker et Hicks avec une animosité non dissimulée. Un homme d'un certain âge s'approcha et déclara :

— Vous n'êtes pas la loi. Les *orishas* sont la loi. Vous avez gâché l'*asiento* de mon petit-fils.

— Je suis vraiment désolé, répondit Decker. N'y voyez rien de personnel.

— Quelque chose de déplaisant va vous arriver aujourd'hui à cause de ce que vous avez fait ici. Vous connaîtrez la justice et le sang.

— Merci de me prévenir, mais ce sont les risques du métier.

Finalement, Reine Aché descendit l'escalier. Ce n'était plus un fantôme en robe de mousseline au visage blanc et aux yeux rouge sang, mais une Noire de haute taille à l'allure athlétique en pantalon de cuir noir moulant et débardeur sans manches en satin marron foncé, avec six ou sept bracelets en argent à chaque bras. Sa tête était prise dans un foulard en soie marron foncé, étroitement noué, avec un médaillon en argent qui oscillait sur son front. Elle portait en bandoulière un grand sac en cuir, orné de franges et de perles.

L'un de ses acolytes, couvert de bijoux, l'accompagnait, un homme au crâne rasé avec des lunettes de soleil aux verres-miroir et un cou aussi épais qu'un tronc d'arbre.

— Écoutez-moi bien, monsieur le policier. C'est Reine Aché, et Reine Aché est la reine de tout ce qu'elle contrôle. Si jamais il lui arrive une super-merde, une super-merde cent fois pire vous arrivera.

— Je veillerai sur elle, lui affirma Decker.

Même s'il savait que, en réalité, Reine Aché l'accompagnait pour veiller sur *lui*.

Dans la voiture, avec les deux voitures de patrouille qui les suivaient de près, Decker donna à Reine Aché un aperçu général de celui qu'ils pensaient traquer, et pour quel motif. Il lui raconta tout sur la Brigade du diable, le major Shroud, et ses cauchemars. Elle écouta, hocha la tête une ou deux fois, mais ne dit rien.

— Vous ne semblez pas particulièrement *surprise* par toute cette histoire, lui dit-il lorsqu'il eut terminé.

— Rien ne me surprend à propos de la santeria, lieutenant. Je connais des gens dont les ancêtres défunts continuent d'aller et venir dans les rues après deux cents ans. Vous oubliez que les croyances Yoruba ont donné naissance non seulement à la santeria, en Amérique, mais au candomblé au Brésil et au shango à Trinidad. Et en Haïti, les traditions Yoruba se sont mélangées avec celles du peuple Fon venues du Dahomey, pour aboutir à la création du vaudou.

— Alors vous pensez qu'il est tout à fait possible que l'Homme Très Effrayant puisse être le major Shroud lui-même, revenu d'entre les morts ?

— Pourquoi pas ? Un cercueil recouvert de plomb a très bien pu préserver son corps – de même que toutes les plantes et les épices qui ont été enterrées avec lui. Et s'il était réellement possédé par Chango, cela aurait préservé son âme. Chango, comme tous les *orishas*, est immortel.

— Vous pensez que vous serez capable de l'apaiser ? Vous savez, faire appel à ses bons sentiments ou à je ne sais quoi ?

— Chango est Chango. Il est le plus populaire de tous les *orishas*. Mais lorsqu'il veut exercer sa vengeance, il n'aura de cesse qu'il ne l'ait obtenue.

Le téléphone cellulaire de Hicks sonna.

—Oui… Oui, capitaine. Désolé, il tient le volant en ce moment.

—C'est encore Cab ?

—Il dit qu'il veut que vous rentriez au commissariat, sans discuter.

—Comment est-il ?

—Fou de rage.

—Il n'a pas encore fait une attaque d'apoplexie ? Parfait. Dites-lui de m'accorder vingt minutes.

Ils se garèrent dans Main Street Est, juste devant l'entrée de la gare. À l'ouest, le ciel s'assombrissait, bien que ce soit seulement quelques minutes après midi, et les nuages avaient un aspect étrangement meurtri, violet et rouge.

Ils franchirent la porte battante. À l'intérieur, il faisait sombre et très frais, de manière inattendue, et ils retirèrent tous leurs lunettes de soleil. L'escalier en pente raide était recouvert d'une couche de poussière de béton et tout le bâtiment retentissait de coups de marteau, de grondements de marteau-piqueur et de cris.

Ils gravirent les marches jusqu'à la salle des arrivées.

Mike Verdant les aperçut et leur fit un geste de la main. Il vint dans leur direction en enjambant des tuyaux hydrauliques et des poutres, et tendit la main.

—Vous venez jeter un autre coup d'œil, lieutenant ? Vous avez de la veine… Nous allons réinstaller les balustrades d'ornement.

—En fait, nous voulons inspecter de nouveau la galerie de service.

—Vraiment ? Je ne crois pas qu'il y ait quoi que ce soit là-bas, à part des gravats.

—Je sais, mais je désire le faire néanmoins.

Mike lança un regard incertain à Reine Aché.

—Vous emmenez cette dame avec vous ?

—Tout à fait. Elle sait ce que nous cherchons encore mieux que nous.

—Bon, entendu. Mais vous devrez porter des casques de protection, et je vais vous prêter des combinaisons. C'est sacrément glissant là-bas.

Il revint avec des casques de protection et trois combinaisons jaune vif. Ils les enfilèrent – Hicks faillit perdre l'équilibre comme sa chaussure se coinçait dans le trou pour la jambe – et les boutonnèrent jusqu'au menton.

— Excusez-moi… Mais il me semble vous *connaître*, non ? dit Mike à Reine Aché.

Elle le considéra avec dédain. Elle le dépassait d'au moins quinze centimètres.

— Remerciez Dieu de ne pas me connaître !

Mike se tourna vers Decker et fit une grimace. Decker haussa les épaules comme pour dire : « Elle est comme ça… Ne la bousculez pas. »

— Tenez… Vous aurez besoin de ces torches électriques, dit Mike.

Ils redescendirent l'escalier vers l'entrée de Main Street Est. À ce moment-là, ils entendirent un grondement de tonnerre et, à travers le verre poussiéreux de la porte battante, ils aperçurent des gouttes de pluie moucheter le trottoir au-dehors.

Mike les conduisit jusqu'à la brèche dans le mur qui amenait au niveau inférieur.

— Je viendrais bien avec vous mais je dois superviser la pose de ces balustrades. Un centimètre d'écart et nous sommes baisés.

— Pas de problème, répondit Decker. Nous pouvons nous débrouiller tout seuls à partir d'ici.

Lorsque Mike fut reparti vers la salle des arrivées, Hicks prit la parole :

— Lieutenant… Vous pensez réellement que c'est une bonne idée ?

— Non, mais que pouvons-nous faire d'autre ?

— Je ne sais pas. Mais nous savons que cet Homme Très Effrayant est très robuste… Songez à la façon dont il nous a bousculés et renversés, à l'hôpital. On devrait peut-être essayer de le faire sortir de là en balançant des gaz lacrymogènes, ou en l'assommant avec des gaz asphyxiants.

— Hicks, nous sommes pressés par le temps, et je ne vois pas Cab demander l'intervention d'une équipe du SWAT, d'accord ? Qui plus est, je ne suis pas sûr du tout que des gaz lacrymogènes ou des gaz asphyxiants auraient un quelconque effet sur ce type. Et merde, il est mort, ou c'est un mort-vivant, ou quel que soit le nom qu'on leur donne dans la santeria.

— *Egun*, les ancêtres qui sont morts mais continuent de vivre, déclara Reine Aché. C'est pour cette raison que j'appelle mes fidèles les Eguns.

— Je continue de penser que c'est trop dangereux, s'obstina Hicks. Trop dangereux, ou bien nous perdons notre temps.

Reine Aché pointa son doigt sur Hicks, comme si elle le désignait durant une séance d'identification de suspects.

— Vous croyez, n'est-ce pas ? Vous êtes un croyant. Vous faites semblant d'être sceptique, mais vous savez que les morts peuvent aller et venir parmi nous, et que les esprits peuvent nous parler depuis l'au-delà.

Hicks parut mal à l'aise.

— Faisons-le, alors, si nous devons le faire.

— Pourquoi le niez-vous ? insista Reine Aché. Pourquoi reniez-vous vos racines ? Vous avez vraiment choisi de passer le reste de votre vie dans le monde sans âme des Blancs ? Le chien a quatre pattes mais il suit une seule voie.

— Bon, allons-y, dit Decker.

Il se dirigea vers le trou dans le mur en escaladant des monceaux de briques brisées, puis il braqua sa torche électrique devant lui.

— À vous maintenant, votre majesté. Hicks, vous protégez nos arrières.

Une fois qu'ils eurent escaladé les briques, ils se retrouvèrent dans une cave voûtée, très basse. Les murs et le plafond étaient noircis par l'humidité et recouverts d'une croûte de sel. Dans le coin opposé, le sel s'était accumulé contre la maçonnerie de brique en une série de stalagmites grisâtres grumeleuses. Elles ressemblaient à une troupe de nains hideux, certains avec des têtes boursouflées et d'autres avec des dos énormément bossus.

— Cet endroit a dû être inondé très souvent, fit remarquer Decker.

— La ville a été inondée le jour de ma naissance, déclara Reine Aché. Mon père avait coutume de dire que c'était un présage envoyé par Yemaya, et que, moi aussi, j'inonderais la ville un jour.

— Une chose est sûre. Vous l'avez inondée d'héroïne de mauvaise qualité !

Ils s'avancèrent dans la cave en orientant le faisceau de leurs torches à gauche et à droite, mais il n'y avait aucun signe d'un cercueil, ou d'une niche que l'Homme Très Effrayant aurait pu utiliser comme cachette. Pas de couvertures entassées, pas de lit rudimentaire constitué de journaux, pas de canettes de Coke abandonnées. Cependant, plus loin dans le coin sur la gauche, une importante portion du sol semblait s'être effondrée vers la galerie de service en contrebas.

— Qu'est-ce qui vous donne la certitude qu'il est ici ? demanda Reine Aché.

Elle se tenait immobile et son visage était grave, mais son ombre dansait sur le plafond au-dessus d'elle, comme si son esprit se moquait d'eux.

— Son cercueil a coulé exactement ici, dans Shockoe Creek, et c'est la première fois que ces fondations ont été ébranlées depuis que la gare a été construite. Indépendamment de ce fait, la petite fille dont je vous ai parlé... celle qui peut le voir... elle l'a vu entrer dans la gare par la même porte que nous avons empruntée. Une autre fois, elle a vu une sorte de nuage tourmenté au-dessus du toit de la gare, qu'elle a interprété comme un nuage du mal. Elle l'a même dessiné. Pour quelque raison, elle a dit que c'était la Maison du Fou.

— La Maison du Fou ? (Reine Aché réfléchit un instant, puis elle secoua la tête.) Non... Pas la Maison du Fou.

— Pardon ?

— Elle a probablement mal compris. Elle voulait dire la Maison d'*Ofun*. *Ofun* signifie « l'endroit où la malédiction est née ».

— Vous parlez sérieusement ? « L'endroit où la malédiction est née » ? Vous entendez ça, Hicks ? Quelle preuve de plus nous faut-il ?

Reine Aché s'avança devant Decker et se dirigea vers le renfoncement de la cave. Elle baissait la tête de temps en temps parce que le plafond était très bas. Elle fit halte une dizaine de mètres plus loin et leva la main pour indiquer qu'ils devaient rester où ils étaient, et ne pas parler.

— Qu'y a-t-il ? demanda Decker au bout d'un moment.

— Je sens quelque chose, répondit-elle.

— Moi aussi. Des rats crevés et l'humidité.

— Non... Il y a autre chose. Fermez les yeux. Inspirez profondément et gardez l'air dans vos poumons.

Decker obtempéra. Hicks fit de même et émit un sifflement par une narine. Decker ne pouvait en être certain, mais il lui semblait détecter l'arôme très faible de plantes rances, comme lorsqu'on ôte le couvercle d'un pot d'origan desséché.

— On dirait l'odeur du garde-manger de ma grand-mère, fit Hicks.

— C'est exact, acquiesça Reine Aché. Ce sont les plantes qu'ils ont probablement utilisées pour sceller le major Shroud dans son cercueil.

Elle s'agenouilla et ouvrit sa sacoche en cuir. Elle en sortit une petite bourse en toile, soigneusement fermée par une cordelette noire enduite de cire. Elle la posa sur le sol devant elle, puis elle sortit quatre pommes desséchées, un flacon en verre contenant un liquide vert clair, et un autre flacon contenant un liquide rouge foncé.

Tandis que Decker l'éclairait avec sa torche, elle dénoua la cordelette de la bourse en toile et en fit tomber une poignée de pierres noircies, ternes.

— Qu'est-ce que vous faites ? lui demanda Decker.

— Ce sont des pierres-tonnerre... Des pierres provenant d'une maison qui a été frappée par la foudre.

Comme pour souligner leur importance, il y eut un fort coup de tonnerre à l'extérieur et, même dans la cave, ils sentirent le courant d'air frais, chargé d'ozone, qui accompagnait la pluie survenue immédiatement après.

— Je jette les pierres, et ensuite je verse ce liquide sur elles. Il est préparé avec des feuilles d'alamo, bouillies dans l'eau. Cela chassera le mal. Ensuite j'adresse une invocation à Chango, « *kabio, kabio, sile* », et j'enduis les pierres de sang de coq.

— D'accord... Et qu'est-ce que cela fera ?

— Cela me dira si une manifestation de Chango est ici. Regardez et attendez.

Decker se mit à croupetons à côté d'elle. Elle ôta le bouchon du flacon de sang et aspergea les pierres de sang comme un prêtre le fait avec de l'eau bénite.

— *Kabio, kabio, sile*, répéta-t-elle. *Kabio, kabio, sile.*

Ils attendirent pendant plus d'une minute. Le tonnerre gronda à nouveau, et cette fois, il résonna dans la cave comme s'il provenait de quelque part sous le sol, plutôt que du ciel.

— J'ai l'impression qu'il n'est pas ici, dit Decker.

— Attendez. Cela prend toujours un peu de temps.

Une autre minute s'écoula, puis Decker entendit un faible grésillement. Il renifla, et il sentit non seulement l'humidité et les plantes desséchées, mais aussi une odeur de brûlé, comme du bouillon concentré qui brûle sur le côté d'une marmite. Il braqua le faisceau de sa torche sur les pierres-tonnerre et vit que le sang de coq séchait, faisait des bulles et dégageait de la fumée. Les pierres-tonnerre elles-mêmes avaient viré au gris, et une ou deux d'entre elles commençaient à rougeoyer.

— Chango est ici, déclara Reine Aché d'un ton catégorique.

— Vous en êtes sûre ?

— Voyez par vous-même. Regardez les pierres.

Une à une, les pierres devinrent écarlates, et Decker sentit la chaleur qu'elles dégageaient, une chaleur sèche comme dans un sauna.

— Le pouvoir de Chango est attiré vers cet *ebbo*. Il nous montre qu'il se trouve à proximité.

— D'accord, mais *où* ?

— Vous ne pouvez pas le voir, mais je le verrai. Je vais invoquer Yemaya pour lui demander de m'aider contre mes ennemis et de me donner sa force.

Sur ce, elle glissa à nouveau la main dans sa sacoche et en sortit un sachet en plastique, soigneusement plié et fermé avec un ruban de coton bleu. Elle dénoua le ruban et ouvrit le sachet, laissant apparaître un petit poisson aux écailles argentées. Elle sortit un autre flacon et répandit un liquide clair, gluant, sur le poisson.

— Du sirop de canne de sucre, expliqua-t-elle.

Puis elle laissa tomber sept pièces d'un *cent* sur le poisson.

— *Yenya orisha obinrin dudukueke re maye avaya mi re oyu*…, psalmodia-t-elle en fermant les yeux et en faisant osciller sa tête d'un côté et de l'autre.

Hicks lança un regard inquiet à Decker.

— J'espère que nous ne nous impliquons pas dans quelque chose dont nous ne pourrons pas nous dépêtrer.

— Comme je l'ai dit, mon vieux, nous n'avons pas le choix.

Le téléphone cellulaire de Hicks sonna à nouveau, mais, lorsqu'il le sortit de sa poche, Decker lui dit :

— Ne répondez pas. C'est Cab qui approche du point d'ébullition.

— … *lojun oyina ni reta gbogbo okin nibe iwo ni re elewo nitosi re omo teiba modupue iya mi.*

Reine Aché cessa de se balancer et ouvrit les yeux. Elle rejeta sa tête en arrière et contempla le plafond un moment. Puis elle dit d'une voix terne :

— Yemaya est avec moi.

Decker la regarda, puis il ôta ses lunettes et la regarda encore plus attentivement, parce que, incontestablement, quelque chose avait pris possession d'elle. C'était difficile de dire précisément ce que c'était. Mais elle semblait dégager une énergie extraordinaire, et, lorsqu'il fit un pas vers elle, il sentit les petits cheveux sur sa nuque se dresser, comme s'il se tenait à côté d'un transformateur électrique. Elle tourna la tête pour le regarder, et, bien qu'elle fût toujours Reine Aché, avec ce front haut, ces paupières abaissées de façon érotique, et ces lèvres pulpeuses légèrement entrouvertes, il y avait un autre visage à l'intérieur de son visage, un visage au regard glacial, qui était serein et infiniment ancien.

Decker réalisa que, par l'entremise d'un tiers, il regardait le visage d'un *orisha*, une déesse des temps les plus reculés de la civilisation africaine, créatrice de dynasties et de magie. Il avait déjà été effrayé. Ses cauchemars sur la bataille du Wilderness l'avaient terrifié. Mais rien ne l'avait encore jamais terrifié à ce point : il réalisait qu'il y *avait* un monde où les morts pouvaient vivre pour toujours, que des hommes pouvaient passer à travers des murs, et que toutes les lois de la possibilité ne signifiaient absolument rien.

Il se remémora brusquement *Le Cri* d'Edvard Munch – la terreur absolue de découvrir que la vie n'a pas de limites.

— Et maintenant, que faisons-nous ? demanda-t-il à Reine Aché.

— Nous cherchons où se cache votre Homme Très Effrayant.

Elle prit les pommes une à une et les posa sur les pierres-tonnerre brûlantes. Elles grésillèrent et se boursouflèrent, et dégagèrent une épaisse fumée à l'odeur de caramel.

— Conduis-moi maintenant vers Chango, dit Reine Aché. Conduis-moi à travers les chemins de Chango, Ogodo, Alufina Crueco, Alafia, Larde, Obakoso, Ochongo et Ogomo Oni. Conduis-moi à travers ses divers déguisements : sainte Barbara, saint Marcos de Léon et saint Expéditus.

Jusqu'ici, la fumée s'était élevée en ondoyant, mais, tandis que Reine Aché continuait de psalmodier, elle commença à dériver vers le côté opposé de la cave. Elle passa en sinuant près des stalagmites en forme de nains, puis elle sembla disparaître au sein de l'obscurité, comme quelqu'un tirant un long foulard en mousseline de soie grise à travers un trou de serrure.

— Il est là-bas. Chango est incapable de résister à l'odeur des pommes.

Decker sortit son pistolet de son étui, mais Reine Aché posa sa main sur la sienne.

— Vous devez comprendre que vous ne pouvez pas tuer Chango. Vous pouvez seulement tuer le major Shroud.

— Ce sera toujours un début.

— Mais vous ne pouvez pas tuer le major Shroud tant que Chango continue de le posséder.

— Alors, comment pouvons-nous le neutraliser ?

— Dans la santeria, nous croyons que tout le monde a un *eleda*. Cela signifie leur tête, ou leur esprit, mais cela signifie également leur ange gardien. Dans le cas du major Shroud, son ange gardien est Chango. Tant que Chango est vigilant, il protégera le major Shroud de toute attaque. Mais les *eledas* peuvent devenir affamés, et avoir besoin de nourriture et de divertissements. Si vous invoquez Chango, et lui donnez une *plaza*, une offrande de fruits et de sucre candi, et allumez des bougies en son honneur, il sera distrait suffisamment longtemps pour que vous puissiez tuer le major Shroud.

Elle chercha au fond de sa sacoche et en sortit un autre petit sac en toile de coton, fermé avec une cordelette rouge et blanche.

— J'ai apporté des pommes, et des bananes, ainsi que des plantes. De la *rompe zaraguey* et du *bledo punzo.*

— Et des bougies ?

— Bien sûr.

Elle sortit trois cierges, maintenus ensemble par un ruban rouge.

Decker prit le petit sac et les cierges, et les fourra dans ses poches.

— Vous ne faites pas tout ça uniquement parce que j'ai menacé de vous tirer une balle dans la tête, hein ?

Reine Aché lui adressa un étrange sourire, et il eut la certitude de voir Yemaya sourire également, derrière le masque du visage de Reine Aché.

— Lorsqu'il n'y a aucun homme capable de vous résister, lieutenant, que vous reste-t-il ? Vous devez éprouver votre force contre les dieux.

— Vous n'avez jamais… ?

— Fait confiance à quelqu'un ? Si. Une fois. Mais un matin, nous nous sommes réveillés tous les deux et nous avons compris que j'étais devenue plus forte que lui, alors il a pris ses affaires et il est parti sans dire un mot.

— Vous savez à quel point je vous hais pour ce que vous avez fait ?

— Non, lieutenant, je ne le sais pas. Je n'ai jamais aimé quelqu'un autant que vous l'aimiez.

Hicks braquait le faisceau de sa torche vers le coin opposé de la cave, où la fumée disparaissait rapidement.

— Il y a une ouverture ici, lieutenant. Une partie du mur s'est effondrée.

Decker le rejoignit. Juste après les stalagmites, il y avait un étroit renfoncement, et la plupart de la maçonnerie de brique au fond de la niche s'était écroulée vers l'intérieur. Cela ressemblait au mur de brique dans lequel Fortunato, ivre-mort, était emmuré vivant dans le conte d'Edgar Allan Poe, *La Barrique d'amontillado.* « Pour l'amour de Dieu, Montrésor ! »

Lorsqu'il explora avec sa torche le fond de la niche, Decker vit qu'elle donnait sur une cavité entre les murs de soubassement de la gare. La cavité ne faisait guère plus que soixante-dix centimètres de largeur, mais, entre les murs, les briques avaient formé en tombant une sorte d'escalier qui conduisait vers le bas. La fumée continuait de s'écouler dans cette direction.

— Bon… La fumée semble penser qu'il se cache en bas.

Hicks fit une grimace, comme si tout cela était trop pour lui.

— La *fumée* pense qu'il est en bas ? Nom d'un chien !

Decker enjamba maladroitement les briques éboulées et se faufila de côté par l'ouverture. L'odeur des plantes était plus forte ici, mais il y avait également une autre odeur, et elle était nauséabonde. L'odeur de l'eau de mer et d'eaux d'égout, de poissons putréfiés et de crabes en décomposition.

Il se retourna et tendit la main à Reine Aché, mais elle parvint à se glisser par l'ouverture sans son aide. « L'escalier » n'était qu'une pente raide de maçonnerie écroulée, rendue glissante par l'humidité, et Decker fut obligé de s'appuyer d'une main sur le mur de droite pour garder son équilibre tandis qu'il descendait. À mi-hauteur, il trébucha et tomba sur les fesses. Il glissa sur presque deux mètres avant de réussir à s'agripper à une poutre à moitié pourrie qui faisait saillie et à stopper sa chute.

Au bas de la pente, il y avait une ouverture vers une galerie de service noire comme poix. Ils braquèrent leurs torches vers l'obscurité, et les faisceaux lumineux s'entrecroisèrent comme des sabres laser. Le sol de la galerie de service était recouvert d'une épaisse couche de boue noirâtre, et le plafond était étayé de briques qui suintaient d'humidité. Decker estima que la galerie de service s'étendait sur plus de soixante-dix mètres, d'un côté des fondations de la gare à l'autre.

Hicks déclara :

— Si nous sommes bloqués ici, lieutenant, personne ne viendra à notre secours.

— Cela doit être fait, mon vieux.

— Mais si nous ne pouvons même pas le *voir*...

— Moi, je le peux, le rassura Reine Aché.

— Okay..., fit Hicks à contrecœur. Alors, quel est le plan ?

— Je suppose que nous allons être obligés d'explorer cet endroit à quatre pattes. Nous allons le faire méthodiquement, en le quadrillant.

— Non, lieutenant, dit Reine Aché. Ce ne sera pas nécessaire. Regardez.

Decker se retourna. La fumée dégagée par les pommes qui brûlaient dérivait toujours vers le bas de l'escalier et s'engouffrait dans la galerie de service. Lorsque Decker l'éclaira avec sa torche, il vit qu'elle se dirigeait rapidement vers le côté de droite, approximativement aux trois quarts de la distance sous la gare, où elle disparaissait brusquement. C'était l'endroit où le plafond s'était effondré depuis le niveau supérieur.

— On dirait que nous l'avons trouvé, fit Decker.

— Et que faisons-nous maintenant ? demanda Hicks.

— Nous nous rendons son *eleda* favorable.

— Je croyais que nous allions juste lui exploser la tête.

— C'est la même chose, énoncé différemment.

33

Decker sortit les cierges de sa poche. Reine Aché dénoua le ruban qui les maintenait ensemble, les alluma, puis elle en tendit un à Decker et un autre à Hicks.

— Vous devrez avoir des pensées respectueuses envers Chango. Lui faire votre offrande de fruits et implorer son pardon pour les péchés de vos aïeux.

— Et vous croyez réellement que ça va marcher ? Pensez à ce qu'il a fait à Moses Adebolu.

— Chango a considéré que Moses Adebolu avait trahi sa foi. Vous n'êtes que son ennemi juré.

— C'est tout ? Je suis foutrement soulagé ! Bon, nous devons tous mourir un jour ou l'autre, d'accord ? On y va !

Il s'accroupit et pénétra dans la galerie de service. Le plafond de brique lui érafla le dos. La puanteur d'égout de l'eau de rivière était encore plus suffocante ici, et la boue noir-verdâtre gargouillait sous ses mocassins Belvedere tout neufs.

Alors qu'il s'approchait du trou où la fumée des pommes de Reine Aché disparaissait, il comprit ce qui s'était passé. Un large pan du plafond s'était effondré ; pas suffisamment pour occasionner des dommages aux fondations de la gare, mais suffisamment pour amener le sol au-dessous à s'effondrer à son tour. Il braqua sa torche sur les briques et les moellons, et vit qu'il y avait une cavité béante sous les fondations, aussi noire qu'une caverne préhistorique. Il apercevait également des montants en bois à moitié pourris, et une partie d'un vieux mur de brique – les vestiges de l'ancien quai du port de pêche de Shockoe Creek, supposa-t-il.

À l'intérieur de la cavité, il vit des planches humides et grasses, noircies par les années, qui avaient peut-être été une portion d'un pont de navire, bien que la plupart aient cédé. Et il y avait une autre cavité en dessous, où avait dû se trouver la cale du navire.

Reine Aché et Hicks le rejoignirent en se baissant. Hicks se cogna la tête sur le plafond et s'exclama :

— Nom de Dieu !

— Vous voyez ça ? dit Decker. Je suis prêt à parier que c'était le navire qui transportait le cercueil du major Shroud – le *Nathan Cooper*, c'est bien ça ? Lorsqu'ils ont commencé à réhabiliter la gare l'année dernière, les travaux ont probablement fait s'effondrer le plafond, lequel a éventré l'ancien quai de Shockoe.

— Vous voulez dire qu'ils ont construit la gare sur le navire, sans même prendre la peine de le déplacer ?

— Ce n'était peut-être pas possible de le déplacer. Peut-être que les constructeurs de l'époque avaient trop *peur* de le déplacer. Apparemment, ils ont comblé le cours d'eau et enterré également le navire.

Decker essaya de scruter la cale du bateau avec sa torche, mais l'obscurité semblait absorber complètement le faisceau lumineux, et absolument rien n'était réfléchi. Sa mâchoire tremblait, non seulement en raison de l'humidité glaciale qui régnait ici, mais aussi parce qu'il sentait que quelque chose de profondément malveillant se trouvait tout près. C'était la même sensation qu'il avait éprouvée dans ses cauchemars – la sensation que quelqu'un fondait sur lui, quelqu'un qui voulait lui faire un mal horrible.

Il s'arrêta un moment et prit une inspiration pour se calmer, puis une autre, bien que l'air fût fétide. Il n'avait encore jamais souffert de claustrophobie, mais il était conscient à présent des tonnes et des tonnes de briques et de maçonnerie qui pesaient sur lui, et du fait qu'il devrait se voûter comme Quasimodo pour s'enfuir si quoi que ce soit le poursuivait.

— Lieutenant ? demanda Hicks. Ça va, lieutenant ?

— Quoi ? Je ne me suis jamais senti aussi bien !

— Vous pensez vraiment qu'il y a quelque chose en bas ?

— J'en suis sûr. Descendons et allons jeter un coup d'œil.

— Ce pont n'a pas l'air très solide.

— Alors, nous devrons faire attention où nous posons les pieds, d'accord ?

Reine Aché s'agenouilla dans la boue. La flamme de son cierge dansait au gré du courant d'air, et son expression semblait changer d'une seconde à l'autre – amusée, indifférente, méprisante, troublée.

— Chango est ici, cela ne fait aucun doute. Yemaya perçoit la présence de Chango. Et elle est très forte.

— Dans ce cas, nous ferions mieux d'aller le chercher.

Reine Aché le retint par la manche.

— N'oubliez pas. Vous devez saluer la grandeur de Chango. Vous devez le supplier de vous pardonner toutes vos mauvaises actions. Quel que soit l'aspect du major Shroud, même s'il vous parle, c'est à Chango que vous présentez vos respects, et non à lui. Lorsque l'attention de Chango sera distraite… C'est à ce moment et à ce moment seulement que vous pourrez vous occuper du major Shroud.

— Comment saurai-je que c'est le moment ?

— Parce que je vous le dirai. Vous ne pouvez pas voir Chango, mais Yemaya le peut.

— Bon, entendu. Hicks, vous êtes prêt ?

— Je le pense, oui.

Decker se retourna et descendit prudemment à reculons les monceaux de gravats. Ses chaussures délogèrent immédiatement des briques cassées et du mortier qui s'effritait, provoquant un éboulement miniature qui crépita sur les madriers du navire en contrebas. Tandis qu'il descendait, il vit qu'une poutre métallique rouillée était tombée en travers du navire et empêchait les gravats de tomber plus bas, de telle sorte qu'il y avait un intervalle de moins d'un mètre entre les gravats et le pont. Grognant par suite de l'effort, il se retourna précautionneusement afin de pouvoir sauter. Des briques s'éboulèrent brusquement sous ses pieds, et, avant qu'il ait le temps de sauter, il tomba maladroitement et se reçut sur le côté, se meurtrissant l'épaule et la hanche.

— Putain ! s'exclama-t-il.

Son cierge lui échappa de la main et roula dans une flaque d'eau stagnante, où il s'éteignit immédiatement dans un sifflement.

— Vous n'êtes pas blessé, lieutenant ? appela Hicks.

— Je suis en super-forme, et merde !

— Votre cierge ! le prévint Reine Aché. Vous devez allumer votre cierge !

Decker se releva et récupéra son cierge. Il le sécha sur sa manche puis le ralluma avec son briquet.

— Reine Aché ? Vous venez ?

Elle se laissa glisser au bas des débris et atterrit sur le pont en faisant un faux pas qui était presque gracieux. Puis ce fut au tour de Hicks. Il glissa et jura, mais parvint à sauter par-dessus la trouée et à retomber sur ses pieds.

Reine Aché ôta la poussière de la main.

— Essayez de ne montrer aucune peur lorsque le major Shroud apparaîtra. C'est un mort-vivant, mais, comme tous les zombies, il ne le sait pas. Il est persuadé d'être toujours le même homme qu'il était lorsqu'il a été enfermé dans son cercueil, aussi vous devez lui parler comme s'il était une personne normale. Pendant que vous lui parlerez, je présenterai votre *plaza* à Chango et j'essaierai de distraire son attention pour qu'il ne protège plus la tête du major Shroud.

— Je trouve que c'est un plan excellent.

— Une chose, cependant... Quoi que vous fassiez, n'essayez pas de tuer le major Shroud avant que je vous dise que Chango l'a laissé sans protection. Sans quoi, vous vous attaquerez directement à Chango, et sa colère sera terrible.

— Reçu cinq sur cinq !

Ils s'avancèrent sur le pont vers le trou insondable où les madriers avaient pourri et cédé. Decker se pencha en avant et promena le faisceau de sa torche d'un côté et de l'autre. Il distingua des madriers des ponts inférieurs, des rouleaux de corde, et un amas protubérant de vase grisâtre qui avait probablement été une balle de coton, mais il n'aperçut aucun cercueil nulle part.

— Bon, je vais être obligé de descendre et de le chercher.

— Bon sang, lieutenant, soyez prudent !

— Hicks, mon vieux, ça fait partie du boulot.

Bien que la plus grande partie de l'intérieur du navire ait été rongée par la pourriture du bois et des insectes fouisseurs, il y avait toujours le squelette d'un escalier en fer rongé par la rouille qui s'accrochait au côté sur la droite. Decker s'en approcha lentement et parvint à tendre la main et à saisir la rampe du haut. Les madriers du pont, saturés d'eau, éclatèrent sous son poids, mais il s'immobilisa, respira profondément, puis il réussit à se retourner et à poser ses deux pieds sur l'une des marches.

— Restez ici, dit-il à Reine Aché et à Hicks. Je crierai si je trouve quelque chose.

Il descendit l'escalier, une marche à la fois, éprouvant la solidité de chaque marche pour s'assurer qu'elle ne céderait pas. Il y avait au moins six mètres jusqu'aux vestiges du pont suivant, et celui-ci semblait tellement pourri que, s'il tombait, Decker passerait probablement à travers, et tomberait vers le pont suivant, puis vers la quille – si le *Nathan Cooper* avait toujours une quille.

Cela lui prit presque cinq minutes pour arriver au bas de l'escalier. Il jeta un regard à la ronde, pour essayer de s'orienter et de trouver de quel côté le navire avait été arrimé. Selon toute vraisemblance, il avait été manœuvré vers Shockoe Creek la proue en avant, et, étant donné que les flancs du navire allaient en diminuant sur sa droite, la cale se trouvait probablement au milieu du navire, sur sa gauche.

Tenant son cierge dans sa main gauche et sa torche dans sa main droite, il traversa le pont vers une coursive sombre qui ruisselait d'humidité. Le sol était jonché de crabes morts à divers stades de décomposition, semblables aux mains tranchées de centaines d'enfants massacrés, et la puanteur était telle qu'il ne put s'empêcher d'avoir un haut-le-cœur saccadé. Il se dirigea prudemment vers l'arrière du navire. Ses chaussures glissaient et dérapaient, et la flamme tremblotante de son cierge donnait l'impression que les crabes étaient toujours vivants et se déplaçaient les uns sur les autres.

Alors qu'il s'approchait du fond de la coursive, il entendit un fracas sourd. Il arriva devant une porte en bois aux gonds brisés et réussit à l'ouvrir. Au-delà de la porte régnait une obscurité encore plus totale. Il s'avança sur une plate-forme en fer rouillée et se retrouva dans la cale du *Nathan Cooper*. De l'eau tombait en cascade depuis les écoutilles en haut, et c'était ce qui causait tout ce fracas. De l'eau de pluie, vraisemblablement, songea Decker, qui provenait des égouts pluviaux inondés le long de Main Street Est. Des dizaines de grosses chaînes étaient suspendues aux flancs de la cale, et elles oscillaient et s'entrechoquaient tandis que l'eau se déversait sur elles. Cela rappela désagréablement à Decker la cale du *Nostromo*, le vaisseau spatial dans *Alien*. Des chaînes, et de l'eau.

Il braqua sa torche vers le bas et balaya systématiquement le sol de la cale. Il crut tout d'abord qu'elle contenait uniquement des barriques éventrées et une pile de cageots en bois, puis il dirigea le faisceau de sa torche vers le côté opposé, au sein des ombres, et il aperçut un amas de madriers et de gravats, et une grande caisse gris-verdâtre, enfouie d'un quart dans des briques, inclinée à quarante-cinq degrés.

Il transféra son cierge dans sa main qui tenait la torche, et sortit son pistolet de son étui. Puis il se retourna précautionneusement et descendit au bas de l'échelle en fer qui amenait au fond de la cale, éprouvant la solidité de chaque barreau au fur et à mesure. Il était presque arrivé en bas lorsqu'il s'enfonça jusqu'en haut de sa chaussette dans une eau de rivière glaciale et nauséabonde.

— Merde ! grommela-t-il.

La cale était inondée sur une profondeur de plus de trente-cinq centimètres. Ses mocassins étaient définitivement fichus.

Tenant en l'air son cierge et sa torche, il s'avança dans l'eau vers la caisse gris-verdâtre. Des rides se formèrent sur l'eau et clapotèrent contre les barriques éventrées. Au fond de l'eau, le pont était rendu gras par des herbes aquatiques, et il avait fait seulement le tiers du chemin jusqu'à la caisse lorsqu'il glissa et mouilla les jambes de son pantalon jusqu'aux genoux.

Il fit halte un moment, mais ne dit rien. Il était le seul à blâmer. Mais si Hicks avait été là, il lui aurait crié après pendant dix minutes montre en main.

Il atteignit finalement la caisse gris-verdâtre. À présent qu'il la voyait de près, Decker avait la certitude que c'était le cercueil du major Shroud. Il était énorme, plus de cinq mètres de long, fait de plomb épais martelé à la main. Un visage était gravé en relief sur le dessus – un visage en forme d'amande, aux yeux réduits à des fentes et avec une bouche semblable à une boîte aux lettres. Il ressemblait aux visages tribaux qui étaient accrochés aux murs du *Mask Bar*.

Decker crut tout d'abord que le cercueil était toujours intact, mais, lorsqu'il en fit le tour en pataugeant dans l'eau, il vit que l'un des côtés était profondément corrodé, grêlé et couvert de pustules comme une chair gangrenée, et largement éventré. Il se pencha et éclaira l'intérieur avec sa torche. Il distingua des bouquets de plantes desséchées, des pommes momifiées et des petites statuettes en bois, mais le corps du major Shroud ne s'y trouvait pas.

Il jeta un regard à la ronde, mais il vit seulement des monticules de fange noire venue du fond de la rivière et d'autres crabes morts en quantités. Il rebroussa chemin vers l'échelle en pataugeant dans l'eau. Il ne savait pas s'il était soulagé ou déçu. Mais il ne pouvait oublier la mise en garde de Cathy. S'il ne trouvait pas le major Shroud le premier, alors le major Shroud le trouverait, *lui*.

Il commença à monter à l'échelle, mais il était arrivé à mi-hauteur seulement lorsqu'il sentit un soudain courant d'air froid, et son cierge s'éteignit. En jurant, il remit son pistolet dans son étui et chercha son briquet dans ses poches. Il l'actionna une fois, mais le briquet ne fonctionna pas. Alors il l'actionna plusieurs fois, mais le briquet refusait toujours de fonctionner.

Il continuait de se colleter avec le briquet lorsqu'il se rendit compte que le courant d'air froid devenait encore plus glacial – tellement glacial qu'une nappe de vapeur glacée commença à se déverser du rebord de la plate-forme en fer au-dessus de lui, comme de la neige carbonique qui se déverse du rebord d'une scène dans un concert de rock. Il leva les yeux, mais les verres de ses lunettes étaient couverts de buée et tout était flou. Il les ôta et essuya les verres sur sa cravate, puis il regarda à nouveau vers le haut.

Tout d'abord il ne vit que de la vapeur, mais, lorsqu'il leva sa torche, il lui sembla voir que la vapeur formait une vague silhouette, comme si quelqu'un se tenait en son sein. Durant un moment, comme la vapeur ondoyait, il lui sembla même qu'il apercevait l'impression d'un *visage* – un visage fait uniquement d'air gelé. Un masque mortuaire vivant.

—Major Shroud, c'est vous ?

Sa voix parut minuscule et terne, à peine audible par-dessus le fracas de l'eau et le *cling-cling-cling* des chaînes qui oscillaient.

—Major Shroud ? Je suis venu ici pour vous aider. Vous comprenez cela ? Vous comprenez ce que je dis ?

Il gravit un échelon de plus, puis un autre.

—Major Shroud ? Ou bien est-ce à Chango que je parle ? Le grand et tout-puissant Chango, roi de la cité d'Oyo ? Je te salue, Chango. Le roi s'est pendu, mais le roi n'est pas mort.

Il continua de monter à l'échelle, jusqu'à ce qu'il atteigne le rebord de la plate-forme. Il fit pivoter sa torche d'un côté et de l'autre, et il eut la certitude de voir le contour transparent des épaules d'un homme et le côté de sa tête.

—Chango, écoute-moi. Je suis venu ici pour te demander de me pardonner ce que mon trisaïeul t'a fait. Il n'aurait jamais dû aider les autres à te sceller dans ce cercueil, et je suis désolé, d'accord ? J'ignorais tout de toi auparavant, mais à présent je sais et je tiens à te dire que tu es le plus grand. Aussi, *respect.*

Il attendit, pendant que la brume glaciale continuait de se déverser autour de lui. Chango – si c'était Chango – ne répondait pas.

Et merde, songea Decker. *Comment est-on censé parler à un* orisha *? Et que fait-on s'il refuse de vous répondre ? Peut-être que les* orishas *comprennent seulement le Yoruba.*

Mais alors qu'il attendait, la brume sembla devenir plus dense et se nouer en des ombres, comme des caillots de sang dans un œuf fécondé. Petit à petit, sous les yeux de Decker, une forme commença à apparaître ; la forme d'un homme de haute taille, large d'épaules, brun. En un peu plus d'une minute, l'homme s'était solidifié, bien que son image semblât toujours estompée. Il considérait Decker avec des yeux enfoncés, noirs. Il avait une barbe fournie et portait un chapeau à large bord avec des plumes noires dentelées disposées tout autour, et un long manteau noir.

— Major Shroud ? dit Decker.

— Tu es un McKenna, répondit le personnage.

Sa voix donna à Decker l'impression que ses cheveux étaient infestés de poux. Elle était rauque et étouffée, et il parlait avec un étrange accent en forme de scie. Decker supposa que tout le monde avait probablement parlé ainsi en Virginie à l'époque de la guerre de Sécession. Cependant, plus que cela, elle semblait venir de plusieurs directions en même temps, comme si l'homme se tenait de l'autre côté de la cale du navire, et tout près de lui également, près de son oreille.

— Ton aïeul était l'un des onze qui m'ont trahi. Ton aïeul était l'un de ceux qui m'ont condamné à passer une éternité, emprisonné et incapable de bouger, dans une obscurité absolue, mais toujours conscient.

— Major Shroud, je suis venu ici pour régler nos différends.

— Des *différends* ? Tu appelles ce qu'ils m'ont fait des *différends* ?

— Ce que les autres membres de la Brigade du diable vous ont fait, autrefois dans le Wilderness... Écoutez, je sais qu'ils ont eu tort. Mais c'était la guerre, vous savez ? C'était au plus fort d'une putain de *bataille*, bon sang ! Des hommes mouraient à droite, à gauche et au milieu. Sur le moment, ils ont sincèrement cru qu'ils agissaient bien.

— Ils m'ont trahi, et ils ont trahi Chango. Sans l'esprit de Chango, j'aurais étouffé et je serais mort. J'ai gagné cette bataille pour eux à moi tout seul, avec l'aide de Chango. Mais est-ce qu'ils m'ont récompensé ? Non. Est-ce qu'ils m'ont promu à un grade supérieur ? Non. Ils m'ont scellé dans ce cercueil avec des amulettes et des épices, et ils ont espéré que j'y resterais pour toujours.

— Ils avaient peur de vous, major Shroud. D'accord… Cela ne démontre guère leur courage, ou leur camaraderie, n'est-ce pas ? Mais ils ont été pris de panique et ils ne savaient pas quoi faire d'autre.

— Tout ce que je voulais, c'était l'honneur qui me revenait de droit. J'avais renoncé à tout – ma vie, mon foyer, ma famille bien-aimée – afin que Chango puisse me posséder et que nous puissions gagner la guerre. L'honneur ? Tout ce que j'ai reçu en retour a été la perfidie.

— Mais assassiner les descendants de ces hommes… À quoi cela peut-il servir ? Cela ne vous vaudra aucun honneur.

— Ce ne sont pas des meurtres ! C'est une vengeance ! Et Chango m'a enseigné tout ce que j'avais besoin de savoir afin d'exercer ma vengeance. Je suis resté dans ce cercueil étouffant, pendant toutes ces années innombrables, mais Chango m'a parlé, et il m'a nourri, et il m'a donné la force, et il m'a promis que j'aurais ma revanche.

Tandis que le major Shroud parlait, Decker aperçut une ombre furtive dans la coursive derrière lui. Il était certain qu'il y avait quelqu'un là-bas. Quelques instants plus tard, Reine Aché apparut, ses bottes écrasant des crabes en décomposition. Elle vit le major Shroud, puis elle vit Decker, et elle s'arrêta où elle était. Decker lui adressa une grimace et secoua la tête rapidement pour lui indiquer qu'elle ne devait rien faire d'irréfléchi. Reine Aché lui fit le geste du pouce levé.

— Vous avez déjà tué quatre personnes, dit Decker au major Shroud. Vous ne pensez pas que cela suffit comme ça ? Elles étaient innocentes, toutes. Aucune d'elles ne savait ce que leur trisaïeul avait fait, voilà toutes ces années.

— La vengeance est la vengeance. Si vous ne pouvez pas vous venger sur le père, alors vous avez le droit de prendre ce qui vous est dû sur le fils. Et sinon le fils, le petit-fils, l'arrière-petit-fils, et ainsi de suite.

— Les temps ont changé, major Shroud. Des années se sont écoulées. Le Nord et le Sud forment une seule et même nation, maintenant, et ce qui s'est passé durant la guerre... Eh bien, c'est oublié maintenant. C'est de l'histoire ancienne.

—Chango! appela Reine Aché. Écoute-moi, Chango! J'ai amené Yemaya avec moi! *Babami Chango ikawo ilemu fumi alaya tilanchani nitosi.* J'ai des fruits pour toi. J'ai du miel. Je peux t'offrir des chansons, des rires et de l'amour.

Le major Shroud se retourna vivement et son long manteau virevolta.

—Qui es-tu? Comment oses-tu invoquer mon *eleda*?

—Je suis Reine Aché, fille de Yemaya, et Yemaya est venue faire une offrande à Chango.

La voix du major Shroud changea brusquement. Lorsqu'il parla, ce fut avec un grognement rauque, âpre.

—Chango refuse ton offrande. Chango voit clair en toi. Yemaya a trahi Chango dans le Wilderness aussi sûrement que si elle avait scellé le cercueil de ses propres mains. Elle a laissé les onze *orishas* le lier et l'emmener – Yeggua, Oshun, Eleggua et tous les autres – et elle n'est pas intervenue pour les en empêcher. Tu as peut-être été la belle-mère de Chango autrefois, Yemaya... Tu as peut-être été son amante... Mais cette nuit-là, tu l'as abandonné, et il ne t'a jamais pardonné.

—Je t'ai apporté une *plaza*, Chango. Je t'ai apporté du sang de bélier, et de la *manteca de corojo*.

Le major Shroud ne sembla pas l'avoir entendue. Il baissa la tête et appuya ses doigts sur son front, comme s'il réfléchissait. Reine Aché attira le regard de Decker, ses yeux grands ouverts et alertes. Elle leva la main, son index pointé et son pouce relevé comme le chien d'un pistolet. Decker comprit le message et sortit son Anaconda de son étui. D'une seconde à l'autre, Chango allait être distrait par l'offrande de Reine Aché, et Decker serait à même d'exploser la tête du major Shroud.

—*Kabio, kabio, sile*, murmura Reine Aché d'une voix douce et aguichante. Sois le bienvenu, Chango, mon bien-aimé. Sois le bienvenu, mon enfant et mon amant fougueux. Repose-toi un moment et savoure ces pommes et ces plantes. Restaure-toi de miel et de sang.

Le major Shroud demeura immobile, la tête inclinée, apparemment plongé dans ses réflexions. Soudain, cependant, des crépitements de lumière bleutée commencèrent à danser autour de son chapeau, tel du fil barbelé électrifié. Reine Aché lança un regard de triomphe à Decker. Chango effectuait son apparition petit à petit. Dans quelques secondes, il laisserait le major Shroud sans protection afin de déguster la nourriture et la boisson que Reine Aché lui avait apportées.

Decker leva son pistolet et le pointa sur la tête du major Shroud. Sous cet angle, la balle pénétrerait la chair tendre sous sa mâchoire, transpercerait sa langue et son palais, ferait exploser ses sinus, et ressortirait par le sommet de son crâne, en emportant la plus grande partie de ses lobes frontaux.

— Viens, Chango, mon amour, le cajola Reine Aché.

Elle semblait tout à fait différente de la dame de couleur sophistiquée du Sud qu'elle était habituellement. Son intonation était bien plus africaine, avec un accent musical, rusé.

— Honore ma famille en goûtant ma *plaza*. Mange à ta faim.

Le crépitement électrique bleuté devint de plus en plus agité, et il commença à former une structure semblable à une cage autour de la tête du major Shroud, comme un masque d'escrime. Reine Aché ouvrit le sac contenant les offrandes qu'elle avait apportées, le brandit, et le balança d'un côté et de l'autre.

— C'est pour toi, Chango. Mon fils et mon amant, le dieu tout-puissant du feu.

Il y eut un « crackkk ! » assourdissant et un coup violent comme deux voitures se tamponnant. Durant une fraction de seconde, Decker *vit* Chango – l'*orisha* du tonnerre et de la foudre. Les cheveux de Chango se dressaient dans toutes les directions et faisaient pleuvoir des milliers d'étincelles scintillantes. Ses yeux luisaient comme des pierres-tonnerre chauffées au rouge. Mais ce qui impressionna Decker par-dessus tout, c'était sa bouche, qui semblait avoir des rangées et des rangées de dents acérées, avec des chenilles d'éclairs qui grouillaient sur sa langue.

— Tiens ! dit Reine Aché, en prenant une pomme et en la lui présentant. Prends-la, mange, mon Chango bien-aimé !

Mais au moment où le masque crépitant de la tête de Chango se tournait de côté pour mordre dans la pomme de Reine Aché, le major Shroud cria :

— Non ! C'est une ruse ! Tu ne peux pas quitter ma tête, Chango ! Ils vont me tuer, et ensuite tu n'auras nulle part où aller !

— Lieutenant… *Maintenant !* hurla Reine Aché.

Decker tira, et l'Anaconda tressauta dans sa main. Mais le major Shroud se cambra en arrière sous un angle impossible, ressemblant davantage à une ombre qu'à un homme, et la balle ne fit que rogner le bord de son chapeau. Des plumes noires de corbeau éclatèrent dans toutes les directions, mais la balle se logea sans faire aucun dommage dans la cloison en bois. La vision embrasée de Chango disparut instantanément, tel un feu d'artifice plongé dans un seau d'eau.

Le major Shroud invectiva Decker, en proie à une fureur hystérique :

— Sois maudit ! Puisses-tu rôtir en enfer ! Un McKenna m'a trahi dans le Wilderness et un McKenna vient de me trahir à nouveau ! Je vais te découper en morceaux pour ça, je te le promets !

— Chango ! cria Reine Aché. Écoute-moi, Chango !

Mais il était évident d'après le ton éperdu de sa voix qu'elle avait très peu d'espoir de l'amener à sortir de nouveau de la tête du major Shroud.

— Tu vas mourir, McKenna ! tempêta le major Shroud. Pas ce soir, parce que le jour de ta mort est prévu pour demain, la fête de saint Jacques Intercisus, et je peux parfaitement attendre une nuit de plus avant de venir te tuer. Dieu sait que j'ai attendu suffisamment longtemps !

Puis il se tourna vers Reine Aché.

— Mais cette santera, c'est une affaire très différente. Elle a dévoyé sa religion et elle a souillé les noms des saints. Regarde comment elle a essayé de duper Yemaya pour l'amener à trahir son seul fils et son seul véritable amant ! Ceux qui essaient de tromper les *orishas* doivent payer pour ce qu'ils ont fait, et le payer de leur vie.

— Laissez-la tranquille, Shroud, dit Decker. C'était mon idée.

— La vengeance est la vengeance, McKenna. Personne ne peut rester impuni pour ses péchés, jamais. C'est la loi.

— La loi ? Quelle loi ? La loi de la jungle africaine ? La loi de la santeria, et du vaudou, et des zombies ? Quelle *loi* dit que l'on peut trancher la tête à une femme enceinte parce que son trisaïeul a essayé de vous empêcher de commettre un massacre ?

— La loi de la terre et de toutes choses, et de la justice de la nature. La loi de Chango, qui protège ses fidèles de leurs ennemis.

Decker leva son pistolet à nouveau et visa exactement entre les deux yeux du major Shroud.

— Je suis désolé de te décevoir, mon pote, mais il y a une loi encore plus grande que la loi de Chango, et elle s'appelle la loi de l'État de Virginie.

— Non, lieutenant ! s'écria Reine Aché. Ne tirez pas !

— Je crois qu'il ne me laisse pas beaucoup le choix, d'accord ?

L'image vaporeuse du major Shroud sembla glisser sur le côté, comme de la fumée emportée par un vent inattendu.

— Tu ne peux absolument pas m'arrêter, McKenna. Tu mourras demain de la même façon que saint Jacques Intercisus est mort. Mais afin que tu comprennes pleinement quel sera ton sort, je vais punir cette santera de la même façon.

— Quoi ?

Le major Shroud se retourna. Comme il se retournait, il disparut et ne laissa dans l'obscurité qu'une volute de vapeur. Il disparut à la vue de Decker, mais il était évident que Reine Aché continuait de le voir, parce qu'elle cria brusquement :

— Chango ! C'est la fille de Yemaya ! *Chango !*

Mais le major Shroud demeura silencieux, et Chango ne se matérialisa pas. Reine Aché leva brusquement un bras pour protéger son visage et recula vers la coursive en titubant.

— Reine Aché ! hurla Decker. Foutez le camp !

Il fit pivoter frénétiquement son pistolet d'un côté et de l'autre, mais il ne voyait rien sur quoi tirer. Il le remit rageusement dans son étui et se hissa en haut des cinq derniers barreaux de l'échelle en fer. Le faisceau tremblotant de sa torche lui montra Reine Aché sur les mains et les genoux, qui essayait de se traîner dans la coursive en escaladant des monceaux de crabes. Elle avait lâché son cierge et son sac d'offrandes pour Chango, et elle poussait de petits cris, tel un animal battu fou de terreur.

— *Shroud !* hurla Decker.

Il dégaina son pistolet à nouveau et tira un coup de semonce dans le plafond. La détonation fut assourdissante et ses oreilles tintèrent. Durant un instant fugace, au sein de la fumée, il aperçut le contour du dos du major Shroud ainsi qu'un bras levé. Le faisceau de sa torche accrocha autre chose, également – le long reflet incurvé d'un sabre de cavalerie.

— Reine Aché ! Relevez-vous ! Tirez-vous d'ici !

Reine Aché agrippa la rampe en bois sur le côté de la coursive, mais à la seconde où elle faisait cela, Decker entendit un rapide

« tchac ! » aigu et tous les doigts de sa main gauche s'éparpillèrent sur le sol, toujours ornés de ses bagues en or et en argent. Elle cria et leva sa main sans doigts ensanglantée.

— Yemaya ! Qu'est-ce qu'il m'a fait ? *Qu'est-ce qu'il m'a fait ?* Yemaya ! Viens à mon aide ! *Yemaya !*

Decker se précipita dans la coursive et s'agenouilla à côté d'elle. Ses genoux écrasèrent et firent crisser des couches de crabes en putréfaction. Il prit la main de Reine Aché et noua son mouchoir autour, mais le mouchoir se teinta immédiatement de rouge foncé. Elle frissonnait violemment et le regardait, commotionnée.

— Il m'a tranché les doigts. *Il m'a tranché les doigts !*

Elle saisit son épaule avec sa main droite et supplia :

— Faites-moi sortir d'ici, je vous en prie ! Faites-moi sortir d'ici ! Il va me tuer !

Decker toussa, se remit debout, et essaya de faire se lever Reine Aché. Elle s'agrippa à son épaule avec sa main valide, et elle s'était presque redressée sur les genoux lorsque Decker sentit un coup violent dans son dos, comme si on l'avait frappé très durement avec une canne. Reine Aché cria à nouveau et retomba sur les genoux.

— Mes doigts ! Mes doigts ! Yemaya, sauve-moi ! *Mes doigts !*

Elle leva sa main droite, et celle-ci, à son tour, ne présentait plus que les moignons des cinq doigts, et du sang giclait d'eux tous. *Dieu Tout-Puissant…* Decker savait à présent ce que le major Shroud faisait. Il infligeait à Reine Aché les Neuf Morts que saint Jacques Intercisus avait subies, afin de montrer à Decker à quoi il pouvait s'attendre, *lui.*

Il palpa son omoplate gauche et s'aperçut que sa veste était imbibée de sang. Le major Shroud avait tranché les doigts de Reine Aché, fendu sa veste et sa chemise, et atteint son muscle trapézoïde.

— Debout ! hurla-t-il à Reine Aché.

Il passa ses bras sous ses aisselles et la souleva pour la relever. Elle faisait dix bons centimètres de plus que lui, et était aussi robuste que lui. Il faillit la lâcher et la laisser retomber sur le sol, mais il parvint à passer son bras gauche ensanglanté autour de son cou et à saisir son poignet pour l'empêcher de tomber. Ensemble, ils s'éloignèrent dans la coursive, titubant et faisant des embardées d'un côté et de l'autre.

Ils atteignirent finalement la cale avant. Decker fut ébloui un instant par un faisceau lumineux, puis il leva les yeux et aperçut Hicks agenouillé sur le pont au-dessus d'eux.

—Hicks ! Bon Dieu, Hicks, donnez-moi un coup de main !

—Lieutenant ? Que se passe-t-il ? Vous êtes blessé ?

—Contentez-vous d'éclairer les marches avec votre torche, d'accord ?

Decker guida Reine Aché vers le bas de l'escalier métallique. Elle gémissait à voix basse comme une personne affligée à un enterrement, et ses genoux n'arrêtaient pas de se plier sous elle.

—Vous allez devoir monter, lui dit Decker.

—Comment puis-je monter avec *ça* ? s'exclama-t-elle en levant ses mains mutilées, semblables à une paire de mitaines écarlates.

—Écoutez-moi, lui dit-il en braquant sa torche sur son propre visage pour lui permettre de le voir distinctement. C'est la seule façon de s'échapper. Je ne peux pas vous porter.

Reine Aché leva les yeux vers l'escalier. Decker entendit une course précipitée derrière eux. Il se retourna et tira deux coups de feu sur rien du tout.

—Vous devez monter, votre majesté, sinon vous allez mourir ici.

Reine Aché s'approcha d'un air pitoyable des marches rouillées et essaya de passer son poignet droit autour d'elles.

—Très bien. Votre pied maintenant. À présent hissez-vous vers le haut.

Elle réussit à gravir une marche, puis une autre, mais ensuite elle fut obligée de s'arrêter.

—Mes mains, sanglota-t-elle. Elles me font tellement mal ! Yemaya, je t'en prie, fais cesser mes souffrances !

—Montez, la pressa Decker.

—Oh, Yemaya, je t'en prie, ôte la douleur de moi, je t'en prie !

—*Montez*, putain de merde !

Reine Aché passa son poignet gauche autour de la rampe et se hissa un peu plus haut. Finalement, elle fut suffisamment près du haut de l'escalier pour que Hicks soit capable de se pencher et de saisir ses avant-bras, puis de l'aider à gravir les dernières marches. Decker monta rapidement à sa suite.

—Le major Shroud ? demanda Hicks en essuyant ses mains couvertes de sang sur son pantalon.

—Un peu, mon neveu ! Il est ici et il veut son comptant de chair et il refuse d'écouter des excuses ou tout compromis. Nous devons sortir Reine Aché d'ici en vitesse. Les Neuf Morts, vous vous rappelez ? Doigts, orteils, mains, pieds.

Ils mirent debout Reine Aché et l'aidèrent à marcher vers le talus de gravats qui amenait à la galerie de service au-dessus d'eux.

— Merde, comment allons-nous faire pour l'emmener en haut ? demanda Hicks.

— Vous avez essayé de demander des renforts ?

— Aucun signal. Pas ici.

— Merde. Bon, voici ce que nous allons faire. Nous montons à reculons, assis sur nos fesses, et nous la tirons après nous.

Decker guida Reine Aché vers la poutrelle métallique tombée de travers, et il l'adossa à celle-ci. Son visage était blême, ses yeux voilés.

— Reine Aché ? Écoutez… Vous restez ici, exactement comme ça. Hicks et moi, nous allons vous hisser en haut du talus. Vous avez compris ? Si vous le pouvez, plantez vos talons dans la terre pour vous empêcher de glisser vers le bas à nouveau, cela nous facilitera les choses.

— La justice et le sang, marmonna Reine Aché. *Oggunda ofun*… La justice et le sang obtenus par une malédiction.

— Oubliez les adages, nous devons absolument vous sortir d'ici, vous êtes une femme robuste, et nous avons besoin que vous nous aidiez à le faire.

— Yemaya, je t'adresse une prière, sauve-moi.

— Tout à fait. Et pendant que vous y êtes, vous pouvez dire trois « Je vous salue Yemaya » pour Hicks et moi.

Soufflant sous l'effort, Decker grimpa sur la poutrelle métallique, puis il s'assit sur le talus de gravats et délogea quelques briques afin d'avoir un meilleur appui pour les pieds. Hicks grimpa à côté de lui, puis, ensemble, ils se penchèrent en avant et soulevèrent Reine Aché pour qu'elle soit également assise sur les gravats.

— Laissez-moi ici, dit-elle, ses mains ensanglantées pendant mollement. Je n'en peux plus. Laissez-moi ici. Yemaya me protégera. Chango ne ferait jamais de mal à Yemaya.

— Ce n'est pas Chango qui m'inquiète, votre majesté. C'est le major Shroud. Chango possède toutes les forces de la nature. Il a le tonnerre, la foudre, et il est tout à fait effrayant. Mais c'est le major Shroud qui dirige les opérations.

Hicks le regarda en fronçant les sourcils.

— Que voulez-vous dire ?

— Je veux dire que ceci est le cas d'une personne possédée qui a pris le contrôle de l'esprit qui le possède… parce qu'il est plus haineux, plus résolu, et bien plus concentré. Bien sûr… Le grand dieu Chango a eu le pouvoir de mettre le feu à ces bois dans le Wilderness et de retourner comme un gant ces soldats Yankee, mais qui était celui que cela faisait vraiment saliver, de commettre ces exactions ?

» Chango n'est pas foncièrement mauvais. Chango exerce sa vengeance sur les gens qui ont mal agi envers lui, mais il n'assassine pas des personnes innocentes pour le plaisir de tuer. Le major Shroud, si. Maintenant, sortons cette dame d'ici avant qu'il s'en prenne à elle de nouveau. Un – deux – trois… *Tirez !*

34

Au milieu de l'éboulis de sable mou et de briques cassées, ils parvinrent à hisser Reine Aché vers le haut de la pente, et ils la déposèrent sur la boue, dans la galerie de service. Hicks essaya de nouveau d'appeler avec son téléphone cellulaire, mais il n'y avait toujours pas de signal.

— Bon, on continue, fit Decker d'une voix essoufflée. C'est le seul moyen. Nous allons devoir la tirer derrière nous.

Il s'accroupit à côté de Reine Aché.

— Comment vous sentez-vous ? Vous croyez que vous tiendrez le coup, si on vous tire encore un peu ?

Elle leva les yeux vers lui et son visage était sans expression, bien que Decker eût toujours l'impression de voir un autre visage, un visage infiniment plus vieux, qui regardait à travers ses yeux.

— Je ne sens plus mes mains.

— C'est tout aussi bien, croyez-moi.

— Pourquoi ne m'avez-vous pas laissée là-bas ?

— Vous vous fichez de moi ? Shroud vous aurait découpée en tranches et en cubes.

— Mais j'ai tué la seule femme que vous aviez jamais aimée. Si j'avais été à votre place, *je* me serais laissée là-bas.

— Vous savez quoi ? C'est parce que Roi Spécial ne vous a jamais appris la différence entre la justice et la vengeance.

— Il m'a emmenée chez un santero un jour, quand j'avais treize ans, pour que celui-ci me prédise mon avenir. Le santero m'a dit que je serais robuste, grande et belle. Puis il a dit : *« N'oublie jamais une chose… Même les saints dans toute leur gloire ne peuvent pas te protéger des morts-vivants.* » Je n'avais jamais compris ce qu'il voulait dire, durant toutes ces années, mais maintenant je comprends.

— Contentons-nous de vous sortir d'ici. Nous nous préoccuperons des superstitions plus tard.

Decker saisit l'un des bras de Reine Aché et Hicks saisit l'autre, et ensemble ils la traînèrent à travers la galerie de service, laissant une trace comme celle d'un serpent dans la boue noire et visqueuse. Ils se trouvaient à mi-chemin de l'escalier formé par les briques cassées lorsque le faisceau de la torche de Decker fut brusquement dévié et obliqua de côté. Il leva sa torche plus haut et la braqua derrière lui, vers la cavité dans le sol. Il eut la certitude de voir une distorsion dans l'air, qui faisait bouger et ondoyer la maçonnerie de brique.

— Merde, il nous suit ! Regardez là-bas ! Vous voyez ça ?

— Quoi ? Où ? Je ne vois rien.

— Là-bas, juste à gauche de ce pilier. On dirait que l'air danse tout autour.

— Je ne vois toujours rien.

Ils continuèrent de traîner Reine Aché. Ils avaient parcouru un peu moins de deux mètres lorsqu'ils entendirent un sifflement dans l'air, et Reine Aché poussa un cri comme un chien écrasé. Le bout de sa botte gauche avait été sectionné, ainsi que ses orteils.

Decker sortit son pistolet et tira un coup de feu, même s'il savait qu'il n'avait aucune chance d'atteindre quoi que ce fût.

— Shroud ! Espèce d'enfoiré ! cria-t-il. Vous l'avez mutilée à nouveau ! Shroud, je vous ferai la même chose, je le jure devant Dieu !

— *Il est là !* hurla Reine Aché. *Il est là ! Je le vois ! Il est là !*

— Montrez-moi où il est ! cria Decker.

Elle pointa son moignon vers sa gauche d'un geste éperdu. Decker tira à nouveau, et une troisième fois. Des éclats de brique volèrent de l'un des contreforts, et une balle ricocha sur la paroi opposée en sifflant.

— Je l'ai touché ? Est-ce qu'il est touché ? Où est-il maintenant ?

— Je ne sais pas, je ne sais pas, gémit Reine Aché. Je ne le vois plus.

Decker empoigna son bras à nouveau.

— Allez, Hicks, on fout le camp en vitesse !

Ils s'accroupirent sous la voûte et tirèrent Reine Aché hors de la galerie de service. Il ne leur restait plus qu'à la porter en haut de la pente de gravats, jusqu'au niveau inférieur de la gare. Decker la prit sous les bras et la souleva, pendant que Hicks la prenait par les jambes, et ils montèrent péniblement, un pas à la fois, jambes pliées, en transpirant et en grognant, tandis que Reine Aché ballottait mollement entre eux, inerte.

Ils arrivèrent enfin en haut du talus et parvinrent à la faire passer par le trou étroit dans le fond de la niche, puis vers le sous-sol. Ils la déposèrent délicatement par terre. Hicks s'assit à côté d'elle, pendant que Decker s'adossait au mur et essayait de recouvrer son souffle. Ses bras et ses jambes frissonnaient par suite de l'effort.

— Quel est le plan, lieutenant ? demanda Hicks.

— En premier lieu, nous emmenons Reine Aché à l'hôpital. Ensuite nous trouvons un moyen de mettre hors d'état de nuire le major Shroud.

— Que pensez-vous d'une équipe du SWAT ? S'ils déclenchaient un tir croisé, vous savez, quelqu'un le toucherait nécessairement.

— Oh, vraiment ? Et comment réagirait-il, à votre avis ? Il ferait exactement ce qu'il a fait dans le Wilderness. Il foutrait le feu à la gare et retournerait nos hommes comme des gants.

— Alors, qu'allons-nous faire ?

— Je sais ce que je vais faire, *moi*. Je vais *réfléchir*. Je vais me servir de ma tête, pendant que je l'ai encore.

Il se pencha vers Reine Aché. Elle s'était évanouie pendant qu'ils la portaient en haut de l'escalier de gravats, mais à présent ses paupières s'ouvraient en voletant.

— Je suis vraiment ici ? lui demanda-t-elle.

Son foulard s'était défait et un côté de ses cheveux tressés était souillé de boue.

— Vous êtes ici, oui. Mais pas pour très longtemps.

Il leva les yeux. Hicks traversait déjà la cave inondée pour aller demander une ambulance et des renforts.

Decker ôta sa veste, en fit une boule, et appuya dessus la tête de Reine Aché.

— Mes bagues, dit-elle avec un petit sourire de regret. Lorsqu'il m'a tranché les doigts, j'ai perdu toutes mes bagues, auxquelles je tenais beaucoup. Mon père m'avait donné une jolie bague en or pour mon *ebbo de tres meses*.

— Nous les retrouverons, ne vous inquiétez pas, la rassura Decker.

— À quoi me serviront-elles, si je n'ai plus de doigts pour les mettre ?

Elle était tellement détachée que Decker comprit qu'elle était dans un état de choc profond. Il se souvint d'un homme victime d'un grave accident de voiture sur l'autoroute de Richmond, qui lui avait souri, fait un clin d'œil, et avait dit : *« Vous voyez cette jambe, mon ami… là-bas… sur le terre-plein central… C'est ma jambe. »*

Hicks revint.

— L'ambulance dans cinq minutes, les renforts dans trois minutes.

— Parfait, dit Decker en se redressant.

Mais à ce moment-là, l'enfer survint. Il y eut un autre « tchac ! » et le bout de la botte droite de Reine Aché fut tranché en une diagonale prononcée. Un jet de sang aspergea la joue de Decker.

— Bordel de merde ! s'exclama Hicks.

— *Où est-il ?* hurla Decker à Reine Aché. *Dites-moi où il est ?*

Mais Reine Aché était trop commotionnée pour lui répondre. Une seconde plus tard, son bras droit fut brusquement levé en l'air, comme si elle lui faisait un salut provocant. Decker saisit son poignet et essaya d'abaisser son bras, mais il reçut un coup dans la poitrine si violent qu'il fut projeté en arrière, contre l'une des stalagmites, et se meurtrit l'échine. Il se démenait pour recouvrer son équilibre lorsque la main sans doigts de Reine Aché fut tranchée à la hauteur du poignet et lancée à travers le sous-sol.

— *Hicks… Saisissez-le !* cria Decker.

Hicks s'avança, ramassé sur lui-même et faisant des feintes comme un catcheur, mais, dès qu'il essaya d'en venir aux prises avec leur adversaire invisible, il reçut un croc-en-jambe, et il tomba lourdement à la renverse et se cogna la tête sur le sol.

Le bras gauche de Reine Aché fut tiré vers le haut de la même façon que le droit et, dans un craquement d'os, une taillade en forme de V lui sectionna la main à moitié, de telle sorte qu'elle tomba sur le côté au bout d'une masse confuse de chair et de tendons. Quelques secondes plus tard, une autre taillade trancha la main complètement.

— *Shroud !* vociféra Decker. *Montrez-vous, espèce de salaud !*

Il tira à deux reprises mais il savait qu'il avait probablement raté sa cible. Il éjecta les douilles, mais, alors qu'il essayait de recharger son arme, il fut violemment heurté à l'épaule et projeté de nouveau contre les stalagmites.

Il roula sur le côté, le souffle coupé. Il était toujours sur les mains et les genoux lorsque les pieds de Reine Aché furent tranchés à la hauteur des chevilles et lancés dans différentes directions. Du sang gicla en tournoyant comme des soleils. Puis ses cheveux furent brusquement tirés vers le haut, et sa tête fut soulevée du sol. Son oreille gauche fut tranchée, puis son oreille droite. Puis – sans la moindre hésitation et avec un craquement cartilagineux – son nez fut tranché, et il ne lui resta plus au milieu du visage que deux trous triangulaires, d'où sortaient des bulles de sang. Decker tira à nouveau, deux fois, aussi près de Reine Aché qu'il l'osait.

Il attendit, haletant et plissant les yeux pour distinguer la plus légère distorsion dans l'air.

— Shroud... Je le jure devant Dieu, je vais vous tuer pour ça.

— Chango me protège, dit le major Shroud.

Sa voix semblait si proche de son oreille que Decker fit volte-face, terrifié, son pistolet tenu à deux mains et levé devant son visage.

— Il a puni cette santera... Demain, ce sera à mon tour d'assouvir ma vengeance sur *toi*.

Decker entendit des sirènes de voitures de police et d'ambulance, mais il ne savait pas de quelle utilité seraient des renforts. Il voulut se relever, mais l'air se déforma brusquement devant ses yeux, et le major Shroud le fit brutalement retomber sur le côté.

— Pourquoi luttes-tu, McKenna ? Tu pourrais aussi bien te battre contre le vent.

Il tenta à nouveau de se redresser, mais à nouveau le major Shroud le repoussa et le fit tomber.

— Si tu continues de me défier, je t'infligerai une Dixième Mort, demain. Je trancherai tes parties viriles et je les enfoncerai dans ta gorge.

— Je veux bien le croire ! C'est ce que vous avez fait à ces pauvres gosses après la bataille de Manassas, non ? Vous êtes un enfoiré de sadique, Shroud !

— Un sadique ? fit Shroud, déconcerté.

— Quelqu'un qui prend son pied à faire souffrir des gens, espèce de fumier ! Cela n'a rien à voir avec Chango, hein ? Vous vous servez du pouvoir de Chango, bien sûr. Mais cela n'a rien à voir avec la santeria, c'est uniquement *vous*. Onze hommes de bien ont découvert quel psychopathe vous étiez, et ils vous ont enfermé dans ce cercueil comme vous le méritiez, et c'est pour cette seule raison que vous voulez vous venger. Croyez-moi, vous n'y arriverez pas.

— Tu le penses vraiment, McKenna ? Crois-moi, McKenna, j'ai attendu ce jour depuis bien trop longtemps.

Decker entendit des portières de voiture claquer au-dehors, et une course précipitée. Hicks cria :

— Par ici ! Par ici !

La distorsion dans l'air s'éloigna de Decker et s'approcha de Reine Aché. Elle était étendue sur le dos, et un ballon de sang luisait à l'emplacement de son nez.

— Ne la touchez pas ! s'écria Decker.

Mais en même temps, il se demanda si Reine Aché aurait envie de continuer de vivre dans cet état, sans mains, sans pieds, et horriblement défigurée.

Elle fut lentement soulevée du sol. Elle se dressa telle une marionnette, ses bras pendant mollement le long de son corps, ses genoux à demi fléchis. Sa tête était penchée d'un côté et de longs filaments de sang coulaient de son nez. Alors qu'elle se tenait toute droite, sur ses chevilles tranchées, une demi-douzaine de policiers en uniforme surgirent dans le sous-sol, arme au poing.

— Lieutenant ! Que se passe-t-il ici ? Lieutenant !

Decker se remit debout et leva la main.

— On se calme, les gars. Ceci est un genre de situation de prise d'otage.

Les autres restèrent en arrière, mais le sergent Buchholz s'approcha en pataugeant dans l'eau. C'était un homme ventru, avec une moustache semblable à un balai-brosse.

— Quel est le topo, lieutenant ? (Il désigna du pouce Reine Aché.) Merde, qu'est-il arrivé à cette femme ?

Elle semblait tenir debout toute seule, mais elle était couverte de sang et elle oscillait d'un côté et de l'autre d'une façon impossible.

— Vous ne la reconnaissez pas ? Ma foi, je ne peux guère vous le reprocher. C'est Reine Aché.

— Reine Aché ? Putain de merde !

— Elle est retenue en otage.

— Retenue en otage ? Que voulez-vous dire ? Par qui ?

— Il est juste ici, Buchholz, mais il n'est pas exactement visible à 100 %.

— Pardon ?

Decker posa une main sur son épaule, plus pour avoir un appui que toute autre chose.

— Le preneur d'otage la soutient. Regardez-la. Elle ne peut pas se tenir debout toute seule, parce qu'on lui a tranché les pieds.

Le sergent Buchholz fut encore plus déconcerté.

— Il la soutient. Je ne comprends pas ce que vous voulez dire, lieutenant. Il n'y a personne ici.

— Demain, McKenna ! lança le major Shroud. Voici ce qui vous arrivera !

Le sergent Buchholz se tourna éperdument, d'abord vers la gauche puis vers la droite.

— Qui a dit ça ? Putain, qui a dit ça ?

— Shroud, dit Decker. Je vous en supplie.

— Shroud ? Qui est Shroud ? Bordel, expliquez-vous, lieutenant !

— *Shroud ?* répéta Decker.

Mais il savait que c'était inutile. Il entrevit le plus infime reflet de la lame d'un sabre, et la tête de Reine Aché fut tranchée de ses épaules et tomba sur le sol. Elle roula plusieurs fois et s'immobilisa près de ses pieds, sans nez, sans oreilles, et le regardant fixement. Son corps sans tête resta debout pendant trois secondes, *une*, *deux*, *trois*, tandis que le sang artériel giclait de son cou sectionné, tels des jets de fleurs écarlates, puis il pivota de côté et s'affaissa.

Les yeux écarquillés, le sergent Buchholz braqua son pistolet dans toutes les directions.

— Qui a fait ça ? Nom de Dieu, qui a fait ça ?

Decker abaissa son Anaconda.

— Vous avez été témoin, d'accord ?

— Bien sûr que j'ai été témoin. Mais qui a fait ça ?

— Désolé, sergent, c'est une très longue histoire.

— Quelqu'un lui a coupé la tête, bon Dieu de merde ! Mais il n'y a personne ici.

— Comme je vous l'ai dit, le preneur d'otage n'est pas exactement visible.

— Ce qui signifie *quoi*, lieutenant, ou bien ai-je loupé quelque chose ?

— Ce qui signifie qu'il est ici mais que vous ne pouvez pas le voir, c'est tout.

— Alors où est-il passé maintenant ?

— Je ne le sais pas plus que vous, sergent. Il pourrait se tenir juste derrière vous, à vrai dire.

— Quoi ?

— Peu probable. Je pense qu'il a déjà quitté le bâtiment.

Hicks le rejoignit, en décrivant un large cercle pour contourner le corps ensanglanté de Reine Aché, étendu sur le sol. Il jeta un regard à sa tête puis il détourna les yeux.

— Ça va ? lui demanda Decker.

— À votre avis ? J'ai passé toute ma vie à essayer de me tenir à l'écart de tous ces trucs vaudou. Ma grand-mère, mes tantes et mes oncles, tous avaient leurs sorts, leurs remèdes magiques et leurs coquilles de noix de coco. Lorsque mes copains, à l'école, tombaient malades, leurs parents les emmenaient chez le docteur. Lorsque je tombais malade, ils me frictionnaient avec des jaunes d'œuf et ils me soufflaient de la fumée de cigare sur tout le corps. J'avais l'impression d'être une sorte de sauvage.

» À votre avis, pourquoi je n'aime pas que Rhoda organise des séances de spiritisme ? C'est de la superstition. C'est un truc d'esclaves. Pourquoi ne peuvent-ils pas laisser ces conneries à la place qui est la leur, en Afrique, à un lointain passé ? Je hais tout ça.

— Vous haïssez peut-être tout ça, mais ça marche.

— Les Neufs Morts, dit Hicks. Putain ! Et c'est ce qu'il va vous faire.

Decker consulta sa montre. Trois ambulanciers étaient arrivés dans le sous-sol et poussaient une civière dont les roulettes ferraillaient. Les officiers de police tournaient sur place, se demandant quoi faire.

— Il me reste encore cinq heures et demie avant la Saint-Jacques.

— Comment comptez-vous le neutraliser ?

Decker baissa les yeux vers la tête de Reine Aché.

— Je vous l'ai dit, je vais réfléchir.

— À votre place, je prendrais le premier avion pour foutre le camp d'ici et aller le plus loin possible.

— Hon-hon, ce n'est pas la bonne façon de réagir. On doit faire front, mon vieux. Fuir ne sert à rien.

Hicks lança un autre regard dégoûté à la tête de Reine Aché.

— Elle avait de l'étoffe, n'est-ce pas ? C'était vraiment quelqu'un.

— Oh, oui ! Mais elle n'a pas eu plus que ce qu'elle méritait.

35

— Je suppose que je peux être reconnaissant d'*une* petite grâce, déclara Cab.

— Oh, vraiment ? Et qu'est-ce que c'est ?

— Pendant tout le temps où vous avez omis de vous présenter au commissariat, je n'ai pas éternué une seule fois. Ce n'est pas au myrte que je suis allergique, mais à *vous*.

Decker ne sut pas quoi répondre à cela. Cab ouvrit la chemise posée sur son bureau devant lui et l'examina un moment. Puis il dit :

— Reine Aché vous avait accompagné de son plein gré à la gare de Main Street ?

— Oui, capitaine. Aucune contrainte n'a été exercée.

— Et elle a été mutilée et finalement décapitée par votre suspect numéro un, dont vous avez réussi fort opportunément à ne pas me dire le nom, la dernière fois que nous en parlions ? Devant vous, et devant le sergent Hicks et sept officiers de police ?

— Oui, capitaine.

— Vous avez une idée de ce que vont être les répercussions politiques de ce meurtre ? Enfin, est-ce que vous en avez la *moindre* idée ? Nous n'en avons pas encore informé les médias, mais je vous parie que, dans moins d'une heure, quelqu'un des Eguns va protester publiquement. Mme Honey Blackwell va nous accuser de tout, depuis la mise en danger délibérée de la vie d'une personne jusqu'à un racisme institutionnalisé.

» Indépendamment de ce fait, Decker, où en êtes-vous avec cette putain d'enquête ? Le chef par intérim me téléphone toutes les cinq minutes pour me crier après et le *Times-Dispatch* a commencé à nous appeler « les superbes empotés de Richmond ».

— Euh, capitaine, vous devez comprendre qu'il s'agit d'une affaire très inhabituelle. Bien plus complexe qu'elle n'en donne l'impression à première vue. Cela va demander de la patience, et de l'imagination, et encore de la patience.

— Mais vous *avez* un suspect numéro un ?

— Absolument.

— Alors... Qui est-ce ?

— Je préférerais ne pas vous dire son nom, monsieur. C'est trop tôt.

— Je suis votre capitaine, Decker.

— Oui, monsieur. Mais je pense vraiment que cela compromettrait mon enquête si je vous révélais son identité avant que je joue mon coup final.

— Oh, vraiment ? Et pour quelle raison ?

— Parce que (a) vous ne me croiriez pas, et parce que (b) vous ne pourriez pas approuver officiellement ce que j'ai l'intention de faire afin de le stopper.

— Je n'aime pas beaucoup ce terme « stopper ».

— Entendu. « Appréhender. »

Cab s'extirpa de son fauteuil et alla jusqu'à la fenêtre.

— Vous êtes un policier de premier ordre, Decker. Dites-moi que je peux vous faire confiance dans cette affaire.

— Vous pouvez me faire confiance, capitaine. Vraiment.

— Alors pendant combien de temps devrai-je patienter ?

— Disons douze heures, peut-être beaucoup moins. Cela dépend du suspect.

— Bon, entendu, bien que ce soit à contrecœur. Mais si je vous laisse autant de corde, ce sera de votre faute si vous vous pendez avec.

— Me pendre ? Ce serait le moindre de mes soucis.

Billy-Joe Bennett astiquait une cafetière datant de la guerre de Sécession lorsque Decker et Hicks arrivèrent au Rebel Yell.

— Vous voyez cette cafetière ? dit-il en la brandissant. C'est une vraie rareté. Lorsque l'armée de la Virginie du Nord est partie se battre, en 1861, ils ont emporté des trains entiers de plaques de cuisson, de fourneaux en tôle, de coutellerie, de caisses de farine, tout le confort possible et imaginable. Mais, après six mois à transporter tous ces trucs, ils ont jeté à peu près tout pour garder juste un seau, une hache et une poêle à frire.

— Je voudrais un uniforme, déclara Decker.

— Un uniforme ? Pas de problème. Cela dépend de ce que vous voulez. Je viens de faire l'acquisition d'une veste de la seconde compagnie d'artillerie de Richmond. Elle a appartenu au capitaine Lorraine F. Jones et son nom est toujours inscrit dessus. J'ai un pantalon de la division Cutshaw, et un grand nombre de chapeaux à large bord, de gants en daim et de ceinturons.

— Je cherche un uniforme de général. Je voudrais me déguiser en Robert E. Lee.

Billy-Joe haussa les sourcils.

— Vous allez à un bal costumé ?

— Quelque chose de ce genre.

Cela lui prit presque une demi-heure pour fouiller partout, mais Billy-Joe dénicha finalement une redingote, un pantalon gris avec des bretelles en toile, un chapeau à large bord, de longs gants en daim et une paire de bottes de cavalier noires. Decker essaya le chapeau et la redingote, et Billy-Joe l'examina et approuva de la tête.

— Tout ce qu'il vous faut maintenant, c'est une barbe blanche, et Traveler. C'était le cheval préféré de Lee. Oh, et que diriez-vous de ceci ?

Il alla jusqu'à la vitrine et revint avec le « briseur de poignets » qu'il avait refusé de vendre au client de Madison, puis il tendit à Decker un fourreau richement décoré pour que celui-ci l'accroche à son ceinturon.

— Robert E. Lee sans son épée, ça n'irait pas. Mais ne vous amusez pas à la manier, lieutenant. Vous pourriez couper la tête à quelqu'un sans y prendre garde, d'accord ?

Tandis qu'ils repartaient, Hicks demanda :

— Vous voulez bien m'expliquer ce que signifie tout cela ?

— Vous verrez. (Il prit son téléphone cellulaire et pianota le numéro de Jonah.) Jonah... C'est Decker McKenna. Non, ne t'inquiète pas pour ça. Non. Écoute, tu te souviens de cette boutique où tu m'avais emmené, pour acheter tous ces cadeaux pour Moses

Adebolu ? Exactement. Tu peux me rendre un service et aller là-bas et m'acheter tout ce qu'il faut pour faire une offrande à Chango ? Des bananes, des épices, des pommes et toutes ces plantes, tu sais, *rompe zaraguey* et *prodigiosa*. Oh oui, et aussi un coq vivant. Pourquoi ? Tu n'as pas besoin de savoir pourquoi. Contente-toi d'apporter tout ça au commissariat. Oui, bien sûr que je te rembourserai.

Lorsqu'ils arrivèrent dans la 7e Rue, il tourna à gauche et se gara devant le Stage Struck, Accessoires de Théâtre. C'était une petite boutique avec en vitrine des costumes shakespeariens – Roméo en pourpoint et haut-de-chausse, Juliette portant une longue robe constellée de perles et coiffée d'une guimpe. Decker se dirigea vers le vieux gnome rabougri derrière le comptoir et déclara :

— Je voudrais une barbe.

— Une barbe, dites-vous ? Alors vous avez frappé à la bonne porte. Nous avons le plus grand choix de postiches de toute la Virginie. Que vous faut-il ? Barbiche, Abe Lincoln ou barbe d'homme des bois ?

Ils allèrent chercher les emplettes de Jonah au commissariat. Le sergent de service leur remit le panier contenant le coq vivant avec un soulagement évident.

— Cette maudite créature n'arrête pas de glousser. Pire que ma femme !

Ensuite, ils allèrent au restaurant *Bottom Line* dans Main Street Est et commandèrent des hamburgers, des ailes de poulet, et de la bière. Decker parvint tout juste à avaler deux ou trois bouchées de son hamburger.

— Merde... J'ai l'impression d'être un condamné à mort qui prend son dernier repas.

— Mais vous avez un plan, hein ?

— Il n'a rien de génial.

— Vous allez vous déguiser en Robert E. Lee ?

— C'est l'idée générale.

— Et vous pensez... quoi ? Que le major Shroud va se mettre au garde-à-vous et vous saluer ?

— Possible. Vous comprenez, le major Shroud se sent lésé parce qu'il s'attendait à être traité en héros et non comme un criminel de guerre. Il a passé presque cent cinquante ans enfermé dans ce cercueil. Vous imaginez un peu ? Sans jamais être capable de dormir, sans jamais être capable de mourir. Ça laisse beaucoup de temps pour développer une furieuse envie de meurtre, vous ne pensez pas ?

— Mais il ne croira pas que le général Lee soit toujours vivant !

— Je ne sais pas. S'il ne le croit pas, alors ça ne marchera pas. Mais il est quelque peu déséquilibré mentalement, c'est évident. Qui ne le serait pas, après avoir été enterré vivant pendant aussi longtemps ? Et si nous pouvons le prendre au dépourvu…

— Je continue de penser que nous devrions faire appel à une équipe du SWAT.

Decker secoua la tête.

— Une perte de temps. Lorsque Shroud est invisible, il n'a pas de corps matériel comme vous ou moi. Il possède l'énergie cinétique nécessaire pour nous bousculer, c'est sûr, mais je ne pense pas que nous puissions le blesser avec des balles. Cela fait partie de la même magie santeria qui lui permet de passer à travers des murs. Dieu seul sait comment c'est possible. Enfin, cela défie toutes les lois de la physique possibles et imaginables. Mais c'est peut-être comme les ultra-violets, que l'on ne peut pas voir, ou comme les sifflets pour chiens, que l'on ne peut pas entendre. Ce n'est pas parce qu'on ne peut pas les voir et qu'on ne peut pas les entendre que cela signifie qu'ils n'existent pas.

— C'est trop fort pour moi, lieutenant.

De retour dans l'appartement de Decker, Hicks suspendit sa veste et déplaça l'un des fauteuils de manière à faire face à la porte. Il posa son pistolet sur la table basse à côté de lui, même s'il ne lui serait probablement d'aucune utilité. Decker mit les achats de Jonah dans la cuisine, y compris le coq qui gloussait d'un air maussade, puis il alla dans la chambre.

— Servez-vous un soda, dit-il à Hicks. Je ne sais pas pendant combien de temps nous devrons attendre que le major Shroud fasse son apparition.

— Pas très longtemps, lieutenant, si vous me demandez mon avis. Vu la façon dont il a parlé, il lui tarde de vous découper en rondelles.

— Bien sûr. Merci de me réconforter.

Decker plaça l'uniforme de la guerre de Sécession sur le lit. Il espérait de tout son cœur qu'il ne s'était pas trompé sur les motivations du major Shroud, ou qu'il n'avait pas surestimé le contrôle que le major Shroud était à même d'exercer sur l'esprit de Chango. Mais lorsque le major Shroud le lui avait ordonné, Chango était immédiatement revenu pour le protéger – malgré l'offrande de pommes et de plantes de Reine Aché. Pourquoi Chango aurait-il agi ainsi, à moins que – dans cette symbiose impie d'un dieu et d'un homme – le major Shroud ne fût le partenaire dominant ? Les hommes et leurs dieux sont inséparables, et parfois les dieux sont obligés de faire ce que les hommes leur ordonnent de faire, pour leur propre survie. Quand les hommes ne croient plus en eux, les dieux meurent.

Decker prit la photographie de Cathy posant dans la voie piétonne sous le pont Robert E. Lee. *Si je sors vivant de cette affaire, la première chose que je ferai sera d'aller sur ta tombe et d'y déposer des camélias, des quantités de camélias, ta fleur préférée. Où que tu sois maintenant, je continue de t'aimer, et je t'aimerai toujours, autant que tu m'as aimé, et davantage.*

Il enfila le pantalon gris rêche de la guerre de Sécession et fixa les bretelles flétries pour le maintenir. Les jambes du pantalon étaient trop courtes de cinq ou six centimètres, mais cela ne se verrait pas une fois qu'il aurait mis les bottes. Il prit une chemise grise unie dans sa penderie, puis il enfila la lourde redingote et la boutonna jusqu'au cou. Elle sentait le nettoyage à sec et les années.

Les bottes étaient trop petites d'une pointure, mais il parvint à les mettre en cognant ses talons sur le sol à plusieurs reprises. Il ne savait pas comment il ferait pour les retirer, mais il s'occuperait de ce détail plus tard. Finalement, il alla dans la salle de bains et enduisit son menton et sa lèvre supérieure de la gomme arabique que le gnome du Stage Struck lui avait vendue. Il sortit sa barbe blanche raide du sachet en polystyrène et l'appliqua précautionneusement. En l'espace de quelques minutes, il paraissait vingt ans de plus. Une version légèrement plus anguleuse du général Lee, mais une ressemblance tout à fait convaincante, à part ses lunettes design italiennes. Il ajusta son chapeau à large bord, accrocha son sabre à son ceinturon, puis il se tint devant le grand miroir et prit la pose.

Il sortit de la chambre, s'avança d'un pas majestueux jusqu'à l'endroit où Hicks était assis, et se tint devant lui. D'une voix grave et solennelle, il dit :

—Après quatre années de service pénible, se signalant par une force d'âme et un courage incomparables, l'armée de la Virginie du

Nord a été contrainte de s'incliner devant un ennemi supérieur par le nombre et l'armement.

— Nom de Dieu ! s'exclama Hicks en se levant d'un bond.

— Vous pensez que ça marchera ? lui demanda Decker.

— En tout cas, sûr que vous m'avez convaincu, *moi* !

Decker ôta son chapeau et s'assit.

— C'est complètement dingue, non ?

— Je ne sais pas. Toute cette histoire est complètement dingue. La seule façon de combattre la folie consiste peut-être à se comporter d'une manière encore plus folle.

— J'espère que vous avez raison. Je ne sais pas ce que les médias en penseront, si je me fais couper en morceaux alors que je suis déguisé en Robert E. Lee.

Tout ce qu'ils pouvaient faire maintenant, c'était attendre. Minuit passa. Hicks consulta sa montre et dit :

— Nous y sommes, la Saint-Jacques.

Mais, vingt minutes plus tard, il n'y avait toujours aucun signe du major Shroud, et le seul bruit qu'ils entendaient au-dehors était la sirène lugubre d'une péniche.

Decker déclara :

— Si cela ne donne rien… Vous savez, si Shroud ne vient pas… Vous n'en parlerez à personne, d'accord ?

— Quoi ? Que vous vous étiez déguisé en général Lee ? (Hicks hésita, puis il sourit et secoua la tête.) Pour quel genre de coéquipier me prenez-vous ?

— Vous êtes un excellent coéquipier, Hicks. Bûcheur, intelligent. Je pense que vous irez loin.

— Je ne sais pas. Cette enquête, vous savez, elle m'a complètement déboussolé. Je n'arrêtais pas de me demander comment je l'aurais menée, si c'était *moi* qui en avais été chargé. Vous voyez ce que je veux dire ?

— Bien sûr, je vois ce que vous voulez dire. Et quelle était votre réponse ?

— Je n'aurais jamais osé faire tout ce que vous avez fait.

— Bien sûr que si ! Ne vous rabaissez pas.

— Vous pensez que j'aurais organisé une séance de spiritisme avec la femme de mon coéquipier, sans même le lui dire ?

— Je suis désolé pour ça, je vous l'ai déjà dit.

— Vous n'avez pas à être désolé. C'était exactement ce qu'il fallait faire. Vous pensez que j'aurais fait chanter Reine Aché afin qu'elle cherche Chango pour moi ?

— Je ne sais pas, peut-être.

— Cette femme me foutait une trouille monstre. Je n'aurais pas osé faire cela.

— Vous n'en savez rien. Vous l'auriez peut-être fait.

— Non, je ne l'aurais pas fait, parce que je ne voulais pas croire à tous ces trucs de la santeria. Vous ne vouliez pas y croire, vous non plus, mais finalement votre esprit s'est ouvert, et vous avez suivi les indices là où ils vous conduisaient.

Un Decker à la barbe blanche répondit :

— Alors là, vous faites erreur, Hicks. Je n'ai suivi aucun indice. Quelqu'un m'a mis sur la voie, un esprit qui m'aime plus que je ne l'avais jamais réalisé. C'est pour cette seule raison que j'ai cru à la Brigade du diable, et à Chango, et c'est pour cette seule raison que je me suis lancé à la recherche du major Shroud.

Hicks consulta sa montre.

— Que diriez-vous d'un café ? Vous voulez que j'en fasse ?

— Bien sûr, c'est une excellente idée.

Hicks alla dans la cuisine et alluma la lumière. À ce moment-là, la sonnette de l'entrée retentit. Il se retourna et regarda Decker. Celui-ci sortit son Anaconda de son étui et releva le chien.

Il y eut un long silence, puis la sonnette retentit à nouveau.

— Vous croyez que c'est lui ? demanda Hicks en un chuchotement rauque.

— Il passerait à travers le mur, non ? Il ne sonnerait pas.

— Ouais. Mais ce *pourrait* être lui.

— Allez regarder par l'œilleton.

Tandis que Hicks se dirigeait vers la porte d'entrée pour voir qui c'était, Decker alla de lampe en lampe et les éteignit, afin d'atténuer la lumière. Il ne laissa allumée qu'une lampe de bureau placée derrière lui. Puis il se tint au milieu du séjour, le dos raide, son menton barbu pointé en avant, comme s'il était le général Robert E. Lee en personne, recevant une visite.

Hicks se retourna et dit :

— Ce n'est pas lui.

— Non ? Alors qui est-ce ?

— Des amies à vous. Sandra Plummer et sa mère.

— *Quoi ?* Bon sang, que viennent-elles faire ici ?

— Vous voulez que je les fasse entrer ?

— Quelle question ! Bien sûr, faites-les entrer.

Hicks ouvrit la porte et Sandra s'avança. Elle battit des paupières, éblouie par la lumière de la lampe de bureau. Elle portait un duffle-coat gris et un bonnet en laine rouge foncé. Eunice Plummer entra sur ses talons, ses cheveux encore plus ébouriffés que d'habitude, affublée d'un grand imperméable marron.

— Où est le lieutenant McKenna ? demanda-t-elle.

Decker ôta son chapeau.

— Devant vous, Mlle Plummer. Ne laissez pas la barbe vous abuser.

Eunice Plummer le regarda plus attentivement.

— Bonté divine, c'est vous ! Pourquoi êtes-vous costumé ainsi ?

— Parce que j'attends de la visite, Mlle Plummer. J'attends l'homme qui a tué Jerry et Alison Maitland, George Drewry et John Mason. Apparemment, je suis le prochain sur sa liste.

— Mais pourquoi devez-vous ressembler à Robert E. Lee ?

— Je suis flatté… Vous avez deviné qui j'étais censé être. Cela s'appelle de la psychologie, Mlle Plummer. Prendre votre suspect au dépourvu. Mais que faites-vous ici, toutes les deux ? Il est minuit passé.

— L'Homme Très Effrayant arrive, déclara Sandra d'un ton catégorique.

— Comment le sais-tu, Sandra ?

— Elle m'a réveillée et a dit qu'elle le pressentait, répondit Eunice Plummer avec une certaine impatience. Je lui ai dit qu'elle se faisait des idées, et je lui ai dit de retourner se coucher, mais elle n'a rien voulu entendre. J'ai eu peur qu'elle pique une colère. Finalement, je n'ai pas pu faire autrement que de l'amener ici, pour lui montrer qu'elle se trompait. Autrement, elle aurait pu avoir un épisode.

— Un épisode ?

— Une crise d'épilepsie, lieutenant, et elles peuvent être très graves.

— Asseyez-vous, je vous en prie, dit Decker. Vous voulez une tasse de café ? Le sergent Hicks s'apprêtait à en faire.

— Non, je vous remercie, répondit Eunice Plummer. Mais Sandra accepterait volontiers un verre de lait chaud.

Decker s'assit à côté de Sandra et prit ses mains.

—Désolé pour la barbe, Sandra. C'est mon déguisement.

—Vous ressemblez au Père Noël.

—Oui, tu as raison. Ho-ho-ho! Désolé, je n'ai pas de cadeaux pour toi. Bon, écoute... Dis-moi ce que tu as pressenti au sujet de l'Homme Très Effrayant.

—J'ai fait un rêve. J'ai rêvé de la Maison du Fou.

—Continue.

—J'ai vu le nuage tourmenté au-dessus du toit et ensuite j'ai vu l'Homme Très Effrayant sortir par la porte. Il portait son long manteau gris et il portait un chapeau comme le vôtre, et j'ai su qu'il venait vous chercher.

Elle hésita, puis elle ajouta:

—Il avait une épée, aussi. Exactement comme la vôtre.

Eunice Plummer appuya son regard sur Decker.

—Vous attendez vraiment sa venue, n'est-ce pas? Ce que Sandra a vu dans son rêve... C'était réel, n'est-ce pas?

Decker acquiesça.

—L'Homme Très Effrayant est le major Joseph Shroud, qui a été possédé par un dieu de la santeria appelé Chango, en 1864, durant la bataille du Wilderness. Chango lui a donné un tel pouvoir qu'il a été capable de massacrer des centaines de soldats de l'Union, et je suppose qu'il aurait pu changer le cours de la guerre, si le général de corps d'armée Longstreet l'avait laissé faire.

—Je ne comprends pas. Comment pourrait-il être encore vivant aujourd'hui?

—Moi-même, je ne comprends pas vraiment. Mais d'autres officiers l'ont enfermé dans un cercueil en plomb afin que son corps soit conservé, et je suppose que son étincelle de vie a été maintenue allumée par Chango.

—Et il vient ici... cette nuit?

—Mon trisaïeul était l'un des officiers qui l'ont scellé dans ce cercueil. Il veut se venger.

Sandra déclara:

—Je me suis réveillée et j'ai regardé par la fenêtre de ma chambre, et j'ai vu le nuage noir tourmenté au-dessus de la Maison du Fou et j'ai su que c'était réel.

—Tu as raison, Sandra, lui dit Decker. *C'est* réel.

Il se tourna vers Eunice Plummer et lui expliqua:

— Cela ne fait aucun doute… Sandra possède une perception extrasensorielle, ou appelez ça comme vous voudrez. Sans quoi, elle ne saurait pas que la gare de Main Street est la Maison du Fou – ou, en fait, la Maison d'*Ofun*, qui signifie « l'endroit où la malédiction est née ».

À Sandra, il dit :

— Sandra… Je tiens à te remercier pour ta sollicitude. Tu as été prodigieuse, et tu nous as aidés à élucider tous ces meurtres. Mais les choses pourraient devenir dangereuses ici cette nuit, aussi je veux que tu rentres chez toi avec ta maman, d'accord ? Lorsque cette affaire sera terminée, et que nous aurons mis en prison l'Homme Très Effrayant, je passerai te voir et je t'emmènerai au restaurant. Tu aimes la cuisine mexicaine ?

— Il est derrière la porte, dit Sandra d'une voix terne.

— Pardon ?

— L'Homme Très Effrayant. Il est derrière la porte d'entrée.

Decker se leva immédiatement et enfonça son chapeau sur sa tête.

— *Hicks !* cria-t-il. Laissez tomber le café ! Il est ici ! Apportez les fruits et tout le reste ! Apportez le coq ! Et apportez également ce couteau à découper !

Eunice Plummer sembla troublée.

— Et *nous*, que devons-nous faire ?

— Vous et Sandra, allez dans la chambre. Fermez la porte et donnez un tour de clé. Il ne vous fera aucun mal si vous ne vous opposez pas à lui.

— Il faut que je reste, dit Sandra.

— Tu ne peux pas rester ! Cet homme est un dingue et un tueur ! Maintenant, va dans la chambre, s'il te plaît !

— Mais vous ne pouvez pas le voir !

Hicks sortait de la cuisine avec un sac en papier d'articles d'épicerie dans une main et le coq dans l'autre. Le coq battait des ailes, poussait des petits cris et essayait de s'échapper de son panier.

— Elle a raison, lieutenant, dit Hicks. Pensez à ce qui est arrivé à Reine Aché.

Mais Decker saisit Sandra par le bras et commença à l'entraîner vers la chambre.

— Je ne peux pas prendre ce risque. Si l'Homme Très Effrayant voit que tu m'aides… Dieu seul sait ce qu'il pourrait te faire !

— Il faut que je reste ! s'insurgea Sandra. Vous ne comprenez donc pas ? *Je suis née pour faire ça !*

Decker arrêta de la pousser et la regarda avec stupeur. Sandra soutint son regard. Ses yeux bleu clair ne cillaient pas et étaient résolus.

Eunice Plummer s'approcha et passa son bras autour des épaules de Sandra.

— Elle a raison, lieutenant. Vous ne comprenez pas ? Elle est née avec un handicap, mais elle est également née avec un très grand don. Ceci est sa destinée.

Decker ouvrit la bouche puis la referma. Il ne savait pas quoi dire.

Hicks brandit le sac en papier kraft contenant des fruits et des plantes.

— Tout est prêt, lieutenant.

— Bon, entendu. (Decker se tourna vers Sandra et la considéra d'un air solennel.) Si tu tiens vraiment à rester, Sandra, tu peux rester. Mais promets-moi de te tenir exactement derrière moi, et de ne pas attirer l'attention sur toi. Si les choses commencent à mal tourner, tu n'hésites pas, tu n'essaies pas d'intervenir… Toi et ta maman, vous courez vous réfugier dans la chambre aussi vite que vous le pouvez, vous fermez la porte à clé et vous appelez la police.

— Je vous le promets, dit Sandra.

Decker se retourna. Hicks attendait à l'entrée de la cuisine, et il lui fit le signe du pouce levé.

— L'Homme Très Effrayant est toujours derrière la porte ? demanda-t-il à Sandra.

Sandra acquiesça.

— Il dit quelque chose, dans sa tête. Comme une prière.

— Bon, d'accord. C'est parti !

Au bout d'un moment, Sandra ferma les yeux et commença à marmonner. Decker n'entendait pas tout ce qu'elle disait, mais il reconnut quelques mots.

— *Babami Chango ikawo ilemu fumi alaya tilanchani nitosi…*

Il retourna au milieu de la pièce, ôta ses lunettes, et se tint très raide, de la même façon que le général Lee avait posé pour tellement de photographies et de gravures. Il s'efforça d'avoir l'air calme et non effrayé, même si son cœur galopait comme un cheval saisi de panique, et qu'il n'arrêtait pas d'avoir des flashs de Reine

Aché, désemparée, levant les moignons de ses mains sans doigts, des fragments d'os visibles au-dessus de la chair.

Sandra murmura :

— *...ni re elese ati wi Chango alamu oba layo ni na ile ogbomi.*

Elle demeura silencieuse un moment, puis elle ouvrit les yeux.

— Est-ce qu'il a bougé ? lui demanda Decker.

Sandra ne répondit pas. Ses yeux ne semblaient pas accommoder du tout.

— Sandra ? Est-ce qu'il a bougé ?

— Il est déjà entré, chuchota Sandra. Il se tient près de la porte.

Decker plissa les yeux et essaya de voir la moindre distorsion dans l'air, mais, sans ses lunettes, la mi-distance était floue.

— Il s'approche. Il passe devant la cuisine. Il est ici. Il est juste devant vous. Il vous regarde.

Decker s'éclaircit la gorge.

— Major Shroud ? demanda-t-il d'un ton bourru.

— Il continue de vous fixer, dit Sandra. Il a posé sa main sur la poignée de son épée.

Decker dit, aussi solennellement qu'il le pouvait :

— J'ai reçu une dépêche vous concernant, major Shroud, du général de corps d'armée Longstreet.

— Il retire sa main de la poignée de son épée. Il lève le bras. Il vous fait le salut militaire.

— Général Lee ? Est-ce réellement le général Lee ?

La voix désincarnée du major Shroud était voilée par l'émotion.

— Il semble que l'armée de la Virginie du Nord vous soit éminemment redevable, major Shroud.

— J'ai fait seulement ce qu'on attendait de moi, général.

— Non, major Shroud, vous avez fait infiniment plus que cela. Vous vous êtes sacrifié pour votre pays. À vous seul, vous avez repoussé l'ennemi, et vous avez sauvé notre capitale et notre cause. En reconnaissance de votre courage et de votre dévouement, je vais vous promouvoir sur-le-champ au grade de colonel.

— Je suis honoré, général.

— Oui, major Shroud. Vous *êtes* honoré. Et non condamné, et non vilipendé. Mais *honoré.* Montrez-vous à moi maintenant, afin que je puisse vous serrer la main.

— Il vous lance un drôle de regard, dit Sandra.

— Eh bien, major Shroud ? le pressa Decker. Où est votre main ?

— Vous ne pouvez pas me voir, général ? Comment avez-vous su que j'étais ici, si vous ne pouvez pas me voir ?

— J'ai senti votre présence, major. Je sens toujours le courage. Je le sens dans le vent.

Les secondes s'égrenèrent. Durant un long moment, Decker crut que le major Shroud l'avait reconnu malgré son déguisement, et qu'il n'y aurait aucun moyen de l'empêcher de lui infliger les Neuf Morts – voire, à Dieu ne plaise, les *Dix* Morts.

Puis Sandra chuchota :

— *Regardez.*

Et petit à petit, l'air devant Decker commença à se coaguler et à s'épaissir. Il s'assembla en des masses sombres et indistinctes, puis des veines et des artères commencèrent à sinuer d'une masse à l'autre, des os prirent forme. En moins d'une minute, le major Shroud s'était matérialisé, avec son chapeau orné de plumes de corbeau, son long manteau gris, et ses bottes.

— À vos ordres, général, déclara-t-il.

Decker lui adressa un sourire solennel, plein de dignité. Il prit la main du major Shroud. Malgré ses gants en daim, elle donna la sensation d'être seulement des jointures et des os.

— Major Joseph Shroud, je vous nomme sur-le-champ colonel de l'armée de la Virginie du Nord. Vous avez l'admiration sans bornes et les remerciements de votre pays, et le nom de Shroud entrera dans les annales de ce conflit majeur comme un nom associé pour toujours à la bravoure et au devoir loyalement accompli.

Ce fut à ce moment, pendant qu'il serrait toujours la main du major Shroud, qu'il dit, très doucement :

— *Maintenant*, Hicks.

Hicks sortit de la cuisine en secouant le sac en papier kraft.

— Chango ! Chango, écoute-moi ! Je t'apporte une offrande ! Je t'apporte des fruits et des épices ! Je t'apporte du rhum !

— Qu'est-ce que c'est ? s'exclama le major Shroud. Qui est ce nègre ?

Il tenta de dégager sa main, mais Decker la tenait fermement.

— Chango ! Quitte cet hôte et restaure-toi ! *Kabio, kabio, sile !*

— Général Lee ! *Lâchez-moi !* cria le major Shroud.

Il était vigoureux, et sa main décharnée était difficile à agripper, mais Decker tint bon.

—Je t'honore, Chango ! Je t'apporte tout ce que tu aimes !

Hicks déchira le sac en papier et répandit par terre les fruits et les plantes.

—*Kabio, kabio, sile !* Sois le bienvenu, Chango !

Oh merde, ça ne va pas marcher, pensa Decker. *Chango ne va pas le quitter.* Soudain, d'une torsion brutale qui faillit lui faire une entorse au poignet, le major Shroud dégagea sa main de la prise de Decker et saisit immédiatement son sabre. Il le sortit de son fourreau dans un tintement métallique qui fit grincer des dents à Decker.

—Chango ! Je te souhaite la bienvenue ! Chango !

Decker cria à Sandra et Eunice Plummer :

—Partez… Toutes les deux ! Allez dans la chambre !

Le major Shroud s'avança vers lui. Ses yeux étincelaient et ses dents découvertes par un rictus de rage brillaient au sein de sa barbe noire.

—Vous n'êtes pas plus Robert E. Lee que moi, hein ? Vous êtes ce satané McKenna ! Eh bien, McKenna, vous allez voir maintenant à quoi conduit une perfidie éhontée !

Decker savait qu'il ne pouvait pas tirer sur lui, tant que Chango continuait de le protéger. La colère de Chango, s'il était attaqué, serait cent fois pire. Il dégaina néanmoins son propre sabre, le « briseur de poignets » de Billy-Joe, et il l'agita d'un côté et de l'autre d'un air de défi.

—Vous voulez me couper en petits morceaux ? Très bien, espèce d'anachronisme ambulant, voyons si vous en êtes capable !

Le major Shroud porta une botte. Son épée heurta et tinta contre le sabre de Decker, et faillit le faire voler de sa main. Decker balança son bras et parvint à détourner une autre botte, mais le major Shroud exécuta ensuite une série de mouvements rapides et la pointe de son sabre s'enfonça profondément dans l'épaule gauche de Decker.

Decker ne ressentit qu'une douleur minime, mais à présent il était sérieusement inquiet. Le major Shroud commença à le presser de plus en plus durement. Son sabre traçait des motifs entrecroisés que Decker voyait à peine. Il balançait continuellement son sabre de gauche à droite et, s'il parvenait à parer la plupart des bottes portées par le major Shroud, il savait qu'il ne serait pas à même de le tenir à distance indéfiniment.

Il recula et tomba à la renverse par-dessus l'accoudoir du canapé. Le major Shroud leva son sabre au-dessus de sa tête et l'abattit violemment sur les coussins au moment où Decker roulait sur le côté et se laissait tomber par terre. De la bourre multicolore vola en l'air comme une tempête de neige.

Decker essaya de s'éloigner en rampant, mais le major Shroud le tenait à sa merci maintenant. Il lui donna un coup de sabre dans la face interne de sa cuisse droite, puis dans son épaule droite, puis il le chevaucha et le maintint entre ses genoux.

— Les Neuf Morts, McKenna, grogna-t-il.

Il empestait la sueur rance, la poudre, les vêtements crasseux et les plantes. Ses cheveux grouillaient de poux, que les vétérans de la guerre de Sécession avaient coutume d'appeler des « pelures grises » et, tandis qu'il se démenait pour immobiliser Decker sur le parquet, les poux tombaient de sa barbe comme des pellicules.

Decker se contorsionna et essaya de saisir le poignet du major Shroud, mais celui-ci lui tailla la paume, une entaille profonde d'au moins un centimètre, et du sang suinta entre ses doigts et coula sur sa manche.

— Maintenant la Première Mort, lui dit le major Shroud, et il saisit le bras gauche de Decker. Je vais t'accorder un petit répit, McKenna, et commencer par trancher les doigts de ta main gauche.

Il leva son sabre… Mais à ce moment-là, Decker entendit un gloussement de fureur. Hicks s'approchait. Il tenait par les pattes le coq qui battait des ailes violemment.

— Chango ! cria Hicks. Viens vers moi, Chango ! Voici ton offrande ! Ce sang est pour toi ! Viens manger ! Viens boire ! *Kabio, kabio, sile !* Sois le bienvenu dans notre maison !

Le major Shroud tourna la tête et vociféra :

— Qu'est-ce que tu fais, nègre stupide ? Fiche le camp ! Va-t'en ! Par Dieu, je prendrai ta tête ensuite !

— Chango ! Montre-toi à nous ! Chango, maître du feu ! Chango, maître du tonnerre et de la foudre ! Chango… Es-tu le maître de ta destinée ?

Sur ce, Hicks trancha le cou du coq avec le couteau à découper et faillit le décapiter. Il fit tournoyer le volatile au-dessus de sa tête, et du sang vola partout, éclaboussant les murs, éclaboussant le visage de Decker, mouchetant le chapeau et le manteau du major Shroud.

—*Non!* rugit le major Shroud. Non, Chango! Je te l'interdis! *JE TE L'INTERDIS!*

Mais Decker aperçut le crépitement bleuté d'électricité qui dansait autour du contour du visage du major Shroud. Puis – alors que celui-ci continuait de tempêter en proie à une rage frustrée – un lacis de lumière tremblotante se forma autour de sa tête.

—*Non! Non! Non! Chango! Tu dois me protéger! Si je meurs,* tu *meurs!*

Mais Chango sortit lentement du major Shroud, tel un fantôme se dressant hors d'une tombe, les bras tendus. Son visage était un masque, décoré de feu. Ses yeux flamboyaient d'un rouge ardent, ses cheveux ressemblaient à une centaine de banderoles de flammes, et sa bouche était remplie d'un voltage qui dansait et grésillait. Il portait une cape de fumée marron qui tourbillonnait, au sein de laquelle Decker entrevoyait de temps à autre la lueur d'éclairs.

—Tu ne peux pas me laisser! glapit le major Shroud. *Tu ne peux pas me laisser!*

L'appartement commença à vibrer. Des tableaux se décrochèrent des murs, des lampes basculèrent et se brisèrent par terre, des chaises furent renversées. Un double zigzag d'éclair bondit d'un côté du séjour à l'autre, et Decker fut presque aveuglé. Puis – presque immédiatement – il y eut un mugissement de tonnerre à briser le tympan. Le canapé s'enflamma brusquement, puis les rideaux.

Un bras levé pour protéger son visage de la chaleur, Hicks hurla:

—Chango! Tu es bien ton propre maître! Tu es le maître du monde!

Le major Shroud délaissa Decker et se dirigea vers Hicks en brandissant son sabre. Decker se releva à son tour et sortit son Anaconda de l'étui datant de la guerre de Sécession. Hicks reculait vers la cuisine et essayait de détourner les bottes portées par le major Shroud en agitant éperdument le coq mort d'un côté et de l'autre. Au milieu de la pièce, à demi dissimulé par la fumée épaisse qui tourbillonnait, Chango étincelait et flamboyait.

Decker arma son Anaconda et le pointa sur la tête du major Shroud.

—Major Shroud!

Il y eut un autre éclair, puis un autre grondement de tonnerre, bien plus long que le premier, un grondement qui sembla continuer et continuer, comme s'il ne devait jamais cesser. Des morceaux de plâtre tombèrent du plafond, et de larges lézardes apparurent dans les murs. Il régnait déjà une chaleur intense dans l'appartement, et l'une des fenêtres vola en éclats. Un vent avide s'engouffra, venant de la rivière, et le canapé se mit à flamber comme un bûcher funéraire des anciens Scandinaves.

Avec l'image persistante de la foudre semblable à une ronce qui continuait de danser devant ses yeux, Decker visa à nouveau le major Shroud, et tira. Le major Shroud pencha la tête d'un côté. La balle toucha la lithographie de la jeune Hollandaise et fracassa le verre. Decker tira à nouveau, puis une troisième fois, mais le major Shroud se déplaçait comme un film passant en accéléré, et les balles le manquèrent largement.

— Tu dois m'atteindre pour me tuer ! cria-t-il au-dessus du grondement de l'incendie.

Il porta un coup de taille furieux à Hicks, et le toucha à l'épaule.

— Merde ! s'exclama ce dernier en s'écroulant par terre, tenant toujours le coq ensanglanté dans ses mains.

Le major Shroud se retourna vers Decker et vint vers lui à grands pas. Son sabre sifflait et formait des huit encore plus compliqués.

— Neuf morts, McKenna ? Dix ? Je vais t'en infliger vingt !

Il brandit son sabre et le ramena derrière sa tête. Il y avait une expression sur son visage que Decker n'avait encore jamais vue chez un homme. C'était une expression de triomphe, de raillerie et de surexcitation qui était presque orgasmique. Pourtant c'était davantage que cela. C'était l'expression d'un homme qui avait subi une métamorphose physique et spirituelle. Ce n'était plus un homme, ni un animal, mais quelque chose d'infiniment plus terrifiant. Il était la haine incarnée, l'esprit de vengeance, et la guerre.

Decker lui tira dessus à nouveau et le manqua. Il s'apprêtait à faire feu une fois encore lorsqu'il y eut un troisième éclair, tellement brillant que Decker fut aveuglé. L'éclair frappa la pointe du sabre du major Shroud, et celui-ci fut projeté à travers le séjour. Il heurta le mur opposé et s'écroula par terre. Il resta étendu là, se convulsant et secoué de soubresauts. De la fumée s'échappait de son manteau. Sa barbe luisait d'un millier d'étincelles orange, tel un balai-brosse qui brûle lentement sans flamme.

Decker jeta un regard à la ronde. La forme ardente de Chango se tenait au sein de la fumée, un bras toujours tendu.

— C'est *toi* qui as fait ça ? demanda Decker.

Chango ouvrit la bouche et de l'électricité statique scintilla sur ses dents. Il ne parla pas vraiment, mais, d'une façon ou d'une autre, Decker l'entendait, dans sa tête, et chose étrange, bien que cela ressemblât plus à des images qu'à des mots, il comprenait ce que Chango essayait de lui dire.

— *Il a gardé mon esprit prisonnier pendant des milliers de ténèbres. Il pensait uniquement à apporter la souffrance et la mort à ces hommes de bien qui avaient hébergé mes frères et mes sœurs* orishas. *Il méritait uniquement le châtiment. Il a tué ces guerriers qui combattaient pour libérer mon peuple.*

Decker demeura silencieux un moment, puis il hocha la tête et toussa.

— *Ton offrande a été acceptée,* dit Chango. *Ton appel était le bienvenu.*

Sur ce, son image embrasée commença à s'estomper. Durant quelques secondes, à travers la fumée, Decker entrevit un ensemble d'étoiles qui scintillaient. Cela ressemblait plus à une constellation lointaine qu'à un dieu qui disparaissait. Puis Chango partit, et il ne resta plus que le divan qui brûlait et les rideaux noircis qui brûlaient et claquaient au gré du vent.

Le major Shroud poussa un gémissement. Decker se dirigea vers le côté opposé de la pièce et le considéra. Son visage était noirci et ses yeux étaient cerclés de rouge.

— … m'a trahi, se plaignit-il. Même mon dieu m'a trahi.

— Personne ne vous a trahi, excepté vous, major Shroud.

— C'était la guerre. C'est ce que vous oubliez. C'était la guerre, et je faisais mon devoir. Le seul ennui, c'est que je l'ai trop bien fait.

— Oui, dit Decker. C'est bien possible.

Sur ce, il arma son Anaconda à nouveau et le pointa entre les sourcils du major Shroud.

— Hicks, vous pouvez marcher ? dit-il.

— Pas de problème, lieutenant.

— Allez chercher Sandra et sa maman et emmenez-les, d'accord ?

Hicks traversa le séjour en boitant et ouvrit la porte de la chambre.

— Sortez, il n'y a plus de danger maintenant. Mais dépêchez-vous !

Il les pilota vers la porte d'entrée pendant que Decker tenait le canon de l'Anaconda à deux centimètres seulement du front du major Shroud. Sa main ne tremblait pas.

— Le Sud se soulèvera à nouveau, dit le major Shroud. Vous verrez.

— Dommage. Vous ne serez plus là pour voir ça, répliqua Decker.

Et il appuya sur la détente.

À cet instant, l'appartement explosa. Decker fut projeté contre le mur près de l'entrée de la cuisine. Il se cogna la tête si violemment qu'il ne vit plus qu'une lumière blanche aveuglante. Il parvint à se traîner vers la porte d'entrée. Hicks l'empoigna par le col de sa redingote et le tira vers le couloir.

— Mon chapeau ! dit-il. Billy-Joe va me tuer si je ne lui rapporte pas son chapeau.

Ils sortirent de l'immeuble et virent que la rue était déjà encombrée de camions de sapeurs-pompiers, de voitures de police et de curieux. Lorsque Decker se retourna et leva les yeux vers son appartement, il vit que des flammes sortaient de la fenêtre en ondoyant comme un drapeau de la Confédération en feu, attisées par le vent du petit matin.

Tandis qu'il s'avançait sur le trottoir en tenant Sandra par la main, un projecteur d'une équipe de la télévision fut brusquement allumé, ce qui déclencha immédiatement un tir de barrage de flashs d'appareils photographiques.

Quelqu'un lança :

— Hé… C'est Robert E. Lee ! Bon sang, c'est Robert E. Lee !

Hicks se tourna vers Decker et lui adressa un large sourire, bien que son épaule gauche fût imbibée de sang.

— Ils vous aiment toujours, général Lee !

Alors qu'ils étaient entourés de journalistes, de policiers et d'ambulanciers, une femme commença à chanter *Dixie* et, une par une, d'autres personnes se joignirent à elle. Decker se tint au milieu de la foule et fut seulement à même de hocher la tête, de sourire et de lever son chapeau de la même façon respectueuse que Robert E. Lee avait levé son chapeau pour saluer son armée vaincue.

La foule ne chantait pas les paroles populaires sur les champs de coton, mais l'hymne de guerre exaltant écrit par Albert Pike.

« Hommes du Sud, entendez votre pays qui vous appelle !
Dressez-vous, de peur que la mort ne survienne !
Aux armes ! Aux armes ! Aux armes ! Pour Dixie !
Voyez ! Tous les feux d'alarme sont allumés !
Que tous les cœurs soient unis maintenant !
Aux armes ! Aux armes ! Aux armes ! Pour Dixie !
Mettez-vous en marche derrière le drapeau de Dixie !
Hourra ! Hourra !
Pour la terre de Dixie nous combattons,
Et nous vivrons ou mourrons pour Dixie ! »

Cab arriva et descendit de sa voiture. Il était clair, d'après son col à rayures, qu'il avait enfilé à la hâte son épais chandail rouge par-dessus son pyjama.

— Que s'est-il passé, ici, Decker ? Pourquoi diable êtes-vous déguisé de cette façon ?

Decker grinça des dents et décolla lentement sa barbe.

— C'est une longue histoire, capitaine.

Cab leva les yeux vers l'incendie. On faisait pivoter une échelle mobile vers le côté de l'immeuble, et il y avait une légère poussière d'eau dans le vent.

— Nous l'avons eu, capitaine, dit Decker. Vous pouvez appeler le patron et lui dire que l'affaire est bouclée.

Cab renifla, puis il éternua. Il n'avait pas de mouchoir. Eunice Plummer lui tendit un mouchoir en papier chiffonné.

— Vous êtes un policier de premier ordre, Decker, mais ne me dites jamais comment vous vous y êtes pris. Je crois que ça me donnerait de l'urticaire.

Trois jours plus tard, alors qu'il venait de reprendre le travail, son téléphone sonna.

— Decker ? Ici le capitaine Morello.

— Tiens, tiens. Je vous présente mes respects du matin, monsieur.

— Vous êtes général maintenant. Vous n'avez pas à m'appeler « monsieur ».

— Vous avez regardé les informations, alors. J'avais l'intention de vous appeler et de vous remercier pour tout ce que vous avez fait.

— *M'inviter à déjeuner serait une manière très agréable de me remercier.*

— Du moment qu'un déjeuner à trois ne vous dérange pas. J'ai une autre jeune personne que je dois remercier.

— *Devrais-je être jalouse ?*

Decker réfléchit un moment, sourit, et regarda Sandra. Celle-ci dessinait le portrait de Chango au dos d'une feuille jaune de déposition.

— Oui, répondit-il. Je pense que vous le devriez.

Mais avant d'emmener Sandra et Toni Morello au restaurant, il se rendit au cimetière et se tint devant la tombe de Cathy, les bras chargés de camélias blancs. Une légère brise soufflait sur la James River et faisait chuchoter les arbres.

— Je ne sais pas où tu es maintenant, lui dit-il, comme il déposait les fleurs sur la plaque de marbre rouge. Mais, tu sais, merci.

Achevé d'imprimer sur rotative
par l'imprimerie Darantiere
à Dijon-Quetigny
en juillet 2006

Dépôt légal : août 2006
Numéro d'impression : 26-1139
94006-1

Imprimé en France